Ceguera asesina

ROBIN COOK

Ceguera asesina

Traducción de
Luis Murillo

CÍRCULO DE LECTORES

Esta novela es una obra de ficción. Nombres, personajes, lugares e incidentes son producto de la imaginación del autor o se emplean como ficción. Cualquier parecido con sucesos, situaciones o personas reales, vivas o muertas, sería pura coincidencia.

Para DAVID y LAUREL
y la nueva vida que han iniciado juntos

AGRADECIMIENTOS

Quisiera dar las gracias al Dade County Medical Examiner's Office por haberme soportado durante una semana, y sobre todo, al doctor Charles Wetlie, cuya paciencia para hablar con un especialista en oftalmología y cirugía pero no en patología forense fue extraordinaria. Me gustaría asimismo agradecer su hospitalidad al doctor Charles Hirsh, jefe del Centro de Medicina Forense de Nueva York, y a la doctora Jackie Lee por su buena voluntad a la hora de echar un vistazo al aspecto más personal de la patología forense.

Por último, pero no menos importante, quiero dar las gracias a Jean Reeds, cuyo intuitivo sentido de la psicología hace que su apoyo, sus consejos y sus críticas hayan sido de un valor incalculable.

La cocaína entró como una bala en la vena cubital de Duncan Andrews en un bolo concentrado tras haber sido impelida por el émbolo de una jeringa. Al momento, sonaron las alarmas químicas. Varias células de la sangre y enzimas del plasma identificaron las moléculas de cocaína como parte de una familia de compuestos llamados alcaloides, fabricados por plantas, entre los cuales se incluyen sustancias fisiológicamente tan activas como la cafeína, la morfina, la estricnina y la nicotina.

En un desesperado pero vano intento de proteger al cuerpo de esta súbita invasión, unas enzimas llamadas colesterasas atacaron a la cocaína rompiendo en fragmentos fisiológicamente inertes algunas de esas moléculas extrañas. Pero la dosis de cocaína era aplastante. En cuestión de segundos la cocaína había alcanzado la parte derecha del corazón, se extendía por los pulmones y empezaba a desperdigarse por todo el cuerpo de Duncan.

Los efectos farmacológicos de la droga comenzaron casi de inmediato. Varias moléculas de cocaína fueron a parar a las arterias coronarias y empezaron a constreñirlas, provocando una reducción del flujo sanguíneo hacia el corazón. Al mismo tiempo la cocaína empezó a diseminarse desde los vasos coronarios hasta el líquido extracelular, bañando así las fibras musculares del corazón, que funcionaban a toda máquina. El extraño compuesto empezó allí a interrumpir el paso de iones de sodio a través de las membranas celulares del corazón, una parte crucial de la función contráctil del músculo cardíaco. El resultado fue una rápida y progresiva disminución de la conductividad y contractibilidad cardíacas.

Simultáneamente, las moléculas de cocaína se ramificaron por todo el cerebro habiéndose introducido en el cráneo a través de las arterias carótidas. Como el cuchillo hincándose en la mantequilla, la cocaína se hundió en la barrera de sangre cerebral. Una vez dentro del cerebro la cocaína empapó las indefensas neuronas, encharcando los espacios denominados sinapsis a través de los cuales se comunicaban las células nerviosas.

Dentro de las sinapsis la cocaína empezó a ejercer sus efectos más contumaces: se convirtió en transformista. Por un irónico giro del destino químico, una porción externa de la molécula de cocaína fue erróneamente identificada por las neuronas como neurotransmisor, adrenalina, noradrenalina o dopamina. Como llaves maestras, las moléculas de cocaína se infiltraron en las bombas moleculares encargadas de absorber dichos neurotransmisores, bloqueándolos e interrumpiendo súbitamente el funcionamiento de dichas bombas.

El resultado era fácil de prever. Bloqueada la resorción de los neurotransmisores, su efecto estimulador se mantuvo intacto y la estimulación provocó la liberación de otros neurotransmisores en una espiral ascendente de excitación que se alimentaba de sí misma. Unas células nerviosas que en otro momento habrían vuelto a la quietud y la serenidad empezaron a irritarse frenéticamente.

El cerebro rebosaba de actividad, sobre todo en los centros del placer profundamente engastados en la corteza cerebral, donde la dopamina era el principal neurotransmisor. Con depravada predilección, la cocaína bloqueó las bombas de dopamina y de este modo la concentración de dopamina aumentó desmesuradamente. Circuitos de células nerviosas conectadas excelentemente entre sí para asegurar la supervivencia de la especie hicieron sonar las campanas de la agitación y llenaron de mensajes extáticos los senderos aferentes que subían hacia la corteza.

Pero los centros del placer no fueron las únicas zonas afectadas del cerebro de Duncan, sino sólo las primeras. Muy pronto, el lado oscuro de la invasión de cocaína empezó a hacer sentir sus efectos. Otros centros cerebrales más caudales y filogenéticamente más antiguos, implicados en funciones como la coordinación muscular o la regulación de la respiración, empezaron a verse afectados. La acción estimuladora llegó hasta el área de termorregulación así como a la parte del cerebro responsable del vómito.

Así pues, no todo iba bien. En medio del arrebato de impulsos placenteros se preparaba algo siniestro. Un nubarrón que auguraba una horrible tempestad neurológica estaba formándose en el horizonte. La cocaína estaba a punto de revelar su auténtica y falaz naturaleza: la de esbirro de la muerte enmascarado tras un aura de persuasivo placer.

PRÓLOGO

La mente de Duncan Andrews iba acelerada como un tren sin frenos. Sólo un momento antes se encontraba en un estado de vacilante estupor narcótico. Segundos después el aturdimiento y la apatía se habían evaporado como agua goteando sobre una sartén muy caliente. Un acceso de vigor y alborozo le consumía, haciéndole sentir repentinamente poderoso. Se veía capaz de cualquier cosa. A la luz de una nueva claridad, comprendió que era infinitamente más fuerte y más listo de lo que jamás había pensado. Pero no bien empezaba a saborear esta cascada de pensamientos eufóricos y esta visión iluminada de sus facultades, cuando empezó a sentirse abrumado por intensas oleadas de placer que solamente podía calificar de puro éxtasis. Habría gritado de gozo si su boca hubiera podido dar forma a las palabras adecuadas. Pero no le era posible hablar. Sentimientos e ideas reverberaban en su cabeza a tal velocidad que le resultaba imposible vocalizarlas. Todos los recelos que había sentido tan sólo minutos antes se fundieron en el deleite de este nuevo rapto.

Pero el placer, al igual que su entumecimiento, tuvo una corta vida. La sonrisa de arrobamiento que se había formado en el rostro de Duncan se volvió mueca de terror y pánico. Una voz exclamó que aquéllos a quienes él temía estaban volviendo. Sus ojos registraron rápidamente la habitación. No vio a nadie, pero la voz repetía el mensaje. Se volvió para mirar hacia la cocina. Nadie. Giró de nuevo la cabeza para mirar por el pasillo en dirección al dormitorio. Allí no había nadie, pero la voz seguía hablando. Ahora susurraba una horrenda predicción: Duncan iba a morir.

–¿Quién eres? –gritó Duncan. Se llevó las manos a los oídos como para cerrarle el paso a la voz–. ¿Dónde estás? ¿Cómo te has metido aquí? –Sus ojos escrutaron nuevamente la habitación.

La voz no respondió. Duncan no estaba seguro de si procedía del interior de su cabeza.

Duncan consiguió ponerse de pie. Se sorprendió al comprobar que estaba tumbado en el suelo de su sala de estar. Al levantarse chocó con el hombro contra la mesa de centro. La jeringa que hacía un momento estaba en su brazo rebotó contra el suelo. Duncan se la quedó mirando con odio y pesar y luego la aplastó entre sus dedos.

De pronto, la mano de Duncan se quedó inmóvil con la jeringa en la palma. Sus ojos se abrieron como platos con una mezcla de confusión y temor renovado. En seguida pudo notar la inconfundible comezón de centenares de insectos que se le arrastraban por los brazos. Olvidándose de la jeringa, Duncan extendió las manos con las palmas hacia arriba. Notaba el hormigueo de los bichos en los antebrazos, pero por más que buscaba no veía rastro de insectos. Tenía la piel aparentemente limpia. Y entonces empezó a notar comezón en las piernas.

–¡Ahhhhh! –chilló Duncan.

Trató de frotarse los brazos suponiendo que los insectos debían de ser demasiado pequeños, pero el picor no hizo sino empeorar. Con un estremecimiento de profundo temor cayó en la cuenta de que esos organismos tenían que estar debajo de su piel. Era como si hubiesen invadido su cuerpo. Quizás estaban metidos en la jeringuilla.

Valiéndose de las uñas, Duncan empezó a rascarse los brazos frenéticamente en un intento de hacer huir a los insectos. Se rascó cada vez más fuerte, a la desesperada, clavando las uñas en la piel hasta que le salió sangre. El dolor fue intenso, pero la comezón era peor aún.

A pesar de la tortura, Duncan dejó de rascarse cuando se percató de un nuevo síntoma. Al levantar la mano ensangrentada, se fijó en que estaba temblando. Bajando la vista comprobó que todo su cuerpo se estremecía y que los temblores empeoraban por momentos. Le pasó por la mente la idea de pedir socorro al

911, pero mientras pensaba en ello se fijó en otra cosa. Estaba caliente. ¡No! ¡Estaba ardiendo!

–¡Dios mío! –acertó a exclamar cuando notó que el sudor le caía a goterones por la cara.

Se llevó una mano temblorosa a la frente: ¡estaba quemando! Trató de desabrocharse la camisa, pero el temblor de sus manos se lo impedía. Impaciente y desesperado, se rasgó la camisa; los botones salieron disparados en todas direcciones. Se quitó el pantalón de la misma forma y lo arrojó al suelo. Pero era en vano; vestido únicamente con la ropa interior, seguía sintiendo un calor asfixiante. Luego, sin previo aviso, tosió, se atragantó y vomitó un chorro impresionante que salpicó la pared bajo la litografía firmada de Dalí.

Duncan fue al cuarto de baño dando traspiés. Mediante pura fuerza de voluntad logró meter su cuerpo en la ducha y abrir a tope el grifo del agua fría. Boqueando como un condenado, Duncan permaneció bajo la cascada de agua helada.

Su alivio duró poco. Un grito lastimero salió sin querer de sus labios y su respiración se volvió penosa a medida que un dolor candente le atravesaba la parte izquierda del pecho y le desgarraba el interior del brazo izquierdo. Supo intuitivamente que estaba sufriendo un ataque al corazón.

Duncan se agarró el pecho con la mano derecha; la sangre de sus brazos escoriados se mezcló con el agua de la ducha y se escurrió desagüe abajo. Haciendo eses, cayéndose casi, Duncan salió del baño a trompicones camino de la puerta del apartamento. No importaba que estuviera medio desnudo, necesitaba aire. Su tórrido cerebro estaba a punto de estallar. Haciendo uso de sus reservas finales de energía, asió el tirador y abrió la puerta de un violento tirón.

–¡Duncan! –gritó Sara Wetherbee. Nada podía haberla asustado tanto. Tenía la mano a unos centímetros de la puerta. Estaba a punto de llamar cuando Duncan abrió de un tirón y se encaró a ella. No llevaba más que un pantalón corto empapado–. ¡Dios mío! –exclamó Sara–. ¿Qué te ha pasado?

Duncan no reconoció a su novia de dos años y medio. Lo que necesitaba era aire. El penetrante dolor de su pecho se había extendido por los pulmones. Le parecía estar siendo apuñalado una y otra vez. Se precipitó a ciegas hacia delante alargando los brazos para apartar a Sara.

—¡Duncan! —volvió a gritar Sara reparando en su casi desnudez, en los arañazos sanguinolentos de sus brazos, sus ojos dilatados, fieros, y la mueca de dolor de su cara. Resistiéndose a ser apartada, Sara le agarró de los hombros y le retuvo—: ¿Qué ocurre? ¿A dónde vas?

Duncan dudó. Durante una fracción de segundo la voz de Sara había penetrado en su demencia. La boca se le abrió como para decir algo, pero no le salían las palabras. En su lugar, lanzó un lastimero gemido que terminó en un jadeo cuando sus temblores pasaron a ser espasmódicas sacudidas y sus ojos le desaparecían en el interior de la cabeza. Misericordiosamente inconsciente, Duncan se desplomó en brazos de Sara.

Al principio, Sara pugnó en vano por mantener a Duncan de pie. Pero no tenía fuerza para aguantarle, sobre todo porque los espasmos de Duncan eran cada vez más violentos. Con toda la suavidad de que fue capaz, Sara dejó ese cuerpo convulso a los pies del umbral de la puerta, medio metido en el vestíbulo. Casi en el momento que rozaba el suelo, la espalda de Duncan se arqueó hacia arriba y sus espasmos adquirieron rápidamente los rítmicos dolores agónicos de un ataque de epilepsia.

—¡Socorro! —gritó Sara mirando a un lado y a otro del recibidor. Como habría sido de esperar, no salió nadie. Aparte del ruido que el propio Duncan producía, Sara no pudo oír otra cosa que el machacar de un tocadiscos cercano.

Desesperada, Sara pasó por encima del convulso e incontinente cuerpo de Duncan. Una ojeada a su ensangrentada boca espumajeante la consternó llenándola de terror. Necesitaba ayuda con urgencia, pero no sabía qué hacer salvo llamar a una ambulancia. Temblando, marcó el 911 en el teléfono de la sala de estar. Mientras esperaba con impaciencia la comunicación, oyó el ruido sordo de la cabeza de Duncan al dar repetidamente contra el suelo de madera dura. Lo único que podía hacer era dar un respingo cada vez que oía aquel sonido espantoso y rezar para que viniesen cuanto antes a ayudarla.

Sara apartó las manos de la cara y miró su reloj. Eran casi las tres de la madrugada. Hacía más de tres horas que estaba en el mismo asiento de vinilo en la sala de espera del Manhattan General Hospital.

Escrutó por enésima vez la atestada sala que olía a humo de cigarrillo, a sudor, a alcohol y a lana mojada. Enfrente de ella había un rótulo que decía: PROHIBIDO FUMAR, pero el aviso era rotundamente ignorado.

Los heridos se mezclaban con sus acompañantes. Había criaturas y niños sollozando, había borrachos, había gente aplicándose una toalla a un dedo o una barbilla cortados. La mayoría, expertos en esperas interminables, miraban fijamente hacia delante. Algunos estaban visiblemente enfermos, otros padecían dolores. Un hombre bien vestido rodeaba con su brazo a su también elegante compañera. Hacía sólo unos minutos había discutido acaloradamente con una enfermera gorda y bastante temible, la cual no se había amilanado ante sus amenazas de llamar a su abogado si su compañera no era visitada de inmediato. Resignado, el hombre se había quedado mirando también al vacío de la media distancia.

Al cerrar de nuevo los ojos, Sara pudo sentir que el pulso seguía martilleándole las sienes. La vívida imagen de Duncan convulsionándose a la entrada del apartamento la acosaba. Pasara lo que pasase esta noche, ella sabía que nunca podría borrar esa visión de su mente.

Después de llamar a la ambulancia y haber dado la dirección de Duncan, Sara había vuelto al lado de su novio. De repente le vino a la memoria que, cuando se tienen espasmos, hay que ponerle al enfermo algo en la boca para que no se muerda la lengua. Pero por más que lo intentó, no fue capaz de separar los dientes fuertemente apretados de Duncan.

Unos momentos antes de que llegara el transporte médico de urgencias, Duncan dejó por fin de tener espasmos. Sara se había sentido aliviada al principio, pero muy pronto comprobó con renovada alarma que Duncan no respiraba. Sara le enjugó un poco de espuma y restos de sangre que tenía en la boca para tratar de reanimarle con la respiración artificial, pero no pudo vencer las náuseas. Para entonces habían hecho acto de presencia varios vecinos. Sara suspiró aliviada cuando uno de ellos dijo haber estado en la marina y, con la ayuda de un compañero, tuvo la amabilidad de hacerse cargo de la reanimación cardiopulmonar hasta que llegó la ambulancia del servicio médico de urgencias.

Sara no se imaginaba qué podía haberle sucedido a Duncan. Una hora antes, él la había llamado pidiéndole que fuera a verle. A Sara le había parecido que su voz sonaba tensa y extraña, pero aun así le cogió desprevenida el estado en que lo encontró después. Se estremeció una vez más al verle delante suyo con las manos ensangrentadas, los ojos dilatados y fieros. Era como si se hubiera vuelto loco.

Sara vio a Duncan por última vez cuando llegaron al Manhattan General. Le habían permitido subir a la ambulancia. Durante todo el trayecto –una espeluznante carrera– los sanitarios del transporte médico de urgencias habían remontado el paro. La última visión que Sara tuvo de Duncan fue cuando éste entró sobre camilla de ruedas por una puerta blanca de doble batiente para desaparecer en lo más recóndito de la unidad de urgencias. Sara vio cómo uno de los sanitarios de la ambulancia iba arrodillado encima de la camilla continuando la compresión rítmica del pecho hasta que la puerta se cerró tras ellos.

–¿Sara Wetherbee? –preguntó una voz, sacando a Sara de su ensueño.

–¿Sí? –dijo Sara levantando los ojos.

Delante de ella se había materializado un joven médico que lucía una barba de medio día y una bata blanca ligeramente manchada de sangre.

–Soy el doctor Murray –dijo–. Acompáñeme, por favor. Me gustaría hablar un momento con usted.

–Desde luego –dijo Sara, muy nerviosa.

A continuación se levantó y se echó el bolso al hombro. Tuvo que apresurarse para seguir al doctor Murray, pues éste había girado sobre sus talones sin darle tiempo a responder. La misma puerta blanca que tres horas antes había engullido a Duncan se cerraba ahora a sus espaldas. El doctor Murray, que se había parado nada más entrar, se volvió a mirarla. Ella le miró a los ojos con inquietud. El hombre estaba exhausto. Sara deseaba ver algún rayo de esperanza en sus ojos, pero no lo había.

—Me parece que es usted novia del señor Andrews —dijo el doctor. Hasta su voz sonaba cansada.

Sara asintió con la cabeza.

—Normalmente hablamos primero con la familia —dijo el doctor Murray—. Pero sé que ha venido usted con el enfermo y que ha estado esperando. Lamento que la espera haya sido tan larga, pero inmediatamente detrás del señor Andrews nos han llegado varios heridos de bala.

—Comprendo —dijo Sara—. ¿Cómo está Duncan? —Tenía que preguntarlo, aunque no estaba segura de querer saber nada.

—Temo no poder decirle nada bueno —empezó el doctor Murray—. Es difícil saber si el transporte de urgencias hizo todo lo posible, pero me temo que Duncan habría muerto de todos modos. Por desgracia, ingresó cadáver.

Sara miró al doctor a los ojos. Quería ver un destello del pesar que estaba brotando en sus entrañas, pero lo único que vio fue agotamiento. Esa aparente falta de sentimientos la ayudó a mantener la compostura.

—¿Qué le ha pasado? —preguntó ella en un susurro.

—Hay un noventa por ciento de probabilidades de que la causa inmediata haya sido un infarto masivo de miocardio o un ataque al corazón. Pero la causa próxima parece deberse a que es una toxicidad por consumo de droga o sobredosis. Aún no sabemos cuál era el nivel de droga en sangre. Eso lleva un poco más de tiempo.

—¿Droga, dice usted? —preguntó Sara—. ¿Qué clase de droga?

—Cocaína —dijo el doctor Murray—. Tenemos incluso la aguja que empleó.

—Es la primera noticia que tengo de que Duncan tomase cocaína —dijo Sara—. Me había dicho que no tomaba drogas.

—Sobre sexo y sobre drogas la gente siempre miente —dijo el doctor Murray—. Con la cocaína basta una vez. No se dan cuenta de su carácter letal. La popularidad de la cocaína ha hecho creer a la gente que proporciona seguridad, lo cual es falso. En fin, lo que sí hemos de hacer es ponernos en contacto con la familia. ¿Sabe usted el número de teléfono?

Aturdida por la muerte de Duncan, y por el descubrimiento de su supuesta adicción a la cocaína, Sara recitó monótonamente el número de teléfono de los Andrews. El hecho de pensar en drogas hizo que no pensase en la muerte. Se preguntaba cuánto tiempo llevaba Duncan consumiendo cocaína. No acertaba a comprenderlo. Ella pensaba que le conocía bien.

I

NOVIEMBRE, 6:45, LUNES
NUEVA YORK

La alarma del viejo Westclox de cuerda siempre conseguía arrancar violentamente a Laurie Montgomery de las profundidades del bendito sueño. Aunque poseía ese reloj desde el primer año de universidad, no había llegado a acostumbrarse a su temible estruendo. Siempre la despertaba con un susto, a lo que ella respondía invariablemente lanzándose contra el maldito artefacto como si su vida dependiese de parar el despertador tan pronto como fuese humanamente posible.

Esta lluviosa mañana de noviembre no fue una excepción. Mientras dejaba nuevamente el despertador en el alféizar, Laurie percibió los fuertes latidos de su corazón. La eficacia de ese episodio cotidiano radicaba en la consiguiente descarga de adrenalina. Incluso de haber podido volver a la cama, no habría llegado a pegar ojo. Y lo mismo le pasaba a *Tom*, su gatito atigrado y semisalvaje de año y medio, que había salido de lo más profundo del armario al oír la alarma.

Resignada a empezar una jornada más, Laurie se levantó, removió los dedos dentro de sus pantuflas de badana y fue a conectar el televisor para ver las noticias locales.

Vivía en un pequeño apartamento de un solo dormitorio en la Calle 19, entre la Primera y Segunda avenidas, en un edificio de seis pisos. Su casa estaba en la quinta planta, en la parte de atrás. Sus dos ventanas daban a un laberinto de patios traseros.

Puso en marcha la máquina de café que tenía en su diminuta cocina. La noche antes lo había preparado poniendo un filtro con café y la cantidad exacta de agua. Con la cafetera funcionando, arrastró los pies hasta el cuarto de baño y se miró en el espejo.

—¡Uf! —dijo, girando la cabeza de un lado a otro para comprobar los desperfectos de otra noche sin dormir lo suficiente.

Tenía los ojos hinchados y enrojecidos. A Laurie no le sentaban bien las mañanas. Era una noctámbula consumada y solía leer hasta altas horas de la noche. Le encantaba leer, tanto si era un voluminoso libro de patología como si se trataba de un popular *best-seller*. Sus gustos eran muy variados en cuanto a ficción. En sus estanterías se amontonaban libros de todo tipo, desde novela negra y sagas románticas hasta volúmenes de historia, ciencias en general e incluso psicología. Aquella noche había sido una novela de asesinatos y estuvo leyendo hasta que terminó el libro. Cuando apagó la luz no tuvo arrestos para mirar la hora. Como de costumbre, por la mañana se juró a sí misma que nunca volvería a estar despierta hasta tan tarde.

Con la ducha, la mente de Laurie empezó a despejarse lo suficiente para repasar las cuestiones que se le planteaban ese día. En la actualidad cumplía su quinto mes como inspectora médica adjunta en el Centro de Medicina Forense de la ciudad de Nueva York. El fin de semana pasado, Laurie había tenido que estar disponible, lo cual significaba trabajar sábado y domingo. Había realizado seis autopsias: tres un día y otras tres el siguiente. Varios de los casos necesitaron un seguimiento adicional antes de darlos por terminados, de modo que empezó a hacer mentalmente una lista de lo necesario.

Laurie se secó enérgicamente al salir de la ducha. Daba gracias de que hoy iba a ser un día de «papeleo», es decir, que no le encargarían ninguna autopsia más. Así pues, dispondría de tiempo para hacer las anotaciones necesarias de las autopsias ya realizadas. Estaba esperando material sobre unos veinte casos procedentes del laboratorio, de los investigadores médicos, de los hospitales locales o de la policía. Esta avalancha de documentación era lo que constantemente amenazaba con abrumarla.

Laurie se sirvió café en la cocina. Luego volvió con la taza al cuarto de baño para maquillarse y secarse el pelo. Arreglarse el pelo era lo que le llevaba más tiempo. Lo tenía espeso, largo y de un color castaño rojizo cuyas mechas gustaba de dar brillo con henna una vez al mes. Laurie estaba orgullosa de su pelo, que consideraba su mejor peculiaridad. Su madre siempre la estaba animando a que se lo cortara, pero a Laurie le gustaba llevarlo largo hasta los hombros y hacerse trenza o recogérselo en lo alto de la cabeza. En cuanto al maquillaje, Laurie defendía siempre la teoría de que «menos es más»: un poquito de perfil para realzar sus ojos verdeazulados, unos toques de lápiz para definir sus finas cejas rubiorrojizas y una breve aplicación de rímel, para completar su rutina con unos toques de rosa coral y lápiz de labios. Satisfecha del resultado, cogió su taza de café y se retiró al dormitorio.

Había empezado *Buenos días, América*. Escuchó sin prestar demasiada atención mientras se ponía la ropa que había dispuesto la noche antes. La patología forense seguía siendo con mucho cosa de hombres, pero ello animaba a Laurie a realzar su feminidad mediante su vestido. Se puso una falda verde y un jersey de cuello cisne a juego. Al contemplarse en el espejo, se gustó. Era la primera vez que se ponía este conjunto. Le hacía parecer más alta que su metro sesenta y dos e incluso más esbelta que sus cincuenta y dos kilos.

Después de beber su café, tomar un yogur y poner galletas para gato en el plato de *Tom*, Laurie se puso la trinchera con cierta dificultad. Luego cogió el bolso, el almuerzo –que también había dejado listo la noche anterior–, el maletín y salió del apartamento. Tardó un poco en cerrar toda la colección de cerraduras de la puerta, herencia del anterior inquilino. Laurie fue hacia el ascensor y pulsó el botón de bajada.

Casi en el mismo momento, tan pronto el vetusto ascensor empezaba su gimoteante subida, Laurie oyó el clic de la cerradura de Debra Engler. Al volver la cabeza, Laurie observó cómo la puerta del apartamento delantero se abría un poquito y alguien tiraba de la cadena de seguridad. El ojo inyectado en sangre de Debra la miraba fijamente. Encima del ojo había una greña enmarañada de cabello gris.

Laurie respondió al ojo entrometido con una mirada agresiva. Era como si Debra estuviera siempre acechando detrás de la puerta ante el menor ruido en el pasillo. Esa repetida intrusión exacerbaba a Laurie. Pese al hecho de que el pasillo era una zona común, aquello le parecía una violación de su intimidad.

–Será mejor que cojas el paraguas –dijo Debra con su ronca voz de fumadora.

El que Debra tuviese razón no hizo sino irritar aún más a Laurie. Había olvidado el paraguas, ciertamente. Sin dar a Debra el menor signo de reconocimiento por temor a animarla en su irritante manía de vigilar, Laurie volvió hacia su puerta y se dispuso a repetir la complicada sucesión de apertura de cerrojos. Cinco minutos después, al entrar en el ascensor, vio que el ojo inyectado en sangre continuaba mirando resueltamente.

La exasperación de Laurie se desvaneció mientras el ascensor descendía con lentitud. Sus pensamientos giraron otra vez en torno al caso que la había estado preocupando sobremanera todo el fin de semana: un chico de doce años que había recibido un pelotazo en el pecho jugando a béisbol.

–La vida no es justa –murmuró Laurie en un susurro, pensando en la prematura muerte del muchacho.

Las muertes de niños eran las más duras de concebir. Creyó que su paso por la facultad la haría insensible a ello, pero no fue así. Y tampoco cuando estuvo de residente en anatomía patológica. Pero ahora que estaba en medicina forense, estas muertes le resultaban más difíciles aún de aceptar. ¡Eran tantos los que morían! Hasta el accidente, la víctima del pelotazo había sido un niño sano, radiante de salud y vitalidad. Todavía recordaba su pequeño cuerpo tendido sobre la mesa de autopsias; la auténtica imagen de la salud, aparentemente dormido. Pero así y todo, Laurie tuvo que coger el escalpelo y destriparlo como a un pescado.

Laurie tragó saliva mientras el ascensor se detenía con un golpe sordo. Casos como el de este chico hacían que pusiera en cuestión la carrera que había elegido. Se preguntó si no tendría que haber estudiado pediatría y haber podido así tratar a niños vivos. El campo de la medicina por el que había optado podía resultar siniestro.

A pesar suyo, Laurie tuvo que agradecerle a Debra su advertencia en cuanto vio el día que hacía. El viento soplaba a ráfagas violentas y la lluvia prometida había empezado a caer. La vista de su calle en ese momento concreto hizo que pusiera en cuestión, tanto como su carrera, la elección del lugar donde vivir. No era agradable mirar esa calle cubierta de basura. Quizá debería haberse ido a una ciudad más limpia y nueva, como Atlanta, o a una ciudad donde siempre era verano como Miami. Laurie desplegó el paraguas y lo inclinó hacia el viento pugnando por avanzar por la Primera Avenida.

Mientras caminaba iba pensando en una de las ironías de su elección de carrera. Había escogido patología por varias razones. Por una parte, pensaba que teniendo un horario fijo sería más fácil de compaginar la medicina con el hecho de tener una familia. Pero el caso es que ella no tenía familia, a no ser que incluyera a sus padres, que, en realidad, no contaban mucho. Ni siquiera mantenía una relación significativa. Laurie nunca había pensado que a los treinta y dos años no tendría hijos propios, y mucho menos que seguiría soltera.

Un corto paseo en taxi con un conductor cuya nacionalidad no pudo deducir ni de lejos la llevó a la esquina de la Primera y Treinta. Le había sorprendido mucho encontrar taxi. En circunstancias normales la combinación de lluvia y hora punta significaba ausencia de taxis libres. Sin embargo, esta mañana había visto salir a alguien de un taxi en el momento que llegaba a la Primera Avenida. Pero aunque no hubiese podido conseguir uno, tampoco habría sido una catástrofe. Era una de las ventajas de vivir a sólo once manzanas del trabajo. Muchos días hacía el trayecto a pie, tanto al ir como al volver.

Después de pagar el taxi, Laurie empezó a subir la escalera principal del Centro de Medicina Forense de la ciudad de Nueva York. El edificio, de seis pisos, quedaba eclipsado por el resto del Centro Médico de la Universidad de Nueva York y el Hospital Bellevue. Su fachada era de ladrillo azul con ventanas de alumino y puertas batientes de un moderno y poco atractivo diseño.

Normalmente, Laurie no prestaba atención al edificio, pero en esta lluviosa mañana de noviembre tampoco esto iba a librarse de su visión crítica, lo mismo que su carrera o la calle donde vivía. El lugar era deprimente, debía confesarlo. Estaba meneando la cabeza, pensando si algún arquitecto podría haberse sentido satisfecho al hacer esta obra, cuando reparó en que el vestíbulo estaba a tope. La puerta principal, pese a la helada mañana, estaba abierta de par en par y se veía una lánguida columna de humo de cigarrillo saliendo del interior.

Sintiendo curiosidad, Laurie se abrió paso entre el gentío hasta llegar con dificultad a la sala de Identificación. Marlene Wilson, la recepcionista de siempre, estaba evidentemente abrumada por la insistencia de al menos doce personas apretujándose contra su mesa y haciéndole preguntas. Los medios de comunicación habían tomado el sitio por asalto con sus cámaras, magnetófonos, vídeos de televisión y focos. No cabía duda de que había sucedido algo fuera de lo común.

Tras una breve pantomima para recabar la atención de Marlene, Laurie consiguió meterse en la zona interior. Experimentó una ligera sensación de alivio cuando la puerta, al cerrarse, extinguió el barullo de voces y el acre humo de cigarrillo.

Laurie se detuvo un momento a echar una ojeada a la triste sala donde los parientes del muerto eran llevados para hacer la identificación y tuvo la ligera sorpresa de ver que estaba vacía. Viendo el alboroto que había fuera, había imaginado encontrarse gente en la sala de identificación. Encogiéndose de hombros, continuó hacia la oficina de Identificación. La primera persona con quien Laurie se encontró fue Vinnie Amendola, uno de los técnicos del depósito de cadáveres. Ajeno al pandemónium de la recepción, Vinnie estaba tomando café en una taza de plástico mientras examinaba las páginas de deportes del *New York Post.* Tenía los pies encima del borde de una de las mesas metálicas grises. Como de costumbre, antes de las ocho de la mañana, Vinnie estaba solo en el cuarto. Él se encargaba de preparar café para todos. Había otra cafetera, más grande, en la oficina de Identificación, un cuarto que servía para varias funciones, como por ejemplo de zona de reunión informal por las mañanas.

—¿Qué demonios pasa? —preguntó Laurie mientras cogía el programa de autopsias del día. Aunque no le tocaba hacer ninguna, siempre sentía curiosidad por los casos que entraban.

Vinnie bajó el periódico:

—Problemas —dijo.

—¿Problemas de qué clase? —preguntó Laurie. Por el pasillo

que iba a la sala de comunicaciones pudo ver que las dos secretarias del turno de día no daban abasto con los teléfonos. Los paneles que tenían enfrente parpadeaban de llamadas que esperaban turno. Laurie se sirvió una taza de café.

—«Colegiala asesinada.» Un caso más —dijo Vinnie—. Una quinceañera que al parecer ha sido estrangulada por su novio. Sexo y drogas. Niños ricos, ya sabes. Ha sido cerca del Tavern On The Green. Con todo el entusiasmo que el primer caso despertó hace un par de años, la Prensa está aquí desde que trajeron el cuerpo.

Laurie chasqueó la lengua:

—Es horrible. Para todos: se ha perdido una vida y se ha echado a perder otra. —Se puso azúcar y un poquito de nata en el café—. ¿Quién lo lleva?

—El doctor Plodgett —dijo Vinnie—. Tuvo que salir a escena cuando le llamó el médico de turno. Serían las tres de la mañana.

Laurie suspiró.

—Pobre... —murmuró. Lo sentía por Paul. Llevar este caso le iba a representar un gran estrés porque, al igual que ella, no tenía mucha experiencia. Sólo hacía un año que era adjunto. Laurie únicamente llevaba allí cuatro meses y medio—. ¿Dónde está Paul? ¿En su despacho?

—Qué va —dijo Vinnie—. Está haciendo la autopsia.

—¿Ya? ¿Por qué tanta prisa? —quiso saber Laurie.

—No me lo explico —contestó Vinnie—. Pero los que salían del turno de medianoche me han dicho que Bingham llegó sobre las seis. Paul debe de haberlo llamado.

—Este caso me intriga cada vez más —dijo Laurie.

El doctor Harold Bingham, de cincuenta y ocho años, era el Inspector médico en jefe de Nueva York, un puesto que le convertía en poderoso personaje del mundo forense.

—Creo que voy a bajar al hoyo a ver si me entero de lo que pasa —comentó Laurie.

—Yo de ti tendría cuidado —dijo Vinnie luchando con el diario para doblarlo—. Yo también he pensado en entrar ahí, pero la verdad es que Bingham está de un humor espantoso. Claro que esto no es nada extraño.

Laurie saludó con la cabeza a Vinnie al salir del cuarto. Para evitar la masa de periodistas que había en recepción, fue a los ascensores por el camino más largo, pasando por Comunicaciones. Las secretarias estaban demasiado ocupadas para dar los buenos días. Laurie saludó con el brazo a uno de los dos detectives asignados por la policía al servicio de inspección médica. El policía estaba sentado en su cuartito contiguo a la sala de Comunicaciones. También él estaba hablando por teléfono.

Después de pasar por otra puerta, Laurie fue mirando en cada uno de los despachos de los investigadores forenses para decir hola, pero todavía no había nadie. Al llegar donde el ascensor principal, pulsó el botón de subida y, como de costumbre, tuvo que esperar la pausada respuesta del vetusto aparato. A su derecha, al fondo del pasillo, vio un hervidero de periodistas en la recepción. Laurie sintió pena por la pobre Marlene Wilson.

Mientras subía a su despacho en la quinta planta, Laurie trataba de comprender a qué se debía la temprana presencia de Bingham no sólo en el despacho sino también en la sala de autopsias. Ambas cosas eran poco frecuentes y eso incitaba su curiosidad.

Como su compañera de oficina, la doctora Riva Mehta, no había llegado aún, Laurie sólo estuvo unos minutos allí. Dejó el bolso, el almuerzo y el maletín en su taquilla, lo cerró con llave y se puso el pijama de color verde. Como no tenía que hacer ninguna autopsia, no se molestó en ponerse la acostumbrada segunda capa de ropa impermeable.

Laurie volvió a tomar el ascensor para ir al sótano, donde estaba el depósito de cadáveres. No se trataba de un sótano en el sentido exacto de la palabra ya que estaba al nivel de la calle por la parte del edificio que daba a la Calle 30. Los cadáveres entraban y salían del depósito por una rampa de carga de la misma calle.

En el vestuario, que Laurie rara vez utilizaba como tal prefiriendo cambiarse en su despacho, se puso unas fundas para zapatos, un delantal, una mascarilla y una capucha. Vestida como para una intervención quirúrgica, apareció en la puerta de la sala de autopsias.

El «hoyo», como se lo conocía cariñosamente, era una habitación mediana de unos quince metros de largo por nueve de ancho. En su momento fue considerada el no va más, pero ya no. Como ocurría con otras muchas entidades de la ciudad, su mantenimiento y modernización tan necesarios se habían resentido de la falta de fondos. Las ocho mesas de acero inoxidable estaban viejas y manchadas por incontables necropsias. De cada mesa colgaban anticuadas balanzas de resorte. Una serie de piletas, cajones para clichés de rayos X, antiguos armaritos con puerta de cristal y tuberías descubiertas llenaban las paredes. No había ninguna ventana.

Sólo funcionaba una mesa: la segunda desde el fondo, a la derecha de Laurie. Al cerrarse la puerta detrás de Laurie, los tres médicos uniformados, enmascarados y encapuchados que había en torno a la mesa levantaron la cabeza para mirarla un momento antes de volver a su macabro quehacer. Sobre la mesa yacía el cuerpo desnudo y marfileño de la adolescente. Justo encima suyo, una sola fila de lámparas fluorescentes blancoazuladas iluminaba el cuerpo. El succionante ruido del agua que se escurría por un desagüe a los pies de la mesa empeoraba aún más la espeluznante escena.

Laurie tuvo la inmediata intuición de que debía darse la vuelta y marcharse, pero luchó contra esa sensación avanzando decidida hacia el grupo de médicos. Puesto que a todos los conocía bien, pudo reconocerlos pese al conjunto de gafas protectoras y máscaras que les tapaba la cara. Bingham estaba al otro lado de la mesa, de cara a Laurie. Era un hombre rechoncho de baja estatura, facciones gruesas y nariz abultada.

—¡Joder, Paul! —saltó Bingham—. ¿Es la primera vez que haces una disección de cuello? Tengo una rueda de prensa y tú te dedicas a hacer el tonto como un alumno de primer año de medicina. ¡Pásame el escalpelo!

Bingham le arrebató el instrumento de la mano y se inclinó sobre el cadáver. Un rayo de luz brilló en el borde del filo de acero inoxidable.

Laurie se aproximó a la mesa. Estaba a la derecha de Paul. Al notar su presencia, éste volvió la cabeza y sus ojos se encontraron por un momento. Laurie supo que Paul estaba realmente fuera de sí e intentó proyectarle su apoyo con la mirada, pero Paul desvió la cabeza. Laurie lanzó entonces una mirada al técnico del depósito, quien evitó mirar en esa dirección. La atmósfera era explosiva.

Laurie bajó los ojos para ver lo que estaba haciendo Bingham. Había abierto el cuello del cadáver mediante una incisión bastante anticuada que iba desde la punta de la barbilla hasta lo alto del esternón. Había desollado la piel, apartándola a los lados como quien abre una blusa de escote subido. Bingham procedía ahora a soltar los músculos adyacentes al cartílago tiroides y al hueso hiodes. Laurie comprobó que había pruebas de trauma premortal con hemorragia en los tejidos.

–Lo que sigo sin entender –dijo bruscamente Bingham sin levantar los ojos de su trabajo–, es por qué no le metieron las manos... en bolsas...

Los ojos de Laurie y de Paul se encontraron de nuevo. Ella supo de inmediato que él no tenía excusa alguna. Deseaba ayudarle, pero no se le ocurría cómo. Compartiendo la incomodidad de su colega, Laurie se alejó de la mesa. Había hecho el esfuerzo de vestirse para ir a ver, pero ahora se iba de la sala de autopsias porque había demasiada tensión como para que mereciese la pena quedarse. No quería empeorarle las cosas a Paul concediéndole más público a Bingham.

De nuevo en su despacho, tras haberse despojado de la capa exterior de prendas protectoras, Laurie se sentó a su mesa y se puso a trabajar. Su primera ocupación consistía en completar cuanto pudiera de las tres autopsias que había hecho el domingo. El primer caso había sido el del chico de doce años. El segundo se trataba, sin duda alguna, de una sobredosis de heroína, pero Laurie quiso dar un repaso a los hechos. La víctima había sido hallada con toda la parafernalia habitual del drogadicto. Se conocía su adicción a la heroína. En la autopsia, los brazos de la víctima mostraron múltiples señales de inyección intravenosa, antiguas y recientes. Tenía un tatuaje en el brazo derecho: «Nacido para perder». Su interior mostraba las señales acostumbradas de muerte por asfixia más un edema pulmonar espumoso. Pese a que estaban pendientes los estudios microscópicos y de laboratorio, Laurie parecía a gusto con su conclusión de que la causa de la muerte era una sobredosis y el género de muerte, accidental.

El tercero lo era todo menos un caso claro. Una ayudante de vuelo de veinticuatro años había sido hallada en su casa en bata de baño, tras haber perdido supuestamente el conocimiento en el pasillo, junto al cuarto de baño. Su compañera de habitación la había encontrado en el suelo. Gozaba de buena salud y había vuelto de un viaje a Los Ángeles el día anterior. No se sabía que consumiera drogas.

Laurie había realizado la autopsia sin encontrar nada. Todos sus hallazgos eran completamente normales. Preocupada por el caso, Laurie hizo localizar al ginecólogo de la joven por uno de los inspectores médicos. Después de hablar con el médico, Laurie se convenció de que la mujer estaba totalmente sana. Él la había visitado sólo unos meses antes.

Como había tenido un caso similar hacía poco, Laurie había mandado al inspector médico al apartamento de la joven para que le trajese todos los electrodomésticos de uso personal que hubiera en el baño. Sobre la mesa de Laurie había una caja de cartón con una nota del inspector médico en la que decía que aquello era todo lo que había podido encontrar.

Con la uña del dedo pulgar, Laurie rasgó la cinta adhesiva con que estaba precintada la caja, levantó la tapa y echó una ojeada al interior. La caja contenía un secador de pelo y un viejo rizador metálico. Laurie sacó ambos aparatos de la caja y los puso sobre la mesa. Del cajón inferior de la derecha, extrajo un aparato de medición eléctrica llamado voltiohmiómetro.

Laurie examinó en primer lugar la resistencia eléctrica entre las clavijas y el secador propiamente dicho. En ambos casos, la lectura marcó máxima cantidad de ohmios o ausencia de corriente. Pensando que tal vez se habría equivocado de nuevo, probó el rizador de cabello. Para su sorpresa, el resultado fue positivo. Entre una de las clavijas y la funda del rizador, el voltiohmiómetro registraba cero ohmios, es decir, flujo ininterrumpido de corriente.

Con algunas herramientas básicas como un destornillador y

unos alicates, Laurie abrió el rizador y encontró en seguida el cable gastado que hacía contacto con la funda metálica del aparato. Ahora estaba claro que la pobre ayudante de vuelo había sido víctima de una electrocución de bajo voltaje. Como solía suceder en estos casos, la víctima había sufrido una pequeña conmoción, lo cual no le había impedido deshacerse del aparato y salir del cuarto antes de perecer de una arritmia cardíaca mortal. La causa de la muerte era electrocución y la clase de muerte accidental.

Tras haberle hecho la «autopsia», Laurie dejó el rizador encima de la mesa, sacó su cámara fotográfica y dispuso las piezas de modo qe fuese visible la conexión anormal. Luego se levantó para hacer una foto directamente desde arriba. Al mirar por el visor, se sintió satisfecha del caso. No pudo reprimir una sonrisa a sabiendas de que su trabajo era muy distinto de lo que la gente presumía. No sólo había resuelto el misterio de la muerte prematura de la pobre mujer, sino que asimismo había salvado a otros de correr la misma suerte.

El teléfono sonó antes de que pudiese sacar la foto del rizador. Estaba tan sumamente concentrada que el ruido la sobresaltó. Con irritación apenas velada, contestó el teléfono. Era la operadora que le decía si le importaba coger la llamada de un médico desde el Manhattan General Hospital, añadiendo que había pedido hablar con el jefe.

—¿Entonces por qué me lo pasas a mí? —quiso saber Laurie.

—El jefe está liado en la sala de autopsias y no encuentro al doctor Washington. Alguien ha dicho que está fuera hablando con los periodistas, conque he empezado a marcar números de otros doctores. Usted ha sido la primera en responder.

—Pásamelo —dijo Laurie con resignación.

Se recostó en su silla de despacho. Confiaba en que la conversación durara poco. Si querían hablar con el jefe, no iban a contentarse con la persona que ocupaba el lugar más bajo del escalafón...

Laurie se presentó en cuanto le pasaron la comunicación. Resaltó el hecho de que era uno de los inspectores médicos adjuntos y no el jefe.

—Soy el doctor Murray —dijo su interlocutor—. Residente de

último año. Necesito hablar con alguien sobre un caso de sobredosis que ha ingresado cadáver esta mañana.

—¿Qué es lo que desearía saber? —preguntó Laurie.

Donde ella trabajaba, los casos de muerte por drogas eran un asunto cotidiano. Su atención se desvió parcialmente al rizador de cabello. Se le había ocurrido una idea mejor para fotografiarlo.

—El nombre del paciente era Duncan Andrews —dijo el doctor Murray—. Varón, raza blanca, treinta y cinco años. Llegó sin actividad cardíaca ni respiración espontánea y una temperatura corporal que registramos en 42 grados.

—Ajá —dijo tranquilamente Laurie. Sosteniendo el auricular en la curva del cuello, montó de nuevo las piezas del rizador.

—Había evidencia masiva de actividad epiléptica —dijo el doctor Murray—. Le hicimos un electro y salió completamente plano. El resultado del laboratorio fue un nivel de cocaína en la sangre de 20 microgramos por milímetro.

—¡Uau! —exclamó Laurie dejando escapar una carcajada de asombro. El doctor había conseguido llamar su atención—. Demonios, a eso le llamo yo un buen nivel. ¿Cuál fue la vía de administración? ¿Oral? ¿Es que era uno de esos «camellos» que intentan pasar droga tragándose condones llenos de cocaína?

—No creo —dijo el doctor Murray dejando escapar a su vez una carcajada—. El tipo era una especie de mago de Wall Street. No fue por vía oral sino intravenosa.

Laurie tragó saliva mientras pugnaba por mantener soterrados unos viejos e indeseables recuerdos. La garganta se le había secado de golpe.

—¿También había heroína? —preguntó. En los años sesenta se hizo famosa una mezcla de heroína y cocaína conocida por «speedball».

—Nada de heroína —dijo el doctor—. Sólo cocaína, pero está claro que la dosis era de elefante. Si su temperatura era de cuarenta y dos cuando se la tomamos, a saber hasta dónde debió de subir.

—Bueno, parece bastante sencillo —dijo Laurie—. ¿Cuál es la pregunta? Si quiere saber si se trata de un caso para el forense, le diré que en efecto lo es.

—No, eso ya lo sabemos —dijo el doctor Murray—. El problema no es ése. La cosa es más complicada. El individuo fue encontrado por su novia, que vino con él. Pero después acudió la familia. Y ha de saber que la familia tiene contactos, no sé si me entiende. El caso es que las enfermeras descubrieron que Mr. Duncan Andrews llevaba en la cartera una tarjeta de donante de órganos, así que llamaron al coordinador de donaciones. Sin saber que era un caso para inspección médica, el coordinador de donaciones de órganos preguntó a la familia si permitirían la enucleación de los ojos puesto que eran el único tejido aparte de los huesos que aún podía ser utilizado. Comprenderá que no solemos hacer mucho caso de las tarjetas de donantes a menos que la familia acceda. Pero esta familia accedió. Personalmente creo que es porque les gustaría creer que su hijo ha muerto de causa natural. En fin, sea como sea, queríamos hablarlo con ustedes por pura cuestión de trámite antes de hacer nada.

—¿Va en serio que la familia accedió? —dijo Laurie.

—Ya se lo he dicho, insistieron enérgicamente —observó el doctor Murray—. Según la novia, ella y el difunto habían hablado en varias ocasiones de la falta de órganos para trasplantes, y habían ido juntos al Depósito de Órganos de Manhattan para poner su firma en respuesta al llamamiento que el organismo hizo el año pasado por Televisión.

—Mr. Duncan Andrews se ha regalado una buena dosis de cocaína —dijo Laurie—. ¿Había alguna nota de suicidio?

—No —dijo el doctor Murray—. Y tampoco es que estuviera deprimido, al menos eso dice su novia.

—Suena todo bastante insólito —comentó Laurie—. Personalmente no creo que respetar la petición de la familia pueda afectar a la autopsia, pero no estoy autorizada a tomar este tipo de decisión. Lo que sí puedo hacer es indagar en las altas esferas y llamarle inmediatamente.

—Se lo agradeceré —dijo el doctor Murray—. Si hemos de hacer alguna cosa será mejor pronto que tarde.

Laurie colgó el teléfono y, con cierta renuencia, dejó el rizador desmontado y bajó de nuevo al depósito. Sin ponerse la protección de rigor, Laurie asomó la cabeza por la puerta e inmediatamente se dio cuenta de que Bingham se había ido.

—¿El jefe te ha dejado que te las apañes solo? —le dijo Laurie a Paul alzando la voz.

Paul se volvió hacia ella.

—Dad gracias a Dios por los pequeños favores —dijo Paul, su voz ligeramente amortiguada por la mascarilla—. Suerte que tenía que subir a la rueda de prensa que estaba programada. Imagino que me creerá capaz de coser el cadáver.

—Vamos, Paul —dijo Laurie como para animarle—. Piensa que Bingham siempre trata a la gente en la mesa de autopsias como si fueran incompetentes.

—Intentaré tenerlo presente —dijo Paul, no muy convencido.

Laurie dejó que la puerta se cerrase. Para subir a la primera planta utilizó las escaleras del fondo del depósito. No tenía sentido esperar el ascensor para subir ella sola.

El pasillo del primer piso estaba abarrotado de gente de la prensa y la televisión. Laurie consiguió llegar a la puerta doble que daba a la sala de conferencias. Por encima de las cabezas de los periodistas pudo ver la brillante y calva coronilla de Bingham reflejando la chillona iluminación instalada para las cámaras de televisión. Bingham respondía a las preguntas del hemiciclo y sudaba copiosamente. Laurie se dio cuenta al momento de que era humanamente imposible poder hablar con él sobre el asunto del Manhattan General.

Poniéndose de puntillas, Laurie escudriñó la sala en busca del doctor Calvin Washington, el inspector médico delegado. Normalmente era fácil distinguirle entre un montón de gente por su metro noventa y siete y sus ciento catorce kilos de hombre de color. Por fin, Laurie lo divisó de pie junto a la puerta que comunicaba la sala de conferencias con el despacho del jefe.

Saliendo por la recepción y atajando después por las oficinas del jefe, Laurie consiguió acercarse a Calvin por detrás. Pero cuando llegó donde estaba, dudó. El doctor Washington tenía un carácter violento. Su físico y su humor intimidaban a la mayoría de la gente, incluida Laurie.

Haciendo acopio de coraje, Laurie le tocó ligeramente en el brazo. Él se giró de inmediato. Sus ojos oscuros barrieron a

Laurie de una mirada. Que no estaba contento parecía bastante claro.

–¿Qué hay? –preguntó en un susurro forzado.

–¿Puedo hablar un momento con usted? –preguntó Laurie–. Se trata de un asunto de trámites con referencia a un caso del Manhattan General.

Tras echar un vistazo a su sudoroso jefe, Calvin asintió con la cabeza. Pasó por delante de Laurie y fue a cerrar la puerta que daba a la sala de conferencias.

–Esto de la «colegiala asesinada, 2» se ha puesto feo –dijo meneando la cabeza–. Detesto a los de la prensa. Nunca buscan la verdad, sea cual sea, no son más que una jauría en busca de chismes, y el pobre Harold está tratando de justificar por qué no le metieron las manos en bolsas.

–¿Por qué no llevaban guantes?

–Porque al médico de turno no se le ocurrió –dijo Calvin enfadado–. Y cuando llegó Plodgett el cuerpo ya estaba en el furgón.

–¿Cómo es que el médico de turno permitió que se llevaran el cadáver antes de que llegase Paul? –preguntó Laurie.

–¡Yo qué sé! –reventó Calvin–. Todo esto es un lío, un desastre de cojones.

Laurie se encogió:

–Odio tener que decirlo, pero creo que abajo hay otro problema en potencia.

–Vaya, ¿de qué se trata? –inquirió Calvin.

–Lo que imagino que era la ropa de la víctima estaba en una bolsa de plástico encima del mostrador.

–¡Mierda! –soltó Calvin. Se abalanzó sobre el teléfono de Bingham y marcó la extensión del «hoyo». En cuanto contestaron al teléfono, gritó que alguien acabaría en la mesa de autopsias si las ropas de la «colegiala asesinada, 2» estaban en una bolsa de plástico.

Sin esperar respuesta, Calvin aplastó el auricular contra la horquilla. Luego le lanzó a Laurie una mirada feroz como si el mensajero fuese el culpable de las malas noticias.

–No creo que ningún hongo haya destruido ninguna prueba con tanta rapidez –dijo Laurie, voluntariosa.

—No se trata de eso, en realidad —dijo bruscamente Calvin—. Esto es Nueva York y no el quinto infierno. Meteduras de pata como éstas no se pueden tolerar y menos con tanta publicidad como ahora. Parece como si todo el caso tuviera gafe. En fin, ¿qué pasa con el Manhattan General?

Laurie le contó a Calvin en pocas palabras el caso de Duncan Andrews, y que el médico esperaba respuesta a su petición. Resaltó el hecho de que era la familia la que deseaba respetar la voluntad del difunto de donar sus órganos.

—Si en este Estado tuviéramos una ley de inspección médica decente, este problema no se plantearía siquiera —gruñó Calvin—. Creo que debemos respetar la petición de la familia. Dígale al doctor que en estas circunstancias lo que debe hacer es sacar los ojos, pero antes que nada fotografiarlos. Debería también obtener muestras vítreas del interior para el departamento de toxicología.

—Se lo diré en seguida —dijo Laurie—. Gracias.

Calvin se despidió distraídamente con la mano mientras abría de nuevo la puerta de la sala de conferencias.

Laurie regresó cortando por la secretaría del jefe de servicio e hizo que Marlene la pasase al recibidor por el interfono. Tuvo que avanzar haciendo eses entre los periodistas y pasar por encima de los cables que alimentaban los focos de televisión. La rueda de prensa de Bingham seguía su curso. Laurie pulsó el botón de subida del ascensor.

—¡Ahhhh! —chilló como reacción a un deliberado pinchazo en las costillas. Laurie giró sobre sus talones para castigar a quienquiera que fuese el autor. Esperaba encontrarse un colega, pero no fue así. Delante suyo había un extraño de treinta y pocos años. Llevaba puesta una trinchera abierta por delante; la corbata tenía el nudo aflojado. Su cara mostraba una sonrisa candorosa.

—¿Laurie? —dijo.

Laurie le reconoció al momento. Era Bob Talbot, un reportero del *Daily News* a quien ella conocía de la universidad. Hacía tiempo que no le veía y fuera de contexto le costó unos segundos reconocerle. A pesar de su enfado, le sonrió.

—¿Dónde te metes? —inquirió Bob—. Hace siglos que no te veo.

—Supongo que últimamente me he vuelto un poco solitaria —admitió Laurie—. Tengo un montón de trabajo y además he empezado a preparar mis exámenes de forense.

—Quien mucho trabaja poco tiempo tiene para divertirse, ya sabes —dijo Bob.

Laurie asintió, tratando de sonreír. Llegó el ascensor. Laurie entró y mantuvo la puerta abierta con una mano.

—¿Qué opinas de este nuevo «asesinato de colegiala»? —preguntó Bob—. Menudo lío se está armando.

—Por fuerza —dijo Laurie—. Es material que ni pintado para la prensa sensacionalista. Y encima parece ser que ya hemos metido la pata. Supongo que es un recordatorio de lo que pasó con el primer caso. Quizá demasiado para mis colegas.

—¿De qué estás hablando? —preguntó Bob.

—De entrada, las manos de la víctima no estaban metidas en bolsas —dijo Laurie—. ¿No has oído lo que decía el doctor Bingham?

—Claro que sí, pero según él no importa.

—Ya lo creo que importa —dijo Laurie—. Aparte, la ropa que llevaba la víctima terminó en una bolsa de plástico. ¡Vaya fallo! La humedad facilita el crecimiento de microorganismos que pueden afectar a las pruebas. Otra metedura de pata. Desgraciadamente el inspector médico que lleva el caso es uno de los nuevos. Por derecho le habría tocado a alguien con más experiencia.

—Parece que el novio ya ha confesado —dijo Bob—. ¿No te parece todo muy formal?

Laurie se encogió de hombros:

—Podría cambiar de opinión cuando haya empezado el proceso. Su abogado seguro que sí. De manera que como no haya un testigo, sólo quedarán las pruebas y, en este tipo de casos, raramente hay testigos.

—Quizá tengas razón —dijo Bob asintiendo con la cabeza—. Veremos. Entretanto, es mejor que vuelva a la rueda de prensa. ¿Qué tal si cenamos algún día de esta semana?

—Lo pensaré —dijo Laurie—. No quiero ser esquiva, pero es

verdad que he de estudiar si quiero aprobar. ¿Por qué no me llamas y lo hablamos?

Bob asintió mientras Laurie dejaba que se cerrase la puerta del ascensor. Pulsó el quinto. Una vez en su despacho, llamó al Manhattan General y le dijo al doctor Murray lo que le había explicado el doctor Washington.

—Gracias por tomarse la molestia —dijo el doctor Murray cuando Laurie hubo terminado—. En este tipo de circunstancias va bien tener algunas pautas.

—Procure hacer buenas fotos —le aconsejó Laurie—. Si no, los trámites podrían cambiar...

—No se preocupe —dijo el doctor Murray—. Tenemos un departamento fotográfico propio. Será un trabajo de profesionales.

Después de colgar el teléfono, Laurie volvió al rizador de pelo. Sacó media docena de fotos desde varios ángulos y con distinta iluminación. Solucionado el asunto del rizador, Laurie se concentró en el único caso que quedaba del domingo, el único y el más turbador: el chico de doce años.

Laurie se levantó de la mesa y fue otra vez a la primera planta para hablar con Cheryl Myers, una de las inspectoras médicas. Le explicó que necesitaba más testigos oculares del momento en que el muchacho recibió el pelotazo. Puesto que la autopsia no había dado evidencias positivas, iba a necesitar declaraciones personales en las que basar su diagnóstico de *commotio cordis* o muerte por golpe en el pecho. Cheryl prometió ponerse a ello inmediatamente.

De vuelta en la planta quinta, Laurie fue a Histología para ver si podían darse prisa con los portaobjetos del chico. Sabiendo lo turbada que estaba la familia, tenía ganas de concluir su parte de la tragedia. Los familiares solían llegar a un cierto tipo de aceptación en cuanto conocían la verdad. La aflicción se volvía más complicada por el aura de incertidumbre que rodeaba toda muerte por causa desconocida.

Mientras estaba en Histología, Laurie cogió algunas pruebas de casos que habían llegado a sus manos la semana anterior. Al pasar por Toxicología y Serología cogió unos informes. Al llegar a su despacho desparramó sobre la mesa todo el material que traía y se puso a trabajar. Sin contar una corta pausa para almorzar, Laurie estuvo todo el día revisando los portaobjetos, compulsando los informes del laboratorio, haciendo llamadas y completando el máximo número de fichas.

El hecho de saber que al día siguiente iban a asignarle al menos dos, y puede que hasta cuatro nuevos casos para autopsia, alimentaba su ansiedad; si no lograba estar al día con el papeleo, se vería desbordada. No había forma de aburrirse en el Servicio de Inspección Médica de Nueva York, puesto que cada año se recibían entre quince y veinte mil encargos para autopsia. El promedio diario era de dos homicidios y dos sobredosis por droga.

Hacia las cuatro de la tarde, Laurie empezó a aflojar la marcha. El volumen de trabajo y su intensidad habían hecho sus estragos. Cuando el teléfono sonó por centésima vez, Laurie respondió con voz cansada. Al comprobar que era Mrs. Sanford, la secretaria del doctor Bingham, se irguió en la silla por puro reflejo. No pasa todos los días que a uno le llame el gran jefe.

—El doctor Bingham desea verla en su despacho, si le parece oportuno —dijo Mrs. Sanford.

—En seguida bajo —respondió Laurie. Se sonrió por lo de «si le parece oportuno». Conociendo al doctor Bingham, lo más probable es que se tratara de una traducción hecha por Mrs. Sanford de: «¡Que baje la doctora Montgomery cuanto antes!». De camino, Laurie trató en vano de imaginar para qué quería verla el doctor Bingham.

—Pase —le dijo Mrs. Sanford, mirando a Laurie por encima de sus gafas de leer.

—¡Cierre la puerta! —ordenó el doctor Bingham tan pronto Laurie puso el pie en su despacho. Estaba sentado detrás de su impresionante mesa de despacho—. ¡Siéntese!

Laurie hizo lo que le decían. El tono airado de Bingham era una advertencia de lo que se le venía encima. Laurie comprendió en seguida que no estaba allí para que la elogiasen. Observó a Bingham quitándose las gafas de aro metálico y depositándolas sobre el cartapacio. Sus gruesos dedos manejaban las gafas con sorprendente habilidad.

Laurie examinó el rostro de Bingham. Sus acerados ojos azules parecían fríos, distantes. Sobre la punta de la nariz se distinguía una fina red de capilares.

—Usted sabe perfectamente que tenemos una oficina de relaciones públicas, ¿no es así? —empezó Bingham en un tono sarcástico, de enojo.

—Naturalmente —contestó Laurie cuando Bingham hizo una pausa.

—Entonces sabrá también que la responsable de toda información que se da tanto al público como a los medios de comunicación es Mrs. Donatello.

Laurie asintió con la cabeza.

—Y seguramente debe saber que, a excepción de mí mismo, todo el personal de este servicio debe reservarse sus opiniones personales por lo que concierne a asuntos de inspección médica.

Laurie no dijo nada. Aún no sabía adónde llevaba esta conversación.

De pronto, Bingham saltó de su butaca y empezó a ir de un lado a otro por detrás de su mesa.

—De lo que no estoy tan seguro —prosiguió— es de que haya comprendido que el hecho de ser inspector médico comporta importantes responsabilidades sociales y políticas. —Dejó de pasear arriba y abajo para mirar a Laurie—. ¿Entiende lo que le digo?

—Creo que sí —dijo Laurie, pero había una parte de la conversación que se le escapaba. No tenía la menor idea de lo que había precipitado esa diatriba.

—Con creerlo no basta —dijo bruscamente Bingham. Se detuvo y se inclinó sobre su mesa, lanzándole a Laurie una mirada feroz.

Por encima de todo, Laurie deseaba mantener la serenidad. No quería parecer impresionable. Detestaba este tipo de situaciones. El enfrentamiento no era precisamente su fuerte.

—Por otra parte —le espetó Bingham—, el infringir las normas referentes a información privilegiada es algo que no toleraré. ¿Está claro?

—Sí —respondió Laurie luchando por contener las lágrimas. No estaba ni triste ni furiosa, sólo enfadada. Con la cantidad de trabajo que había estado haciendo, no pensaba merecer semejante perorata—. ¿Puedo saber de qué se trata?

—Por supuesto —dijo Bingham—. Cuando la rueda de prensa sobre el asesinato de Central Park iba a terminar, se ha levantado un periodista y ha empezado a preguntar sobre el hecho de que usted había declarado abiertamente que este departamento no estaba llevando bien el caso. ¿Le dijo usted esto o no a un periodista?

Laurie se encogió en su asiento. Trató de devolverle la mirada a Bingham, pero acabó teniendo que desviar los ojos. Sentía un acceso de perplejidad, culpa, ira y resentimiento. Le sorprendía que Bob hubiera tenido tan poco juicio y menos respeto aún por su confidencia.

—Mencioné algo en ese sentido —consiguió decir al fin.

—Me lo imaginaba —dijo Bingham con presunción—. Sabía que el periodista no habría tenido valor para inventar semejante cosa. Bien, considérese advertida, doctora Montgomery. Eso es todo.

Laurie salió dando tumbos del despacho del jefe. Humillada, no se atrevió siquiera a intercambiar miradas con Mrs. Sanford por temor a perder el control de esas lágrimas que había estado reprimiendo. Deseando no tropezarse con nadie, Laurie corrió hacia las escaleras para no tener que esperar el ascensor.

Dio gracias de que su compañera de despacho estuviese aún en la sala de autopsias. Después de cerrar la puerta, Laurie se sentó a su mesa. Se sentía anonadada, como si todos esos meses de duro trabajo hubieran quedado en agua de borrajas por una estúpida indiscreción.

Con una súbita determinación, Laurie descolgó el teléfono. Quería llamar a Bob Talbot para decirle lo que pensaba de él. Pero empezó a dudar y finalmente dejó el auricular en su sitio. En ese momento no tenía fuerzas para un nuevo enfrentamiento, así que respiró hondo y soltó el aire muy despacio.

Intentó volver a su trabajo, pero no podía concentrarse. Abrió su maletín y puso en su interior varias de las fichas por terminar. Tras recoger sus otras pertenencias, Laurie tomó el ascensor a la planta sótano y salió por la rampa del depósito de cadáveres a la Calle 30. No quería arriesgarse a toparse con alguien en la recepción.

Mientras se dirigía al sur por la Primera Avenida seguía lloviendo, cosa que parecía encajar con su estado de ánimo. La ciudad tenía peor aspecto si cabe que por la mañana, con ese manto de humo acre flotando entre los edificios que se alineaban en la calle. Laurie anduvo con la cabeza gacha para evitar los grasientos charcos, la basura y las miradas de la gente sin hogar.

Incluso el edificio donde vivía le pareció más sucio que de costumbre, y mientras esperaba el ascensor pudo percibir el olor de todo un siglo de cebollas fritas y carne con mucha grasa. Al llegar a la quinta planta, lanzó una mirada furiosa al ojo inyectado en sangre de Debra Engler sin atreverse a decirle nada. Una vez en su apartamento, cerró la puerta con tanta fuerza que hizo inclinar un grabado de Klint que había comprado en el Metropolitan.

Tampoco el festivo *Tom* pudo levantarle el ánimo cuando vino a frotársele en la espinilla mientras ella se quitaba la trinchera y metía el paraguas en el estrecho armario del vestíbulo. Finalmente, Laurie fue a la sala de estar y se desplomó en su butaca.

Negándose a ser ignorado, *Tom* saltó sobre el respaldo del sillón y empezó a ronronearle junto al oído derecho. Como eso no surtió efecto, *Tom* se puso a tocarle el hombro con la pata sin parar. Laurie reaccionó finalmente alargando la mano y poniendo el gato sobre su regazo, donde empezó a acariciarle distraídamente.

Cuando la lluvia golpeó la ventana como un puñado de granos de arena, Laurie se lamentó de estar viva. Era la segunda vez en lo que iba de día que pensaba en el hecho de no estar casada. Las críticas de su madre parecían ahora más pertinentes que de costumbre. Se preguntó de nuevo si habría elegido bien su carrera. ¿Y dentro de diez años? ¿Se imaginaba en el mismo atolladero de su solitaria vida cotidiana, esforzándose porque no le pillara el toro del papeleo que comportaban las autopsias, o asumiría obligaciones de tipo administrativo como Bingham?

Con absoluta sorpresa, Laurie notó por primera vez que no

tenía deseo alguno de mandar. Hasta el momento, siempre había intentado sobresalir, ya fuera en la escuela o en la facultad, y aspirar a ser jefa habría encajado bien en ese molde. Sobresalir había sido para Laurie un tipo de rebelión, un intento de hacer que su padre, el gran cirujano de corazón, reconociese por fin su valía. Pero no sirvió de nada. Sabía que a ojos de su padre ella nunca había podido sustituir al hermano mayor que murió a la tierna edad de diecinueve años.

Laurie suspiró. No era propio de ella estar deprimida, y el hecho de estarlo lo acentuaba aún más. Nunca habría pensado que podía ser tan susceptible a las críticas. Quizás había sido desdichada y ni siquiera lo había notado con tantísimo trabajo encima.

Laurie reparó en la lucecita roja del contestador. Estaba parpadeando. Al principio no hizo caso, pero el parpadeo se hacía más insistente a medida que la habitación se sumía en la oscuridad. Después de estar mirando la lucecita durante otros diez minutos, la curiosidad pudo con ella y fue a escuchar la cinta. Era una llamada de su madre, Dorothy Montgomery, quien le pedía que la llamase en cuanto llegara a casa.

—¡Mira qué bien! —dijo Laurie en voz alta. Consideraba si llamar o no, sabiendo de la capacidad de su madre para crisparle los nervios en el mejor de los casos. No le apetecía, precisamente ahora, exponerse una vez más al escepticismo y a los gratuitos consejos de su madre.

Laurie escuchó el mensaje por segunda vez y, tras convencerse de que el tono de voz era de verdadera preocupación, hizo la llamada. Dorothy contestó al momento.

—Gracias a Dios que has telefoneado —le dijo casi sin aliento—. No sé qué habría hecho si no llamas. Estaba pensando mandarte un telegrama. Mañana por la noche celebramos una fiesta y quiero que vengas. Va a venir alguien que deseo que conozcas.

—¡Mamá! —dijo Laurie con exasperación—. No sé si tengo ganas de fiestas. He tenido un mal día, sabes.

—Bobadas —exclamó Dorothy—. Razón de más para salir de ese horroroso apartamento tuyo. Lo pasarás de fábula, ya verás. Te hará bien. La persona a quien quiero que conozcas es el doctor Jordan Scheffield, un oftalmólogo maravilloso, conocido en todo el mundo. Me lo ha dicho tu padre. Y lo mejor de todo es que se ha divorciado hace poco de una mujer espantosa.

—No me interesan las citas a ciegas —dijo Laurie enfadada. No podía creer que su madre no sólo olvidara cuál era su estado en ese momento sino que quisiera hacerla ligar con una especie de oculista divorciado.

—Ya es hora de que conozcas a alguien que valga la pena —dijo Dorothy—. Nunca he comprendido qué viste en ese Sean Mackenzie. Ese chico es un inútil, un maleante y una mala influencia para ti. Me alegro de que por fin rompieras con él para siempre.

Laurie hizo girar los ojos. Su madre estaba en forma. Aun cuando había algo de cierto en lo que decía, no tenía ganas de oírlo justo ahora. Laurie había salido de vez en cuando con Sean desde la escuela. Al principio, su relación fue muy tempestuosa. Pero aunque él no era exactamente un maleante, sí que poseía cierto atractivo de forajido entre su moto y sus malos modales. Durante una temporada esa personalidad «artística» de él, ejerció sobre Laurie un gran poder de seducción. En aquel entonces ella había sido lo bastante rebelde para probar drogas con Jean en varias ocasiones. Pero Laurie esperaba que ésta fuese la separación definitiva.

—Te espero a las siete y media —dijo Dorothy—. Y quiero que te pongas algo bonito, como ese conjunto de lana que te regalé por tu cumpleaños. Ah: y el pelo. Péinatelo hacia arriba. Me encantaría hablar más rato, pero tengo muchísimo que hacer. Hasta mañana, querida. Adiós.

Laurie apartó el auricular de la oreja y se lo quedó mirando con incredulidad en la sala a oscuras. Su madre acababa de colgarle. No sabía si soltar un taco, si reír o si llorar. Dejó el auricular en su horquilla. Por último, se echó a reír. Su madre era un verdadero carácter. Mientras se repetía mentalmente la conversación, le parecía imposible que hubiera tenido lugar. Era como si ella y su madre hablaran en longitudes de onda diferentes.

Paseando por su apartamento, Laurie fue encendiendo las luces y luego corrió las cortinas. Protegida del mundo exterior, se soltó el pelo y se desvistió. Eso la hizo sentir mejor, por alguna razón. La alocada conversación con su madre había conseguido librarla de golpe de sus deprimentes pensamientos. Al meterse en la ducha, Laurie admitió para sí que tendía a ser más emotiva en asuntos profesionales de lo que ella quería. El darse cuenta de ello resultaba molesto. No le importaba vestirse de un modo femenino, pero no pretendía prestar fe al estereotipo de hembra frágil y voluble. De ahora en adelante, intentaría ser más profesional. Se daba cuenta asimismo del error que había cometido al confiar en Bob. Tendría que asegurarse de guardar sus opiniones para sí misma, sobre todo por lo que a los medios de comunicación concernía. Tenía suerte de que Bingham no la hubiera despedido.

Bajo el chorro de agua, Laurie pensaba en prepararse una ensalada y luego estudiar un poco. Después recordó la cena prevista para el día siguiente en casa de sus padres. Aunque su primera reacción había sido absolutamente negativa, estaba empezando a pensarlo mejor. Tal vez le serviría para romper la rutina. Entonces se preguntó hasta qué punto sería insoportable ese oftalmólogo recién divorciado, y cuántos años debía de tener.

2

21:40, LUNES
QUEENS, NUEVA YORK

—Tengo que hacer algo —dijo Tony Ruggerio. Sentía como un hormigueo por todo el cuerpo que le hizo removerse en el lado derecho del asiento delantero del Lincoln sedán negro propiedad de Angelo Facciolo—. Llevamos cuatro noches sentados delante del colmado de D'Agostino. Ya no aguanto más sin hacer nada, ¿me entiendes? Necesito movimiento, algo, lo que sea.

Sus ojos barrieron rápidamente y con nerviosismo la calle lluviosa que tenía ante él. El coche estaba aparcado cerca de una boca de riego en Roosevelt Avenue.

Angelo hizo girar la cabeza con lentitud. Sus ojos semicerrados miraron detenidamente a aquel «muchacho» de veinticuatro años y aspecto juvenil que le habían impuesto. El carácter excitable e impulsivo de Tony bastaba para poner a prueba la paciencia de Angelo. Él pensaba que el «muchacho», cuyo apodo era *El animal*, representaba un impedimento para su manera de trabajar, y otro tanto le había dicho a Cerino. Pero daba lo mismo. Era como hablar con la pared. Cerino le dijo que la ventaja principal de Tony era que no tenía miedo; era ambicioso, fogoso, carecía de escrúpulos y tenía poca conciencia. Cerino le dijo que necesitaba más gente como Tony. Angelo no lo veía muy claro.

Tony medía apenas un metro sesenta y ocho y era nervudo. Lo que le faltaba en estatura intentaba compensarlo en músculo. Acudía regularmente al American Gym de Jackson Heights. Le dijo a Angelo que tomaba suplementos proteínicos y a veces esteroides.

Tony tenía unas facciones redondeadas, étnicas, de italiano

del sur, y el pelo brillante, negro y espeso. Su nariz era un poquito chata y estaba ligeramente ladeada hacia la derecha gracias a sus pinitos de boxeador aficionado. Se había criado en Woodside y no consiguió terminar la segunda enseñanza. En el instituto se había peleado frecuentemente por causa de su estatura así como por su hermana Mary, quien, en el dialecto particular de Tony, era una «tía buena». Siempre había protegido a su hermana, pensando que todos los varones tenían los mismos objetivos que él con respecto al sexo opuesto.

—No aguanto más aquí sentado —dijo Tony—. Tengo que salir del coche —agregó buscando el picaporte.

Angelo le puso la mano en el brazo.

—¡Tranquilo! —dijo Angelo en un tono lo bastante amenazador como para frenar a Tony.

En cierto modo, Cerino había acertado al emparejarlos. Angelo, el «petimetre», servía de excelente contraste para el temerario Tony. Tenía treinta y cuatro años pero parecía mayor. Mientras que Tony era bajo, Angelo era alto y enjuto, con esa cara de cuchillo que le daban sus facciones angulosas. Si Tony era susceptible en cuanto a su estatura, Angelo lo era en cuanto a su piel. Llevaba en el rostro las cicatrices de un caso casi mortal de varicela a los seis años de edad, así, como señales de graves problemas de acné entre los trece y los veintiuno. Mientras que Tony era impulsivo y fogoso, Angelo era cauto y calculador: un sociópata aparentemente sosegado cuyo carácter era fruto de una interminable serie de hogares adoptivos y una temporada de trabajos forzosos en una prisión de máxima seguridad.

Tanto el uno como el otro eran bastante ostentosos con respecto a su guardarropa, si bien Tony nunca acababa de dar la imagen que deseaba; sus trajes, por más caros que fuesen, sentaban siempre mal a ese cuerpo desproporcionadamente musculoso. Por el contrario, Angelo le daba satisfacción incluso a John Gotti *El apuesto* por sus esfuerzos en materia de elegancia en el vestir. No es que fuese un chulo, sino simplemente meticuloso. Sólo vestía trajes, camisas, corbatas y zapatos de Brioni. Si el culto a la musculatura era en Tony una respuesta a su corta estatura, la melindrosa forma de vestir de Angelo respondía a su naturaleza, un tema sobre el cual no toleraba alusión alguna.

Tony se recostó en su asiento. Echó una ojeada hacia donde estaba Angelo. Éste era una de las pocas personas a quien Tony respetaba, temía y envidiaba incluso. Angelo tenía la vida asegurada, poseía contactos y una reputación legendaria.

—Paulie me dijo que Frankie DePasquale se presentaría en esta tienda —dijo Angelo—, de modo que si es preciso esperaremos aquí hasta el mes que viene.

—¡Joder! —murmuró Tony.

En vez de salir del coche, Tony metió la mano en su chaqueta y extrajo su Beretta Bantam calibre 25. Después de soltar el pestillo de resorte, sacó el cargador y contó las balas como si uno de los ocho cartuchos hubiera podido desaparecer desde que media hora antes los contase por última vez.

Cuando Tony tiró del gatillo del arma vacía, Angelo dio un respingo.

—Deja la pistola —dijo—. ¿Qué es lo que te pasa?

—¡Está bien, está bien! —dijo Tony, metiendo otra vez el cargador y devolviendo la pistola a su pistolera—. Cálmate, hombre.

Tony miró a Angelo, quien le devolvió la mirada unos segundos. Tony levantó las manos. Conocía lo bastante a Angelo para saber que estaba enfadado.

—El arma está en su sitio. Tranquilízate ya.

Angelo no dijo nada y se limitó a seguir observando la entrada de la tienda de D'Agostino mirando la gente que entraba y salía.

Tony suspiró ruidosamente.

—Desde que esos hijos de puta le arrojaron ácido a Paulie en la cara, llevamos un mes alucinante. Puede que los pobres se hayan rajado, igual se han largado de la ciudad. Es lo que yo habría hecho. Al día siguiente me habría ido muy lejos de aquí, a Florida o a la costa. A lo mejor estamos esperando en vano. ¿Has pensado en eso?

—A Frankie le han visto —dijo Angelo—. Le han visto aquí, en la tienda de D'Agostino.

–¿Y cómo pasó? –preguntó Tony–. Primero de todo, ¿cómo pudieron acercarse a Cerino?

–No fue complicado –contestó Angelo–. Vinnie Dominick convocó la reunión con Cerino. Nada de armas, fue el trato. Todo el mundo tenía que dejar la artillería en el coche. Se utilizó incluso un detector de metales que Cerino se había llevado del aeropuerto Kennedy. Cuando Terry Manso empezó a servir el café, le arrojó una taza de ácido a la cara de Paul. Sabemos que Frankie estaba implicado porque vino con Manos.

–¿Cómo consiguió huir Frankie? –preguntó Tony.

–En cuanto le tiraron el ácido a Paulie se fue la luz –dijo Angelo–. Se armó un lío de mil demonios. Paulie gritando y todo el mundo poniéndose a cubierto en la oscuridad. Yo estaba junto a la ventana que da a la calle. Arrojé una silla contra el cristal y me lancé fuera. Fue entonces cuando vi a Manso saliendo por la puerta principal. Frankie ya estaba subiendo al coche. Todo sucedió muy deprisa, muy pocos pudieron reaccionar.

–¿Cómo conseguiste coger a Manso?

–Hubo una carrera –dijo Angelo–. Y Manso perdió. Mi coche estaba justo enfrente del restaurante; yo tenía el arma en el asiento delantero por si algo iba mal. Hice dos disparos mientras Manso trataba de subir al coche. No lo logró. Las dos balas le entraron por la espalda.

–¿Cuántos intervinieron? –preguntó Tony. Había sentido curiosidad por el incidente del ácido desde que se enteró de que había ocurrido, pero le daba miedo sacar el asunto a relucir.

–Tal como yo lo veo, debieron ser dos más, aparte de Manso y DePasquale –dijo Angelo–. Una de las razones por las que quiero hablar con Frankie es para asegurarme.

–¡Qué increíble! –dijo Tony meneando la cabeza–. No me imagino cuánto debió de prometerles la gente de Lucia por dar un golpe como éste.

–Nadie lo sabe con seguridad –dijo Angelo–. De hecho, se rumorea que los cabrones lo hicieron por cuenta propia, pensando que la gente de Lucia los recompensaría por sus cojones. Pero por lo que sabemos, los de Lucia ni siquiera lo han admitido.

–Qué falta de respeto –murmuró Tony–. Tirarle ácido a la cara. ¡Joder!

–Ahora que lo pienso –dijo Angelo–. ¿Has traído el ácido de batería?

–Claro que sí, hombre –dijo Tony–. Está en el viejo maletín de médico de Doc Travino, en el asiento de atrás.

–Bien –dijo Angelo–, a Paulie le va a gustar. Es un buen toque.

Tony se estiró. Estuvo callado durante un minuto y luego se aclaró la garganta:

–¿Qué me dices si salgo un momentito del coche? Me gustaría hacer un poco de gimnasia. Tengo los hombros entumecidos.

Angelo juró por lo bajo y le dijo a Tony que estar con él en el coche era como estar encerrado con un crío de dos años.

–Perdona –dijo Tony arqueando las cejas–. Es que estoy acostumbrado a un poco más de movimiento.

Entrelazando las manos, Tony realizó una serie de ejercicios isométricos. En mitad de una de esas maniobras se detuvo y miró por la ventanilla lateral.

–¡Hostia! Ése que pasa por ahí ¿no es Frankie DePasquale? –dijo Tony excitadísimo.

Angelo se inclinó hacia delante para ver:

–Pues sí, parece él.

–¡Por fin! –exclamó Tony, manipulando torpemente para sacar su arma y alcanzar el picaporte. Entonces notó la mano de Angelo en su brazo. Sorprendido, miró a su tutor.

–Aún no –dijo Angelo–. Hemos de asegurarnos de que va solo. No podemos meter la pata. Puede que sea nuestra única oportunidad y Paulie no quiere más problemas.

Como un anhelante perro de caza aguantándose a duras penas las ganas de lanzarse sobre su peluda presa, Tony vio cómo Frankie DePasquale desaparecía en la concurrida tienda de comestibles. Para su sorpresa, Angelo puso el coche en marcha.

–¿A dónde vas? –inquirió Tony.

–Sólo estoy reculando un poco –explicó Angelo–. Parece que Frankie va solo. Le cogeremos cuando vuelva a salir.

Angelo hizo marcha atrás y se puso en ángulo a la altura de una parada de autobús. Dejó el motor en marcha. Aguardaron.

Al cabo de veinte minutos, Frankie salió de la tienda con paquetes en ambas manos. Angelo y Tony le vieron caminar directamente hacia ellos.

–Parece un adolescente –dijo Angelo.

–Lo es –dijo Tony–. Tiene dieciocho años. Iba a la clase de mi hermana antes de que empezara a salir con malas compañías y colgar los estudios.

–¡Ahora! –gritó Angelo.

A la velocidad del rayo, Angelo y Tony salieron a la vez del coche y se pusieron delante del sorprendido Frankie, cuyos ojos se abrieron de par en par mientras dejaba caer la mandíbula.

–Hola Frankie –dijo Angelo con calma–. Tenemos que hablar.

La respuesta de Frankie fue dejar caer la compra. Las bolsas se rompieron al dar contra la acera mojada y varias latas de pasta con tomate salieron rodando por la reguera. Frankie se volvió y empezó a correr.

Tony le agarró en seguida por detrás, haciéndole caer a la calzada. Sujetándole contra el suelo, le cacheó rápidamente y le sacó una pequeña Saturday especial. Tony se metió el arma en el bolsillo y puso al aterrorizado muchacho boca arriba. De cerca, Frankie parecía tener menos de dieciocho años. En realidad, parecía que aún no había empezado a afeitarse.

–¡No me hagas daño! –suplicó Frankie.

–¡Cierra el pico! –cortó Tony. Ese chico era un flojo. Qué asco.

Angelo aparcó junto a ellos. Con el motor encendido saltó del coche. Varios transeúntes se habían detenido bajo sus paraguas y miraban como tontos el espectáculo. Angelo se abrió paso.

–Venga, muévanse –les ordenó–. Somos de la policía.

Angelo sacó y volvió a guardar en seguida una vieja placa del departamento de policía que llevaba siempre en el bolsillo para ocasiones como ésta. El que pusiera Ozone Park cuando en realidad estaban en Woodside no importaba demasiado. Lo que causaba el efecto deseado era la forma y el lustre del metal. La pequeña multitud empezó a dispersarse.

—¡No son de la policía! —aulló Frankie.

Tony respondió a la exclamación de Frankie poniéndole a un lado de la cabeza su Beretta Bantam.

—Una palabra más, chaval, y pasas a la historia.

—Al coche —ordenó Angelo.

Angelo a un costado y Tony al otro, levantaron a Frankie y lo arrastraron hasta el coche. Le hicieron entrar abriendo la puerta de atrás y bajándole la cabeza. Tony subió detrás de él. Angelo dio la vuelta a toda prisa y ocupó el asiento del conductor. Con un rechinar de neumáticos, se dirigieron al oeste por Roosevelt Avenue.

—¿Por qué me hacéis esto? —preguntó Frankie—. Yo no os he hecho nada.

—¡Cállate! —dijo Angelo desde el asiento delantero. No perdía de vista el espejo retrovisor. Si hubiera habido el menor indicio de complicación, habría torcido por Queens Boulevard. Pero como todo estaba tranquilo, decidió seguir recto. Cuando Roosevelt se convirtió en Greenpoint, empezó a tranquilizarse.

—Muy bien, cabrón —dijo Angelo, mirando por el retrovisor—. Empieza a hablar.

Pudo ver que Frankie se encogía en el rincón, manteniéndose todo lo lejos de Tony que le era posible. Tony sostenía su pistola en la mano izquierda con el brazo extendido sobre el respaldo. Sus ojos no dejaban a Frankie ni un momento.

—¿De qué queréis hablar? —preguntó Frankie.

—De lo que le hicisteis tú y Manso a Paulie Cerino —dijo Angelo—. Seguro que has adivinado que trabajamos para Mr. Cerino.

Los ojos de Frankie pasaron rápidamente de la cara de Tony a su arma y luego a la imagen de Angelo que veía por el retrovisor. Estaba aterrorizado.

—Yo no lo hice —dijo—. Sólo estaba allí. Fue idea de Manso. Me obligaron. Yo no quería hacerlo, pero ellos amenazaron a mi madre.

—¿Ellos? ¿Quiénes?

—Bueno, Terry Manso —dijo Frankie—. Fue él solo.

Con un golpe súbito y feroz, Tony le partió la cara a Frankie con el cañón de la pistola.

Frankie gritó y se llevó las palmas de las manos a la cara. Entre sus dedos empezó a correr un reguero de sangre.

—¿Es que te crees que somos estúpidos? —dijo despectivamente Tony.

—No le pegues todavía —dijo Angelo—. A lo mejor quiere cooperar.

—No me peguéis más por favor —rogó Frankie entre sollozos.

Tony soltó un taco e hizo pasar el cañón de su pistola entre los dedos de Frankie para metérselo en la boca.

—Como no te espabiles y dejes de jodernos, te van a quedar los sesos desparramados por todo el coche.

—¿Quién más estaba metido? —volvió a preguntar Angelo.

Tony retiró el cañón de su arma para que Frankie pudiese hablar.

—Fue sólo Manso —sollozó Frankie—. Él me obligó a acompañarle.

Angelo meneó la cabeza disgustado.

—Está claro que no quieres cooperar, Frankie. Acuérdate de las luces. En el momento en que Manso arrojó el ácido, las luces se apagaron. No fue coincidencia. ¿Quién andaba jodiendo con las luces, eh? Y el coche. ¿Quién conducía el coche?

—Yo no sé nada de las luces —dijo Frankie sollozando otra vez—. No me acuerdo de quién conducía. Alguien que no conozco. Debió de contratarlo Manso.

Angelo meneó la cabeza disgustado. La cosa se ponía difícil. Odiaba esta clase de trabajo sucio. Había abrigado vagas esperanzas de que Frankie desembucharía en cuanto le metieran en el coche. Evidentemente no iba a ser así.

Al levantar la vista para mirar por el retrovisor, Angelo captó por un momento la cara de Tony a la luz parpadeante de las farolas que dejaban atrás. Tony lucía una de esas sonrisas que dejaban bien a las claras que estaba disfrutando. El propio Angelo pensaba que de vez en cuando Tony podía dar miedo.

Llegados a la zona de pilares de Greenpoint en Brooklyn,

Angelo torció a la derecha por Franklin y luego a la izquierda por Java. Todo parecía en ruinas, sobre todo a medida que se aproximaban al agua. Se sucedían los almacenes a pie de calle. Setenta y cinco o cien años atrás había sido una floreciente zona portuaria, pero desde entonces se había transformado casi por entero, a excepción de alguna empresa aislada, como la planta que Pepsi-Cola tenía cerca de Newtown Creek.

—Todos abajo —dijo Angelo.

Estaban aparcados a la sombra de un almacén enorme edificado justo encima del muelle que se adentraba en el East River casi un centenar de metros. Al otro lado del río estaba la mole monumental de la reluciente silueta de rascacielos de Manhattan. Tony salió del coche con el maletín negro de Doc Travino e hizo señas a Frankie para que saliera.

Angelo abrió la cerradura de una puerta elevada del almacén, y tras levantarla, instó a Frankie a entrar. Frankie dudaba en el lóbrego umbral.

—Os he dicho todo lo que sé. ¿Qué queréis de mí?

Tony le propinó a Frankie un empujón que le hizo tambalear hacia delante. El clic del interruptor resonó en el cavernoso almacén cuando Angelo encendió las lámparas de vapor de mercurio. Al principio sólo fue un resplandor, pero a medida que se alejaban del muelle arrastrando a un renuente Frankie, las lámparas daban una luz cada vez más viva, hasta que pronto bastó para iluminar los enormes rimeros de plátanos que ocupaban todo el almacén.

—¡Por favor! —gimió Frankie, pero Angelo y Tony hacían caso omiso.

Fueron hasta el fondo del almacén, donde abrieron una puerta con paneles. Angelo buscó el interruptor que activaba una solitaria bombilla suspendida de un alambre sin aislar. En el cuarto había una vieja mesa metálica de despacho sin cajones, unas sillas y un gran agujero en el suelo. Más allá del agujero, el agua del East River parecía más aceite que agua cuando se arremolinaba en torno a los pilotes del muelle al compás de la marea.

—Os estoy diciendo la verdad —lloriqueó Frankie—. Fue Manso. Yo no tuve más remedio que ir. No sé nada más.

—Claro, Frankie —dijo Angelo y volviéndose hacia Tony agregó—: Átale a una silla.

Tony dejó el maletín de Doc Travino sobre la mesa y lo abrió. De dentro extrajo un trozo de cuerda de tender. Luego, con una sonrisa perversa, le dijo a Frankie que se sentara en una de las sillas de madera. Frankie obedeció. Mientras Tony le ataba, Angelo encendió un cigarrillo.

Tony dio un par de tirones a la cuerda para comprobar los nudos que había hecho. Contento, se puso en pie y le hizo una señal con la cabeza a Angelo.

—Por última vez, Frankie —dijo Angelo—. ¿Quién más estaba metido en lo del ácido? ¿Tú, Manso y quién más?

—Nadie —sollozó Frankie—. Es la verdad.

Angelo le echó el humo a la cara, burlándose. Luego, lanzándole una mirada a Tony, dijo:

—El suero de la verdad.

Tony sacó del maletín de Doc Travino un pequeño frasco de cristal y un cuentagotas. Le entregó ambas cosas a Angelo, quien desenroscó el tapón y olisqueó el contenido cautelosamente. Al subirle la vaharada, echó la cabeza atrás en seguida.

—Coño, qué cosa más fuerte.

Parpadeó unas cuantas veces y se secó unas lágrimas del rabillo del ojo.

—¿Hay alguna posibilidad de que cambies la historia que nos has contado? —preguntó Angelo tranquilamente tras acercarse a Frankie.

—Estoy diciendo la verdad —insistió Frankie.

Angelo miró a Tony:

—Echale la cabeza para atrás.

Tony agarró un mechón de pelo del chico a la altura de la frente y tiró violentamente de su cabeza hacia atrás.

—A ver, Frankie —dijo Angelo inclinándose sobre la cara de Frankie, que miraba al techo—. ¿Alguna vez has oído la frase «ojo por ojo, diente por diente»?

Sólo entonces Frankie se dio cuenta de lo que pasaba. Pero pese a sus intentos de apretar los ojos para mantenerlos cerrados, Angelo consiguió vaciarle el cuentagotas en el párpado inferior derecho.

Un ligero ruido como de agua salpicando en una sartén caliente precedió a un grito escalofriante cuando el ácido sulfúrico corroyó el delicado tejido ocular de Frankie. Angelo miró a Tony y reparó en que su sonrisa se había convertido en una mueca de placer. Angelo se preguntó a dónde irían a parar con esta nueva generación. Este Tony lo estaba pasando la mar de bien. Para Angelo, no se trataba de diversión, sino de trabajo. Ni más ni menos.

Angelo puso el frasco de ácido sulfúrico sobre la mesa y dio un par de chupadas a su cigarrillo. Cuando los gritos se convirtieron en sollozos entrecortados, Angelo se inclinó sobre Frankie y le preguntó tranquilamente si deseaba cambiar la historia.

—¡Habla! —ordenó Angelo cuando pareció que Frankie no le hacía caso.

—He dicho la verdad —logró pronunciar Frankie.

—¡Será posible! —musitó Angelo mientras volvía a por el ácido. Girándose para llamar a Tony, dijo—: Aguántale la cabeza otra vez.

—¡No! ¡Espera! —dijo Frankie con voz ronca—. No me hagas daño. Os diré lo que queréis saber.

Angelo volvió a dejar el ácido sobre la mesa. Frankie seguía derramando lágrimas, especialmente por el ojo donde le habían arrojado el ácido.

—Está bien, Frankie —dijo Angelo—. ¿Quién más estaba metido?

—Tienes que darme algo para el ojo —gimió Frankie—. Me está matando.

—Nos ocuparemos de ello en cuanto nos digas lo que queremos —dijo Angelo—. Vamos, Frankie. Estoy perdiendo la paciencia.

—Bruno Marchese y Jimmy Lanso —murmuró Frankie.

Angelo miró a Tony.

Tony asintió con la cabeza

—He oído hablar de Bruno. Es de por aquí.

—¿Dónde podemos encontrar a esos chicos para hablar con ellos? —preguntó Angelo.

—Calle 55, 3822, apartamento uno —dijo Frankie—. Es al lado de Northern Boulevard.

Angelo sacó un trozo de papel y anotó la dirección.

—¿Quién tuvo la idea? —preguntó.

—Manso —sollozó Frankie—. Os estaba diciendo la verdad. Él tuvo la idea de que si lo hacíamos, nos convertiríamos en soldados de Lucia y formaríamos parte de su círculo de íntimos. Pero yo no quería. Tuvieron que obligarme a ir.

—¿No podías habérnoslo dicho en el coche, Frankie? —preguntó Angelo—. Nos habríamos ahorrado problemas y tú te habrías ahorrado desgracias.

—Tenía miedo de que los otros me mataran si descubrían que había hablado —dijo Frankie.

—O sea que te preocupan más tus amigos que nosotros, ¿eh? —preguntó Angelo poniéndose detrás de Frankie. Ese comentario había herido los sentimientos de Angelo—. Es curioso. Pero ahora da igual. Ya no tienes que preocuparte de tus amigos porque nosotros nos ocuparemos de ti.

—Tenéis que darme algo para el ojo... —dijo Frankie.

—Claro, hombre —dijo Angelo. Con toda suavidad y sin vacilar un segundo, sacó su automática Walther TPH y disparó a Frankie en la cabeza justo encima de la nuca. La cabeza de Frankie saltó hacia delante y se desplomó sobre su pecho.

La premura del acto final sorprendió a Tony, quien dio un respingo y retrocedió viéndose venir un revoltijo de carne sanguinolenta. Pero no hubo nada de eso.

—¿Por qué no me has dejado a mí? —gimoteó.

—Cálla y desátale —ordenó Angelo—. No hemos venido a divertirnos. Recuerda que estamos trabajando.

Una vez que Tony hubo desatado a Frankie, Angelo le ayudó a llevar el fláccido cuerpo hasta el agujero del suelo. Contaron hasta tres y le tiraron al río. Angelo se quedó mirando hasta asegurarse de que la corriente arrastraba el cadáver hacia el río propiamente dicho.

—Volvamos a Woodside para hacer una visita de cortesía a los otros —dijo Angelo.

La dirección que Frankie les había dado era una casa de dos pisos con terraza y un apartamento en cada planta. La puerta exterior estaba cerrada con llave, pero su mecanismo aceptaba tarjetas de crédito. En un minuto estuvieron dentro.

Tomando posiciones a ambos lados de la puerta del apartamento número uno, Angelo llamó con la mano. No acudió nadie. Habían visto luces encendidas desde la calle.

—Reviéntala —dijo Angelo señalando la puerta con la cabeza.

Tony retrocedió unos pasos y luego dio un patadón a la puerta. La jamba se hizo astillas a la primera y la puerta osciló hacia dentro. En un abrir y cerrar de ojos, Angelo y Tony habían entrado en el apartamento y empuñaban con ambas manos sus respectivas armas. El lugar estaba vacío exceptuando unas cuantas botellas semivacías de cerveza encima de la mesa de centro. El televisor estaba encendido.

—¿Qué opinas tú? —preguntó Tony.

—Se habrán asustado al ver que Frankie no volvía —dijo Angelo, encendiendo un cigarrillo y reflexionando un momento.

—¿Y ahora, qué? —dijo Tony.

—¿Sabes dónde vive la familia de ese Bruno? —preguntó Angelo.

—No, pero puedo averiguarlo —dijo Tony.

—Hazlo —dijo Angelo.

3

7:55, MARTES
MANHATTAN

La mañana era espléndida mientras Laurie Montgomery se dirigía hacia el norte por la Primera Avenida, cerca de la Calle 30. Nueva York había mejorado de aspecto en ese aire fresco y tonificante, limpio de impurezas tras un día de lluvia. Indudablemente, hacía más frío que días anteriores y en ese sentido era una preocupante advertencia del invierno que se avecinaba. Pero había salido el sol y soplaba suficiente brisa para dispersar los gases de combustión de los vehículos que avanzaban a empellones en la dirección de Laurie.

Laurie caminaba con paso decididamente elástico. Estaba cerca del centro forense. Se sonrió al pensar en cómo se sentía esta mañana comparado con cómo se había sentido al salir de casa la noche anterior. La regañina de Bingham había sido desagradable pero merecida. Ella se había equivocado. De haber sido ella el jefe, se habría enfadado igual.

Al acercarse a la escalera principal, se preguntó qué le depararía la jornada. Un aspecto de su trabajo que le gustaba en particular era su calidad de imprevisible. Sólo sabía que tenía programadas unas autopsias. No tenía la menor idea de cuáles casos o qué tipo de enigmas intelectuales encontraría el día de hoy. Casi cada vez que iba a una autopsia se enfrentaba a alguna cosa nunca vista, algo que a veces ni tan sólo había estudiado. Era un trabajo en el que constantemente se descubrían cosas.

Esta mañana la recepción estaba relativamente tranquila. Seguía habiendo gente de la prensa en busca de noticias sobre el caso de la «colegiala asesinada 2». El asesinato del día anterior en Central Park había ocupado la primera página de los periódicos sensacionalistas y de los telediarios locales.

Laurie se detuvo un momento antes de entrar. En uno de los sofás de vinilo divisó a Bob Talbot charlando animadamente con otro reportero. Tras dudar un momento, Laurie avanzó decidida hacia el sofá.

—Bob, me gustaría hablar un momento contigo —dijo. Luego, dirigiéndose al acompañante de Bob, añadió—: Siento interrumpir.

Bob se levantó ansioso y se fue aparte con Laurie. Su actitud le sorprendió. Ella esperaba de él un comportamiento más manso y pesaroso.

—Eso de verte dos días seguidos debe de ser un récord —dijo Bob—. Es un placer al que podría acostumbrarme.

Laurie fue al grano:

—Me parece increíble tu falta de respeto por la confidencia que te hice ayer. Lo que dije iba sólo para ti.

A Bob le pilló desprevenido que Laurie le regañara.

—Lo siento muchísimo. No pensaba que lo que me estabas diciendo fuese un secreto. Tú no me lo dijiste.

—Podías haberlo pensado —bufó Laurie—. No hacía falta ser un científico de la NASA para imaginar lo que podía suponer para mi reputación en este centro.

—Lo siento —repitió Bob—. No volverá a suceder.

—Exacto, no volverá a suceder —dijo Laurie.

Laurie se dio la vuelta y fue hacia la puerta interior, sin hacer caso de Bob mientras éste la llamaba. Pero a pesar de ignorarle, su ira no había menguado. Después de todo, lo que le había dicho el día antes era la verdad. Laurie se preguntó vagamente si no debería sentirse más molesta por los aspectos sociales y políticos a los que se había referido Bingham que por Bob. Uno de los atractivos de la patología en general y de la forense en particular era para Laurie que trataban de la verdad, al menos teóricamente. La idea de comprometerse por una razón u otra la turbaba. Deseó no tener que elegir nunca entre sus escrúpulos y el politiqueo.

Después de que Marlene Wilson la hiciera pasar, Laurie fue directamente a la sala de Identificación. Como de costumbre Vinnie Amendola estaba tomando café mientras leía detenidamente las páginas de deportes. Si la fecha del periódico no hubiera sido la de hoy, ella habría jurado que Vinnie no se había movido de allí. Si había reparado en Laurie, no lo hizo notar. Riva Mehta, compañera de despacho de Laurie, estaba en Identificación. Era una mujer india, delgada y de tez oscura, con una voz suave y sedosa. El lunes no habían coincidido.

—Parece que hoy es tu día de suerte —dijo Riva en broma. Estaba tomándose un café antes de subir al despacho. El martes era su día de papeleo.

—¿Y eso? —inquirió Laurie.

Vinnie se rió sin levantar la vista del diario.

—Tienes una boya por homicidio —dijo Riva.

Una boya era un cadáver que había estado en el agua durante cierto tiempo. Por regla general no eran casos deseables puesto que frecuentemente estaban en avanzado estado de descomposición.

Laurie examinó el programa que Calvin había preparado para esa mañana. En él constaban las autopsias del día y las personas a quienes les habían sido asignadas. Junto al nombre de Laurie había dos sobredosis de droga y un homicidio con HB, siglas que correspondían a Herida de Bala.

—El cadáver fue sacado esta mañana del East River —dijo Riva—. Al parecer un guardia jurado muy atento lo ha visto pasar flotando por el Sea Port de South Street.

—Fantástico —dijo Laurie.

—No es para tanto —apuntó Vinnie—. No hacía mucho que estaba en el agua. Sólo unas horas.

Laurie asintió aliviada. Eso significaba que a lo mejor no tendría que atender el caso en la sala de descomposión. No era el olor lo que la molestaba de esos casos, sino el aislamiento. La sala de descomposión estaba al otro lado del depósito, separada del resto. Laurie prefería con mucho estar en el verdadero meollo y relacionarse con el resto del equipo. En la sala principal de autopsias había siempre mucho toma y daca. A menudo aprendía más con los casos de los otros que con los suyos.

Laurie miró el nombre de la víctima y su edad: Frank DePasquale.

—El pobre tenía sólo dieciocho años —dijo—. Qué pena.

Y como en la mayoría de estos homicidios, puede que nunca se resuelva el caso.

—Es probable —concedió Vinnie, luchando por doblar el periódico por la página siguiente.

Laurie dio los buenos días a Paul Plodgett cuando éste apareció en la puerta. Tenía unas grandes bolsas oscuras bajo los ojos. Laurie le preguntó cómo iba su famoso caso.

—No me preguntes —dijo Paul—. Menuda pesadilla.

Laurie se sirvió una taza de café y cogió las carpetas de sus tres casos del día. Cada carpeta contenía una hoja de trabajo, un certificado de defunción parcialmente completado, un inventario de antecedentes de medicina legal, dos hojas para las notas de autopsia, una notificación telefónica de la muerte, una identificación completa en una hoja, un informe de investigación, una hoja para el informe de la autopsia y una ficha de laboratorio para los análisis de los anticuerpos del VIH.

Mientras examinaba todo este material, Laurie reparó en los nombres de otros dos casos: Louis Herrera y Duncan Andrews. Se acordaba del nombre de Duncan Andrews por lo del día anterior.

—Era el caso por el que me preguntaba ayer —dijo una voz desde más arriba de los hombros de Laurie. Ella se volvió y al levantar la vista encontró los ojos, negros como el carbón, de Calvin Washington. Él se había acercado por detrás para señalar con el dedo el nombre de Andrews—. Al verlo, he pensado que le interesaría el caso.

—Por mí está bien —dijo Laurie.

Cada inspector médico tenía su propio sistema de enfocar su día de autopsia. Algunos cogían todo el material y se iban inmediatamente escaleras abajo. Laurie tenía otro *modus operandi.* Le gustaba llevarse todos los papeles a su despacho a fin de organizar la jornada del modo más racional posible. Con su café en una mano, el maletín en la otra y las tres nuevas carpetas bajo el brazo, Laurie se dirigió al ascensor. Estaba a mitad de camino cuando el sargento Murphy, uno de los policías actualmente asignados al servicio de inspección médica, la llamó por su nombre. El sargento que era un irlandés entusiasta de mejillas coloradas, salió del cuartito de la policía, seguido de otro hombre.

–Doctora Montgomery, quiero que conozca al teniente detective Lou Soldano –dijo Murphy, ufano–. Es uno de los mandamases del departamento de homicidios del distrito centro.

–Encantado de conocerla, doctora –dijo Lou, ofreciendo la mano. Era un hombre atractivo, de tez morena y peso medio, con unas facciones bien definidas y unos ojos vivos que en ese momento estaban fijos en la cara de ella. Llevaba el pelo muy corto, lo cual encajaba con su cuerpo fornido y musculoso.

–Lo mismo digo –afirmó Laurie–. No solemos ver muchos tenientes de policía por aquí.

Laurie se sentía un poco inquieta bajo la mirada imperturbable del teniente.

–No nos dejan salir mucho de la jaula –dijo Lou–. Me paso el día pegado a la mesa, pero sigue gustándome salir a hurtadillas de vez en cuando, y más en determinados casos.

–Espero que disfrute de la visita –dijo Laurie. Luego sonrió y se dispuso a marcharse.

–¡Un momento, doctora! –dijo Lou–. Me han dicho que le toca hacer la autopsia de Frank DePasquale. Digo yo si tendría inconveniente en que mire. Ya he hablado con el doctor Washington.

–En absoluto –dijo Laurie–. Está usted invitado, si puede aguantarlo.

–He presenciado varias autopsias –dijo Lou–. No creo que haya ningún problema.

–Estupendo –dijo Laurie.

Se produjo una pausa incómoda; nadie dijo nada durante unos instantes. Por fin, Laurie se dio cuenta de que el hombre esperaba instrucciones.

–Iba a mi despacho –dijo ella–. Normalmente repaso primero los papeles. ¿Le importa acompañarme?

–Será un placer –dijo Lou.

Laurie le miró más detenidamente mientras subían en el ascensor. Era un hombre de complexión atlética, robusto y evidentemente inteligente, cuya desgarbada apariencia le recordaba vagamente a Colombo, el detective de televisión popularizado por Peter Falk. La raya de su pantalón había desaparecido hacía años. Pese a que sólo eran poco más de las ocho de la mañana, una sombra de barba le asomaba ya a la cara.

Como si le hubiera leído el pensamiento, Lou se pasó tímidamente la mano por las mejillas.

–Supongo que voy hecho un desastre –dijo Lou–. Estoy levantado desde las cuatro y media, cuando el cadáver de DePasquale ha aparecido en la playa. No he tenido tiempo de afeitarme. Espero que no le moleste. Yo no busco parecerme al Don Johnson de *Corrupción en Miami*.

–No me había fijado –mintió Laurie–. Pero ¿por qué le interesa tanto a un teniente detective el homicidio de un joven de dieciocho años? ¿Tiene algo de especial este caso que yo deba saber?

–Realmente no –dijo Lou–. Hay algo personal. Antes de que me ascendieran a teniente y me destinaran a Homicidios, había pasado seis años en la unidad antimafia. Con DePasquale las dos secciones se superponen. DePasquale era un joven matón relacionado con la organización delictiva de la familia Lucia. Puede que sólo tuviera dieciocho años, pero su historial era largo.

El ascensor se detuvo en la quinta planta y Laurie hizo ademán de salir.

–Como seguramente habrá adivinado ya –prosiguió Lou, siguiendo a Laurie por el corredor–, la muerte de DePasquale fue sin duda una ejecución.

–¿De veras? –inquirió Laurie. De momento, nada le parecía fuera de duda.

–Está clarísimo –dijo Lou–. Verá cómo descubre que le dispararon de cerca con un arma de pequeño calibre en la base del cráneo. Es el método habitual y comprobado. Nada de líos, nada de quejas.

Entraron en el despacho de Laurie y ésta presentó a Lou a Riva, que ya estaba metida en el trabajo. Laurie cogió una silla para Lou y la puso cerca de su mesa. Ambos se sentaron.

–Usted ya habrá visto antes algún caso de ejecución al estilo del hampa, ¿no es cierto? –preguntó Lou.

–No estoy segura –dijo Laurie evasivamente. En la facultad

de medicina había aprendido a dar respuestas vagas cuando las preguntas eran directas. No quería dar la impresión de carecer de experiencia.

–Normalmente son indicio de fricciones entre organizaciones rivales –dijo Lou–. Y en este caso significaría que existen desavenencias entre los clanes Lucia y Vaccarro. Son los dueños del área de Queens, y sus respectivos intereses están vigilados por dos patrones de importancia media, Vinnie Dominick y Paul Cerino. Mi teoría es que Paul Cerino tuvo que ver en el asesinato del pobre Frank DePasquale, y, si así fuera, no quisiera otra cosa que atraparle con una acusación en firme. Le fui detrás durante los seis años que estuve en Crimen Organizado y nunca pude conseguir una acusación a la que agarrarme. Pero si puedo relacionarlo con un delito capital como liquidar a DePasquale, será como si me hubiera tocado la lotería.

–Eso nos hace responsables a nosotros –dijo Laurie mientras abría la carpeta correspondiente a DePasquale.

–Si usted o el laboratorio consiguen algo, les estaría eternamente agradecido –dijo Lou–. Necesitamos una especie de punto de partida. El problema con gente como Cerino es que mantienen tanta distancia entre ellos y los crímenes cometidos en su nombre, que rara vez logramos colgarles una sola acusación.

–¡Maldita sea! –dijo Laurie de repente. Mientras escuchaba a Lou había estado repasando el informe de DePasquale.

–¿Qué pasa? –preguntó Lou.

–A DePasquale no le hicieron radiografías –dijo Laurie. Luego cogió el teléfono y marcó el número del depósito–. Hemos de tener radiografías antes de la autopsia. Lástima, esto va a retrasar las cosas. Tendré que pasar primero otro de los casos. Lo siento.

Lou se encogió de hombros.

Laurie le dijo al técnico del depósito que atendió al teléfono que le hicieran radiografías a DePasquale cuanto antes mejor. El técnico aseguró que harían todo lo posible. Cuando Laurie estaba colgando, Calvin Washington apareció en la puerta del despacho ocupando todo el espacio.

—Laurie —dijo Calvin—, tenemos un problema que usted debe saber.

Calvin entró y Laurie se puso en pie.

—¿De qué se trata? —preguntó ella, dándose cuenta de que Calvin miraba a Lou interrogativamente.

—Creo que ya conoce al teniente Soldano, doctor Washington.

—Ah, sí —dijo Calvin—. No me haga caso. Cosas de la enfermedad de Alzheimer. Nos hemos visto esta misma mañana.

Calvin estrechó la mano de Lou, que se había levantado al presentarle Laurie.

—Siéntense los dos —tronó Calvin—. Laurie, debo advertirle que ya nos han llegado los primeros toques de la oficina del alcalde por el caso de ese Duncan Andrews. Parece que el difunto tiene ciertas conexiones políticas de importancia. Así que habrá que cooperar. Quiero que se esfuerce por encontrar alguna causa natural de la muerte que pueda minimizar el asunto de las drogas. La familia lo preferiría así.

Laurie levantó la vista para mirar a Calvin, casi esperando que de su cara brotase una amplia sonrisa al decir que sólo era una broma. Pero la expresión de Calvin permanecía inmutable.

—No sé si he entendido bien —dijo Laurie.

—No puedo decirlo más claro —afirmó Calvin, cuya notoria y escandalosa impaciencia empezaba a asomar.

—¿Qué pretende que haga, mentir? —preguntó Laurie.

—¡No, por Dios, doctora Montgomery! —soltó Calvin—. ¿Qué tengo que hacer? ¿Dibujarle un mapa? Sólo le pido que meta la nariz todo cuanto le sea posible, ¿de acuerdo? Busque una placa coronaria, un aneurisma, lo que sea, y me lo pone por escrito. Y no se haga la sorprendida o la santurrona. La política, aquí desempeña un papel y cuanto antes lo aprenda mucho mejor estaremos todos. Hágalo y basta.

Calvin se volvió y se fue tan rápido como había venido.

Lou lanzó un silbido y se sentó.

—Vaya tío —dijo.

Laurie meneaba la cabeza, incrédula. Luego, mirando a Riva, que no había dejado un momento de trabajar, dijo:

—¿Has oído eso?

—A mí me pasó también una vez —dijo Riva sin levantar la vista—. Pero en mi caso era un suicidio.

Con un suspiro, Laurie tomó asiento en su sillón de escritorio y miró a Lou:

—No sé si estoy preparada para sacrificar la integridad y la ética por consideración a la política.

—Me parece que no era eso lo que el doctor Washington le estaba pidiendo —dijo Lou.

Laurie notó que se sonrojaba.

—¿Ah, no? Lo siento, pero yo creo que sí.

—No pretendo meterme en su trabajo —dijo Lou—, pero yo diría que el doctor Washington sólo quiere que destaque cualquier causa natural de la muerte que pueda encontrar. El resto es cuestión de interpretación. Por lo visto, este caso es especial. Se trata del mundo real contra el mundo de la simulación.

—Bien, al parecer es usted indiferente al hecho de falsificar los detalles —dijo Laurie—. Se supone que en Patología tratamos con la verdad.

—Vamos, vamos —dijo Lou—. ¿Qué es la verdad? Si la vida está llena de matices grisáceos, ¿por qué no va a estarlo la muerte? Resulta que mi línea de trabajo es la justicia. Es un ideal que yo persigo. Pero se engaña si piensa que la política no desempeña un papel decisivo en la aplicación de la justicia. Entre ley y justicia hay siempre una brecha. Bienvenida al mundo real.

—Pues no me gusta ni un pelo —dijo Laurie. Todo esto le recordaba sus preocupaciones acerca del compromiso, en lo que había estado pensado media hora antes, al llegar al trabajo.

—No tiene por qué gustarle —dijo Lou—. Suele ocurrir.

Laurie abrió la carpeta del caso de Duncan Andrews y hojeó los papeles hasta que dio con el informe de investigación. Tras leerlo por encima, miró a Lou.

—Estoy empezando a comprender de qué va la cosa —dijo—. El difunto era una especie de joven mago de las finanzas, vicepresidente de una firma de inversión en banca con sólo treinta y cinco años. Y como colofón hay aquí una nota que dice que su padre se presenta para el Senado de los Estados Unidos.

—Menos político que eso, imposible —dijo Lou.

Laurie asintió y siguió leyendo el informe. Al llegar a la sección en que constaba la persona que había identificado al muerto, un nombre le saltó a la vista, Sara Wetherbee. En el espacio reservado para describir la relación del testigo con el difunto, el investigador había garabateado: «novia».

Laurie meneó la cabeza. Eso de descubrir a un ser querido muerto por sobredosis, le traía a la memoria amargos recuerdos. Sus pensamientos se remontaron vertiginosamente a diecisiete años atrás, cuando ella había cumplido los quince, y era estudiante de primer año en la Langley School. Recordaba aquel día soleado como si hubiera sido ayer. Era a mediados de otoño, hacía fresco y estaba despejado, los árboles de Central Park eran una llamarada de color. Había pasado por delante del Metropolitan, de cuyas banderas arrancaba chasquidos un viento impetuoso. Había torcido a la izquierda por la Calle 84 y entrado en el imponente edificio de apartamentos donde vivían sus padres, en el lado oeste de Park Avenue.

–¡Estoy en casa! –gritó Laurie mientras arrojaba su cartera con los libros sobre la mesa del vestíbulo. No contestaba nadie. Sólo se oía la circulación en Park Avenue salpicada por el inevitable balido de las bocinas de taxi.

–¿Hay alguien? –clamó Laurie, y pudo oír cómo su voz resonaba por los pasillos. Sorprendida de que el apartamento estuviera vacío, Laurie fue a la cocina pasando por la puerta del cuartito del mayordomo. Incluso Holly, la doncella, brillaba por su ausencia. Pero entonces Laurie se acordó de que era viernes, el día libre de Holly.

–¡Shelly! –aulló Laurie.

Su hermano mayor había venido a casa para pasar el fin de semana del Día de la Raza; estudiaba primer año en la escuela superior. Laurie esperaba encontrarle en la cocina o bien en su cuarto de trabajo. Miró en el estudio; allí no había nadie, pero el televisor estaba encendido con el volumen a cero.

Laurie se quedó un momento mirando las bufonadas de un programa-concurso matinal. Le pareció extraño que se hubiera dejado la tele encendida. Pensando que debía de quedar alguien en casa, Laurie reanudó su excursión por el apartamento. Sin saber por qué, esas habitaciones silenciosas la llenaron de aprensión. Empezó a andar deprisa, con la sensación de un secreto apremio.

Laurie dudó un momento delante del dormitorio de Shelly y, acto seguido, llamó a la puerta. Como no obtuvo respuesta, volvió a llamar. Seguía sin haber respuesta, de modo que empuñó el tirador. La puerta no estaba cerrada. La abrió y entró en el cuarto.

En el suelo, delante de ella, estaba su hermano Shelly. Tenía la cara pálida como la porcelana color marfil del bufete del comedor. Le salía espuma sanguinolenta de la nariz. Tenía un torniquete de goma en torno al antebrazo. A quince centímetros de su mano semiabierta, en el suelo, había una jeringa que Laurie había visto ya la noche anterior. A un extremo de la mesa había un sobre de papel cristal. Laurie adivinó lo que contenía por lo que Shelly le había contado la noche antes. Seguro que era el *speedball* del que tanta propaganda hacía su hermano, una mezcla de cocaína y heroína.

Horas después, Laurie tuvo que pasar por la peor prueba de su vida. A sólo unos centímetros de ella estaba la cara de enfado de su padre con sus ojos saltones y su piel amoratada. Estaba que no cabía en sí de cólera. Sus pulgares se clavaban en Laurie cuando le cogía por los brazos. A pocos metros, su madre lloraba en un pañuelo de papel.

—¿Sabías que tu hermano tomaba drogas? —preguntó ansiosamente su padre—. ¿Lo sabías? Contesta. —Cada vez le apretaba con más fuerza.

—Sí —soltó Laurie—. ¡Sí, sí!

—¿Por qué no nos lo habías dicho? —gritó su padre—. Si lo hubieras hecho, aún estaría vivo.

—No podía —sollozó Laurie.

—¿Por qué? —gritó su padre—. ¡Dime por qué!

—Pues... —exclamó Laurie, hizo una pausa y dijo—: Porque él me dijo que no lo hiciera. Me lo hizo prometer.

—Una promesa que le ha matado —dijo su padre entre dientes—. Le ha matado como le ha matado la maldita droga.

Laurie sintió una mano que le apretaba el brazo y saltó. Eso la devolvió al presente. Como si saliera de un trance, parpadeó unos momentos.

—¿Se encuentra bien? —preguntó Lou. Se había levantado y tenía a Laurie cogida del brazo.

—Claro que sí —dijo Laurie, confusa, soltándose del ligero apretón de Lou—. A ver, ¿dónde estábamos?

Su respiración se había acelerado. El sudor punteaba su frente. Laurie miró los papeles que tenía delante, tratando de recordar qué había suscitado tan viejos y dolorosos recuerdos. Como si hubiera sido ayer, podía rememorar la angustia que le provocó aquel conflicto de responsabilidad —fraternal o filial— y la terrible culpa de haber optado por la primera.

—¿En qué estaba usted pensando? —preguntó Lou—. Parecía muy lejos de aquí.

—En que la víctima había sido descubierta por su novia —dijo Laurie mientras sus ojos tropezaban de nuevo con el nombre de Sara Wetherbee. No tenía intención de compartir su pasado con el teniente. Hasta hoy había tenido problemas para hablar de aquel trágico episodio con sus amistades, razón de más con un extraño—. Debe de haber sido muy duro para la pobre.

—Por desgracia, las víctimas de homicidio suelen ser encontradas por sus más allegados —dijo Lou.

—Habrá sido un choque tremendo —afirmó Laurie, cuyo corazón se solidarizaba con el de Sara Wetherbee—. De todos modos, el caso de Duncan Andrews no es el típico de sobredosis.

Lou se encogió de hombros.

—Cuando se trata de cocaína, es difícil hablar de caso típico —dijo—. Desde la escalada de los años setenta, se han visto muertes en todos los estratos sociales, desde atletas y artistas hasta ejecutivos, chavales de instituto y matones de los barrios céntricos. Es una plaga bastante democrática. Un magnífico rasero social, si lo prefiere.

—En este centro forense, lo que más se ve es el extremo más degradado del espectro —dijo Laurie—. Pero en general tiene razón. —Laurie se sonrió. Lou le había impresionado—. ¿Cuál fue su historial antes de entrar en la policía?

—¿Qué quiere decir? —preguntó Lou.

—¿Fue usted a la universidad? —preguntó Laurie a su vez.

—¡Naturalmente que sí! —soltó Lou—. ¿A qué viene esa pregunta?

–Disculpe –dijo Laurie–. No pretendía ofenderle.

–Ni yo ser quisquilloso –dijo Lou–. A veces me da un poco de vergüenza decir dónde estudié. Sólo pude ir a un colegio universitario de Long Island y no a una torre de marfil de la Ivy League. ¿Dónde estudió usted?

–En la Wesleyan University de Connecticut –dijo Laurie–. ¿La conoce?

–Claro que sí –dijo Lou–. ¿Acaso cree que todos los oficiales de policía son ignorantes? La Wesleyan University. Era de suponer. Como canta Billy Joel, las chicas de barrio alto viven en un mundo de barrio alto.

–¿Cómo ha sabido que era de Nueva York?

–Por el acento, doctora. Es tan indeleble como mi acento Rego Park de Long Island.

–Ya –dijo Laurie. No le gustaba pensar que fuera un libro abierto. Se preguntaba qué otras cosas habría adivinado aquel hombre con su experiencia de investigador.

Laurie cambió de tema.

–Donde uno ha estudiado importa menos que lo que uno hace estando allí –dijo–. No debería ser tan susceptible al respecto. Es evidente que recibió una buena educación.

–Para usted es fácil decirlo –afirmó Lou–. Pero gracias por el cumplido.

Laurie miró los papeles que tenía sobre la mesa. De pronto, se sentía un poco culpable de su privilegiado historial académico de escuela superior privada, Wesleyan University y Facultad de Medicina de Columbia. Esperaba no haber hablado con aires de superioridad.

–Deje que le eche una mirada rápida al tercer caso –dijo Laurie, y abrió la carpeta correspondiente–. Louis Herrera, veintiocho años, parado, hallado en un contenedor detrás de una tienda de comestibles. –Laurie miró a Lou–. Muerto probablemente en un sitio donde se consumía crac: fue literalmente arrojado a la basura. Es el típico caso de sobredosis que nos suele llegar. Otra triste vida echada a perder.

–En ciertos aspectos, puede que más trágica que la del rico –dijo Lou–. Imagino que tuvo muchas menos oportunidades en la vida.

Laurie asintió. El punto de vista de Lou era refrescante. Cogió el teléfono y marcó el departamento de investigación, donde estaba Cheryl Myers. Laurie le pidió que consiguiera todos las historias clínicas que pudiera de Duncan Andrews. Le dijo que esperaba encontrar algún problema médico que eventualmente pudiese relacionar con la patología del caso.

Al colgar el teléfono, Laurie le lanzó una mirada a Lou.

—No lo puedo evitar. Es como si estuviera timando a alguien.

Laurie se levantó y recogió todos los papeles.

—No es ningún timo —le aseguró Lou—. Además, ¿por qué no esperar a que haya reunido toda la información, incluida la autopsia? Ya se preocupará después. Quién sabe, a lo mejor todo sale bien.

—Buena idea —dijo Laurie—. Vamos abajo y pongamos manos a la obra.

Normalmente Laurie se ponía el pijama verde, en el despacho, pero estando Lou, optó por hacerlo en el vestuario. Cuando salieron del ascensor en la planta sótano, Laurie indicó a Lou el camino al vestuario de caballeros mientras ella iba al de señoras. Cinco minutos después se encontraban en el vestíbulo. Laurie llevaba encima el pijama verde, más otra capa impermeable y un delantal grande encima. En la cabeza, una capucha. Lou se había puesto un simple pijama y una capucha y mascarilla.

—Parece un forense —dijo Laurie, examinado a Lou para ver si llevaba el equipo adecuado.

—Tengo la impresión de ir a un quirófano en vez de ir a ver una autopsia —dijo él—. La última vez no me puse todo esto. ¿Está segura de que la máscara es necesaria?

—En la sala de autopsias hay que llevar siempre máscara —dijo Laurie—. Es por el SIDA y otras posibles infecciones; las normas son ahora mucho más estrictas. Si no se la pone, Calvin es capaz de levantarle en peso y echarle.

Recorrieron el pasillo principal de depósito de cadáveres, atravesaron la puerta de acero inoxidable que daba al cuarto frigorífico grande y pasaron frente a la larga fila de compartimientos refrigerados individuales. Los compartimientos refrigerados formaban una gran U en mitad del depósito.

—Este sitio es espeluznante —comentó Lou.

—Supongo que sí —dijo Laurie—. Pero no lo es tanto cuando uno se acostumbra.

—Parece un decorado de película de terror —dijo Lou—. ¿A quién se le ocurrió escoger esas baldosas azules para la pared? ¿Y qué me dice del piso de cemento? ¿Por qué lo han dejado así? Mire las manchas...

Laurie se detuvo y miró el suelo. Aunque la superficie estaba totalmente limpia, las manchas eran abominables.

—Hace tiempo que deberían haberlo embaldosado —dijo—. Seguro que la orden quedó atascada entre el papeleo burocrático del Ayuntamiento de Nueva York. O eso es lo que me han contado.

—¿Y qué hacen ahí esos féretros? Es todo un detalle —dijo Lou, señalando un montón de sencillas cajas de madera de pino que llegaba casi al techo. Había otras cajas de pie.

—Son los ataúdes de Potter's Field —dijo Laurie—. En Nueva York hay muchos cadáveres sin identificar. Hecha la autopsia, los guardamos en el frigorífico durante varias semanas y, si nadie los reclama, se les entierra por cuenta del ayuntamiento.

—¿No hay otro sitio donde guardar los ataúdes? —preguntó Lou—. Esto parece los encantes.

—Que yo sepa, no —contestó Laurie—. Supongo que no lo he pensado nunca. Ya estoy acostumbrada a verlos ahí.

Laurie empujó la puerta de la sala de autopsias, dejándola abierta para que pasase Lou. A diferencia del día anterior, ahora las ocho mesas estaban ocupadas por cadáveres que llevaban en el dedo gordo del pie su correspondiente etiqueta identificativa. En cinco de las mesas la inspección posmortem estaba ya en marcha.

—Vaya, vaya, la doctora Montgomery empezando antes de mediodía —dijo con sarcasmo uno de los médicos encapuchados.

—Los hay que somos lo bastante listos para probar el agua antes de tirarnos a la piscina —respondió Laurie sin cortarse.

—Le toca la seis —dijo en voz alta uno de los técnicos desde una pileta donde estaba limpiando un fragmento de intestino.

Laurie se volvió a mirar a Lou, que se había parado nada más entrar en la sala. Vio que tragaba aire con dificultad. Aunque él había asegurado haber visto autopsias anteriormente, Laurie tuvo la impresión de que esta «línea de montaje» le resultaba a Lou un poco agobiante. El olor tampoco era demasiado bueno, con el lavado de tripas.

—Salga cuando quiera, Lou —dijo Laurie.

Lou levantó una mano.

—Estoy bien —dijo—. Si usted lo aguanta, yo también.

Laurie fue hasta la mesa número seis. Lou la siguió. Bajo la vestimenta verde y la capucha apareció Vinnie Amendola.

—Hoy nos toca a usted y a mí, doctora Montgomery —dijo Vinnie.

—Estupendo —dijo Laurie—. Qué le parece si trae todo lo necesario y empezamos.

Vinnie asintió y se acercó a los armarios de material.

Laurie dejó a mano sus papeles para anotaciones. Entonces miró a Duncan Andrews.

—Qué guapo —dijo.

—No creía que los médicos pensaran esas cosas —dijo Lou—. Tenía la idea de que todos ustedes eran más o menos neutros, o algo así.

—Nada de eso —dijo Laurie.

El cuerpo de Duncan yacía sobre la mesa en aparente reposo. Tenía los párpados cerrados. La única cosa que turbaba esa apariencia, aparte de su absoluta palidez, eran las escoriaciones que tenía en los antebrazos. Laurie las señaló.

—Estos arañazos profundos son probablemente resultado de lo que se conoce por formicación. Se trata de una alucinación táctil de insectos bajo o encima de la piel. Se presenta tanto en la intoxicación por cocaína como por anfetaminas.

Lou meneó la cabeza.

—No logro entender por qué la gente toma drogas —dijo—. Es superior a mí.

—Lo hacen por gusto —dijo Laurie—. Desgraciadamente, las drogas como la cocaína atacan partes del cerebro que durante la evolución de la especie se desarrollaron como centros de recompensa. Fue para fomentar el comportamiento que permitiera perpetuar la especie. Si la guerra contra la droga tiene éxito, será porque se habrá aceptado de una vez que las drogas pueden proporcionar placer.

—No sé por qué, pero me da la impresión de que no le gusta mucho la campaña antidroga del ayuntamiento —dijo Lou.

—Está en lo cierto. Es una estupidez —apuntó Laurie—. O le falta perspicacia, si quiere. No creo que los políticos a quienes se les ocurrió semejante cosa tengan la menor idea de lo que es criarse en la sociedad actual, sobre todo los jóvenes de zonas urbanas. La droga está por todas partes, y cuando un chaval la prueba y descubre que es algo placentero, piensa automáticamente que el poder le está mintiendo también acerca de su aspecto negativo y peligroso.

—¿Ha probado usted alguna de esas cosas?

—Sí. Cocaína y hierba.

—¿De veras?

—¿Le sorprende? —preguntó Laurie.

—Supongo que hasta cierto punto, sí.

—¿Por qué?

Lou se encogió de hombros.

—No sé. Supongo que no tiene usted pinta de drogadicta.

Laurie se echó a reír.

—Imagino que él tiene más pinta que yo en estos momentos —dijo, señalando a Andrews—. Pero cuando vivía estoy segura de que tampoco lo parecía. Sí, sí, de estudiante probé varias cosas. A pesar de lo que le ocurrió a mi hermano, o quizá por eso mismo.

—¿Qué le pasó a su hermano? —preguntó Lou.

Laurie miró el cuerpo de Duncan Andrews. No había tenido intención de sacar a relucir a su hermano. Se le había escapado el comentario como si hubiera estado hablando con una persona muy próxima.

—¿Se mató de sobredosis? —preguntó Lou.

Los ojos de Laurie fueron del cadáver de Duncan a Lou. No podía mentir:

—Sí. Pero no quiero hablar de ello.

—Bien —dijo Lou—. No pretendo entrometerme.

Laurie le dio la espalda al cuerpo de Duncan. Por un momento se quedó paralizada ante la idea de que sobre esa fría mesa de acero estaba el cuerpo de su hermano. Tuvo suerte de que Vinnie llegara con los guantes, los frascos de muestra, los antisépticos, las etiquetas y toda una serie de instrumentos. Laurie tenía ganas de ponerse a trabajar y dejó a un lado sus ensoñaciones.

—Adelante —dijo Vinnie y empezó a aplicar las etiquetas a los tarros de muestras.

Laurie abrió los guantes y se los puso. Se colocó las gafas protectoras y comenzó un cuidadoso examen exterior de Duncan Andrews. Después de mirarle la cabeza, le hizo señas a Lou para que se pusiera al otro lado de la mesa. Separando el cabello de Duncan con su mano enguantada, le mostró a Lou las múltiples contusiones.

—Seguro que tuvo al menos una convulsión —dijo Laurie—. Vamos a mirar la lengua.

Laurie abrió la boca de Duncan. La lengua estaba lacerada en distintos puntos.

—Tal como yo esperaba —dijo ella—. Veamos ahora qué cantidad de cocaína ha utilizado el chico —Con una pequeña linterna y un espéculum nasal, Laurie examinó la nariz de Duncan—. No hay perforación. Parece normal. Me parece que no esnifaba mucho.

Laurie se irguió. Vio que Lou estaba absorto en lo que ocurría en la mesa vecina, donde estaban procediendo a serrar la parte superior del cráneo. Sus miradas se encontraron.

—¿Se encuentra bien? —preguntó Laurie.

—No estoy seguro —confesó Lou—. ¿Realmente hacen esto cada día?

—Tres o cuatro veces a la semana —dijo Laurie—. ¿Quiere salir un rato fuera? Le avisaré cuando empecemos con DePasquale.

—No se preocupe, adelante. Sigamos, ¿Qué es lo que viene ahora?

—Normalmente examino los ojos —dijo Laurie, estudiando a Lou. Lo último que deseaba era que se desmayase y diera con la cabeza en el suelo de cemento. Es lo que le había pasado una vez a una visita.

—Continúe —le urgió Lou—. Estoy bien.

Laurie se encogió de hombros. Luego aplicó el pulgar y el índice a los párpados de Duncan y tiró de ellos hacia arriba.

Lou dio un respingo y se apartó.

Incluso Laurie se sorprendió al principio. ¡Los ojos habían desaparecido! Las pulposas cuencas rojizas estaban llenas de tacos de gasa manchada de rosa que daban al cadáver un aspecto fantasmagórico.

–¡Vale! –dijo Lou–. Lo ha conseguido. Ha conseguido sorprenderme. He de admitírselo. –Lou se volvió hacia Laurie. El poco de piel de la cara que se le veía entre máscara y capucha estaba blanco–. A ver si lo adivino: ha sido una especie de iniciación dedicada al recluta, ¿no?

Laurie soltó una risa breve, nerviosa.

–Perdone, Lou –dijo–. No recordaba que le habían sacado los ojos. De verdad. Éste era el caso de la familia que insistía en que se respetaran los deseos del muerto de donar sus órganos. Si la enucleación de los ojos puede realizarse dentro de las primeras doce horas, éstos acostumbran a ser útiles siempre que no haya más contraindicaciones. Cuando el cadáver ha sido enfriado en seguida, ese margen puede sobrepasar las doce horas.

–No me importa ser el blanco de una broma –dijo Lou.

–Pero si no era una broma... –insistió Laurie–. Lo siento. En serio. Ayer me llamaron para este caso. Con tantos acontecimientos, se me había olvidado. Sólo recordaba que era un caso en que la víctima había tomado cocaína por vía intravenosa. A ver si podemos localizar la inyección.

Laurie puso el brazo derecho de Duncan hacia arriba para examinar así su superficie vulvar. Vinnie hizo lo mismo con el brazo izquierdo.

–Aquí está –exclamó Laurie, señalando un diminuto pinchazo sobre una de las venas opuestas a la zona del codo.

–No sabía que la cocaína pudiera pincharse –dijo Lou.

–El cuerpo puede tomarla de todos los modos imaginables y de otros que usted ni siquiera imaginaría –dijo Laurie–. La vía intravenosa no es corriente, pero se usa.

Mientras decía esto, Laurie regresó mentalmente a la noche antes de hallar a Shelly muerto en su dormitorio. Él acababa de llegar de Yale y Laurie estaba en su cuarto, ansiosa de saber detalles de la universidad. Sobre la cama de Shelly estaba su estuche Dopp.

—¿Qué es esto? —quiso saber Laurie, sosteniendo en alto una cajetilla de condones.

—Dame eso —gritó Shelly, claramente molesto de que su hermana pequeña le hubiera encontrado aquello entre sus cosas de afeitar.

Laurie se rió mientras Shelly le arrebataba de la mano los preservativos. Mientras Shelly estaba ocupado enterrándolos en el cajón superior de su escritorio, Laurie miró en el Dopp para ver qué otras cosas podía encontrar. Pero lo que vio era más inquietante que interesante. Tocándola con muchísimo cuidado, Laurie extrajo una jeringa de diez centímetros cúbicos. Era la aguja que ella encontraría al día siguiente.

—¿Qué es esto? —preguntó.

Shelly se le acercó y quiso coger la aguja pero Laurie se zafó.

—Lo has cogido del despacho de papá, ¿no es cierto? —le interrogó Laurie.

—Dame eso o te meterás en un buen lío —soltó Shelly, y la acorraló contra la pared.

Laurie tenía la aguja fuertemente apretada entre las manos, detrás de la espalda. Como se había criado en Nueva York, sabía perfectamente lo que significaba que un adolescente tuviese una jeringa.

—¿Tú te pinchas? —preguntó Laurie.

Shelly consiguió dominarla y le arrebató la aguja, llevándosela a su escritorio donde la escondió junto con los condones. Luego volvió donde su hermana, que no se había movido.

—Lo he probado un par de veces —dijo Shelly—. Se llama *speedball*. Muchos chicos de la escuela lo hacen. No es nada del otro mundo. Pero no quiero que les digas nada a los papás, si no, nunca volveré a hablarte. ¿Entendido? Nunca más.

El momentáneo ensueño de Laurie fue interrumpido bruscamente por la atronadora voz de Calvin Washington.

—Pero ¿qué coño pasa aquí? —gritó—. ¿Cómo es que no ha empezado todavía con este caso? Vengo a ver si ha encontrado algo con lo que podamos cubrirnos y resulta que aún no ha empezado. Espabile.

Laurie se puso en movimiento. Completado el examen externo, sólo pudo hacer constar en sus notas, aparte de lo ya encontrado, unos pocos morados equimóticos en los antebrazos de Duncan. A continuación tomó el escalpelo y con mano experta hizo la clásica incisión en forma de y griega desde la punta de los hombros hasta el pubis. Con la ayuda de Vinnie, Laurie trabajó en silencio y con rapidez extrayendo el esternón y dejando al descubierto los órganos internos.

Lou trataba de no estorbar mucho.

–Siento haberla demorado –dijo cuando Laurie hizo una pausa para dejar que Vinnie organizase los frascos de muestras.

–Tranquilo –dijo Laurie–. Cuando hagamos la de DePasquale le explicaré un poquito más. Sólo quiero acabar con Andrews. Si Calvin se cabrea de verdad, habrá problemas.

–Comprendo –dijo Lou–. ¿Prefiere que me vaya?

–No, no –dijo Laurie–. Pero no se sienta herido en sus sentimientos cuando le ignore un ratito.

Después de que Laurie examinara las vísceras *in situ*, utilizó varias jeringas para extraer fluidos para las pruebas de toxicología. Ella y Vinnie estuvieron ocupados en un procedimiento de gran exactitud a fin de asegurarse de que la muestra correcta iba en el frasco de la etiqueta adecuada. Luego empezó a extraer los órganos uno por uno. El corazón fue lo que le llevó más tiempo, hasta que finalmente lo extirpó.

Mientras Vinnie se llevaba el estómago y los intestinos a la pileta para lavarlos, Laurie se ocupó del corazón, tomando múltiples muestras para posteriores análisis microscópicos. Acto seguido, cogió muestras parecidas de otros órganos. Cuando ya terminaba, Vinnie estaba de vuelta. Luego, apartando el cuero cabelludo, empezó por la cabeza. Después que hubo inspeccionado el cráneo, Laurie le indicó a Vinnie que ya podía usar la sierra mecánica vibradora para trepanar el cráneo dibujando una circunferencia por encima de las orejas.

Lou se mantuvo a distancia cuando Laurie extrajo el cerebro de su cráneo y lo dejó caer con un golpe sordo en una bandeja que sostenía Vinnie. Blandiendo un cuchillo de hoja larga parecido a uno de carnicero, Laurie empezó a dar tajos consecutivos como si se las estuviera viendo con una pieza de carne procesada. Era un dúo perfectamente ensayado y eficiente, que requería muy poca conversación.

Media hora después, Laurie salió con Lou de la sala de autopsias. Después de dejar los uniformes y los delantales, subieron al pequeño restaurante de la segunda planta para tomar un café. Tenían quince minutos mientras Vinnie se llevaba los despojos de Duncan y «colocaba» el segundo caso, Frank DePasquale.

—Gracias, pero no creo que pueda comer nada en varios días —dijo Lou cuando le ofreció alguna de las cosas de las máquinas automáticas que había en el restaurante. Laurie se sirvió otra taza de café. Se sentaron a una mesa de formica junto al horno microondas. Había otras quince personas en la sala, todas ellas en animada conversación.

Al ver que otra gente fumaba, Lou sacó un paquete de Marlboro y una caja de cerillas y encendió uno. Cuando vio la expresión de Laurie, se sacó el cigarrillo de la boca.

—¿Le importa que fume? —preguntó.

—Si es necesario... —dijo Laurie.

—Sólo uno —le aseguró Lou.

—Bien, en líneas generales, Duncan Andrews no tenía nada patológico —dijo ella—. Y no creo que vaya a salir nada de histología.

—Usted hace todo lo que puede —dijo Lou—. Si fallase todo lo demás, cárguele el mochuelo a Calvin. Que decida él lo que hay que hacer. Es trabajo suyo, por algo es un mandamás.

—El que hace la autopsia tiene que poner su firma en el certificado de defunción —dijo Laurie—. Pero puedo hacer un intento.

—Me ha impresionado su forma de manejar ese cuchillo en la sala de autopsias... —dijo Lou.

—Gracias por el cumplido —dijo Laurie—. ¿Por qué será que me parece oír un «pero» a continuación?

—Es sólo que me sorprende que una mujer actractiva como usted escogiera este tipo de trabajo —dijo Lou.

Laurie cerró los ojos y soltó un suspiro de exasperación.

—Un comentario bastante chovinista. —Miró a Lou a los ojos—. Lástima que eso le estropee el cumplido. No habrá querido decir: ¿Qué hace una chica guapa como tú en un sitio como éste?

—Eh, lo siento —dijo Lou—. Los tiros no iban por ahí en absoluto.

—Hablar de mi apariencia y de mi destreza relacionando ambas cosas es una crítica negativa para las dos —dijo Laurie. Sorbió un poco de café. Se daba cuenta de que Lou estaba desconcertado e incómodo—. No pretendo meterme con usted —añadió—, pero estoy harta de defender la carrera que he elegido. Y también estoy harta de oír que mi aspecto y mi sexo tienen algo que ver con la posición que ocupo.

—Ya veo que es mejor que tenga el pico cerrado —dijo Lou.

Laurie echó un vistazo al reloj de la pared.

—Creo que deberíamos bajar. Seguro que Vinnie ya tiene a DePasquale encima de la mesa.

Laurie bebió de un trago el resto de su café y se levantó. Lou aplastó el cigarrillo y se apresuró a seguirla. Al cabo de cinco minutos estaban de nuevo uniformados frente al visor de radiografías de la sala de autopsias, examinando las radiografías de Frank DePasquale. La anteroposterior y la lateral de la cabeza mostraban el brillante perfil de la bala descansando en la fosa posterior.

—Tenía usted razón sobre la localización de la bala —dijo Laurie—. Ahí la tiene, en la base del cráneo.

—El hampa es muy eficiente en sus ejecuciones —dijo Lou.

—Lo creo —añadió Laurie—. La razón es que una bala en la base del cráneo toca la médula oblonga, donde se encuentran los centros vitales que regulan cosas como la respiración y los latidos del corazón.

—Supongo que si he de morir, esa manera no está nada mal —dijo Lou.

Laurie miró al detective:

—Qué idea tan agradable.

Lou se encogió de hombros.

—Verá, en mi trabajo se piensa en estas cosas.

Laurie volvió a mirar las radiografías.

—También tenía razón respecto al calibre. Era pequeño. Imagino que un veintidós o un veinticinco como máximo.

—Es lo que usan normalmente —dijo Lou—. En estos casos, la artillería pesada se considera de chapuzas.

Laurie dirigió sus pasos a la mesa seis, donde descansaban los restos mortales de Frankie. El cadáver estaba ligeramente abotagado. El ojo derecho estaba más hinchado que el izquierdo.

—No parece que tenga dieciocho años —dijo Laurie.

—Quince, más bien —concedió Lou.

Laurie le pidió a Vinnie que le diese la vuelta al cuerpo para poder examinar la parte posterior de la cabeza. Con la mano enguantada, apartó el pelo húmedo y enmarañado y dejó al descubierto una herida de entrada rodeada por un área más grande de abrasión. Después de tomar algunas medidas y sacar fotografías, Laurie rasuró con cuidado el pelo circundante para que la herida quedase totalmente expuesta.

—Desde luego, fue un disparo a quemarropa —dijo Laurie, señalando el pequeño círculo de pólvora que se había graneado en torno al centro de la herida.

—¿Cómo de cerca? —preguntó Lou.

Laurie reflexionó un momento:

—Yo diría que entre siete y diez centímetros.

—Típico —dijo Lou.

Laurie tomó otra serie de medidas y fotografías. Luego, con un escalpelo limpio, arrancó cuidadosamente unos fragmentos del residuo de pólvora que había en las profundidades de las pequeñas heridas causadas por la perforación del graneado. Laurie reservó este material para el laboratorio golpeando con la hoja del escalpelo en lo alto de un tubo colector de vidrio.

—Nunca se sabe lo que pueden decir los químicos —afirmó ella, dándole los tubos a Vinnie para que pusiera las etiquetas.

—Nos hace falta un punto de partida —dijo Lou—. Me da igual lo que pueda ser.

Cuando Vinnie terminó de etiquetar los tubos, Laurie le pidió que la ayudara a poner a Frankie en posición supina.

—¿Qué tiene en el ojo derecho? —preguntó Lou.

—No lo sé —dijo Laurie—. Por rayos X no parecía que la bala hubiera afectado la órbita, pero nunca se sabe.

El párpado estaba como amoratado. A través de la fisura

palpebral sobresalía la conjuntiva abultada. Laurie levantó el párpado suavemente.

–¡Uf! –dijo Lou–. Qué mal aspecto tiene. El primer caso no tenía ojos; éste parece que le haya pasado por encima un camión con remolque. ¿Le pudo ocurrir cuando flotaba en el río?

Laurie meneó la cabeza.

–Ha sido antes de morir. Mire las hemorragias, debajo de la membrana mucosa. Significa que el corazón latía. Cuando esto ocurrió, él estaba vivo.

Inclinándose un poco más, Laurie examinó la córnea. Mirando el reflejo que las lámparas cenitales sacaban de su superficie, pudo saber que la córnea no era normal. Además, tenía un tono blanco lechoso. Levantó ahora el párpado izquierdo. A diferencia del ojo derecho, la córnea del izquierdo era transparente; el ojo miraba inexpresivamente al techo.

–¿Eso pudo hacerlo la bala? –preguntó Lou.

–No lo creo –contestó Laurie–. Parece más bien una quemadura química por la forma en que ha afectado a la córnea. Tomaremos una muestra para Toxicología. La examinaré por secciones al microscopio. Confieso que nunca había visto nada igual.

Laurie prosiguió su examen externo. Al mirar las muñecas, las señaló diciendo:

–¿Ve estas escarificaciones y esas hendiduras?

–Sí –dijo Lou–. ¿Qué significan?

–Yo diría que a este pobre le ataron. Puede que la lesión ocular fuese algún tipo de tortura.

–Es gente muy aviesa –dijo Lou–. Lo que me fastidia es que se oculten tras ese supuesto código de la ética cuando en realidad se trata de ver quién puede más, pura competencia. Y lo que más me fastidia es que por su culpa todos los italoamericanos acaben teniendo mala fama.

Mientras Laurie examinaba las extremidades de Frankie, le preguntó a Lou la razón de que los clanes Vaccarro y Lucia estuvieran en guerra.

–Cuestión de territorio –dijo Lou–. Todos ellos duermen en la misma cama, es decir, en Queens y parte de Nassau County. Toda la vida han estado peleando a muerte por el territorio.

Compiten directamente por la droga, la extorsión, los clubes de juego, el tráfico de mercancía robada, la usura organizada, las bandas de ladrones de coches, los atracos... Están metidos en todo. Es una pelea permanente en la que se matan unos a otros. Pero siempre acaban empatados, de modo que tienen que seguir soportándose. Es un mundo muy extraño.

—¿Estas actividades ilegales continúan hoy en día? —preguntó Laurie.

—Sin duda —dijo Lou—. Y solamente conocemos la punta del iceberg.

—¿Por qué no hace algo la policía?

—Ya lo intentamos —suspiró Lou—, pero no es fácil. Necesitamos pruebas. Como le explicaba antes, eso es bastante complicado. Los jefes viven aislados y los asesinos son profesionales. Incluso aunque les echemos el guante aún tienen que pasar por los tribunales, así que no hay ninguna garantía. A los americanos nos preocupa tanto la tiranía de las autoridades que, legalmente, les damos ventaja a los malos.

—Es difícil creer que se pueda hacer tan poco —dijo Laurie.

—Sólo se puede hacer algo teniendo pruebas. Fíjese en este Frank DePasquale. Estoy prácticamente seguro de que los responsables de esto son Cerino y sus muchachos, pero no puedo dar un solo paso sin alguna prueba, sin un punto de partida.

—Pensaba que la policía tenía informadores —dijo Laurie.

—Tenemos informadores, sí —concedió Lou—. Pero nadie que sepa nada, en realidad. Los que podrían señalar con el dedo tienen tanto miedo de ellos como de nosotros.

—Bueno, a lo mejor con esta autopsia se consigue algo —dijo Laurie, dirigiendo de nuevo su mirada al cadáver de DePasquale—. Lo que pasa es que la permanencia en agua tiende a borrar las señales. Por supuesto, tenemos la prueba de la bala. Como mínimo, eso sí que se lo puedo dar.

—Me quedaré con lo que sea —dijo Lou.

Laurie y Vinnie siguieron adelante con la autopsia. Laurie le explicaba a Lou paso por paso. La única diferencia entre la autopsia de Frank y la de Duncan fue la manera en que Laurie trató el cerebro. Con Frank fue extremadamente meticulosa para seguir la trayectoria de la bala. Laurie anotó que no había pasado en absoluto cerca del ojo hinchado. También tuvo cuidado de no tocar la bala con un instrumento metálico. Una vez extraída, la puso dentro de un recipiente de plástico a fin de evitar toda rascadura. Después, cuando la bala estuvo seca, procedió a poner una señal en la base y sacar una fotografía antes de precintarla dentro de un sobre pequeño. Con el sobre iba un recibo de propiedad para ser inmediatamente entregado a la policía, es decir, al sargento Murphy o a su compañero de arriba.

—Una mañana bien aprovechada —comentó Lou cuando salían de la sala de autopsias—. Ha sido muy instructivo, pero creo que me ahorraré el tercer caso.

—Me sorprende que haya aguantado dos —dijo Laurie.

Se detuvieron un momento junto a los vestuarios.

—Revisaré el material microscópico de Frank DePasquale y si sale algo llamativo le avisaré. La única cosa que creo puede ser interesante es el ojo, aunque ¿quién sabe?

—Bien, ha sido divertido... —dijo Lou. Cambió el peso del cuerpo de un pie a otro.

Laurie escudriñó los ojos oscuros del teniente. Tenía la sensación de que quería decirle algo más, pero que no se decidía.

—Voy arriba a tomar otro café —dijo ella—. ¿Le apetece uno antes de irse?

—Buena idea —dijo Lou sin vacilar.

Ocuparon la misma mesa que antes en el pequeño restaurante. Laurie no acababa de comprender por qué el confiado Lou se había vuelto tan torpe y nervioso. Miró cómo sacaba los cigarrillos y las cerillas y encendía uno con muy poca maña.

—¿Hace mucho que fuma? —preguntó Laurie, por decir algo.

—Desde los doce años —dijo Lou—. En mi barrio era normal. —Apagó la cerilla agitándola y dio una larga chupada.

—¿No ha pensado nunca en dejarlo? —preguntó Laurie,

—Dejarlo es fácil —dijo Lou, echando el humo hacia el hombro—. Lo he estado haciendo cada semana durante un año. No, en serio. Sí que quiero dejarlo. Pero en jefatura resulta difícil. Allí casi todos fuman.

—Lamento que no hayamos encontrado ese punto de partida con DePasquale —dijo Laurie.

—Bueno, a lo mejor la bala sirve de algo —dijo Lou. Dejó la punta del cigarrillo sobre el cenicero tratando de que se mantuviera en equilibrio—: Los de balística son gente con muchos recursos. ¡Ay!

Lou retiró la mano del cenicero. Se había quemado el dedo con el cigarrillo.

—¿Está bien, Lou? —preguntó Laurie.

—Sí, muy bien —dijo Lou demasiado rápido. Probó otra vez a recuperar el cigarrilo, esta vez con éxito.

—Parece usted molesto por algo —dijo Laurie.

—Tengo una buena colección de problemas —dijo Lou—. Pero hay una cosa que me gustaría saber. ¿Está casada?

A pesar suyo, Laurie sonrió y movió la cabeza:

—Ésa sí que es una pregunta inesperada.

—Estoy de acuerdo —dijo Lou.

—Además, teniendo en cuenta las circunstancias, no es muy profesional —añadió Laurie.

—Tampoco le discuto eso —admitió Lou.

Laurie se calló un momento mientras tenía una pequeña discusión consigo misma.

—No —dijo al fin—. No estoy casada.

—Bien, en ese caso... —empezó Lou, buscando las palabras—, tal vez podríamos comer juntos algún día.

—Me halaga usted, teniente Soldano —dijo Laurie, incómoda—. Pero en general no acostumbro mezclar mi vida privada con el trabajo.

—Yo tampoco —dijo Lou.

—¿Qué tal si le digo ya veremos y me lo pienso?

—Estupendo —dijo Lou. Laurie veía que lamentaba haber hecho esa pregunta. Lou se levantó bruscamente. Laurie también se puso de pie, pero Lou la movió para que se quedara donde estaba—. Termínese el café. Puedo atestiguar que necesita usted un respiro, créame. Yo me voy abajo corriendo a cambiarme y me voy. Téngame al corriente.

Lou se marchó tras saludar con el brazo. Al llegar a la puerta, saludó otra vez.

Laurie levantó también el brazo mientras Lou desaparecía de su vista. La verdad es que se parecía un poco a Colombo: inteligente aunque de andares torpes y ligeramente desmañado. Al mismo tiempo, poseía el clásico encanto del obrero manual y una refrescante y práctica falta de pretensiones que agradaban a Laurie. Además, parecía muy solo.

Terminado su café, Laurie se levantó y se desperezó. Al salir del restaurante, se le ocurrió que Lou le recordaba también a Sean Mackenzie, su novio de ahora sí, ahora no. Seguro que su madre habría opinado que Lou tampoco era chico para ella. Laurie se preguntaba si la razón de que se sintiera atraída por esa clase de persona se debía en parte a que sabía que sus padres no la aprobarían. De ser cierto, se preguntaba cuándo conseguiría desembarazarse por completo de estas ganas de rebelarse.

Laurie pulsó el botón de bajada en el ascensor y cayó entonces en la cuenta de que cuando Lou la había sorprendido con su pregunta, ella no le había preguntado a su vez si él estaba casado. Decidió que si Lou le llamaba se lo preguntaría. Miró su reloj. Iba bien de tiempo: sólo le quedaba una autopsia por hacer y aún no era mediodía.

Laurie comprobó la dirección que había anotado en un trozo de papel y luego miró el imponente edificio de apartamentos de la Quinta Avenida. Estaba lindante con Central Park. A la entrada había una marquesina de lona festoneada azul que llegaba hasta la acera. Un portero de librea permanecía expectante detrás mismo de la puerta vidriada de hierro forjado.

Cuando Laurie se aproximaba a la puerta, el portero se apartó para abrir y le preguntó educadamente a Laurie en qué podía servirla.

—Quisiera hablar con el superintendente —dijo Laurie, desabrochándose el abrigo.

Mientras el portero se peleaba con un sistema de interfono bastante anticuado, Laurie tomó asiento en un sofá de piel y echó un vistazo al vestíbulo. Estaba decorado con gusto en tonos moderados y apagados. Sobre un aparador había un ramo de flores otoñales.

No le resultó difícil a Laurie imaginarse a Duncan Andrews entrando confiado en el vestíbulo de su casa, recogiendo la correspondencia y esperando el ascensor. Laurie miró hacia la hilera de buzones discretamente protegidos por un biombo chino de madera. Se preguntaba cuál sería el de Duncan y si habría cartas esperando su llegada.

—¿Puedo ayudarla?

Laurie se puso en pie y miró sin reparos a un hispano bigotudo. En la camisa cosido por encima del bolsillo del pecho llevaba el nombre de «Juan».

—Soy la doctora Montgomery —dijo Laurie—. Del centro forense. —Laurie abrió de golpe su cartera de piel para que se viera la flamante chapa de inspector médico. Parecía una placa de policía.

—¿Qué puedo hacer por usted? —preguntó Juan.

—Me gustaría visitar el apartamento de Duncan Andrews —dijo Laurie—. Estoy a cargo de la inspección *posmortem* y quisiera ver dónde tuvo lugar el óbito.

Laurie empleó a propósito un lenguaje oficial. A decir verdad, se sentía incómoda haciendo aquello. Aunque en ciertas jurisdicciones era obligada la visita de inspectores médicos al escenario de la muerte, en Nueva York no sucedía así. Esta clase de tarea había ido quedando relegada a los investigadores de medicina legal. Pero Laurie contaba con un largo aprendizaje de cuando estuvo en Miami. En Nueva York, había prescindido de la información adicional que estas visitas proporcionaban. Pero no era ésa la razón de su visita al apartamento de Duncan. No esperaba encontrar nada nuevo. Se sentía impulsada a ello por motivos personales. La imagen de un apuesto y privilegiado joven poniendo fin a su vida a cambio del efímero placer causado por las drogas le hizo pensar en su hermano. Esta muerte había removido unos sentimientos de culpa que ella había reprimido durante diecisiete años.

—La novia de Mr. Andrews está arriba —dijo Juan—. Al menos, la he visto subir hará una media hora. —Dirigiendo su atención al portero, preguntó si Mrs. Wetherbee se había ido. El portero dijo que no. Juan añadió, volviéndose a Laurie—: Es el apartamento 7C. La acompañaré.

Laurie dudó. No esperaba tener compañía en el apartamento. En realidad, no quería hablar con nadie de la familia, y mucho menos con la novia de Andrews. Pero Juan estaba ya en el ascensor con la puerta abierta, esperándola. Laurie comprendió que no podía irse después de haberse presentado en calidad oficial.

Juan aporreó la puerta del 7C. Como no abría nadie en seguida, sacó un manojo de llaves del tamaño de una pelota de béisbol y empezó a rebuscar en él. La puerta se abrió justo en el momento en que iba a meter la llave en la cerradura.

Apareció en el umbral una mujer de estatura similar a Laurie, pelo rubio y rizado, vistiendo una camisa de deporte sobre unos tejanos lavados a la piedra. Sus mejillas brillaban con lágrimas recientes.

Juan presentó a Laurie como alguien del hospital y luego se excusó antes de irse.

—No recuerdo haberla visto en el hospital —dijo Sara.

—No trabajo en el hospital —aclaró Laurie—. Soy del centro forense.

—¿Va a hacer una autopsia del cuerpo de Duncan? —preguntó Sara.

—Ya la he hecho —dijo Laurie—. Sólo quería ver el lugar donde murió.

—Por supuesto —dijo Sara, dejando libre el paso—. Adelante.

Laurie entró en el apartamento. Se sentía extraordinariamente incómoda sabiendo que se entrometía en la vida de la pobre chica. Esperó a que Sara cerrase la puerta. Era un apartamento espacioso. Incluso desde el vestíbulo podía verse la extensión no arbolada de Central Park. Inconscientemente movió la cabeza ante la insensatez de que Duncan Andrews tomara drogas. Al menos en teoría, su vida parecía perfecta.

—Duncan se desplomó aquí mismo, en la puerta —dijo Sara. Señaló el suelo, junto a la entrada. Nuevas lágrimas se derramaron por sus mejillas—. Él abrió la puerta un momento antes de que yo llamara. Estaba como loco. Iba a salir prácticamente desnudo.

—Lo lamento muchísimo —dijo Laurie—. Las drogas pueden causar estas cosas. La cocaína puede hacerles creer que están ardiendo.

—Yo ni sabía que él tomaba droga —sollozó Sara—. Quizá si yo hubiese venido más rápido después de que me llamara, no habría pasado nada. Quizá si me hubiese quedado el sábado por la noche...

—Las drogas son como una maldición —dijo Laurie—. Nadie sabrá por qué las usaba Duncan. Pero fue él quien tomó esa decisión. No debe culparse. —Laurie hizo una pausa—. Sé cómo se siente —dijo por último—. Yo encontré a mi hermano después de que tomara una sobredosis.

—¿En serio? —dijo Sara entre lágrimas.

Laurie asintió con la cabeza. Por segunda vez en un día había confesado un secreto que no había compartido con nadie en diecisiete años. Este trabajo la estaba afectando, desde luego, pero en un sentido que nunca había imaginado. El caso de Duncan Andrews la había conmovido como no lo había hecho ningún otro.

4

18:51, MARTES
MANHATTAN

–¡Coño! –exclamó Tony–. Otra vez esperando. Cada noche lo mismo. Yo pensaba que después de coger a ese cabrón de DePasquale las cosas empezarían a moverse. Pero qué va, aquí estamos espera que te espera como si no hubiera pasado nada.

Angelo se inclinó hacia delante e hizo caer la ceniza de su cigarrillo en el cenicero para luego apoyarse en el respaldo. Esa misma tarde se había prometido a sí mismo ignorar a Tony. Angelo contempló el ajetreo de la calle. La gente salía de casa camino del trabajo, sacaba el perro a pasear o volvía de la tienda de comestibles. Él y Tony habían aparcado en Park Avenue, en una zona de carga y descarga entre la Calle 81 y la Calle 82. A ambos lados de la calle se agolpaban altísimos edificios de apartamentos cuya primera planta estaba ocupada por despachos de profesionales.

–Voy a salir a hacer un poco de gimnasia –dijo Tony.

–¡Que te calles, joder! –gritó Angelo pese a su juramento de no hacer caso a su compañero–. Ya hablamos de esto anoche. Tú no sales a hacer ejercicios cuando estamos esperando entrar en acción. Pero ¿qué te pasa? ¿Vas a poner un rótulo de neón para que la poli sepa que estamos aquí? Se supone que no debemos llamar la atención. ¿Es que no lo entiendes?

–Muy bien –dijo Tony–. No te cabrees. ¡Aquí me quedo!

Completamente frustrado, Angelo sopló entre sus labios fruncidos y se puso a marcar un nervioso ritmo sobre el volante con dos dedos de su mano derecha. Tony estaba agotando incluso la ensayada paciencia de Angelo.

–Si queremos colarnos en el despacho del doctor, ¿por qué no entramos y ya está? –dijo Tony tras una pausa–. No tiene sentido esperar tanto rato.

–Estamos esperando a la secretaria –dijo Angelo–. Hay que asegurarse de que no hay nadie. Es más, ella nos hará pasar. No queremos echar ninguna puerta abajo.

–Si ella nos deja pasar, es que está dentro y entonces quiere decir que hay alguien –dijo Tony–. Esto no tiene pies ni cabeza.

–Confía en mí –dijo Angelo–. Es la mejor manera de hacer lo que hemos de hacer.

–A mí nadie me explica nada –se quejó Tony–. Toda esta operación es muy rara. Entrar en el despacho de un doctor es una locura. Peor que cuando fuimos al Depósito de Órganos de Manhattan. Al menos allí sacamos unos cientos en metálico. ¿Qué diablos vamos a encontrar en la consulta de un doctor?

–Si no tardamos mucho, también podemos mirar si hay algo de pasta –dijo Angelo–. Y podemos buscar Percodan y cosas por el estilo, si eso te hace feliz.

–Vaya manera de conseguir pastillas –murmuró Tony.

Angelo se echó a reír pese a este agravio.

–¿Qué opinas del viejo Doc Travino? –preguntó Tony–. ¿Crees que sabe lo que se dice?

–Personalmente, tengo mis dudas –confesó Angelo–. Pero Cerino se fía de él y eso es lo que importa.

–Venga, Angelo –gimoteó Tony–. Dime para qué vamos a entrar. ¿Es que Cerino no está contento con su médico?

–Cerino está encantado con él –dijo Angelo–. Dice que es el mejor del mundo. De hecho, por eso vamos a entrar.

–Pero ¿a hacer qué? Si me lo dices, me callo.

–A buscar unas fichas –dijo Angelo.

–Sabía que era una locura pero no tanto –dijo Tony–. ¿Y qué vamos a hacer con esas fichas?

–Me has dicho que te callarías si te decía qué es lo que buscábamos, o sea que ¡cállate! Además, se supone que no has de preguntar tanto.

–Lo ves, de eso me lamentaba yo –dijo Tony–. Nadie me

cuenta lo que pasa. Si supiera un poco más, podría colaborar; podría ayudar más.

Angelo se rió con sarcasmo.

—Ya veo que no me crees —se lamentó Tony—. Pero es verdad, ¡ponme a prueba! Estoy seguro de que podría hacer alguna buena sugerencia...

—Todo irá bien —le aseguró Angelo—. Hacer planes no es tu fuerte. Lo tuyo es dar palizas y cargarte a la gente.

—Eso sí es verdad —concedió Tony—. Es lo que más me gusta. ¡Pum! Y se acabó. Nada de complicaciones.

—En las próximas dos semanas habrá suficiente jaleo como para que hasta tú quedes satisfecho —le prometió Angelo.

—Ojalá —dijo Tony—. Puede que eso me compense de tanto esperar.

—Allá va —dijo Angelo, señalando con el dedo a una mujer robusta que salía de una de las casas de apartamentos. Iba abrochándose un abrigo rojo con una mano mientras con la otra se sostenía el sombrero.

—Muy bien. Vamos —dijo Angelo—. Pero procura que no se te vea la artillería, y deja que hable yo.

Angelo y Tony salieron del coche y se aproximaron a la mujer cuando ésta iba a tomar un taxi.

—¡Mrs. Schulman! —llamó Angelo.

La mujer se volvió hacia él. Su recelosa arrogancia se evaporó en cuanto hubo reconocido a Angelo.

—Hola, Mr.... —dijo, tratando de recordar su apellido.

—Facciolo —propuso Angelo.

—Naturalmente —dijo ella—. ¿Cómo le va a Mr. Cerino?

—Estupendamente, Mrs. Schulman —dijo Angelo—. Está haciendo progresos con el bastón. Pero me ha pedido que venga a hablar con usted. ¿Tiene un minuto?

—Supongo que sí —dijo Mrs. Schulman—. ¿De qué quiere hablar?

—Se trata de algo confidencial —dijo Angelo—. Preferiría que viniese un momento al coche. —Angelo hizo un gesto en dirección al Lincoln sedán negro.

Obviamente desconcertada por su petición, Mrs Schulman musitó algo sobre que tenía que ir a no sé dónde.

Angelo deslizó una mano en el bolsillo de su americana y levantó la Walther automática lo suficiente para que ella pudiera distinguir la culata.

–Me temo que debo insistir –dijo Angelo–. No tardaremos mucho y después nos aseguraremos de dejarla en el lugar más conveniente.

Mrs. Schulman miró a Tony, y éste le devolvió una sonrisa.

–De acuerdo –dijo nerviosa–. Mientras no tardemos mucho...

–Eso dependerá de usted –dijo Angelo, andando hacia el coche.

Tony iba delante indicando el camino. Mrs. Schulman se subió al asiento delantero cuando Tony le abrió la puerta con una reverencia. Angelo montó en el asiento del conductor y Tony subió atrás.

–¿Tiene esto algo que ver con Dany, mi marido? –preguntó Mrs. Schulman.

–¿Danny Schulman, de Bayside? –dijo Angelo–. ¿Está casada con él?

–Sí –dijo Mrs. Schulman.

–¿Quién es Danny Schulman? –preguntó Tony desde atrás.

–Tiene un garito en Bayside, el Crystal Palace –dijo Angelo–. Va mucha gente del clan Lucia.

–Está muy bien relacionado –dijo Mrs. Schulman–. Quizás es con él con quien quieren hablar...

–No, esto no tiene nada que ver con Danny –dijo Angelo–. Sólo queremos saber si no hay nadie en el despacho del doctor.

–Por hoy ya se han ido todos –aseguró Mrs. Schulman–. He cerrado con llave como siempre.

–Bien –dijo Angelo–, porque queremos que vuelva adentro. Nos interesan ciertas fichas.

–¿Qué fichas? –preguntó Mrs. Schulman.

–Se lo diré en cuanto hayamos entrado –dijo Angelo–. Pero antes quiero que sepa que si intenta hacer alguna tontería, será la última que haga en su vida. ¿Me he expresado con suficiente claridad?

–No está mal –dijo Mrs. Schulman recuperando un poco la compostura.

—Tranquila, que no pasa nada —añadió Angelo—. Somos gente civilizada.

—Comprendo —dijo Mrs. Schulman.

—¡Bueno! Vamos allá —dijo Angelo, abriendo su portezuela.

—Hola, Miss Montgomery —dijo George.

George era uno de los porteros de la casa de los padres de Laurie. Llevaba en ese puesto tres décadas. Aparentaba sesenta años pero tenía setenta y dos. Gustaba de decirle a Laurie que él había sido el que abrió la puerta del taxi el día que su madre trajo a Laurie del hospital unos días después de dar a luz.

Tras charlar unos momentos con George, Laurie subió a casa de sus padres. ¡Cuántos recuerdos! Hasta el olor le resultaba familiar. Pero más que a otra cosa, el apartamento le recordaba ese día funesto en que halló a su hermano muerto. Habría querido que sus padres se mudaran después de la tragedia, para no tener que estar acordándose a cada momento de la sobredosis.

—¡Hola, querida! —canturreó su madre al hacer pasar a Laurie al vestíbulo.

Dorothy Montgomery se inclinó para ofrecerle la mejilla a su hija. Olía a perfume caro. Su pelo gris plata estaba cortado al estilo que últimamente lucían las portadoras de las revistas de modas. Dorothy era una mujer pequeña y vivaracha de sesenta y pico años, aunque, gracias a haberse estirado la cara por segunda vez, parecía más joven.

Mientras Dorothy ayudaba a Laurie a quitarse el abrigo lanzó una mirada crítica al atuendo de su hija.

—Ya veo que no te has puesto el conjunto de lana que te regalé.

—Pues no, mamá, no me lo he puesto —dijo Laurie y cerró los ojos esperando que su madre no empezara tan pronto a meterse con ella.

—Al menos podías haberte puesto un vestido.

Laurie se contuvo de responder. Había elegido una blusa estampada con adornos de piedras de imitación y unos pantalones de lana que había comprado por catálogo. No hacía ni una hora que le había parecido un conjunto de los mejores. Ahora no estaba segura.

—Da lo mismo —dijo Dorothy tras colgar el abrigo de Laurie—. Vamos, quiero que conozcas a todo el mundo y sobre todo al doctor Scheffield, nuestro invitado de honor.

Dorothy llevó a Laurie al salón de etiqueta, una habitación exclusivamente reservada para recibir. Había ocho personas en la sala, cada cual con su copa en una mano y su canapé en la otra. Laurie reconocía a la mayoría de los invitados, cuatro matrimonios amigos de sus padres desde hacía años. De los hombres, tres eran médicos y el otro, banquero. Al igual que su madre, las esposas no eran mujeres de carrera. Dedicaban su tiempo a la beneficencia, como hacía su madre.

Después de cruzar unas palabras, Dorothy se llevó a su hija hasta la biblioteca, donde Sheldon Montgomery le estaba enseñando a Jordan Scheffield unos libros raros de medicina.

—Sheldon, presenta a tu hija —ordenó Dorothy, interrumpiendo a su marido en mitad de una frase.

Los dos hombres levantaron la vista del libro que Sheldon tenía en las manos. La mirada de Laurie pasó del austero rostro aristocrático de su padre al de Jordan Scheffield, y quedó agradablemente sorprendida. Había esperado que Jordan se pareciese a la imagen que ella tenía de los oftalmólogos: que hubiera sido mayor, más grueso, rechoncho y, desde luego, menos atractivo. Pero el hombre que estaba delante suyo era descaradamente guapo, tenía el pelo rubio, color de arena, la piel bronceada, unos ojos azul intenso y las facciones angulosas y muy marcadas. No sólo no parecía oftalmólogo sino que ni siquiera parecía médico. Tenía aspecto de atleta profesional. Era más alto aún que el padre de Laurie, que medía metro ochenta y seis. Y en vez de llevar un traje de cuadros escoceses como su padre, vestía pantalón ancho color canela, blazer azul y una camisa blanca con el cuello abierto. Ni siquiera se había puesto corbata.

Laurie le estrechó la mano a Jordan mientras Sheldon hacía las presentaciones. El apretón de él fue enérgico y confiado. Jordan la miró a los ojos y sonrió afablemente.

Laurie vio en seguida que a Sheldon le caía bien Jordan cuando éste le dio unas fuertes palmadas en la espalda insistiendo en que le trajese un poco más de whisky escocés que solía esconder cuando había visitas. Sheldon fue a por el preciado licor, dejando a Laurie y Jordan solos.

—Sus padres son muy hospitalarios —dijo Jordan.

—Es natural —contestó Laurie—. Les encanta recibir. Estaban ilusionadísimos con que viniera usted esta noche.

—Me alegro de estar aquí. Su padre no hacía más que cantar sus alabanzas. Tenía ganas de conocerla.

—Gracias —dijo Laurie. Le sorprendía un poco que su padre hablara de ella, y no digamos ya que hablara bien—. Igualmente —añadió Laurie—. Francamente, no es usted como yo esperaba.

—¿Qué es lo que esperaba? —preguntó Jordan.

—Bien —dijo Laurie, ligeramente desconcertada de pronto—. Pensaba que tendría aspecto de oftalmólogo.

Echando la cabeza hacia atrás, Jordan se rió de buena gana:

—¿Y qué aspecto diría usted que tiene un oftalmólogo?

Fue un alivio para Laurie que su padre llegara en ese momento con la segunda copa para Jordan, ahorrándole así una explicación. Sheldon le dijo a Jordan que quería enseñarle unos antiguos instrumentos quirúrgicos en el estudio. Cuando Jordan se alejaba obediente detrás de su anfitrión, le dedicó a Laurie una sonrisa de complicidad.

Jordan fue el encargado de alegrar el ambiente durante la cena. Consiguió que hasta los más reservados se soltaran. Por primera vez en muchísimo tiempo la sala se llenó de cordiales carcajadas.

Sheldon animó a Jordan para que contara ciertas historias de pacientes famosos que ya le había contado a él. Jordan estuvo contentísimo de hacerlo y volvió a explicar esas anécdotas de un modo exuberante y casi jactancioso que hizo reír a todos los presentes. Incluso Laurie, que había tenido un día especialmente emotivo, relegó sus problemas a un segundo plano mientras oía a Jordan contar cosas divertidas de los ricos y famosos que cada día pasaban por su consulta.

La especialidad de Jordan era la parte anterior del ojo, particularmente la córnea. Pero también realizaba algunas operaciones de cirugía plástica. Había tratado un buen número de celebridades, desde estrellas de cine hasta miembros de la realeza. Jordan consiguió que todos se desternillaran de risa con la anécdota de un príncipe de Arabia Saudí que se presentó en su despacho junto con docenas de sirvientes. Luego trató de impresionarles nombrando varias figuras del deporte que habían pasado por sus manos. Por último, mencionó que de vez en cuando trataba a algún mafioso.

—¿Quiere decir de la mafia? —preguntó Dorothy con horrorizada incredulidad.

—Exactamente —dijo Jordan—. Pongo a Dios por testigo. Genuinos gánsteres. Veréis, el caso es que este mismo mes he visitado a un tal Paul Cerino, que a todas luces está metido en el hampa de Queens.

Laurie se atragantó con el vino blanco al oír que Jordan mencionaba a Paul Cerino. Se asustó ante la mención de ese nombre por segunda vez el mismo día. La conversación se interrumpió mientras todos la miraban preocupados. Laurie indicó con un gesto que no era nada y logró decir que estaba bien. Cuando recuperó el habla, le preguntó a Jordan de qué estaba atendiendo a Cerino.

—De quemaduras de ácido en los ojos —dijo Jordan—. Alguien le arrojó ácido a la cara. Por suerte fue lo bastante listo para lavarse los ojos con agua casi al momento.

—¡Ácido! Es espantoso —dijo Dorothy.

—El álcali es mucho peor. Puede corroer hasta la córnea.

—Qué horror —dijo Dorothy.

—¿Cómo le han quedado los ojos a Cerino? —preguntó Laurie. Estaba pensando en Frank DePasquale y su ojo derecho, preguntándose si no sería ése el punto de partida que Lou había estado esperando.

—Tiene opacidad corneal en ambos ojos a causa del ácido —explicó Jordan—. Pero el hecho de que se lavara con agua impidió que la conjuntiva sufriera mayores daños. Creo que saldrá adelante con unos trasplantes de córnea que le vamos a hacer pronto.

—¿No teme verse mezclado con esta gente? —preguntó un invitado.

—En absoluto —dijo Jordan—. Ellos me necesitan. Les soy de utilidad. No van a hacerme daño. En realidad, lo encuentro bastante cómico y hasta entretenido.

—¿Cómo sabe que Cerino es un gánster? —preguntó otro de los invitados.

—Salta a la vista —rió Jordan—. Siempre viene con varios guardaespaldas a quienes delatan los bultos evidentes de sus americanas.

—Paul Cerino es un hampón famoso —dijo Laurie—. Es uno de los jefes medios del clan Vaccarro, que actualmente está en guerra con la organización Lucia.

—¿Cómo sabes tú esas cosas? —preguntó Dorothy.

—Esta mañana le he hecho la autopsia a la víctima de una ejecución al estilo mafioso. Las autoridades creen que es resultado directo de la rivalidad entre clanes y van detrás de relacionar a Paul Cerino con el asesinato.

—¡Qué horrible! —exclamó Dorothy con desdén—. ¡Basta, Laurie! Hablemos de otra cosa.

—Ésta no es conversación para una cena —concedió Sheldon, y, volviéndose a Jordan, agregó—: Debes disculpar a mi hija. Desde que dejó sus estudios y se metió en Patología ha perdido un poco el sentido de la etiqueta.

—¿Patología? —quiso saber Jordan. Miró a Laurie—. No me había dicho que fuese patóloga.

—No me lo ha preguntado —dijo Laurie. Se sonrió sabiendo que Jordan había estado demasiado ocupado hablando de sus propios asuntos como para preguntarle por los suyos—. En realidad, soy patóloga forense y trabajo en el Centro de Inspección Médica de Nueva York.

—¿Y si hablamos de la temporada en el Lincoln Center? —sugirió Dorothy.

—No sé gran cosa de medicina legal —dijo Jordan—. En la facultad sólo nos dieron un par de conferencias sobre el particular y antes de empezar nos dijeron que el tema no entraba en el examen. ¿Sabe lo que hice? —Jordan fingió dormir poniéndose a roncar y dejando que la cabeza le cayera sobre el pecho.

Sheldon se rió de las payasadas de Jordan.

—Nosotros sólo tuvimos una y yo me fui a la mitad —confesó.

—Creo que deberíamos cambiar de tema —insistió Dorothy.

—Lo que pasa —le dijo Sheldon a Jordan— es que Laurie no quiso hacer cirugía, donde habría podido tratar con seres vivos. Tenemos una chica increíble en el curso de tórax, sabe tanto como un hombre. Laurie también habría podido ser así.

Laurie tuvo que emplear a fondo toda su capacidad de autocontrol para no criticar ferozmente la necia y sexista observación de su padre. Con toda calma, Laurie defendió su especialidad:

—La medicina forense sí trata con seres vivos, y lo hace hablando en nombre de los muertos.

Laurie narró a continuación la historia del rizador de pelo y cómo el saber cuál era la causa del accidente podía en potencia salvar la vida de otras personas.

Cuando Laurie terminó, se produjo un silencio embarazoso. Todo el mundo se quedó mirando su servicio o jugueteando con los cubiertos. Hasta Jordan parecía extrañamente apagado. Dorothy fue quien rompió el silencio al anunciar que el postre y los licores se servirían en el salón.

Para cuando el grupo se hubo reunido de nuevo en la sala de estar, Laurie se sentía lo bastante incómoda para pensar en marcharse. Mientras se fijaba en cómo los demás iniciaban sin esfuerzo nuevas conversaciones, ella pensaba en llevar a su madre aparte y ponerle la excusa de que esa noche le tocaba estudiar. Pero antes de que se decidiera, una discreta sirvienta contratada para la velada apareció a su lado con una bandeja llena de copas de coñac. Aceptando la invitación, Laurie dio la espalda al resto de los invitados y con la copa en la mano se dirigió hacia el estudio por el pasillo.

—¿Le importa que la acompañe? —Jordan la había seguido desde la sala.

—Nada de eso —dijo Laurie, ligeramente sobresaltada. Pensaba que nadie había notado que se iba. Intentó sonreír y se sentó en una suave butaca de piel mientras Jordan se apoyaba cómodamente en un televisor descomunal. Del salón llegaba ruido de risas.

—No pretendía burlarme de su especialidad —dijo él—. De hecho la Patología me parece fascinante.

–¿Ah, sí? –dijo Laurie.

–Me ha gustado lo del rizador de pelo –añadió él–. No tenía ni idea de que uno pudiera electrocutarse con un aparato así como no sea tirándolo a la bañera mientras uno se está bañando.

–Podría haberlo dicho antes.

Laurie sabía que no estaba siendo amable, pero en ese momento no se sentía demasiado hospitalaria.

Jordan asintió:

–Lo siento. Creo que la presencia de sus padres me ha inhibido un poco. Está clarísimo que su especialidad no les cae nada bien.

–¿Tanto se nota? –preguntó Laurie.

–Desde luego –dijo Jordan–. Y ese comentario de su padre sobre la chica del curso de tórax... Increíble. Además, su madre no ha dejado de tratar de cambiar el tema de la conversación.

–Tendría que haber oído lo que dijo mi madre el día que le anuncié que haría medicina forense. Me dijo: «¿Qué les voy a contar a los del club cuando me pregunten a qué te dedicas?». Eso le dará una idea de sus sentimientos. Y en cuanto a mi padre, ¡la quintaesencia del cirujano cardíaco! Se cree que lo que no sea cirugía, cirugía torácica para más señas, es para los débiles, los timoratos y los retrasados mentales.

–Es difícil complacerles, ya veo. Para usted debe de ser difícil.

–Francamente, sé que les he causado bastantes congojas en todo este tiempo. Fui una adolescente muy rebelde: salía con tipos groseros, montaba en moto, llegaba tarde, lo normal. Puede que haya entrenado a mis padres para ser cautos con respecto a todo cuanto hago. Nunca me han apoyado mucho que digamos. De hecho se puede decir que me han ignorado, sobre todo mi padre.

–Pues ahora, su padre habla muy bien de usted –dijo Jordan–. Prácticamente siempre que me lo encuentro en el vestíbulo del quirófano.

–Para mí es una novedad –dijo Laurie.

–¿Alguien quiere más coñac? –dijo Sheldon desde la puerta del estudio, agitando la botella de coñac.

Jordan dijo que no. Laurie se limitó a negar con la cabeza. Sheldon les dijo que dieran un grito si cambiaban de opinión. Luego les dejó solos.

—Bueno, basta —dijo Laurie—. Esta conversación es demasiado seria. Yo no quería amargarle la fiesta a nadie.

En realidad, lamentaba mucho haberle hecho semejantes revelaciones a Jordan. No era normal en ella confiar en un relativo extraño, como le había ocurrido con Lou Soldano. Pero todo el día se había sentido vulnerable desde el mismo momento en que le habían asignado el caso de Duncan Andrews.

—Nadie dice que lo haya hecho —le aseguró Jordan. Luego, mirando su reloj, dijo—: Mire, se hace tarde y mañana por la mañana tengo que operar. A las siete y media me viene un barón inglés que ocupa un escaño en la Cámara de los Lores.

—Caramba —dijo Laurie sin demasiado interés.

—Creo que por hoy es suficiente —añadió Jordan—. Será un placer acompañarla a su casa. Eso, naturalmente, si tiene intención de marcharse.

—Me encantará que me lleve a casa —dijo Laurie—. No he hecho otra cosa que pensar en irme desde que nos hemos levantado de la mesa.

Después de las despedidas de rigor, durante las cuales Dorothy le dijo a Laurie que su abrigo era demasiado delgado para finales de otoño, Jordan y Laurie abandonaron la fiesta y fueron a tomar el ascensor.

—¡Madres! —dijo Laurie una vez que la puerta se cerró a sus espaldas.

Mientras bajaban, Jordan empezó a hablar del desfile de famosos que le esperaba al día siguiente en su despacho. Laurie no sabía si trataba de impresionarla o sólo de animarla.

Al salir del edificio al frío aire de noviembre, Jordan desvió la conversación hacia el aspecto quirúrgico de su especialidad. Laurie asentía como si escuchara, pero en realidad esperaba algún movimiento de Jordan que le permitiese saber si había aparcado hacia el norte o hacia el sur. Estuvieron un momento parados justo delante del edificio mientras Jordan le contaba a Laurie el número de intervenciones que hacía al año.

—Parece que no para, por lo que me cuenta —dijo ella.

—Y más que podría —admitió Jordan—. Si fuera por mí, haría el doble de cirugía de la que hago ahora. Es con lo que más disfruto; la cirugía es mi fuerte.

—¿Por dónde queda su coche? —preguntó finalmente Laurie. Estaba tiritanto.

—Oh, disculpe —dijo él—. Aquí mismo.

Jordan señaló una larga limusina negra que había exactamente delante de la casa de sus padres. Como por ensalmo, un chófer uniformado salió del vehículo y abrió la puerta trasera a Laurie.

—Le presento a Thomas —dijo Jordan.

Laurie saludó y se introdujo en el lujoso automóvil. Por su aspecto, Thomas habría podido tener un segundo empleo como gorila, tan sólida era su constitución. El interior de la limusina era elegantemente lujoso, estaba provisto de teléfono celular, dictáfono y fax.

—Bueno —dijo Laurie, contemplando todo el equipo—, parece bien pertrechado tanto para los negocios como para el placer.

Jordan sonrió. Estaba claro que le complacía su estilo de vida.

—¿Adónde? —preguntó él.

Laurie dio sus señas en la Calle 19 y se integraron a la circulación rodada.

—Nunca habría imaginado que tuviera una limusina —dijo ella—. ¿No es un poco extravagante?

—Un poco, tal vez —concedió Jordan. Su blanca dentadura resplandeció a la media luz del interior del coche—. Pero esta ostentación tiene su lado práctico. Hago todo mi trabajo al dictado yendo y viniendo del despacho e incluso entre el trabajo y el hospital. Así pues, en cierta manera, el coche se paga solo.

—Una manera muy interesante de enfocarlo.

—No se trata de una mera racionalización —dijo Jordan, y prosiguió describiendo otros sistemas que empleaba para organizar sus actividades profesionales a fin de incrementar la productividad.

Laurie escuchaba y no podía por menos de comparar a Jordan Scheffield con Lou Soldano. No podían haber sido más diferentes. El uno era retraído, el otro arrogantemente narcisista;

uno era provinciano, otro sofisticado, y mientras uno se comportaba torpemente, el otro era tranquilamente hábil. Sin embargo, pese a sus diferencias, Laurie les encontraba atractivos, cada cual a su modo.

Cuando enfilaban la Calle 19, el monólogo de Jordan se interrumpió bruscamente.

—La estoy aburriendo con tanto hablar de mis cosas... —dijo él.

—Veo que está usted comprometido —dijo Laurie—. Eso me gusta.

—Celebro mucho haberla conocido esta noche —dijo él—. Ojalá tuviésemos más tiempo para hablar. ¿Qué le parecería cenar conmigo mañana por la noche?

Laurie sonrió. Había sido un día de sorpresas. No salía mucho desde su enésima ruptura con Sean Mackenzie. Pero aun así Jordan le parecía interesante a pesar de su carácter en apariencia arrogante. Dejándose llevar por sus impulsos, decidió que podía ser divertido conocer algo más de aquel hombre, aunque a sus padres les gustara tanto.

—Me encantaría ir a cenar —dijo Laurie.

—Estupendo —dijo Jordan—. ¿Qué le parece Le Cirque? Conozco al *maître* y sé que nos dará la mejor mesa. ¿Está bien a las ocho?

—De acuerdo, a las ocho —dijo Laurie, aunque empezó a pensar si habría hecho bien en cuanto Jordan dijo Le Cirque. Tratándose de una primera cita, ella habría preferido un ambiente de menos etiqueta.

—¿Qué carajo de hora es? —preguntó Tony—. Creo que se me ha terminado la pila del reloj. —Tony agitó la muñeca y luego dio unos golpecitos a la esfera.

Angelo estiró el brazo y echó una ojeada a su Piaget.

—Son las once y once.

—No creo que Bruno salga ya —dijo Tony—. ¿Por qué no entramos a mirar si está dentro?

—Porque no queremos que Mrs. Marchese nos vea —dijo Angelo—. Si ella nos ve, tendremos que cargárnosla, y eso no está bien. Puede que el clan Lucia haga esas cosas, pero nosotros no. Además, fíjate. Ahí viene el cabrón.

Angelo señaló hacia la entrada principal de la casita de dos plantas con terraza.

Bruno Marchese apareció en la noche vestido con una cazadora de cuero negro, vaqueros Guess recién planchados y gafas de sol. Se detuvo un momento en la escalinata para encender un cigarrillo. Arrojando la cerilla a los arbustos, empezó a andar hacia la acera.

—Quédate con esos anteojos que me lleva —dijo Angelo—. Se cree Jack Nicholson. Parece que se va de parranda. Tendría que haberse quedado en casita. El problema con los jóvenes es que tenéis el cerebro en las pelotas.

—Vamos a por él —le urgió Tony.

—Espera —dijo Angelo—. Deja que dé la vuelta a la esquina. Le cogeremos cuando vaya por debajo de la vía del tren.

Cinco minutos después tenían a Bruno encogido en el asiento de atrás, mirando el sonriente rostro de Tony. La operación había sido más suave aún que con Frankie. Sólo hubo una víctima: las gafas de sol de Bruno, que terminaron en el suelo.

—¿Te sorprende vernos? —preguntó Angelo después de un rato. Angelo miró a Bruno por el espejo retrovisor.

—¿Qué significa esto? —quiso saber Bruno.

Tony se rió:

—Vaya, un tipo duro. Duro y tonto. ¿Y si le doy unos cachetes con mi pistola?

—Es por el accidente de Cerino —dijo Angelo—. Queremos que nos hables de eso.

—Yo no sé nada —dijo Bruno—. Ni me había enterado.

—Es curioso —dijo Angelo—. Ha sido un amigo tuyo el que nos ha dicho que tú estabas metido.

—¿Quién? —preguntó Bruno.

—Frankie DePasquale —dijo Angelo. Vio cómo le cambiaba la expresión a Bruno. El chico estaba aterrorizado, y con razón.

—Frankie no sabía una mierda —dijo Bruno—. Yo no sé nada de lo de Cerino.

—Entonces, si no sabes nada del asunto ¿cómo es que te escondes en casa de tu madre? —preguntó Angelo.

—Yo no me escondo —dijo Bruno—. Me han echado de mi piso y estoy pasando unos días aquí.

Angelo movió la cabeza. Fueron hasta la American Fresh Fruit Company en completo silencio. Una vez allí, Angelo y Tony llevaron a Bruno al mismo sitio donde habían arrastrado a Frankie.

Tan pronto Bruno vio el agujero en el suelo, su pose de duro se vino abajo.

—Está bien, chicos —dijo—. ¿Qué queréis saber?

—Así está mejor —dijo Angelo—. Primero siéntate.

Después de que Bruno obedeciera, Angelo se inclinó hacia él y le dijo:

—Cuéntanos lo que sepas. —Sacó un cigarrillo, lo encendió y echó el humo hacia el techo.

—No sé gran cosa —dijo Bruno—. Yo sólo conducía el coche. No estuve en la casa. Y además, me obligaron a hacerlo.

—¿Quién te obligó? —preguntó Angelo—. Y recuerda, como me digas una trola te meterás en un buen lío.

—Terry Manso —dijo Bruno—. Fue idea suya. Yo ni siquiera sabía qué estaba pasando hasta que se acabó todo.

—¿Quién más estaba metido, aparte de ti, Manso y DePasquale? —dijo Angelo.

—Jimmy Lanso —dijo Bruno.

—¿Quién más? —inquirió Angelo.

—Ya está —insistió Tony.

—¿Qué hizo Jimmy? —preguntó Angelo.

—Fue al local antes de la reunión para ver dónde estaba el cuadro de la corriente —explicó Bruno—. Él fue quien apagó la luz.

—¿Quién dio la orden de este golpe? —preguntó Angelo.

—Ya os lo he dicho —dijo Bruno—. Fue idea de Manso.

Angelo dio otra larga calada a su cigarrillo y echó la cabeza atrás al sacar el humo. Intentaba pensar si quedaba alguna cosa por preguntarle a aquel cabrón. Cuando llegó a la conclusión de que no, miró a Tony y asintió con la cabeza.

—Bruno, me gustaría pedirte un favor —dijo Angelo—. Quiero

que le lleves un mensaje a Vinnie Dominick. ¿Podrás hacer esto por mí?

—Seguro —dijo Bruno, cuya voz había recuperado un poquito de su anterior rudeza.

—Bien. El mensaje es... —empezó Angelo, pero no pudo terminar. El ruido de la Bantam de Tony le hizo recular. Cuando no era uno el que disparaba, siempre sonaba más fuerte.

Como habían atado a Bruno a la silla, todo el cuerpo se aflojó hacia delante, cayendo al suelo. Angelo se lo miró desde arriba moviendo la cabeza.

—Creo que Vinnie entenderá el mensaje —dijo.

Tony miró su arma con una mezcla de admiración y placer. Luego sacó un pañuelo y limpió la boca del cañón.

—Cada vez me es más fácil —le dijo a Angelo.

Angelo no contestó, sino que se acuclilló junto a Bruno y le quitó la cartera. Había varios billetes de cien dólares y otros de menos valor. Le pasó uno de cien a Tony. El resto se lo guardó en el bolsillo. Luego devolvió la cartera a su sitio.

—Échame una mano —le dijo a Tony.

Entre los dos llevaron a Bruno al borde del agujero y le arrojaron al río. Como Frankie, Bruno se alejó rápida y servicialmente río abajo, deteniéndose sólo un momento en uno de los pilotes del muelle. Angelo se cepilló el pantalón con la mano. El cadáver de Bruno había levantado un poco de polvo del suelo.

—¿Tienes apetito? —preguntó Angelo.

—Me muero de hambre —dijo Tony.

—Vamos al Valentino de Steinway Street —propuso Angelo—. Me apetece una pizza.

Minutos después Angelo dio marcha atrás con el sedán y viró para salir por la verja de cadenas. En la confluencia de Java con Manhattan Avenue, torció a la izquierda y pisó a fondo.

—Es curioso lo fácil que es cargarse a alguien —dijo Tony—. Me acuerdo que de chaval pensaba que era el no va más. A una manzana de casa vivía un tipo del que se decía que había despachado a alguien. Solíamos sentarnos al otro lado de su casa sólo para verle salir. Era nuestro héroe.

—¿Qué pizza quieres? —preguntó Angelo.

—De pepperoni —dijo Tony—. Recuerdo que la primera vez que me cargué a uno estaba tan nervioso que me entró cagalera. Hasta tuve pesadillas luego. Pero ahora es divertido.

—Forma parte del trabajo —dijo Angelo—. Ojalá lo entendieras.

—¿Qué lista vamos a terminar primero cuando acabemos de comer? —preguntó Tony—. ¿La vieja o la nueva?

—La vieja —dijo Angelo—. Quiero enseñarle la nueva a Cerino para estar bien seguro. No tiene sentido trabajar por nuestra cuenta.

5

6:45, MIÉRCOLES
MANHATTAN

Desde donde estaba Laurie podía ver a su hermano camino del lago. Iba andando rápido; Laurie tenía miedo de que pudiera echar a correr. Pensó que su hermano ya sabría lo profundo y peligroso que era el fango. Pero él continuaba como si nada le importase.

–¡Shelly! –gritó Laurie. O no le hacía caso o no podía oírla. Laurie chilló otra vez con todas sus fuerzas pero él seguía sin responder.

Y entonces echó a correr tras él. Shelly estaba sólo a un paso del horrible pantano.

–¡Para! –chilló Laurie–. ¡No te acerques al agua! ¡Aparta!

Pero Shelly seguía andando. Cuando Laurie llegó al lago, él ya estaba metido en el fango hasta la cintura. Se había vuelto hacia la orilla.

–¡Ayúdame! –gritó.

Laurie se detuvo justo al borde del lago. Alargó el brazo, pero sus manos no llegaban a tocarse. Laurie se dio la vuelta y gritó pidiendo ayuda, pero no había nadie a la vista. Volviéndose a Shelly, vio que éste se había hundido hasta el cuello. Lo que había en sus ojos era terror puro. A medida que se iba hundiendo, su boca se abría para gritar.

El grito de Shelly se fundió con un repique mecánico que sacó a Laurie de su sueño. Desesperada aún por salvar a Shelly, Laurie barrió con la mano el Westclox que descansaba en el alféizar. Ese mismo gesto volcó un vaso de agua medio lleno y chocó con el libro que había estado leyendo la noche antes. Despertador, vaso de agua y libro cayeron al suelo.

El repentino movimiento de Laurie y el estruendo de las cosas al caer al suelo sorprendieron tanto a *Tom* que éste saltó primero a lo alto del escritorio, donde hizo caer casi todos los cosméticos de Laurie, y después a la cenefa de la ventana. Al no poder aferrarse a la cenefa, *Tom* hundio las uñas en el tapizado, y el peso repentino dio con la cenefa en el suelo.

Con tanto ruido y agitación, Laurie había saltado de la cama antes de saber qué estaba haciendo. Eso fue unos segundos antes de que el timbre del despertador la sacudiera hasta despertarla por completo. Laurie se agachó a cogerlo y consiguió hacerlo callar.

Permaneció unos instantes entre los escombros de su habitación para recobrar el aliento. Hacía años que no tenía esa pesadilla, seguramente desde que terminó la escuela superior, y sus efectos eran más devastadores que el mero desorden de su cuarto. Tenía la frente perlada de sudor y notaba en su pecho los violentos latidos del corazón.

Tras haberse recuperado un poco, Laurie fue a la cocina a buscar el recogedor para quitar los restos del vaso roto. Luego recogió sus cosméticos del suelo y volvió a dejarlos sobre el escritorio. Como la cenefa iba a llevarle bastante trabajo, decidió dejarlo para más tarde.

Encontró a *Tom* escondido debajo del sofá de la salita. Después de engatusarle para que saliera, lo puso en su regazo y le estuvo acariciando unos minutos hasta que empezó a ronronear.

Como diez minutos después, Laurie estaba a punto de meterse en la ducha cuando sonó el timbre de la puerta. «¿Y ahora, qué?», pensó. Agarrando una toalla se acercó al interfono y preguntó quién era.

–Soy Thomas –dijo una voz.

–Thomas ¿qué? –exclamó Laurie a gritos.

–El chófer del doctor Scheffield –respondió la voz–. He venido a entregar una cosa a petición del doctor. No ha podido acudir personalmente porque ya está operando.

–Bajo en seguida –replicó Laurie.

Luego, se puso rápidamente unos tejanos y una camiseta.

–Pues sí que empieza pronto. –Debra Engler acechaba, como siempre, desde su puerta.

Laurie agradeció que el ascensor llegase por fin.

Thomas se tocó el sombrero cuando la vio y dijo que esperaba no haberla despertado. Lo que le traía era una larga caja blanca atada con una cinta roja. Laurie le dio las gracias por el paquete y subió por la escalera.

Tras dejar la caja sobre la mesa de la cocina, deshizo el lazo rojo, abrió la caja y extendió el papel interior. Acomodadas dentro del papel de envolver había varias docenas de rosas rojas de tallo largo. Encima de las flores se veía había una tarjeta con la inscripción: *Hasta esta noche, Jordan.*

Laurie aguantó la respiración. Como nunca había recibido semejante muestra de ostentación, no sabía muy bien cómo reaccionar. No estaba segura siquiera de si lo adecuado era aceptar. ¿Pero qué podía hacer si no? Imposible devolverlas...

Al mirar en la caja, Laurie levantó uno de los capullos y olió su dulzor primaveral, contemplando ese color rojo rubí. Aunque la llegada de las rosas la confundía y hacía sentir incómoda, tenía que confesar que resultaba muy romántico y halagador.

Laurie fue a por el jarrón más grande que tenía y puso la mitad de las rosas en agua. Luego las llevó a la salita y puso el jarrón sobre la mesa de centro. Pensó que no le iba a costar habituarse a tener flores en el apartamento. El efecto era sorprendente.

De vuelta en la cocina, Laurie tapó la caja y la ató de nuevo con la cinta. Si una docena de rosas podía hacer tanto por su piso, no llegaba a imaginar lo que serían en su despacho.

—¡Dios mío! —exclamó Laurie cuando vio qué hora era. Aterrada, se quitó la ropa a tirones y se metió de un salto en la ducha.

Eran casi las ocho y media cuando Laurie llegaba al centro de medicina forense, media hora larga más tarde de lo habitual. Sintiéndose culpable, fue directamente a la Sala de Identificación si bien, debido a la caja de rosas, hubiera preferido pasar antes por su despacho.

—El doctor Bingham quiere verla —dijo Calvin en cuanto entró Laurie—. Pero vuelva aquí cagando leches, que tenemos mucho quehacer.

Laurie dejó su maletín y la caja de rosas sobre una mesa vacía. Le daba un poco de vergüenza presentarse con las rosas, pero si Calvin se había dado cuenta, no había dicho esta boca es mía. Laurie compareció ante Mrs. Sanford después de cruzar la recepción a toda prisa. Tras su última visita al despacho del gran jefe, Laurie estaba recelosa, por no decir algo peor. Trataba de imaginarse qué querría esta vez, pero no podía.

—Ahora mismo está hablando por teléfono —dijo Mrs. Sanford—. Haga el favor de sentarse. Sólo tardará un momento.

Laurie fue a sentarse, pero antes de que pudiera hacerlo, oyó que Mrs. Sanford hablaba por el interfono: el doctor Bingham la recibiría ahora.

Tomando aliento, Laurie entró en el despacho del jefe. Éste tenía la cabeza gacha mientras ella se acercaba a su mesa. Estaba escribiendo. Bingham tuvo a Laurie de pie mientras acababa sus anotaciones. Después levantó la vista. La estuvo examinando unos momentos con sus fríos ojos azules. Meneó la cabeza y suspiró.

—Ha trabajado usted impecablemente durante meses, pero ahora parece que tiene cierta propensión a meterse en líos. ¿No le gusta su trabajo, doctora?

—Desde luego que sí, doctor Bingham —dijo Laurie, alarmada.

—Siéntese —siguió Bingham. Entrelazó las manos y las puso resueltamente sobre el cartapacio.

Laurie tomó asiento en el borde mismo de la silla, de cara a Bingham.

—Entonces puede que no le guste trabajar concretamente aquí —sugirió, preguntando y afirmándolo a medias.

—Todo lo contrario —dijo Laurie—. Me encanta esto. ¿Qué le hace pensar que no es así?

—Es que de otro modo no me explico su comportamiento.

Laurie le devolvió la mirada suavemente.

—No sé a qué comportamiento se refiere —dijo.

—Me refiero a su visita de ayer tarde al apartamento del difunto Duncan Andrews, cuyo acceso obtuvo usted aparentemente valiéndose de sus credenciales oficiales. ¿Estuvo allí o es que me han informado mal?

—Estuve allí —dijo Laurie.

—¿Acaso Calvin no le explicó que la oficina del alcalde está presionando sobre el caso?

—Algo dijo sobre el particular —admitió Laurie—. Pero el único aspecto del caso con respecto al cual mencionó dicha presión se refería a la causa oficial de la muerte.

—¿Y eso no le hizo pensar que el caso era, de alguna manera, delicado y que quizá debía usted ser en todos sentidos lo más discreta posible?

Laurie intentó imaginar quién habría podido quejarse de su visita, y ¿por qué? Sara Wetherbee, no, desde luego. Mientras pensaba, comprobó que Bingham estaba esperando una respuesta.

—No pensaba que esa visita pudiera molestar a nadie —dijo finalmente.

—Es verdad que no pensó —repuso el doctor Bingham—. Por desgracia, eso es evidente. ¿Puede decirme por qué fue allí? A fin de cuentas, el cadáver ya no estaba en el piso. Ya había terminado la autopsia, caray. Y por si fuera poco disponemos de investigadores médicos que hacen ese tipo de trabajo; investigadores médicos a quienes hemos advertido de que no se entrometan en este caso. Y eso me remite de nuevo a la pregunta: ¿Por qué fue usted allí?

Laurie trató de pensar en una explicación sin entrar en detalles personales. No quería hablar de lo de su hermano con el doctor Bingham. Y ahora menos que nunca.

—Le he hecho una pregunta, doctora Montgomery —dijo Bingham al ver que Laurie no contestaba.

—No había encontrado nada en la autopsia —replicó Laurie finalmente—. Ningún tipo de patología. Supongo que acudí al lugar desesperada para ver si encontraba una alternativa plausible al hecho de que ese hombre hubiera tomado drogas, lo cual es evidente.

—Esto, aparte de pedirle a Cheryl Myers que mirara la historia médica de Andrews.

—Exactamente —dijo Laurie.

—En circunstancias normales —siguió Bingham— habría sido una iniciativa loable. Pero en la presente situación no ha hecho más que añadir problemas a los que ya tiene este servicio. El padre, que está muy bien relacionado políticamente, averigüó que había estado usted allí y puso el grito en el cielo, como si fuéramos a arruinar su campaña electoral. Y todo esto viene a sumarse al caso número dos de adolescente muerta en Central Park, que ya nos ha traído bastantes problemas con el alcalde. Es suficiente. No queremos más líos, ¿comprende?

—Sí, señor —dijo Laurie.

—Así lo espero —dijo Bingham, mirando los papeles que tenía sobre la mesa—. Eso es todo, doctora Montgomery.

Laurie salió del despacho del jefe y respiró hondo. Nunca había estado tan cerca de ser despedida. Dos desagradables citaciones en tres días. Laurie no pudo dejar de pensar que la próxima vez que tuviera que presentarse en el despacho de Bingham sería la definitiva.

—¿Han dejado las cosas claras usted y el jefe? —preguntó Calvin cuando apareció Laurie.

—Espero que sí —dijo Laurie.

—Yo también —repuso Calvin—, porque la necesito en plena forma. —Le entregó un montón de carpetas—. Hoy tiene cuatro casos. Dos sobredosis más como la de Duncan Andrews y otras dos boyas. Boyas recientes, eso sí. Me figuro que como ayer hizo casos parecidos, hoy podrá ir más rápido. Hay trabajo para todos. He tenido que asignar cinco casos a varias personas, así que considérese afortunada.

Laurie echó un rápido vistazo a las carpetas para comprobar que estuviera todo. Luego, con las carpetas, el maletín y su caja de rosas, subió al despacho. Antes que nada, fue al laboratorio y pidió que le dejasen el frasco más grande que hubiera. Sacó las rosas de la caja, las dispuso dentro del frasco y lo llenó de agua. Después de dejar las rosas en el banco del laboratorio, retrocedió unos pasos y no pudo dejar de sonreír: era evidente que aquél no era su sitio.

Sentada a su mesa, Laurie empezó con la primera de las carpetas. No llegó muy lejos. Acababa de abrirla cuando llamaron a la puerta.

—Pase —dijo.

La puerta se abrió poco a poco y apareció Lou Soldano.

—Espero no molestarla demasiado —dijo—. Apuesto a que no esperaba verme.

Parecía que no se hubiera acostado la noche anterior. Llevaba el mismo traje sin planchar y aún no había podido afeitarse.

—No me molesta —dijo Laurie—. Adelante.

—Bueno, ¿qué tal está hoy? —preguntó él después de entrar y sentarse con el sombrero en el regazo.

—Me parece que bien, sin contar un pequeño altercado con el jefe.

—No habrá sido porque vine yo ayer, ¿verdad? —preguntó Lou.

—No. Es por algo que hice ayer tarde y que no debería haber hecho. Pero siempre es fácil decirlo después...

—Espero que no le moleste que haya vuelto hoy, pero tengo entendido que le han llegado dos casos parecidos al de Frankie. Los encontraron casi en el mismo sitio, y fue el mismo guarda jurado de noche. A las cinco de la mañana estaba yo en el Sea Port de South Street otra vez. ¡Caramba! —exclamó de pronto al reparar en el frasco—: Qué flores más chillonas. Ayer no estaban.

—¿Le gustan? —preguntó ella.

—Causan impresión, eso sí —dijo Lou—. ¿Son de un admirador?

Laurie no sabía qué responder.

—Supongo que se le puede llamar así.

—Me parece muy bien —dijo Lou, mirando su sombrero y estirando el ala—. Bueno, el caso es que he venido porque el doctor Washington me dijo que le había asignado esos casos a usted. ¿Le importa que me apunte otra vez?

—En absoluto —dijo Laurie—. Si cree que puede aguantar más autopsias, por mí encantada.

—Estoy seguro de que al menos una de las muertes tiene que ver con la del pobre Frankie —siguió Lou, avanzando en su silla—. El muerto se llama Bruno Marchese, tiene la misma edad que Frankie y más o menos la misma posición dentro del clan. El motivo de que sepamos tantas cosas es que le fue encontrada la cartera, igual que a Frankie. Es evidente que quienquiera que le mató pretendía que su muerte se supiera de inmediato, a modo de advertencia. Con Frankie pensamos que se trataba de un afortunado accidente, pero después de esta segunda vez, sabemos que dejaron la cartera a propósito. Y eso nos preocupa: puede que se esté cociendo algo importante, quizás una guerra abierta entre las dos organizaciones. Si fuera así, hemos de ponerle fin. En toda guerra mueren muchos inocentes.

—¿Le mataron de la misma manera? —preguntó Laurie mientras buscaba el expediente de Bruno entre las carpetas.

—Exactamente igual —confirmó Lou—. Una ejecución al estilo hampa. Disparo en la nuca desde corta distancia.

—Y con una bala de pequeño calibre —añadió Laurie mientras terminaba con la carpeta de Bruno y cogía el teléfono. Marcó el número del depósito y preguntó por Vinnie.

—¿Nos toca juntos otra vez? —preguntó Laurie.

—No podrás librarte de mí en toda la semana —dijo Vinnie.

—Tenemos dos boyas —continuó Laurie—. Bruno Marchese y... —Laurie miró a Lou—. ¿Cómo se llama el otro?

—No lo sabemos —dijo Lou—. Falta la identificación.

—¿No llevaba cartera? —preguntó Laurie.

—Peor aún —dijo Lou—. Le falta la cabeza y las manos. Parece que no querían que lo identificásemos.

—¡Pues qué bien! —dijo Laurie con sarcasmo—. Sin cabeza, no servirá de mucho la autopsia. —Y dijo a Vinnie—: Cerciórate de que se les hacen radiografías a Bruno Marchese y al decapitado.

—Ya estamos en ello —repuso Vinnie—. Pero tardaremos un buen rato. Hay cola. Hoy estamos a tope. Anoche hubo una especie de guerra de bandas en Harlem, así que estamos hasta el gorro de heridas de bala. Por cierto, el cadáver sin cabeza no es de hombre sino de mujer. ¿Cuándo vas a bajar?

—Dentro de un momento —dijo Laurie—. Asegúrate de comprobar si ha habido violación en la mujer. —Laurie colgó el teléfono y dirigió la mirada hacia Lou—. No me había dicho que una de las boyas era una mujer.

—Apenas he tenido ocasión —dijo Lou.

—Bien, no importa —replicó Laurie—. Lo siento, pero por desgracia los casos que le interesan no van a ir los primeros.

—Es igual. Me gusta ver cómo trabaja.

Laurie examinó el material que había en la carpeta de la mujer decapitada y luego leyó cuidadosamente una de las carpetas de sobredosis. No había llegado al informe de investigación cuando cogió la última de las carpetas y leyó atentamente el informe de investigación.

—Asombroso —dijo, y miró a Lou—. El doctor Washington ha dicho que eran casos iguales al de Duncan Andrews. No sabía yo que lo decía literalmente. Qué coincidencia.

—¿Sobredosis de cocaína? —preguntó Lou.

—Sí —dijo Laurie—. Pero la coincidencia no va por ahí. Uno es banquero y el otro director de un periódico.

—¿Qué tiene eso de sorprendente? —preguntó Lou.

—La demografía —contestó Laurie—. Los tres eran profesionales de éxito, muy solicitados, solteros y jóvenes. Nada que ver con las víctimas de sobredosis que solemos ver por aquí.

—Digo lo mismo: ¿qué tiene eso de asombroso? ¿Acaso no es el tipo de yuppie que ha popularizado la coca? ¿Dónde está la sorpresa?

—El que tomaran cocaína no es lo asombroso —empezó Laurie—. No soy una ingenua. Debajo de una apariencia de éxito material pueden esconderse adicciones bastantes serias. Pero como le he dicho, los casos de sobredosis que nos llegan suelen ser de auténticos colgados. El crack atrae gente muy pobre y de clase muy baja. De vez en cuando se presenta algún caso de gente más próspera, pero cuando han caído en la droga suelen haber perdido ya todo lo demás: trabajo, familia, dinero. Los de ahora no me sorprenden en cuanto casos de sobredosis. Me pregunto si la droga contenía algún veneno. A ver, ¿dónde puse ese artículo del *American Journal of Medicine*? —dijo, hablando más bien para sí misma—. Ah, aquí está.

Laurie cogió una tirada aparte de un artículo y se la entregó a Lou.

—La cocaína que circula en la calle siempre se corta con algo, normalmente con heroína o estimulantes comunes, pero a veces son materias extrañas. Este artículo trata de una serie de envenenamientos que se produjeron a raíz de un kilo de cocaína cortada con estricnina.

–¡Caray! –dijo Lou mientras hojeaba el escrito–. Menudo viaje.

–Sí. Un viaje rápido y sin retorno al depósito –concedió Laurie–. Que haya tres casos de sobredosis atípica en sólo dos días y con características demográficas tan parecidas me hace pensar si consiguieron la cocaína de la misma fuente contaminada.

–Yo creo que es demasiado suponer –dijo Lou–. Sobre todo con sólo tres casos. Y francamente, aunque su corazonada sea cierta, no es que me interese mucho.

–¿Que no le interesa mucho? –Laurie no podía creer lo que oía.

–Con todos los problemas que tiene la ciudad, la cantidad de violencia que hay en las calles, la delincuencia, me resulta difícil mostrar simpatía por un terceto de niñatos que no tienen otra cosa que hacer que perder el tiempo con drogas ilegales. La verdad es que me preocupan mucho más los desgraciados como esa mujer decapitada que tenemos abajo.

Laurie estaba desconcertada, pero antes de que pudiera refutar las opiniones de Lou, sonó el teléfono. Le sorprendió oír a Jordan Scheffield al otro lado cuando descolgó.

–He terminado el primer caso –dijo Jordan–. Ha ido perfecto. Seguro que el barón estará satisfecho.

–Me alegro –dijo Laurie, mirando vergonzosa a Lou.

–¿Ha recibido las flores? –preguntó Jordan.

–Sí –dijo Laurie–. Las estoy mirando en este mismo momento. Gracias. Son justo lo que me había recetado el médico.

–Muy lista –dijo Jordan, riendo–. Pensé que sería una buena manera de que supiera la ilusión que me hace verla esta noche.

–Es un acto de cortesía que se corresponde con el tener una limusina –dijo Laurie–. Resulta un poquito extravagante, pero le agradezco que haya pensado en mí.

–Bien, sólo quería comprobarlo. He de volver al quirófano –dijo Jordan–. La veré a las ocho.

–Lo siento –dijo Lou después que Laurie hubo colgado–. Tenía que haberme dicho que era una llamada personal y habría esperado en el pasillo.

–No acostumbro recibir llamadas personales aquí –replicó Laurie–. Me ha cogido por sorpresa.

—Una docena de rosas. Una limusina. Debe de ser un tipo interesante.

—Lo es —dijo Laurie—. En realidad, ayer noche habló de algo que creo le parecerá interesante.

—Es difícil de creer —dijo Lou—. Pero soy todo oídos.

—El que ha llamado es médico —siguió Laurie—. Se llama Jordan Scheffield. Puede que haya oído hablar de él. Se supone que es muy conocido. Sea como sea, anoche me dijo que ha tenido a su cuidado al hombre que tanto le interesa: Paul Cerino.

—¡No lo dirá en serio! —Lou estaba sorprendido. E interesado también,

—Jordan Scheffield es oftalmólogo —explicó Laurie.

—Un momento —dijo Lou. Levantó la mano mientras hurgaba en el bolsillo interior de la americana de donde extrajo una mugrienta libreta de notas y un bolígrafo—. Déjeme que lo apunte.

Mientras se mordía la lengua, Lou escribió el nombre de Jordan. Luego le pidió a Laurie que le deletrease oftalmólogo.

—¿Es lo mismo que optometrista? —preguntó Lou.

—No —dijo Laurie—. El oftalmólogo es médico experto en cirugía ocular así como en cuidados médicos de los ojos en general. El optometrista se ocupa más de corregir problemas de vista mediante gafas y lentes de contacto.

—¿Y los ópticos, entonces? —preguntó Lou—. Siempre los confundo. Es una cosa que no me han explicado nunca.

—Los ópticos preparan las recetas de gafas —dijo Laurie—. Ya sean de un oftalmólogo o de un optometrista.

—Ahora que me ha quedado claro, hábleme de ese doctor Scheffield y Paul Cerino.

—Es la parte más interesante —dijo Laurie—. Jordan explicó que estaba tratando a Cerino de unas quemaduras en los ojos. Alguien le había querido dejar ciego arrojándole ácido a los ojos.

—No me diga más —dijo Lou—. Eso explicaría muchas cosas. Como por ejemplo esas dos ejecuciones de gente de Lucia. ¿Y qué hay del ojo de Frankie? ¿Pudo ser con ácido?

—Sí —dijo Laurie—. Pudo haber sido ácido. Será complicado determinarlo, porque Frankie nadaba en el East River, pero en conjunto, no hay duda de que las heridas de sus ojos concuerdan con una quemadura por ácido.

—¿Puede conseguirme un documento del laboratorio de que fue ácido? Eso sería el principio del punto de partida que tanto he estado esperando.

—Lo intentaremos, claro —dijo Laurie—. Pero como le decía, el haber estado en el agua puede dificultar las cosas. Examinaremos también la bala de este caso. Puede que encaje con la que mató a DePasquale.

—Hacía meses que no estaba tan nervioso... —dijo Lou.

—Vamos —repuso Laurie—. Veamos qué se puede hacer.

Bajaron juntos al laboratorio. Laurie fue a buscar al jefe de laboratorio, el doctor John DeVries, toxicólogo. Era un hombre alto, delgado, de mejillas hundidas y una palidez académicas. Iba vestido con una sucia bata de laboratorio varias tallas demasiado pequeña.

Laurie hizo las presentaciones y preguntó a continuación si estaban disponibles los resultados de alguno de los casos del día anterior.

—Alguno puede que sí —le dijo John—. ¿Tiene los números?

—Sí, sí —contestó Laurie.

—Vengan a mi despacho —dijo John. Les hizo pasar a su despacho, un cuartito lleno de libros y pilas de revistas médicas.

John se inclinó sobre la mesa y pulsó unas teclas en su ordenador.

—¿Qué números son? —preguntó.

Laurie dijo el número de Duncan Andrews y John lo entró.

—Había cocaína en la sangre y también en la orina —dijo John, leyendo de la pantalla—. Y por lo visto en alta concentración. Aunque esto es sólo el resultado de una cromatografía de capa fina.

—¿Contaminantes u otras drogas? —preguntó Laurie,

—De momento no —dijo John, enderezándose—. Pero vamos a hacer una cromatografía de gases y una espectrometría de masa en cuanto nos sea posible. Tenemos muchísimo trabajo acumulado.

—Es un caso de sobredosis por cocaína pero un poco atípico, ya que el muerto no era el adicto habitual. Y si tomaba drogas, cosa que la familia insiste en negar, era algo que no le perjudicaba en su vida diaria. Era un verdadero triunfador, un ciudadano solvente: la clase de individuo que menos imaginaríamos pinchándose una sobredosis. De modo que aunque su muerte fue poco corriente, tampoco es extraordinaria. La cocaína es una droga para trepadores. Pero resulta que al día siguiente me vienen otros dos casos de sobredosis con características similares. Me preocupa que pueda haber una partida de cocaína envenenada con algún tipo de contaminante. Es lo que podría haber matado a este tipo de usuarios aparentemente fortuitos. Le agradecería mucho si pueden darse un poco de prisa con las muestras. A lo mejor estamos a tiempo de salvar unas vidas.

—Haré todo cuanto pueda —dijo John—. Pero ya le he advertido que estamos muy ocupados. ¿Había algún otro caso del que quiera saber algo ahora?

Laurie dio el nombre de Frank DePasquale y John consultó la pantalla,

—Solamente rastros de canabinol en la orina.

—Había una muestra de tejido ocular —dijo Laurie—. ¿Se ha encontrado algo ahí?

—Todavía no se ha procesado —dijo John.

—El ojo tenía quemaduras —agregó Laurie—. Sospechamos ahora que eran de ácido. ¿Podría investigarlo? Es importante que contemos con una prueba.

—Haré lo que esté en mi mano.

Laurie le dio las gracias a John e indicó a Lou que la siguiera al ascensor. Mientras iban andando, Laurie movía la cabeza.

—Sacarle información a este hombre es como estrujar una piedra para conseguir agua —se lamentó.

—Parece muy cansado —dijo Lou—. O es que no le gusta su trabajo. Una de dos.

—Está muy ocupado, eso es cierto —dijo Laurie—. Como pasa en todo este centro, hay poco dinero y cada vez es peor. Le atan corto por los que se refiere a personal, pero espero que encuentre un momento para buscar algún contaminante. Cuanto más pienso en ello más segura estoy.

Al llegar a los ascensores, Laurie consultó su reloj.

—¡Huy! Tengo que darme prisa —dijo mirando a Lou—. No

puedo permitirme el lujo de que Washington y Bingham se enfaden conmigo a la vez. Si no, tendré que patearme la calle buscando otro trabajo.

Lou la miró fijamente a los ojos.

—Realmente le preocupan estos casos de sobredosis, ¿no es cierto?

—Así es —admitió Laurie.

Laurie apartó la mirada y echó un vistazo al indicador de planta. La observación de Lou le trajo a la memoria la pesadilla de esta mañana. Esperaba que éste no mencionara a su hermano. Por suerte, se abrió la puerta del ascensor.

Una vez abajo se pusieron el pijama verde y entraron en la sala de autopsias principal. La actividad allí era desbordante; todas las mesas estaban ocupadas. Laurie se fijó en que incluso Calvin estaba trabajando en la mesa número uno. Que él estuviera allí significaba que había muchísimo trabajo. No era corriente que Calvin se ocupara de un caso rutinario.

El primer caso de Laurie estaba sobre la mesa. Vinnie se había tomado la libertad de coger toda la parafernalia que suponía iba a necesitar ella. El muerto se llamaba Robert Evans y tenía veintinueve años.

Laurie dispuso los papeles y adoptó su personaje de profesional, empezando un meticuloso examen externo del cadáver. Estaba a medio terminar cuando reparó en que Lou se encontraba al otro lado de la mesa. Levantando la cabeza, vio que estaba de pie a un lado.

—Siento no haberle incluido en la fiesta —dijo ella.

—Lo comprendo —replicó Lou—. Siga con su trabajo. Yo estoy bien. Ya veo que están todos muy atareados. No quiero entrometerme.

—Nada de eso —dijo Laurie—. Usted quería mirar, pues venga y mire.

Lou dio la vuelta a la mesa observando dónde ponía los pies. Tenía las manos entrelazadas a la espalda. Miró a Robert Evans, tendido en la mesa.

—¿Alguna cosa de interés? —preguntó.

—Este pobre tuvo una convulsión, como Duncan Andrews —dijo Laurie—. Las contusiones de rigor y la lengua terriblemente mordida lo atestiguan. Pero hay algo más. Fíjese en la fosa cubital. ¿Ve esa marca descolorida de punción? ¿Se acuerda de haber visto una igual en Duncan Andrews?

–Desde luego –dijo Lou–. Era donde se inyectó la cocaína por vía intravenosa.

–Exacto –replicó Laurie–. En otras palabras, Mr. Evans tomó la cocaína igual que Mr. Andrews.

–¿Y bien? –preguntó Lou.

–Le dije ayer que la cocaína puede tomarse de muchas maneras. Pero la forma habitual es ingerirla esnifando, lo que en términos médicos se conoce por insuflación.

–¿Y fumarla? –preguntó Lou.

–Usted está pensando en el crack. El clorhidrato de cocaína, la sal, es muy poco volátil y no se puede fumar. Para ello es preciso convertirlo en su base libre: el crack. Lo importante es que, si bien la forma habitual de cocaína puede ser inyectada, no suele emplearse así. El hecho de que en estos dos casos haya sido utilizada de esta manera resulta curioso, aunque no significa que yo pueda sacar alguna conclusión.

–¿En los años sesenta no se pinchaban la cocaína? –preguntó Lou.

–Sólo cuando iba combinada con heroína; lo llamaban *speedball.*

Laurie cerró un momento los ojos, respiró hondo y soltó el aire con un suspiro.

–¿Se encuentra bien? –dijo Lou.

–Sí –respondió Laurie.

–Quizá lo que estamos viendo es el inicio de una nueva moda –sugirió Lou.

–Espero que no –dijo Laurie–. Pero si lo fuese, es demasiado letal para ser una moda duradera.

Quince minutos después, cuando Laurie hundió el escalpelo en el pecho de Robert, Lou dio un respingo. A pesar de que Robert estaba muerto y de que no había sangre, Lou no pudo sustraerse a la idea de que el afiladísimo cuchillo estaba cortando un tejido humano idéntico al de su propia piel...

Sin patologías aparentes, Laurie terminó en un momento el aspecto interno de la autopsia de Robert Evans. Mientras Vinnie se llevaba el cuerpo y traía el de Bruno Marchese, Laurie y Lou fueron al visor de radiografías para ver las placas de Bruno y de la mujer decapitada.

—La bala está prácticamente en el mismo sitio —observó Laurie, señalando el punto brillante en el contorno del cráneo de Bruno.

—Parece de un calibre ligeramente mayor —dijo Lou—. Puedo equivocarme, pero diría que no es de la misma arma.

—Me va usted a impresionar si tiene razón —dijo Laurie.

Laurie colocó la placa de cuerpo entero de Bruno y la examinó con mirada experta. Al no ver nada anormal, la remplazó por la de la mujer decapitada.

—Ha sido buena idea hacer esta radiografía —dijo Laurie.

—¿Y eso? —preguntó Lou, mirando las sombras de aspecto caliginoso.

—No me diga que no ve lo que hay de anómalo —dijo Laurie.

—Pues no —porfió Lou—. Y además tampoco sé cómo los médicos pueden ver gran cosa por rayos X. Quiero decir que una bala salta a la vista, pero todo lo demás es como un paisaje de manchas.

—No puedo creer que no lo vea —dijo Laurie.

—De acuerdo, soy ciego —repuso Lou—. ¡Dígamelo de una vez!

—¡Las manos y la cabeza! —dijo Laurie—. ¡No están!

—¡Será puerca! —rió Lou forzosamente en voz baja para que no le oyeran los de la mesa de al lado.

—Bueno, es una anomalía —bromeó Laurie.

Concluido el examen radiológico, Laurie y Lou volvieron a la mesa en el momento en que Vinnie trasladaba a Bruno de la camilla de ruedas a la mesa. Lou quiso ayudar, pero Laurie le hizo atrás en seguida porque no llevaba guantes. Para ahorrar tiempo, Laurie se puso a trabajar con el cadáver echado boca abajo.

La herida de entrada se parecía mucho a la de Frankie aunque el diámetro del agujero del cráneo era ligeramente mayor, dando a entender que el arma había sido disparada desde un poco más lejos. Después de tomar las fotografías y muestras convenientes, ella y Vinnie pusieron el cuerpo boca arriba.

Lo primero que hizo Laurie fue examinar los ojos. Eran normales.

—Con lo que me ha dicho arriba, yo esperaba que los ojos pudieran darnos algún indicio —dijo Lou.

—Eso esperaba yo también —admitió Laurie—. No sabe lo que me gustaría proporcionarle ese punto de partida.

—Sigue siendo importante —dijo Lou—. Si a Paul Cerino le arrojaron ácido a los ojos y a Frankie también, es que las dos cosas están relacionadas. Creo que valdrá la pena que me dé una vuelta por Queens para hablar un ratito con Paul.

Terminado el resto del examen interno, Laurie sostuvo el cuchillo que le tendía Vinnie y empezó el examen interno. Una vez más, sin patología reseñable, todo fue rápido.

Tan pronto la autopsia de Bruno hubo finalizado, Vinnie se lo llevó en camilla y trajo la segunda boya. Mientras Laurie ayudaba a Vinnie a transportar el cadáver a la mesa, alguien de una mesa vecina exclamó en voz alta:

—¿De dónde ha venido esto, Laurie? ¿De Sleepy Hollow?[1]

Una vez apagado el eco de las carcajadas, Lou se inclinó hacia Laurie para decirle en broma al oído:

—Qué grosero. ¿Quiere que vaya y le dé un sopapo?

Laurie se rió.

—Humor negro —dijo—. En patología siempre ha sido muy importante.

Laurie inspeccionó las extremidades cercenadas y el cuello de la mujer.

—La mutilación fue hecha después de muerta —afirmó.

—Es un consuelo —dijo Lou. Notaba que su tolerancia iba disminuyendo con cada nuevo caso. Este cuerpo despedazado le estaba causando más problemas que los otros.

—Tanto la decapitación como la extirpación de las manos fueron hechas con rudeza —dijo Laurie—. Fíjese en las señales de la sierra en los huesos desnudos. Por supuesto que parte de

1. Paradigma del lugar tranquilo donde nunca pasa nada. Extraído de *La leyenda de Sleepy Hollow*, de Washington Irving. *(N. del T.)*

este tejido parece haber sido mordisqueada por peces o cangrejos.

Lou se obligó a mirar, aunque habría preferido no hacerlo. Se sentía ligeramente mareado.

—El resto del torso está bien —dijo Laurie—. No hay señales de mordedura humana.

Lou volvió a tragar saliva.

—¿Esperaba encontrar marcas de mordeduras? —preguntó débilmente.

—Suelen verse señales de mordedura cuando ha habido violación —explicó Laurie—. Pero han de tenerse presentes, de lo contrario pueden pasar inadvertidas.

—Procuraré recordarlo —dijo Lou.

Laurie examinó con cuidado el estómago y el abdomen. El único descubrimiento notable fue una cicatriz en el cuadrante superior derecho siguiendo la línea de las costillas.

—Esto podría ser importante a efectos de identificación —dijo Laurie, señalando la cicatriz—. Supongo que es de una operación de vesícula.

—¿Y si el cadáver no llegara a ser identificado? —preguntó Lou.

—Se quedará en el cuarto frigorífico durante unas semanas —dijo Laurie—. Si para entonces seguimos sin saber quién es, terminará en uno de esos ataúdes de madera de pino que hay en el recibidor.

Laurie abrió el estuche de violación y sacó todo lo que contenía.

—Probablemente, todo esto es pura especulación teniendo en cuenta que el cuerpo ha estado en el río, pero aun así vale la pena intentarlo.

Mientras Laurie cogía las muestras pertinentes le preguntó a Lou si creía que el caso estaba relacionado con los de Bruno o Frank.

—No estoy seguro, pero abrigo mis sospechas. Tengo a una serie de gente, incluidos buceadores de la policía, buscando las manos y la cabeza. Le diré una cosa: quienquiera que se cargó a esta mujer no quería que la identificaran. Teniendo en cuenta las habituales corrientes del East River, el que fuese encontrada en las inmediaciones de donde fueron hallados Frankie y Bruno da a entender que la arrojaron desde el mismo lugar. Bueno, que sí, vaya, creo que puede haber relación.

—¿Qué posibilidades cree que hay de encontrar la cabeza o las manos? —preguntó Laurie.

—No muchas —dijo Lou—. Puede que se hundieran donde el cuerpo fue arrojado, o tal vez no las echaran al río.

Laurie estaba ahora examinando el interior del cadáver. Vio que la víctima había sufrido dos intervenciones quirúrgicas: una extirpación de vesícula y una histerectomía.

Habiendo terminado tres de los cuatro casos antes de mediodía, Laurie se sintió lo bastante a gusto para proponerle a Lou que fueran a tomar un café. Lou accedió muy contento, diciendo que le vendría bien fortalecerse después de la severa prueba matutina. Aparte, iba a tener que volver a su oficina. Habiendo visto ya las autopsias que le interesaban, no podía justificar estar más tiempo fuera. Le dijo en broma a Laurie que iba a tener que hacer la segunda sobredosis sin su ayuda.

Tras haberse quitado las gafas protectoras, el delantal y el uniforme verde, Laurie llevó a Lou hasta la máquina de café que había en la Sala de Identificación. Como estaba en la planta de arriba, fueron por la escalera. Laurie tomó asiento en un sillón mientras Lou se sentaba en una esquina del escritorio. Tal como había pasado el día anterior, el proceder de Lou varió cuando estaba a punto de irse. Se volvió torpe y vergonzoso e incluso consiguió tirarse un poco de café en la pechera de su camisa verde matorral.

—Lo siento —dijo, tratando desmañadamente de limpiarse las manchas con una servilleta—. Espero que el café no manche.

—No sea tonto, hombre —dijo Laurie—. Esta ropa ha pasado por peores cosas que una mancha de café.

—Supongo que tiene razón —dijo él.

—¿Está pensando en algo? —preguntó Laurie.

—Sí —dijo Lou mirando fijamente su café—. Quería saber si tenía ganas de venir a tomar un bocado esta noche. Sé de un lugar excelente en Little Italy, está en Mulberry Street.

—Me gustaría hacerle una pregunta —dijo Laurie—. Ayer me

preguntó usted si estaba casada. Pero usted no dijo nada de sí mismo.

–No estoy casado.

–¿Lo ha estado alguna vez? –preguntó Laurie.

–Sí, lo estuve –contestó Lou–. Me divorcié hará un par de años. Tengo dos críos: una niña de siete y un niño de cinco.

–¿Los ve?

–Claro que sí –dijo Lou–. ¿Qué se ha creído? ¿Que no voy a ver a mis propios críos? Cada fin de semana están conmigo.

–No hace falta que se defienda –dijo Laurie–. Era pura curiosidad. Ayer, cuando se fue, me di cuenta de que me había preguntado por mi estado civil sin decirme cuál era el suyo.

–Fue un descuido –explicó Lou–. Bueno, ¿qué me dice de ir a cenar?

–Me temo que esta noche tengo otro plan –dijo Laurie.

–Ah, está bien –replicó Lou–. Primero me interroga sobre mi estado civil y mi condición de padre, y luego dice que nones. Supongo que ha quedado con el médico ese de las rosas y la limusina. Ya veo que soy de otra división. –Lou se levantó bruscamente–. Será mejor que me vaya.

–Me parece que se pasa de susceptible –dijo Laurie–. Sólo he dicho que esta noche tenía quehacer.

–Conque susceptible, ¿eh? Me acordaré de ésta. Bien, ha sido una mañana muy ilustrativa. Muchísimas gracias otra vez. Si encuentra algo de interés en una de las boyas, llámeme por favor.

Diciendo esto, Lou arrojó la taza de plástico a la papelera más próxima y salió de la sala.

Laurie permaneció en su asiento por espacio de unos minutos, sorbiendo el café. Sabía que había herido a Lou y eso la hacía sentir mal. Al mismo tiempo pensaba que Lou se había portado de un modo poco maduro. Parte de ese atractivo de «obrero manual» que ella había observado el día antes había quedado en nada.

Laurie terminó su café y regresó a la sala de autopsias y a su cuarto caso del día: Marion Overstreet, veintiocho años, directora de una importante editorial de Nueva York.

–¿Necesitas algo en especial para este caso? –preguntó Vinnie. Estaba ansioso por terminar.

Laurie negó con un gesto de cabeza. Miró a la joven que estaba tendida en la mesa. Qué pena. Laurie se preguntó si la mujer habría tonteado con la droga de haber sabido por anticipado que iba a pagar tan alto precio.

La autopsia fue muy rápida. Laurie y Vinnie trabajaban bien en equipo. La conversación se reducía al mínimo imprescindible. Era un caso notablemente parecido al de Andrews y al de Robert Evans por el hecho de que Overstreet se había inyectado, y no esnifado, la cocaína. Únicamente existían ciertas sorpresas que Laurie pensaba hacer estudiar a Cheryl Myers o a otro de los investigadores médicos. A las doce cuarenta y cinco, Laurie salía de la sala principal de autopsias.

Después de cambiarse de ropa, Laurie se encargó de llevar personalmente las muestras de cada uno de los casos a Toxicología. El doctor John DeVries estaba almorzando en su despacho. Sobre su mesa había una anticuada fiambrera con un termo puesto sobre la tapadera abombada.

—He terminado las dos sobredosis —dijo Laurie—. Le traigo las muestras de Toxicología.

—Déjelas sobre la mesa del laboratorio —repuso él. Tenía un emparedado en cada mano.

—¿Ha habido suerte con los contaminantes del caso Andrews? —preguntó Laurie esperanzada.

—Hace sólo unas horas que ha estado usted aquí. Le avisaré cuando haya algo.

—Lo antes posible —le apremió Laurie—. Bien, no quiero hacerme pesada, pero es que estoy totalmente convencida de que se trata de algún tipo contaminante. Y si es así, necesito encontrarlo.

—Si es así, lo encontraremos. Pero, por Dios, denos una oportunidad.

—Gracias —dijo Laurie—. Procuraré tener paciencia. Sólo que...

—Sí, lo sé —le interrumpió John—. Ya me he enterado. ¡Por favor!

—Ya me voy —dijo Laurie, levantando las manos en alto para dar a entender que se rendía.

De vuelta en su despacho, Laurie almorzó un poco, dictó las

autopsias de la mañana e intentó resolver parte del papeleo. Vio que no podía quitarse de la cabeza los casos de sobredosis.

Lo que la preocupaba era el fantasma de nuevos casos. Si había en la ciudad alguna fuente de contaminación, significaba que habría más muertes, y este punto dependía de cómo jugara John DeVries. Ella no podía hacer nada más.

¿O sí? ¿Cómo podía evitar más muertes? La clave estaba en advertir al público. ¿No acababa de sermonearle Bingham por causa de la responsabilidad social y política de su trabajo?

Con esta idea en mente, Laurie cogió el teléfono y llamó al despacho del jefe. Le preguntó a Mrs. Sanford si creía que el doctor Bingham podría verla un momento.

—Me parece que hay un hueco —dijo Mrs. Sanford—, pero va a tener que venir inmediatamente. El doctor tiene una comida en el ayuntamiento.

Cuando entró en el despacho de Bingham, Laurie comprendió en seguida que el inspector médico en jefe no iba a concederle más de un minuto de su tiempo. Bingham le preguntó qué quería y Laurie hizo una sucinta explicación de los hechos que rodeaban a los tres casos de sobredosis de heroína. Resaltó la elevada condición social de los tres casos, el que ninguno de ellos pareciese haber sufrido las penas de la adicción y que las tres víctimas se hubieran inyectado la cocaína.

—Me hago cargo —dijo Bingham—. ¿Qué opina usted?

—Da la impresión de que asistimos al inicio de una serie —dijo Laurie—. Me preocupa que pueda haber un contaminante tóxico en alguna partida de cocaína.

—¿No le parece que es una conclusión demasiado fantástica, habiendo solamente tres casos?

—El problema es que yo preferiría que no pasara de ahí —dijo Laurie.

—Un encomiable propósito —observó Bingham—. Pero ¿está segura de que existe ese supuesto contaminante? ¿Qué dice John?

—Lo está mirando —explicó Laurie.

—¿No ha encontrado nada?

—Todavía no —confesó Laurie—. Pero de momento sólo ha hecho una cromatografía de capa fina.

—O sea que habrá que esperar a que John termine —dijo Bingham, poniéndose de pie.

Laurie se quedó sentada. Si había llegado tan lejos, no iba a rendirse aún.

—Estaba pensando que tal vez podríamos hacer unas declaraciones a la prensa. Se podría dar un aviso...

—Descartado —dijo Bingham—. No pienso poner en juego la integridad de este servicio por una suposición basada en tres casos. ¿No cree que se ha precipitado al venir aquí? ¿Por qué no espera a ver lo que descubre John? Además, este tipo de declaración requeriría mencionar nombres, y los Andrews no tardarían nada en echarme encima al alcalde y a toda su caballería.

—Bueno, era sólo una sugerencia —dijo Laurie.

—Gracias, doctora —replicó Bingham—. Y ahora, si me disculpa, se me hace tarde.

A Laurie le disgustaba que Bingham no hubiera dado asenso a esa sugerencia suya, pero sin pruebas más concluyentes era inútil forzar las cosas. Sólo deseaba poder hacer alguna cosa antes de que en su lista aparecieran otros casos de sobredosis.

Fue entonces cuando tuvo la idea. En su época de prácticas en Miami, Laurie debió realizar varias investigaciones *in situ*, y pensó que si hacía un recorrido por los posibles lugares futuros, tal vez podría sacar alguna pista.

Laurie acudió al departamento de investigación médica forense donde encontró a Bart Arnold, jefe del departamento, sentado a su mesa. Entre dos de sus innumerables conversaciones telefónicas, Laurie le dijo que deseaba le notificasen la llegada de cualquier caso de sobredosis parecido a los tres que le habían asignado. Fue muy explícita. Bart le aseguró que se lo haría saber a los demás, incluyendo los médicos de turno que atendían las llamadas nocturnas.

Laurie estaba a punto de volver a su despacho cuando recordó que también debía solicitar que las autopsias de casos similares se le asignaran a ella. Lo cual quería decir hablar con Calvin.

—Siempre me preocupa que alguien de la tropa quiera verme —dijo Calvin cuando Laurie asomó por su despacho—. ¿De qué se trata, doctora? Mejor será que no me hable de vacaciones.

Con la cantidad de trabajo que tenemos, hemos decidido cancelar todas las vacaciones de este año.

—¡Vacaciones! ¡Eso quisiera yo! —dijo Laurie con una sonrisa. A pesar de sus modales, Calvin le merecía respeto y despertaba en ella genuino afecto—. Quería darle las gracias por asignarme esos dos casos de sobredosis.

Calvin levantó una ceja.

—Bien, algo es algo. Nunca me dan las gracias por eso. Aunque tengo la impresión de que hay algo más.

—Porque usted es muy suspicaz —bromeó Laurie—. Los casos me han parecido realmente interesantes. Más que eso. La verdad es que deseaba solicitar que se me asigne cualquier otro caso parecido.

—¡Un recluta pidiendo trabajo! —dijo Calvin—. Eso enardece hasta a un pobre administrador como yo. Tendrá todo el que quiera. Pero sólo para no equivocarme, ¿a qué se refiere con «caso parecido»? Si le encargo todas las sobredosis, va a tener que quedarse las veinticuatro horas aquí.

—Me refiero a casos de toxicidad o sobredosis de gente de la clase alta —dijo Laurie—. Como los que me ha dado esta mañana. Personas entre veinte y cuarenta años, cultas y en buen estado físico.

—Me ocuparé personalmente de que los tenga todos —dijo Calvin muy animado—. Pero debo hacerle una advertencia. Si pretende hacer horas extraordinarias, no espere que se las pague.

—Confío en que no tenga que hacerlas —dijo Laurie.

Después de despedirse de Calvin, Laurie volvió a su despacho y se puso a trabajar. El positivo encuentro con Calvin la había compensado de su entrevista con Bingham y, con una pizca de tranquilidad de ánimo, Laurie pudo ahora concentrarse en sus cosas. Fue capaz de hacer más trabajo del que esperaba y firmó varios casos, entre ellos la mayoría de las autopsias del fin de semana. Incluso le dio tiempo de asesorar a una abrumada familia acerca de la repentina muerte de su criatura en la cuna. Laurie fue capaz de asegurarles que no habían tenido la culpa.

El único problema que se le presentó a primera hora de la tarde fue una llamada de Cheryl Myers, quien le dijo que no le había sido posible encontrar circunstancias médicas en el pasado de Duncan Andrews. El único contacto de la víctima con un hospital tuvo lugar a raíz de un partido de rugby en el instituto.

–¿Quieres que siga mirando? –preguntó Cheryl tras una pausa.

–Sí –dijo Laurie–. No estará de más. Trata de remontarte a su infancia.

Laurie era consciente de que esperaba un milagro, pero quería hacer el trabajo a conciencia. Así, podría pasarle los problemas a Calvin Washington. Llegó a la conclusión de que Lou estaba en lo cierto: si los poderes fácticos querían deformar los informes por conveniencia política, que lo hicieran ellos.

Al caer la tarde, Laurie empezó a pensar otra vez en los casos de sobredosis. Tuvo el antojo de averiguar dónde vivían Evans y Overstreet. Tomó un taxi en la Primera Avenida y le pidió que fuera a Central Park South. La dirección de Evans estaba cerca de Columbus Circle.

Cuando el taxi llegó a su destino, Laurie le dijo que esperase. Saltó del taxi para echar un vistazo con calma al edificio. Intentaba recordar quién más vivía por allí, alguna estrella de cine, seguro. Probablemente debía de haber docenas de actores y actrices viviendo en las inmediaciones. Con sus vistas al parque y su proximidad a la Primera Avenida, Central Park South era de lo mejorcito en cuanto a propiedad inmobiliaria. En Manhattan había pocas zonas mejores que ésa.

Laurie trató de imaginarse a Robert Evans andando por la calle con paso confiado y entrando en su casa, cartera en mano, entusiasmado por la perspectiva de una velada social en Nueva York. Era difícil hacer encajar una imagen semejante con una muerte tan prematura y gratuita.

De vuelta en el taxi, Laurie pidió que la llevara a casa de Marion Overstreet, un acogedor edificio de tres pisos en la Calle 67 Oeste, a una manzana de Central Park. Esta vez ni se bajó del coche. Se limitó a mirar la bella residencia y de nuevo intentó imaginarse a la editora con vida. Satisfecha su curiosidad, Laurie pidió al confuso taxista que la llevara de vuelta al servicio de inspección médica.

Después del enfrentamiento de esa mañana con Bingham a propósito de su visita al piso de Duncan Andrews, Laurie no había pensado en ningún momento en meterse en casa de alguna de las víctimas. Se había limitado a mirar desde fuera. No sabía qué la había impulsado a hacerlo, y cuando volvió al trabajo pensó si habría sido una mala idea. El paseo la había puesto triste al hacer más reales las víctimas y su tragedia.

En el despacho, Laurie se encontró con su compañera Riva, quien la felicitó por las rosas. Laurie le dio las gracias y miró las flores. En su actual estado de ánimo creyó ver que las rosas habían pasado de sugerir un ambiente festivo por la mañana a parecer ahora el símbolo de la aflicción, con su aspecto casi fúnebre.

Lou Soldano seguía molesto consigo mismo mientras conducía por Queensboro Bridge de Manhattan a Queens. Haberse expuesto de tal manera a ser rechazado le parecía propio de tontos. ¿Pero en qué estaba pensando? Ella era una doctora, caramba, criada además en el East Side de Nueva York. ¿De qué habrían hablado? ¿De los Mets, de los Giants? Qué va. Lou era el primero en admitir que no era el tipo más culto de la ciudad y que no sabía gran cosa de casi nada a excepción de deportes y de ejecución de la ley.

–¿Ve usted a sus hijos? –dijo Lou en voz alta haciendo una imitación burlonamente cruda del agudo tono de voz de Laurie. Con un breve chillido, Lou aporreó el volante y sin querer le dio a la bocina de su Chevrolet Caprice. El conductor del coche de delante se volvió para dedicarle un significativo gesto con el dedo medio.

–Vale, y a ti también –dijo Lou.

Tenía ganas de coger la luz de emergencia, ponerla sobre el salpicadero y salir a por aquel tío. Pero no lo hizo. Lou no era de ésos. No abusaba de su autoridad, aunque sí lo hacía regularmente en su imaginación.

–Tenía que haber ido por Triborough Bridge –murmuró mientras se metía en el atasco de Queensboro. Desde el último tercio del puente hasta la misma confluencia con Northern

Boulevard era parar y arrancar, sobre todo parar. Lou tuvo tiempo de pensar en la última vez que había visto a Paul Cerino.

Unos tres años antes, Lou había ascendido a sargento detective. Continuaba en la sección de Crimen Organizado y había estado pisándole los talones a Cerino por espacio de cuatro años largos. Así que fue una sorpresa cuando la operadora de comisaría le había dicho que un tal Paul Cerino estaba al otro lado de la línea. Desconcertado por el hecho de que el hombre a quien perseguía le telefonease, Lou había levantado el auricular con gran curiosidad.

—Eh, ¿cómo le va? —había dicho Paul como si fueran grandes amigos—. He de pedirle un favor. ¿Le importa pasarse por casa esta tarde cuando salga del trabajo?

Ser invitado a casa de un gángster era algo tan extraño que Lou había sido reacio a comentarlo con nadie. Pero al final se lo dijo a su socio, Brian O'Shea, quien pensó que había sido una locura aceptar la invitación.

—¿Y si ha planeado eliminarte? —le preguntó Brian.

—¡Pero qué dices! —había respondido Lou—. No me llamaría a la comisaría si tuviese intención de liquidarme. Además, aunque lo hubiera pensado, él nunca se mezclaría ni de lejos en una cosa así. No. Quizá quiere hacer un trato. Puede que ande detrás de otra persona. De todos modos, voy a ir. A lo mejor vale la pena.

De manera que Lou acudió a la cita con la enorme esperanza de hacer algún importante descubrimiento que a su juicio podría desembocar en un elogio por parte del jefe. Por supuesto, la visita iba en contra de la opinión de Brian y éste insistió en acompañarle pero esperando en el coche. El trato era que si Lou no salía al cabo de media hora, Brian avisaría a una brigada antidisturbios.

Fue con enorme inquietud que Lou subió la escalinata de la modesta casa de Cerino en Clintonville Street, en el barrio de Whitestone. La propia apariencia de la casa acrecentó la ansiedad que Lou sentía. Algo no encajaba. Con los montones de dinero que aquel hombre debía de sacar de sus actividades ilegales con el añadido de su único esfuerzo legal, la American Fresh

Fruit Company, era todo un misterio que viviera en una casa tan pequeña y sin pretensiones.

Tras mirar por última vez a Brian, cuya inquietud sólo había servido para aguijonear el nerviosismo ya exaltado de Lou, y después de comprobar por última vez que llevaba en la pistolera su Smith & Wesson del especial, Lou llamó al timbre. Fue Mrs. Cerino quien abrió la puerta. Lou respiró hondo y entró.

Lou se rió con ganas hasta que le saltaron las lágrimas. Tres años después la experiencia seguía provocándole la misma reacción. Riendo aún, Lou echó un vistazo al coche que tenía inmediatamente a su izquierda. El conductor le miraba como quien mira a un loco, riéndose como estaba en medio del monstruoso atasco.

Pero a pesar del tráfico, Lou pudo seguir riéndose del susto que tuvo cuando entró aquel día en casa de Cerino esperando lo peor. ¡Sin sospecharlo en absoluto se había metido en una fiesta sorpresa para celebrar su ascenso a sargento detective!

En esa época, Lou acababa de separarse de su mujer, así que el ascenso no había trascendido más allá de la comisaría. Cerino se había enterado de alguna manera y había decidido dar una fiesta. Estuvieron Mr. y Mrs Cerino acompañados de sus dos hijos, Gregory y Steven. Hubo pastel y gaseosa. Lou fue incluso a buscar a Brian.

Lo irónico del caso era que Lou y Paul habían sido enemigos durante tanto tiempo que casi se habían hecho amigos. Al fin y al cabo, sabían mucho el uno del otro.

Lou tardó casi una hora en llegar a casa de Paul, y para cuando estaba subiendo las escaleras era casi la misma hora que cuando Paul había organizado la fiesta sorpresa. Lou lo recordaba como si hubiera sido ayer.

Al mirar por las ventanas que daban a la calle, Lou vio que las luces de la salita estaban encendidas. Afuera estaba oscureciendo, aunque no eran más que las cinco y media. El invierno se acercaba.

Lou pulsó el timbre de la puerta principal y oyó el sonido amortiguado de las campanillas. Gregory, el mayor, acudió a abrir. Tendría unos diez años. Reconoció a Lou, le saludó amistosamente y le invitó a pasar. Gregory era un chico muy educado.

–¿Está tu padre en casa? –preguntó Lou.

Acababa de preguntarlo cuando Paul salió de la sala de estar, sin zapatos y aferrándose a un bastón de punta roja. De fondo se oía la radio.

–¿Quién es? –preguntó a Gregory.

–El detective Soldano –dijo Gregory.

–¡Lou! –exclamó Paul, viniendo directamente hacia él con la mano tendida.

Lou saludó a Paul estrechándole la mano e intentó verle los ojos que éste ocultaba tras unas gafas ahumadas de espejo. Paul era un hombre fornido con un moderado exceso de peso, de modo que sus facciones pequeñas quedaban como hundidas en su rostro carnoso. Tenía el pelo casi negro, muy corto, y unas orejas grandes de lóbulos sobresalientes. Ambas mejillas lucían marcas rojizas de piel recién cicatrizada. Lou supuso que era debido al ácido.

–¿Te apetece un café? –dijo Paul–. ¿Prefieres un poco de vino?

Sin esperar respuesta, Paul llamó a Gloria a gritos. Gregory apareció de nuevo acompañado de Steven, el menor de los Cerino. Tenía ocho años.

–Entra –dijo Paul–. Siéntate. Cuéntame cómo va todo. ¿Sigues casado?

Lou siguió a Paul a la salita. Era evidente que Paul se había adaptado bien a su reducida agudeza visual, al menos en su casa. No usó el bastón para llegar hasta la radio y apagarla, ni tampoco para encontrar su sillón favorito en el que se hundió con un suspiro.

–Me ha dolido saber lo de tus ojos –dijo Lou, sentándose enfrente de Paul.

–Son cosas que pasan –respondió Paul con filosofía.

Entró Gloria y saludó a Lou. Al igual que Paul, estaba entrada en carnes; era una mujer rolliza de cara amable y gentil. Si sabía a qué se dedicaba su marido, nunca soltaba prenda. Actuaba como la típica ama de casa de clase media baja que tiene que hacer equilibrios para llegar a final de mes. Lou se preguntaba dónde metía Paul todo el dinero que iba acumulando.

En respuesta a la contestación positiva de Lou respecto al café, Gloria se metió en la cocina.

—Me he enterado hoy mismo de tu accidente —dijo Lou.

—No se lo he dicho a todos mis amigos —dijo Paul con una sonrisa.

—¿Estaba metida la familia Lucia? —preguntó Lou— ¿Fue Vinnie Dominick?

—¡No! —dijo Paul—. Qué va. Fue un accidente. Estaba intentando poner el coche en marcha y explotó la batería. Me saltó ácido a la cara.

—Venga, Paul —dijo Lou—. Si he venido es para compadecerme de ti. Lo menos que podrías hacer es decirme la verdad. Sé que el ácido te lo arrojaron a la cara. Sólo se trata de saber quién fue el responsable.

—¿Cómo te has enterado? —preguntó Cerino.

—Me lo dijo personalmente alguien que lo sabe de primera mano —dijo Lou—. De hecho me vino de una fuente completamente fiable. ¡Tú!

—¿Yo? —dijo Paul con una sonrisa sincera.

Gloria llegó con un café solo para Lou. Éste se sirvió azúcar. Gloria se retiró y los chicos también.

—Me has picado la curiosidad —dijo Paul—. Explícame cómo es que yo he sido la fuente de este rumor.

—Tú lo contaste a tu médico, Jordan Scheffield —dijo Lou—. Él se lo dijo a una inspectora médica de nombre Laurie Montgomery y ella me lo dijo a mí. Y la razón de que yo hablara con ese inspector médico fue porque fui al depósito para ver un par de autopsias. Víctimas de homicidio; puede que los nombres te suenen: Frankie DePasquale y Bruno Marchese.

—Ni idea —dijo Paul.

—Son gente de Lucia —siguió Lou—. Y es curioso, uno de ellos tenía quemaduras de ácido en los ojos.

—Espantoso —dijo Cerino—. Ya no se hacen baterías como las de antes.

—O sea que insistes en que el ácido era de batería, ¿no? —preguntó Lou.

—Pues claro —dijo Paul—. Así fue como ocurrió.

—¿Qué tal los ojos? —preguntó Lou.

—Bastante bien, teniendo en cuenta lo que podría haber pasado —dijo Cerino—. Aunque el doctor dice que quedaré bien después de las operaciones. Primero tendré que esperar una temporada, pero seguro que tú ya sabes de eso...

—¿A qué te refieres? —dijo Lou—. Lo único que yo sé de ojos es que tenemos dos.

—Yo tampoco sabía gran cosa —dijo Paul—. Antes de que pasara esto, al menos. Pero he aprendido desde entonces. Yo creía que trasplantaban todo el ojo. Como si cambiaras una lámpara de una radio antigua, ya sabes; enchufar la cosa con las clavijas en su sitio y ya está. Pero no va así. Solamente trasplantan la córnea.

—Primera noticia —dijo Lou.

—¿Quieres ver cómo me han quedado? —preguntó Paul.

—No estoy seguro —dijo Lou.

Paul se quitó las gafas de espejo.

—¡Jo! —dijo Lou—. Vuelve a ponerte las gafas. Lo siento, Paul. Es horroroso. Es como si te hubieran puesto dos canicas blancas en los ojos.

Paul se rió entre dientes mientras volvía a ponerse las gafas de sol.

—Yo pensaba que un poli bregado como tú se sentiría satisfecho de que su enemigo de años haya caído en desgracia.

—¡No, hombre, no! —dijo Lou—. Yo no quiero verte lisiado. Te quiero ver entre rejas.

Paul se rió:

—Sigues con eso, ¿eh?

—Meterte en chirona continúa siendo una de las metas de mi vida —dijo Lou en tono complaciente—. Y el haber encontrado esa quemadura en el ojo de Frankie DePasquale me da cierta esperanza. Llegado a este punto, me parece claro sospechar que estás detrás del asesinato del chico.

—Vamos, Lou —dijo Paul—. Que puedas pensar esto de mí después de tantos años hiere mis sentimientos.

6

20:45, MARTES
MANHATTAN

Al principio, Laurie pensó que la experiencia era lo bastante insólita como para mostrarse comprensiva, pero cuando eran casi las ocho menos cuarto de la tarde empezó a enfadarse. Thomas, el chófer de Jordan, se había presentado exactamente a la hora convenida, las ocho en punto, y había llamado al timbre. Pero cuando Laurie bajó al coche comprobó que Jordan no estaba. Seguía en el quirófano con una urgencia.

—Yo tengo que llevarla al restaurante —había dicho Thomas—. El doctor Scheffield se reunirá allí con usted.

Laurie había tenido que acceder pues no esperaba algo así. Le había resultado extraño entrar ella sola en el selecto restaurante, pero rápidamente había acudido a tranquilizarla el *maître* que la estaba esperando. La habían acompañado discretamente a una mesa metida entre otras junto a la ventana para que esperase. Cerca de la mesa había un atril para el vino donde se enfriaba una botella de Meursault.

En seguida había acudido el *sommelier* para mostrarle a Laurie la etiqueta del vino. Después que ella asintiera con la cabeza, el camarero había abierto la botella, había escanciado un poco, había esperado su aprobación y le había llenado la copa, todo lo cual se llevó a cabo sin palabras.

Por fin, cinco minutos antes de las nueve, llegó Jordan.

Entró en el comedor haciendo un floreo y, aunque saludó con el brazo a Laurie, no se reunió enseguida con ella, sino que fue zigzagueando entre la gente que abarrotaba el restaurante, deteniéndose para saludar a personas que estaban en sus mesas. De cada grupo de comensales recibía unas palabras apreciativas; a su paso despertaba sonrisas y conversaciones animadas.

—Disculpe —dijo cuando se sentó finalmente—. Estaba operando, pero supongo que Thomas ya se lo habrá dicho.

—Así es —dijo Laurie—. ¿De qué clase de urgencia se trataba?

—Verá, no era exactamente una urgencia —dijo Jordan, nervioso, arreglando de nuevo el servicio—. No hace mucho que me dedico a la cirugía. He de acumular casos de la lista de espera siempre que el quirófano tiene un huequecito para mí. ¿Qué tal el vino?

El *sommelier*, que había vuelto, le dio a catar el vino a Jordan.

—Excelente —dijo Laurie—. Parece que conoce usted a todo el mundo.

Jordan tomó un sorbo de vino y se quedó pensativo mientras se lo pasaba por la boca. Después de tragarlo asintió satisfecho, hizo ademán de que le llenaran la copa y miró a Laurie.

—Suelo encontrarme pacientes míos —dijo él—. ¿Cómo le ha ido hoy? Espero que mejor que a mí.

—¿Por qué? ¿Problemas? —preguntó Laurie.

—A puñados —dijo Jordan—. Primero, mi secretaria, que lleva casi diez años conmigo. No se ha presentado esta mañana. Nunca deja de venir si no avisa antes. La hemos telefoneado, pero no contestaba nadie. Así que cuando yo he llegado del hospital estaba todo patas arriba. Y para colmo, hemos descubierto que alguien se coló anoche en el consultorio y nos ha robado los cuatro cuartos que había en la caja además de todos los Percodans que teníamos a mano.

—Es terrible —dijo sinceramente Laurie. Recordaba lo que era que te robasen. Un día habían saqueado la habitación de la escuela donde estudiaba—. ¿Ha habido vandalismo? —preguntó.

El que entró en su habitación había roto todo cuanto no pudo llevarse.

—No —dijo Jordan—. Pero lo que sí es extraño es que el ladrón hurgó en mis archivos y utilizó la fotocopiadora.

—Parece algo más que un simple robo —apuntó Laurie.

—Eso es lo que me intranquiliza —admitió Jordan—. El dinero y los Percodans no me preocupan demasiado, pero no me gusta la idea de que alguien meta la nariz en mis fichas, y menos con las elevadas cuentas que tengo por cobrar. Ya he avisado a mi contable; quiero estar seguro de que no falta nada importante. ¿Ha mirado ya el menú?

–Todavía no –dijo Laurie. Su enfado iba desapareciendo, ahora que había llegado Jordan.

A un gesto de éste, el *maître* acudió con dos menús. Jordan, que era un cliente habitual, no paraba de sugerir cosas a Laurie, quien pidió las especialidades del día que iban con el menú principal.

A Laurie, la comida le pareció estupenda a pesar de que el bullicio le hacía difícil comer tranquila. Jordan, sin embargo, parecía en su elemento.

Mientras esperaban el postre y los cafés, Laurie preguntó a Jordan por los efectos del ácido en los ojos. Jordan se animó en seguida ante esa pregunta y se extendió a placer sobre la reacción de la córnea y de la conjuntiva tanto al ácido como al álcali. A mitad del discurso, Laurie empezó a perder el interés, aunque seguía mirándole a los ojos. Tenía que admitirlo: era un hombre atractivo. Laurie se preguntaba cómo hacía para conservar ese fabuloso bronceado.

Para su consuelo, la llegada del postre y los cafés interrumpió la improvisada conferencia de Jordan. Mientras empezaba su pastel de chocolate, Jordan cambió de tema.

–Supongo que debería agradecer a esos chorizos que anoche no se llevaran nada de valor, como los picasso que tengo en la sala de espera.

Laurie dejó la taza de café en su platito:

–¿Tiene picassos en la sala de espera?

–Dibujos firmados –dijo Jordan como si tal cosa–. Una veintena. Es un despacho de primera clase, con todos los avances, y me pareció que la sala de espera no podía ser menos. Después de todo, ahí es donde los pacientes pasan más tiempo. –Jordan se rió por primera vez desde que se había sentado.

–Me parece más extravagante aún que la limusina –dijo Laurie.

De hecho, sus sentimientos eran más duros de lo que aparentaba. Semejante ostentación en un consultorio médico le parecía obsceno, sobre todo dado el exorbitante precio de las minutas médicas.

–Es un consultorio como Dios manda –dijo Jordan con orgullo–. Lo que más me gusta de él es que los pacientes se muevan. No soy yo el que va, sino ellos que vienen a mí.

–Creo que no le entiendo –dijo Laurie.

–Tengo cinco salitas de exploración, y cada una está construida sobre un mecanismo circular, como esos restaurantes giratorios que hay en lo alto de ciertos edificios. Algo parecido. Cuando aprieto un botón de mi despacho, gira toda la estructura y la sala que yo quiero queda justo delante de mi despacho. Hay otro botón para levantar el tabique. Es como darse un paseo por Disneylandia.

–Debe de ser impresionante –dijo Laurie–. Caro pero impresionante. Imagino que sus gastos son bastante elevados.

–Astronómicos –explicó Jordan, y parecía orgulloso–. Tanto que aborrezco hacer vacaciones. ¡Me sale demasiado caro! No las vacaciones en sí, sino el hecho de que el consultorio esté parado. También tengo dos salas de operaciones para enfermos no hospitalizados.

–Me gustaría verlo alguna vez –dijo Laurie.

–Y a mí me encantará enseñárselo –dijo Jordan–. ¿Por qué no ahora? Está en Park Avenue, a la vuelta de la esquina.

Laurie dijo que le parecía una magnífica idea, y tan pronto Jordan se hubo ocupado de la cuenta, salieron.

El primer cuarto en donde entraron era el despacho privado de Jordan. Tanto las paredes como el mobiliario eran de madera de teca, encerada hasta conseguir un brillo deslumbrante. La tapicería era de cuero negro. Había suficiente material oftalmológico sofisticado para equipar un pequeño hospital.

A continuación vieron la sala de espera, que tenía paneles de caoba en las paredes. Como había dicho Jordan estaban llenas de dibujos de Picasso. Al fondo de un corto pasillo había una habitación circular con cinco puertas distribuidas en torno al perímetro. Jordan abrió una de ellas y le pidió a Laurie que se sentase en una butaca para exploración.

–Ahora quédese aquí –dijo antes de irse de la sala circular.

Laurie obedeció. Al cabo de un momento sintió que el

cuarto se movía. Después, el movimiento –real o ficticio– cesó en seco y las luces empezaron a apagarse gradualmente. Al mismo tiempo la pared del fondo se elevó y, al desaparecer ésta, la sala de exploración y el despacho privado de Jordan se unieron formando una sola estancia. Jordan estaba sentado a su mesa, con luz de fondo y apoyado en el respaldo de su butaca.

–¿No dicen eso de que si Mahoma no va a la montaña, ya irá la montaña a Mahoma? Aquí he aplicado el mismo principio. Me gusta que mis pacientes se sientan en buenas y poderosas manos. En realidad, estoy convencido de que aquí se curan antes. Sé que suena un poco a prestidigitación, pero a mí me funciona.

–Es impresionante –dijo Laurie–. No había visto en la vida nada igual, por descontado. ¿Dónde guarda sus historiales?

Jordan llevó a Laurie por un largo corredor al fondo del cual había una habitación sin ventanas provista de una hilera de archivadores, una fotocopiadora y un terminal de ordenador.

–Los historiales están todos en archivadores –dijo Jordan–. Pero casi todo el material ha sido duplicado en disco duro por ordenador.

–¿Son éstos los historiales que los ladrones andaban buscando? –preguntó Laurie.

–Sí –respondió Jordan–. Y aquí está la fotocopiadora. Soy muy meticuloso con mis historiales clínicos. Podría decir cuándo me los han tocado simplemente porque no han dejado las cosas en el mismo orden. Sé que usaron la fotocopiadora después de cerrar porque siempre hago que mi secretaria anote el número de la máquina al final del día.

–¿Y la historia de Paul Cerino? –preguntó Laurie–. ¿Ésa la tocaron?

–No lo sé –dijo Jordan–. Pero es una buena pregunta.

Jordan fue al cajón de la letra C y extrajo una carpeta de manila.

–Tenía usted razón –dijo, después de echar un vistazo–. Ésta también la han tocado. ¿Ve esta hoja informativa? Debería estar delante, pero en cambio, está detrás.

–¿Hay algún sistema de averiguar si hicieron fotocopia?

Jordan reflexionó un momento pero movió la cabeza.

—No, que se me ocurra. ¿Qué es lo que está pensando?

—Todavía no estoy segura —dijo Laurie—. Pero tal vez este supuesto robo debería darle argumentos para tener un poco más de cuidado. Ya sé que a usted le parece mera diversión tener por paciente a ese Paul Cerino, pero ha de pensar que se trata en apariencia de un hombre peligroso. Y lo que es más, tiene enemigos muy peligrosos...

—¿Cree que Cerino puede ser el responsable del asalto?

—La verdad es que no lo sé —dijo Laurie—. Pero sea como sea, existe la posibilidad. Puede que sus enemigos no quieran que usted le arregle la vista. Las posibilidades son infinitas. Lo único que sí sé es que esos tipos no se andan con chiquitas. En los últimos días he hecho la autopsia de dos muchachos asesinados al estilo del hampa y uno de ellos tenía en el ojo algo que parecían quemaduras de ácido.

—No diga eso.

—No quiero asustarle porque sí —dijo Laurie—. Sólo se lo digo para que piense en lo que hace tomando como paciente a un tipo de esa calaña. Me han dicho que los dos principales clanes, los Vaccarro y los Lucia, están actualmente en pie de guerra. Ésa es la razón de que a Cerino le tirasen ácido a la cara. Es uno de los jefes de Vaccarro.

—Caramba —dijo Jordan—. Esto sí que cambia las cosas. Ha conseguido preocuparme. Por suerte, pronto voy a operar a Cerino y ya no tendré nada que ver en el asunto.

—¿Tiene programado a Cerino?

Jordan negó con la cabeza:

—No exactamente. Estoy esperando material, como de costumbre.

—Bien, me parece que cuanto antes lo haga, mejor. Y yo procuraría que nadie sepa la fecha ni la hora.

Jordan colocó el informe de Cerino en orden y lo devolvió a su cajón correspondiente.

—¿Quiere ver el resto? —preguntó.

—Claro que sí.

Jordan enseñó a Laurie el resto del consultorio, las distintas habitaciones preparadas para observación oftalmológica especial. Lo que más le impresionó fueron las dos sofisticadísimas salas de operaciones dotadas de todo el material auxiliar.

—Ha invertido usted una verdadera fortuna —dijo Laurie después de ver la última sala, un laboratorio fotográfico.

—No lo dude —concedió Jordan—. Pero se amortiza muy bien. Actualmente las ganancias brutas son de uno y medio a dos millones al año.

Laurie tragó saliva. La cifra era estremecedora. Aunque sabía que su padre, el cirujano cardíaco, debía de ganar muchísimo dinero para permitirse la vida que se daba, nunca había oído hablar de cifras tan astronómicas. Conociendo los apuros de la medicina en Estados Unidos e incluso los escasos recursos presupuestarios por los que se regía el servicio forense, le parecía un derroche casi insultante.

—¿Qué le parece si viene a ver mi apartamento? —propuso Jordan—. Si le ha gustado el consultorio, le encantará mi casa. La diseñó el mismo equipo.

—De acuerdo —dijo Laurie por puro reflejo. Seguía tratando de asimilar lo que Jordan había dicho sobre sus ingresos.

Mientras rehacían el camino a través del consultorio, Laurie le preguntó a Jordan por su secretaria.

—¿Ha sabido algo de ella?

—No —dijo Jordan, que seguía obviamente molesto por su no comparecencia—. No ha telefoneado ni contestaba en su casa. Sólo se me ocurre que pueda tener que ver con su despreciable marido. Si no fuera porque es muy buena secretaria, me habría librado de ella por culpa de ese hombre. Tiene un restaurante en Bayside, pero también está metido en varios negocios dudosos. Más de una vez ella me ha pedido prestado para una fianza. A su marido nunca le han declarado culpable pero ha pasado largas temporadas en Rikers Island.

—Como si fuera un gángster, vaya —dijo Laurie.

Una vez en el coche, Laurie le preguntó a Jordan el nombre de la secretaria desaparecida.

—Marsha Schulman —dijo Jordan—. ¿Por qué lo pregunta?

—Simple curiosidad —dijo Laurie.

Thomas no tardó mucho en parar junto a la entrada principal de la Trump Tower. El portero abrió la puerta del coche para que saliera Laurie, pero ésta se quedó donde estaba.

–Jordan –dijo, mirándole a la pálida luz del interior de la limusina–, ¿se enfadaría si le pido que veamos el apartamento en otra ocasión? Acabo de mirar la hora, y tengo que levantarme temprano mañana por la mañana.

–No se preocupe –dijo Jordan–. Lo comprendo perfectamente. Yo tengo que operar a primerísima hora de la mañana. Pero con una condición.

–¿Cuál?

–Que cenemos otra vez juntos mañana por la noche.

–¿Podrá aguantarme dos noches seguidas? –preguntó Laurie. No la «acosaban» así desde que iba al instituto. Se sentía halagada pero con cautela.

–Será un placer –dijo Jordan, remedando humorísticamente un acento inglés.

–De acuerdo –dijo Laurie–. Pero que sea en un sitio menos lujoso.

–Hecho –dijo Jordan–. ¿Le va bien un italiano?

–Me encanta la comida italiana.

–Entonces vamos a Palio –dijo Jordan–. A las ocho.

Vinnie Dominick se detuvo a la entrada del restaurante Vesubio en Corona Avenue, Elmhurst, y aprovechó que se reflejaba en la ventana para alisarse el pelo y arreglar el nudo de su corbata Gucci. Satisfecho, le hizo un gesto a Freddie Capuso para que abriera la puerta.

A Vinnie desde jovencito le llamaban el «príncipe». En el instituto se le consideraba un tipo guapo a quien las chicas del vecindario encontraban muy atractivo. Tenía una cara más bien gruesa pero de rasgos bien esculpidos. Le gustaba ir muy elegante, se engominaba el pelo y se lo cepillaba hacia atrás desde la frente. Aparentaba mucho menos que sus cuarenta años y, a diferencia de la mayoría de sus coetáneos, se enorgullecía de su proeza física. Figura del baloncesto en el instituto, había seguido jugando de mayor, tres noches por semana iba a practicar al gimnasio Saint Mary.

Vinnie entró en el restaurante y escudriñó el lugar. Detrás suyo iban Freddie y Richie. Vinnie divisó en seguida a quien estaba buscando: Paul Cerino. En el local había aún varios comensales ya que la cocina estaba abierta hasta las once, pero el grueso de la clientela se había ido ya. Era un lugar y una hora idóneos para un encuentro.

Vinnie fue hacia la mesa de Paul con la confianza del que va a ver a un viejo amigo. Freddie y Richie le seguían a unos pasos. Cuando Vinnie llegó a la mesa, los otros dos que estaban sentados con Paul se pusieron de pie. Vinnie los reconoció: eran Angelo Facciolo y Tony Ruggerio.

–¿Cómo estás, Paul? –preguntó Vinnie.

–No me quejo –respondió Paul. Tendió una mano para que Vinnie se la estrechara.

–Siéntate, Vinnie. Toma un poco de vino. Angelo, sírvele un poco de vino.

Mientras Vinnie tomaba asiento, Angelo cogió una botella descorchada que había en la mesa y llenó la copa que estaba delante de Vinnie.

–Quiero darte las gracias por acceder a verme –dijo Vinnie–. Después de lo que pasó la última vez, lo considero un favor especial.

–Como me dijiste que era importante y que tenía que ver con la familia, no podía negarme.

–Ante todo quiero que sepas lo mucho que me duele lo de tu ojo –dijo Vinnie–. Fue una tragedia, no debería haber ocurrido. Y ahora, delante de estas otras personas, quiero jurar por la tumba de mi madre que yo no sabía nada. Quienes lo hicieron trabajaban por su cuenta.

Se produjo una pausa. Nadie decía nada. Por último, fue Cerino quien habló:

–¿Tenías algo más que decirme?

–Sé que los tuyos han liquidado a Frankie y a Bruno –dijo Vinnie–. Y no hemos tomado represalias aunque lo sabemos. No vamos a desquitarnos. ¿Por qué? Pues porque Frankie y Bruno han tenido lo que se merecían. Actuaban por su cuenta. Habían perdido el paso. Y tampoco vamos a tomar represalias porque es importante que tú y yo nos llevemos bien. La guerra no me interesa, porque las autoridades aprovechan para alzarse en armas y sería un mal negocio para nosotros dos.

—¿Y cómo sé que puedo fiarme de esta misión de paz? —preguntó Cerino.

—Por mi buena fe —respondió Vinnie—. ¿Iba a pedir, si no, que nos encontráramos en un sitio escogido por ti? Es más, como otra muestra de mi deseo de arreglar las cosas, estoy dispuesto a decirte dónde se oculta Jimmy Lanso, el cuarto y último de la banda.

—¿En serio? —preguntó Cerino. Por primera vez en lo que iba de conversación estaba realmente asombrado—. ¿Y qué sitio puede ser ése?

—La funeraria de su primo Spoletto, en Ozone Park.

—Te agradezco toda tu sinceridad —dijo Paul—. Pero me parece que hay algo más.

—Tengo que pedirte un favor —dijo Vinnie—. Quiero pedirte como colega que me des una muestra de buena fe. Quiero que perdones a Jimmy Lanso. Es de la familia, sobrino del marido de la hermana de mi mujer. Haré que le castiguen, pero te pido como amigo que no lo liquides.

—Ten por seguro que pensaré en ello —dijo Paul.

—Gracias —dijo Vinnie—. Somos gente civilizada, después de todo. Los muchachos pueden cometer errores. Tú y yo tenemos nuestras diferencias, pero nos respetamos y comprendemos nuestros mutuos intereses. Estoy seguro de que lo tendrás presente.

Vinnie se levantó.

—Tendré en cuenta todo lo que has dicho —afirmó Paul.

Vinnie se dio la vuelta y salió del restaurante. Paul levantó su copa de vino y tomó un sorbo.

—Angelo —dijo por encima del hombro—. ¿Has visto si Vinnie ha probado el vino?

—No lo ha probado —dijo Angelo.

—Ya decía yo —dijo Paul—. ¿Y a eso le llama él ser civilizado?

—¿Qué hacemos con Jimmy Lanso? —preguntó Angelo.

—Mátalo —dijo Cerino—. Llévame a casa primero.

—¿Y si es una encerrona? —preguntó Angelo.

Paul bebió un poco más de vino.

—Lo dudo mucho —dijo—. Vinnie no miente cuando se trata de la familia

A Angelo no le gustaba nada todo aquello. Pensar en una funeraria le daba escalofríos. Además, no se fiaba de Vinnie Dominick, tanto si hablaba de la familia como de negocios. En opinión de Angelo había muchas probabilidades de que fuera una encerrona, pese a que Cerino pensase lo contrario. Y si era una encerrona, iba a ser peligrosísimo entrar a saco en la funeraria de Spoletto. Angelo pensó que era una buena ocasión para que Tony fuese en cabeza. Y Tony era tan ansioso que estaría encantado con la idea. Llevaba un año entero diciendo que nunca se le dejaba hacer algo por sí mismo.

–Bueno, ¿qué te parece? –preguntó Angelo cuando él y Tony aparcaron enfrente de la funeraria. Era un edificio bastante grande, con cubierta de chilla y unas columnas griegas que aguantaban el pequeño porche delantero.

–Me parece perfecto –dijo Tony. Le brillaban los ojos de excitación.

–¿No crees que es un poco tétrico?

–Qué va –dijo Tony–. Un primo de mi tío tenía una. Yo llegué a trabajar allí un verano, necesitaba un empleo para que me dieran la libertad condicional. No es un trabajo de esos de nueve a cinco, pero para lo que venimos a hacer, creo que funcionará. Lo liquidamos y lo embalsamamos. Todo queda en casa –rió Tony–. ¿Lo has pillado?

–Claro que sí –soltó Angelo.

–Bien, vamos allá –dijo Tony–. Veo que en la parte de atrás hay luz. Debe de ser la sala de embalsamar. Ahí será donde se esconde Lanso.

–¿Dices que trabajaste en una funeraria? –preguntó Angelo mientras inspeccionaba los alrededores por si había problemas.

–Sí. Unos dos meses –dijo Tony.

–Pues ya que el sitio te resulta familiar, quizá deberías entrar tú primero. –Angelo esperaba que sonase como si se le hubiera ocurrido en ese momento–. En cuanto hayas atrapado a Lanso, enciende y apaga varias veces la luz. Mientras, yo me quedaré aquí esperando y me aseguraré de que no sea una encerrona.

–Magnífico –dijo Tony, y dicho esto salió del coche.

Jimmy Lanso se levantó del catre para acercarse al pequeño televisor y bajar el volumen. Creía haber oído un ruido, igual que las dos noches pasadas. Escuchó con gran atención pero no oyó otra cosa que su corazón resonándole en el pecho y un ligero zumbido en los oídos de las muchas aspirinas que había tomado. Como no había dormido más que a ratitos en las últimas sesenta horas, estaba hecho una pena, nervioso y exhausto. Se ocultaba en la funeraria desde que Bruno y él habían abandonado su cuarto al ver que Frankie no volvía ni llamaba.

El último mes había sido de pesadilla para Jimmy. A partir del estúpido incidente del ácido, había estado viviendo con el susto en el cuerpo. Justo hasta el momento en que llevaron a cabo aquella cochinada había creído que su participación le bastaría para forjarse una «carrera». Pero en lugar de eso parecía haberse asegurado una muerte a plazo fijo. El primer y terrible sobresalto fue ver cómo mataban a Terry Manso cuando intentaba subir al coche. Y ahora sabía también que Frankie y Bruno habían acabado flotando en el East River. No tardarían en ir a por él.

La sola esperanza de Jimmy era que su tío había hablado con Vinnie Dominick, cuñado por parte de su esposa, y que Vinnie había prometido ocuparse de todo. Pero hasta que no supiera que todo iba sobre ruedas, Jimmy no podría relajarse ni un segundo.

Oyó un golpe sordo en la sala de embalsamar. No eran imaginaciones suyas. Había sonado tan claro como la luz del día, después de bajar el volumen de la tele. Se estremeció al pensar en volver a escuchar el ruido. Por su frente empezaron a rodar gotas de sudor. Como todo seguía en silencio, hizo acopio de fuerzas para acercarse a la puerta del lavadero en donde se había ocultado.

Tras abrir la puerta procurando hacer el menor ruido posible, Jimmy recorrió lentamente con la vista la oscura sala de embalsamar. De los altos ventanales que había en una de las paredes se colaba un poco de luz de una farola, pero, por lo demás, la habitación estaba en penumbra. Jimmy se fijó en los dos cadáveres amortajados que su primo había embalsamado esa misma tarde, pues yacían sobre unas camillas de ruedas apoyadas en la pared opuesta a las ventanas. Las blancas sábanas parecían refulgir en la semioscuridad de la sala. En mitad de ésta había una mesa de embalsamar, de la cual Jimmy sólo podía percibir el contorno. Contra la pared del fondo había un gran armario de espejo que parecía asomar de las sombras. Bajo los ventanales, en la pared había varias piletas de porcelana.

Con dedos temblorosos, Jimmy palpó a tientas hasta dar con el interruptor de la luz. De inmediato vio cuál era el origen del ruido. Una rata enorme se paseaba por la mesa. Sintiéndose molestada, la rata miró fijamente a Jimmy con una fulgurante mirada de enojo y luego saltó de la mesa para escabullirse por una reja del suelo y desaparecer por un desagüe.

Jimmy sintió asco y alivio a un tiempo. Odiaba las ratas, pero también odiaba esconderse en una funeraria. El sitio le daba repeluzno y le recordaba todos los tebeos de terror que había leído de niño. En su imaginación había evocado todo tipo de explicaciones para los ruidos que había estado oyendo. De modo que el haber visto una rata era mucho mejor que vérselas con uno de los cadáveres embalsamados que merodeaban por la habitación como en *Tales From the Crypt*[1].

Entrando en la sala de embalsamar, Jimmy se cogió a toda prisa una gran caja metálica del tamaño de un arcón pequeño, la arrastró por el suelo y la utilizó para tapar la reja por la que había desaparecido la rata. Hecho esto, se dirigió de nuevo hacia el lavadero. Pero no llegó muy lejos. Un nuevo golpe sordo y apagado sonó del otro lado de la puerta que comunicaba con el cuarto de material.

Creyendo que la rata había ido a parar allí, Jimmy agarró la escoba que había estado empleando en sus faenas de limpieza. Con la idea de darle una buena zurra a la rata, abrió de golpe la puerta del cuarto de material. Llegó a dar un paso al frente antes de quedarse helado. La sangre se le fue a los pies. Delante suyo había una silueta cuyas facciones parecían perdidas en la sombra.

Un grito ahogado salió de los labios de Jimmy al tiempo que se tambaleaba hacia atrás. La escoba se le escurrió de las manos

1. Polémica colección de cómics de terror creada por William M. Gaines. *(N. del T.)*

y cayó sobre el suelo embaldosado produciendo un ruido de mil demonios. Los temores más insospechados se habían hecho realidad: uno de los cadáveres había cobrado vida.

–Hola, Jimmy –dijo la aparición.

El pánico no pudo con la parálisis que se había apoderado del rostro de Jimmy, quien permaneció pegado al suelo mientras la figura salía de las sombras del cuarto de material acompañada de una fría corriente de aire procedente de una ventana abierta.

–Estás un poco pálido –observó Tony. Tenía el arma en la mano, pero apuntaba al suelo–. Será mejor que te subas a esa vieja mesa de porcelana y te eches un poco.

Tony señaló la mesa de embalsamar con la mano libre.

–Me obligaron a hacerlo –sollozó Jimmy cuando comprendió que no se las veía con una criatura sobrenatural sino antes bien con un ser vivo que evidentemente tenía que ver con la organización de Cerino.

–Oh, sí. Claro –dijo Tony en un tono de voz falsamente consolador–. Da lo mismo, tú sube a la mesa.

Mientras Jimmy se acercaba con paso vacilante a la mesa de embalsamar, Tony fue hasta el interruptor de la pared y encendió y apagó la luz varias veces seguidas.

–¡A la mesa! –ordenó Tony cuando vio que Jimmy vacilaba.

No sin esfuerzo, Jimmy consiguió subirse a la mesa y se sentó en el borde.

–¡Que te eches! –dijo Tony. Cuando Jimmy hubo obedecido, Tony se aproximó y le miró desde arriba–. Magnífico lugar para esconderse.

–Todo fue idea de Manso –soltó bruscamente Jimmy. Tenía la cabeza apuntalada sobre un trozo de caucho negro–. Lo único que hice fue apagar las luces. Yo ni sabía lo que pasaba.

–Todo el mundo dice que fue cosa de Manso –se lamentó Tony–. Claro, como que fue el único que no consiguió salir con vida. Lástima que no esté aquí para defenderse.

Un golpe sordo en el cuarto de material anunció la llegada de Angelo, que entró cautelosamente en la habitación con aspecto de animal enjaulado. No le gustaba aquella funeraria.

—Este sitio apesta —dijo.

—Es el formol —explicó Tony—. Uno se acostumbra. Al cabo de un rato, ni lo hueles. Acércate a conocer a Jimmy Lanso.

Angelo se fue a la mesa de embalsamar y miró con desprecio a Jimmy.

—Vaya con el capullo —dijo.

—Fue idea de Manso —insistió Jimmy—. Yo no hice nada.

—¿Quién más estaba complicado? —inquirió Angelo. Quería estar seguro.

—Manso, DePasquale y Marchese —dijo Jimmy—. Ellos me obligaron a ir.

—Nadie quiere responsabilizarse —dijo Angelo con asco—. Me temo, Jimmy, que tendrás que dar un paseo.

—No, por favor —imploró Jimmy.

Tony se inclinó hacia Angelo para decirle algo al oído. Angelo echó una rápida ojeada al material de embalsamamiento y luego miró a Jimmy, que se encogía sobre la mesa.

—Parece apropiado —dijo Angelo asintiendo con la cabeza—. Sobre todo, para un cobarde y un mierda como éste.

—Aguántamelo —dijo Tony con regocijo.

De un salto fue adonde estaba el material de embalsamar e hizo girar una bomba. Se quedó observando los números hasta que se produjo una succión suficiente. Luego hizo rodar el aspirador hasta la mesa.

Jimmy contemplaba los preparativos con creciente alarma. Puesto que había evitado mirar lo que hacía su primo cuando embalsamaba, no tenía ni idea de lo que Tony se traía entre manos. Fuera lo que fuese, estaba seguro de que no le iba a gustar.

Angelo se inclinó sobre el pecho de Jimmy y le sujetó las manos. Sin darle ocasión de adivinar lo que sucedía, Tony hundió el afiladísimo trocar en el abdomen de Jimmy e hincó con rudeza la punta del instrumento.

Ahogando un grito, la cara de Jimmy pareció contraerse hacia dentro a medida que sus mejillas empalidecían y se ahuecaban. La cánula del aspirador se llenó de sangre, fragmentos de tejido y alimentos parcialmente digeridos.

Notando que se mareaba, Angelo soltó al chico y se alejó de la mesa. Momentáneamente las manos de Jimmy trataron de aferrarse al trocar que Tony sujetaba, pero en seguida colgaron flácidas en cuanto el muchacho quedó inconsciente.

—¿Qué te parece? —preguntó Tony, retrocediendo unos pasos para contemplar su obra maestra—. Limpio, ¿eh? Sólo tengo que bombearle el fluido embalsamador con esa máquina y estará prácticamente listo para la tumba.

—Salgamos de aquí —dijo Angelo. Se sentía un poco enfermo—. Limpia todas las huellas de la maquinita esa.

Cinco minutos después desanduvieron el camino y salieron de nuevo por la ventana. Habían pensado en usar la puerta pero decidieron que no por si estaba electrificada.

Una vez en el coche, Angelo empezó a tranquilizarse. Cerino tenía razón. Dominick no había mentido. No había sido una encerrona. Mientras desaparcaba, Angelo sintió como si hubieran concluido la tarea encomendada.

—Bueno, se acabó. Ya no queda nadie de los del ácido —dijo—. Hemos de volver al duro trabajo.

—¿Le has enseñado la segunda lista a Cerino? —preguntó Tony.

—Claro, pero seguiremos por la primera lista —dijo Angelo—. La segunda será mucho más fácil.

—A mí me da lo mismo —dijo Tony—. ¿Qué te parece si comemos primero? Eso de esperar en el Vesubio me ha abierto el apetito. ¿Y si nos comemos otra pizza?

—Creo que es mejor hacer antes algún trabajito —concluyó Angelo.

Angelo necesitaba poner un poco de distancia entre el espeluznante escenario de la funeraria de Spoletto y su siguiente comida.

Nuevamente envuelta en la pesadilla recurrente de su hermano hundiéndose en el negro lodo sin fondo, Laurie agradeció que sonara su escandaloso despertador para sacarla del sueño profundo. Medio dormida aún, alargó el brazo para parar el despertador. Pero antes de retirar el brazo para meterlo de nuevo bajo la manta, la alarma volvió a dispararse. Fue entonces cuando Laurie se dio cuenta de que lo que sonaba no era el despertador sino el teléfono.

—Doctora Montgomery, soy el doctor Ted Ackerman —dijo la voz—. Siento molestarla a estas horas, pero soy el médico de turno y me han dejado el mensaje de que le llame si llegaba cierto caso.

Laurie estaba demasiado desconcertada para responder. Al mirar el despertador vio que sólo eran las dos y media de la madrugada. No era raro, pues, que le costara tanto orientarse.

—Acabo de recibir una llamada —prosiguió Ted—. Parece un caso similar a lo que dijo respecto a la demografía. Por lo visto se trata de cocaína. El muerto es un banquero de treinta y un años. Se llama Stuart Morgan.

—¿Dónde ha sido? —preguntó Laurie.

—Quinta Avenida 970 —dijo Ted—. ¿Se hace cargo usted o voy yo? Lo que usted prefiera.

—Yo iré —dijo Laurie—. Gracias.

Laurie colgó el teléfono y se levantó. Estaba destrozada. *Tom*, en cambio, parecía feliz de estar despierto. Ronroneando de contento, fue a frotarse contra las piernas de su ama.

Laurie se puso lo primero que encontró, agarró una cámara fotográfica y se llevó varios pares de guantes de goma. Salió del apartamento abrochándose todavía el abrigo y soñando con volver a meterse en la cama.

En su calle no había nadie, pero la Primera Avenida estaba bastante concurrida. Al cabo de cinco minutos iba en el asiento trasero de un taxi cuyo conductor era un afgano luchador por la libertad. Quince minutos después se bajaba del taxi a la altura del 970 de la Quinta Avenida. Un coche de la policía de Nueva York y una ambulancia municipal habían aparcado sobre la acera. Las luces de emergencia de ambos vehículos parpadeaban impacientemente.

Una vez dentro, Laurie mostró su placa de inspector médico y se dirigió al ático B.

—¿Es el inspector médico? —preguntó un policía de uniforme, con evidente asombro, cuando Laurie entró en el piso y volvió a enseñar la placa. El agente se llamaba Ron Moore. Era un individuo próximo a los cuarenta, musculoso y corpulento.

Laurie asintió sin sentir reserva ni tolerancia por lo que esperaba oír a continuación.

–Caray –dijo Ron–, no se parece usted a ningún otro forense de los que conozco.

–Y sin embargo lo soy –dijo Laurie sin humor.

–¡Eh, Pete! –chilló Moore–. Ven a ver lo que acaba de entrar. ¡Un forense que parece una conejita de Playboy!

Otro polícia de uniforme pero más joven asomó la cabeza por una puerta. Al ver a Laurie se le levantaron las cejas.

–¡Caramba! Menuda sorpresa –dijo. Sostenía en ambas manos un puñado de cartas.

–¿Quién está a cargo de esto? –preguntó Laurie.

–Yo, guapa –dijo Ron.

–Me llamo doctora Montgomery –dijo Laurie–. No guapa.

–Claro, Doc –respondió Ron.

–¿Quién puede enseñarme el lugar? –preguntó Laurie.

–También yo, casualmente –dijo Ron–. Esto de aquí, naturalmente, es la sala de estar. Fíjese en los avíos de drogadicto que hay en la mesa de centro. Parece que la víctima se inyectó aquí y luego fue a la cocina. Es allí donde está el cuerpo. Para ir a la cocina se pasa por el estudio.

Laurie echó una ojeada rápida al apartamento. Era diminuto pero estaba muy bien decorado. Desde donde se encontraba podía ver la salita y parte del estudio. En la salita había dos ventanas grandes, orientadas al sur, que proporcionaban una magnífica vista. Pero más que la vista, lo que a Laurie le interesó fue el desorden que había en el suelo. Parecía que hubieran saqueado la habitación.

–¿Ha habido robo? –preguntó Laurie.

–No –dijo Ron–. Hemos sido nosotros. Forma parte de la investigación completa, no sé si me entiende...

–No estoy segura –dijo Laurie.

–Cuando buscamos lo hacemos a conciencia –explicó Ron.

–¿Buscar qué? –quiso saber Laurie.

–La identificación exacta –dijo Ron.

–¿No ha visto todos los diplomas que hay en las paredes del vestíbulo? –preguntó Laurie señalando con un amplio gesto del brazo–. Me parece que el nombre de la víctima está bastante claro.

—Supongo que no nos hemos fijado —dijo Ron.

—¿Dónde está el cadáver?

—Ya se lo he dicho —dijo Ron—. En la cocina —añadió, señalando hacia el estudio.

Laurie avanzó evitando los escombros que había en el suelo y entró en el estudio. Los cajones del escritorio estaban todos abiertos y su contenido parecía haber sido revuelto a conciencia.

—¿He de suponer que aquí también buscaban la forma de identificar al muerto? —dijo ella.

—Eso mismo, Doc —dijo Ron.

Atravesando el estudio, Laurie llegó al umbral de la cocina y allí se detuvo. La cocina estaba tan revuelta como las demás habitaciones.

Habían vaciado el frigorífico, incluidos los estantes. Laurie reparó también en que había ropa esparcida por el suelo. La puerta del frigorífico estaba entreabierta.

—No me diga que aquí también buscaban la identificación —dijo con sarcasmo.

—¡No, qué va! —dijo Ron—. Eso fue cosa de la víctima.

—¿Dónde está el cuerpo? —preguntó Laurie.

—En la nevera —dijo Ron.

Laurie se acercó al frigorífico y abrió la puerta. Ron no bromeaba. El cuerpo de Stuart Morgan estaba encajado en el compartimiento refrigerador, casi desnudo, cubierto únicamente con un pantalón corto, una riñonera y unos calcetines. Estaba blanco como la leche. Tenía el brazo derecho levantado y la mano fuertemente apretada formando una pelota.

—No me explico para qué quiso subirse ahí —dijo Ron—. Es lo más extraño que he visto desde que soy policía.

—Es la hiperpirexia —dijo Laurie, mirando a Stuart Morgan—. La cocaína puede hacer que la temperatura rompa el termómetro. Los cocainómanos pueden llegar a enloquecer cuando les pasa esto. Son capaces de cualquier cosa para bajar la temperatura. Pero es el primero que veo metido en el frigorífico.

—Si quiere, podemos avisar a los de la ambulancia para que se lleven a Stuart —dijo Ron—. Es que estamos bastante cansados...

—¿Han tocado el cuerpo? —preguntó súbitamente Laurie.

–Pero ¿qué está diciendo? –preguntó Ron, nervioso.

–Lo que oye. ¿Han tocado el cuerpo, usted o Pete?

–Bueno yo... –dijo Ron. No parecía tener ganas de contestar.

–Es una pregunta bien sencilla.

–Teníamos que averiguar si estaba muerto –dijo Ron–. Pero ha sido bastante fácil, porque estaba frío como esos pepinos que hay en el suelo.

–De manera que sólo le tomó el pulso, ¿es eso? –sugirió Laurie.

–Sí, eso mismo –dijo Ron.

–¿Qué pulso? –preguntó Laurie.

–El de la muñeca –dijo Ron.

–¿La muñeca derecha?

–Eh, oiga, ¿para qué tantos detalles? –dijo Ron–. No recuerdo cuál era.

–Déjeme decirle una cosa. –Laurie retiró la tapa del objetivo y empezó a tomar fotografías del cadáver en la nevera–. ¿Ve el brazo derecho levantado?

–Sí –dijo Ron.

–Lo tiene así a causa del *rigor mortis* –dijo Laurie. La cámara lanzó un destello al hacer la foto.

–Sé algo de eso –aseguró Ron.

–Pero el *rigor mortis* no empieza hasta que el brazo lleva un rato fláccido. ¿Le sugiere eso alguna cosa con respecto a este cadáver? –preguntó Laurie tomando otra foto desde un ángulo distinto.

–No sé de qué me habla –dijo Ron.

–Significa que el cuerpo fue trasladado después de muerto –dijo Laurie–. Digamos que fue sacado del frigorífico y luego vuelto a meter. Y tuvieron que pasar varias horas después de la muerte porque el *rigor mortis* no sobreviene hasta dos horas después.

–Caramba, qué interesante –dijo Ron–. A Pete le gustará saberlo. –Ron fue hasta la puerta que daba al estudio y gritó a Pete para que viniese a la cocina. Luego le contó lo que Laurie le había explicado.

–Puede que la novia del tipo lo sacara de ahí –propuso Pete.

–¿Fue la novia quien encontró el cadáver? –preguntó

Laurie. Era horrible la tortura a la que los dogradictos sometían a sus seres queridos.

–Sí –dijo Pete–. La novia llamó al 911. O sea que ella debió de sacarlo.

–¿Y meterlo luego otra vez? –preguntó Laurie con escepticismo–. No parece probable.

–¿Qué cree usted que pasó? –preguntó Ron.

Laurie miró un momento a los dos policías, preguntándose qué postura debía tomar.

–No sé qué pensar –dijo por último, poniéndose los guantes de goma–. De momento voy a examinar el cadáver y en cuanto lo haya dejado en manos del hospital, me voy a casa.

Laurie alargó el brazo para tocar el cuerpo de Stuart Morgan; estaba rígido, debido al *rigor mortis*, y frío. Al examinarlo quedó patente que las otras extremidades estaban también en posiciones antinaturales igual que el brazo derecho. Laurie vio el orificio intravenoso en la fosa cubital del brazo izquierdo. Salvo por lo del frigorífico, era un caso misteriosamente similar al de Duncan Andrews, Robert Evans y Marion Overstreet.

Laurie se volvió hacia Ron y dijo:

–¿Le importa ayudarme a sacar el cuerpo de la nevera?

–Pete, ayúdala –dijo Ron.

Pete hizo un gesto de enojo, pero aceptó los guantes que le ofrecía Laurie y se los puso. Entre los dos sacaron a Stuart Morgan del frigorífico y lo pusieron en el suelo.

Laurie tomó varias fotografías más. Según su experiencia, no cabía duda de que el *rigor mortis* había tenido lugar mientras el cuerpo estaba en la nevera, a juzgar por la postura del mismo. Hasta ahí estaba claro. Pero también lo estaba que la posición del cuerpo cuando ella lo vio no era la posición en que había estado originalmente.

Mientras fotografiaba el cadáver, Laurie reparó en que la riñonera estaba parcialmente abierta. La cremallera se había atascado en un billete de banco. Laurie se movió para tomar un primer plano.

Tras dejar la cámara a un lado, Laurie se inclinó para examinar la riñonera de cerca. Consiguió soltar la cremallera, no sin dificultad, y abrir el bolso. Contenía tres billetes de a dólar con los bordes rasgados de haber quedado aprisionados entre la cremallera.

Laurie se puso en pie y le tendió los tres dólares a Ron.

—Pruebas —dijo.

—¡Pruebas! ¿De qué? —dijo Ron.

—Sabía casos en que la policía roba de la escena del crimen o el accidente —dijo Laurie—. Pero no esperaba vérmelas con un caso tan claro.

—¿De qué coño está hablando? —exigió saber Ron.

—El cadáver no hay que moverlo, sargento Moore —dijo ella—. Y se supone que he de enviarle una invitación para asistir a la autopsia. Francamente, espero no verle nunca más.

Laurie se sacó los guantes de sendos golpes secos, los arrojó a la papelera, agarró la cámara fotográfica y salió del apartamento.

—No puedo más —dijo Tony mientras apartaba de sí los restos de una pizza. Luego se sacó la servilleta del cuello y se limpió la boca de manchas de tomate—. Qué pasa. ¿No te gustan los pepperoni? Pareces un pajarito comiendo...

Angelo dio un sorbo de su agua mineral San Pellegrino. Las burbujas solían calmarle el estómago, que seguía revuelto después de la visita a la funeraria de Spoletto. Había probado un poco la pizza pero no le había apetecido. En realidad le daba náuseas, de modo que esperaba impaciente a que Tony terminase la suya.

—¿Ya estás? —le preguntó a Tony.

—Sí —dijo éste escarbándose los dientes—. Pero me vendría bien un café.

Estaban en una pizzería pequeña que abría toda la noche, no muy lejos del restaurante Vesubio, en Elmhurst. Un buen puñado de clientes estaban sentados en torno a espaciosas mesas de formica, pese a que eran las tres y media de la madrugada. Una vieja máquina de discos tocaba éxitos de los cincuenta y sesenta.

Angelo tomó otra agua mineral mientras Tony se tomaba su *espresso*.

–¿Ya? –preguntó Angelo cuando la tacita de café sonó vacía contra la base del plato.

Angelo tenía ganas de marchar, pero le parecía correcto dejar que Tony descansara un poco. Después de todo, habían trabajado bastante.

–Ya –dijo Tony pasándose la servilleta por los labios.

Se levantaron, dejaron unos billetes sobre la mesa y salieron a la fría noche de noviembre. Con la cabeza remetida en el abrigo, corrieron hacia el coche. Empezaba a lloviznar.

Poniendo el motor en marcha para hacer subir la temperatura de la calefacción, Angelo extrajo la segunda lista de la guantera.

–Aquí hay uno en Kew Garden Hills –dijo mirando la lista–. Es céntrico y bonito; será rápido y además fácil.

–Será divertido –dijo Tony ansioso. Eructó–. Qué pepperoni más buenos.

Angelo guardó de nuevo el papel en la guantera. Mientras enfilaba la calle desierta, dijo:

–Esto de trabajar de noche hace que sea mucho más fácil circular por la ciudad.

–El problema es acostumbrarse a tener sueño todo el día –dijo Tony, sacando su Beretta Bantam y enroscando el silenciador en la boca del cañón.

–Aparta eso hasta que estemos allí –le dijo Angelo–. Me pones nervioso.

–Sólo estaba preparándome –dijo Tony. Intentó meter el arma en la pistolera, pero con el silenciador no ajustaba bien. La culata le asomaba por la americana–. No sabes cómo esperaba esta parte de la operación. Ya me he cansado de andar por ahí procurando no hacer ruido.

–Todavía hay que tener cuidado –dijo bruscamente Angelo–. En realidad, siempre hay que tener cuidado.

–Tranquilo –dijo Tony–. Tú ya me entiendes. Quiero decir que no hemos de preocuparnos de tonterías. Es cuestión de ir de prisa y largarse. O sea, pum, pum, listo, y a otra cosa mariposa.

Tony hizo como que disparaba a un transeúnte con el dedo índice estirado y apuntando por el nudillo.

Les llevó un rato encontrar la casa. Era una sencilla construcción, de piedra y estuco con tejado de pizarra, situada en una calle tranquila y sin salida que daba a un cementerio.

—No está mal —dijo Tony—. Esta gente tiene pasta...

—Y seguramente sistema de alarma —dijo Angelo, aparcando a un lado de la calle—. Esperemos que no haya complicaciones. No quiero líos.

—¿A quién hay que cargarse? —preguntó Tony.

—No me acuerdo —dijo Angelo. Sacó la segunda lista de la guantera—. Es la mujer —dijo tras localizar el nombre. Dejó de nuevo la lista en la guantera—. Que quede bien claro para que no haya confusiones: me la cargo yo. Como deben de estar en la cama, tú te encargas del hombre. Si se despierta, liquídalo. ¿Entendido?

—Claro que sí —dijo Tony—. ¿Me tomas por imbécil? Te entiendo perfectamente. Pero ya sabes lo que disfruto con esto, ¿y si me cargo yo a la mujer y te encargas tú de él?

—¡Cristo Jesús! —exclamó Angelo, sacando su arma y colocando un silenciador—. Estamos trabajando, no en el tiro al blanco. No hemos venido a divertirnos.

—¿Qué más da si la liquidas tú o si la liquido yo? —dijo Angelo.

—En el fondo, da lo mismo —dijo Angelo—. Pero el que manda soy yo y seré yo el que dispare. Quiero asegurarme de que muere. Yo soy el que tiene que dar la cara delante de Cerino.

—Así que tú crees que puedes matar a alguien mejor que yo —dijo Tony. Parecía ofendido.

—Por el amor de Dios, Tony —dijo Angelo—. El próximo lo haces tú. ¿Te parece que lo hagamos por turnos?

—Vale. Es justo —dijo Tony—. A partes iguales.

—Me alegro de que estés de acuerdo —dijo Angelo y luego, levantando brevemente los ojos al techo del coche, añadió—: Es como si estuviera otra vez en la guardería. ¡Está bien, vamos!

Se bajaron del coche, cruzaron la calle y se metieron por los espesos y húmedos arbustos que rodeaban la casa en cuestión. Al llegar a la puerta de atrás, Angelo estudió cuidadosamente la situación pasando la mano por la jamba, mirando por las rendijas mediante una pequeña linterna e inspeccionando la quincallería. Luego se irguió.

—No hay alarma —dijo en tono de asombro—. A no ser que sea de un nuevo tipo.

—¿Quieres entrar por la puerta o por una ventana? —preguntó Tony.

—Creo que la puerta será bastante fácil —dijo Angelo.

Tony despachó en un momento con su navaja la masilla de uno de los cristales lindante con la puerta. Con unos alicates de punta redonda extrajo los clavitos y sacó la hoja de cristal. Luego alargó la mano por dentro hasta quitar el cerrojo y girar el picarporte.

La puerta se abrió tras un imperceptible chirrido de protesta. No sonó ninguna alarma ni ladró perro alguno. Angelo entró con sigilo sujetando el arma a la altura de la cabeza. Paseó la vista lentamente por la habitación. Se trataba al parecer de una sala familiar, provista de sofás tapizados de guinga y un televisor de muchas pulgadas. Angelo se quedó escuchando un momento y luego bajó el arma. Tras comprobar la ausencia de alarma, empezó a tranquilizarse. Todo iba a pedir de boca; aquel sitio estaba pidiendo que alguien lo asaltase.

Haciendo un gesto para que Tony le siguiese, Angelo avanzó sigiloso hacia el recibidor. Uno junto al otro subieron por la elegante escalera circular, que les condujo a un pasillo al que se abrían media docena de puertas. Todas ellas estaban ligeramente entreabiertas, salvo una. Confiando en su instinto, Angelo fue directo hacia esta última. Cuando estuvo seguro de que tenía a Tony detrás, probó de abrirla. La puerta se abrió al momento.

Se oían fuertes ronquidos procedentes de la cama que había contra la pared del fondo. Angelo no estaba seguro de quién roncaba, pero una vez convencido de que ambos dormían profundamente, le indicó a Tony que le siguiese y juntos se aproximaron a la cama.

Era una cama enormemente grande cubierta por una colcha de pluma. En ella yacían un hombre y una mujer cercanos a los sesenta. Estaban ambos boca arriba y con los brazos a los costados.

Angelo torció a la derecha para ponerse del lado de la mujer. Tony ocupó el otro lado. Las víctimas no se movían. Angelo llamó la atención de Tony señalando su Walther a la media luz de la habitación para indicar que él despacharía a la mujer y que Tony vigilase al hombre.

Tony asintió con la cabeza, y mientras Angelo apuntaba su arma a la cabeza de la mujer dormida, Tony hizo otro tanto del lado opuesto de la cama. Angelo adelantó el arma hasta el punto donde no podía errar el tiro, apoyándola en la sien, justo encima y delante de la oreja. Quería que la bala penetrase en la base del cráneo, aproximadamente allí donde se habría quedado si le hubiera podido disparar desde atrás.

El pistoletazo sonó fuerte en comparación con el silencio dominante, pero con relación al ruido normal no fue más que un ruido apagado y sibilante, como un puñetazo en una almohada.

Apenas se había recuperado Angelo del respingo que había dado al tirar del gatillo, cuando se produjo otro ruido sordo y sibilante. Vio por el rabillo del ojo que la cabeza del hombre rebotaba en la almohada y volvía a su posición inicial. Empezó a extenderse una mancha oscura que en la semioscuridad del cuarto parecía negra.

–No he podido evitarlo –dijo Tony–. Te he oído disparar y no he podido aguantarme de apretar el gatillo. Me gusta. Me pone a cien, sabes.

–Eres un maldito psicópata –dijo Angelo, irritado–. Se suponía que no tenías que matarle si no se movía. El plan era ése.

–¿Y qué más da, hombre? –dijo Tony.

–Pues que has de aprender a cumplir órdenes –soltó Angelo.

–Bueno, vale –dijo Tony–. Lo siento. No he podido evitarlo. La próxima vez haré exactamente lo que me digas.

–Salgamos de aquí –dijo Angelo. Empezó a andar hacia la puerta.

–¿Y si echamos un vistazo a ver si hay pasta o algo de valor? –preguntó Tony–. Ya que estamos aquí...

–No quiero tomarme la molestia –dijo Angelo. Una vez en la puerta que daba al recibidor, se volvió para decir–: ¡Vamos, Tony! No hemos venido a aprovecharnos. Cerino ya nos paga suficiente.

—Pero lo que Cerino no sabe, no puede hacerle daño —dijo Tony, cogiendo de la mesita de noche una cartera y un reloj Rolex—. ¿Puedo llevarme un recuerdo?

—Está bien —dijo Angelo—. Pero vámonos ya.

Cinco minutos después se alejaban en coche a toda velocidad.

—¡Hostia! —exclamó Tony.

—¿Qué pasa?

—Aquí dentro hay más de quinientos de los grandes —dijo Tony, agitando los billetes. Llevaba el Rolex de oro en la muñeca—. Con esto y lo que nos paga Cerino, se acabaron los problemas.

—Tú procura deshacerte de la cartera —dijo Angelo—. Eso podría delatarnos.

—Tranquilo —dijo Tony—. La tiraré al incinerador.

Angelo acercó el coche al bordillo y aparcó.

—¿Qué pasa ahora? —preguntó Tony.

Angelo se inclinó para sacar la lista de la guantera.

—Quiero ver si hay alguno más en este barrio —dijo—. ¡Bingo! —exclamó Angelo tras una breve pesquisa—. Tenemos dos en Forest Hill. Está a dos pasos de aquí. Podemos liquidarlos a los dos antes de que amanezca. Yo diría que eso es aprovechar la noche a base de bien.

—Pues yo diría que requetebién —apuntó Tony—. La verdad es que nunca había tenido tanto dinero en mis manos.

—¡Estupendo! —dijo Angelo, examinando un plano—. Sé dónde están las dos casas. Es la zona cara de la ciudad —agregó, dejando el plano y la lista en la consola central. Luego puso el coche en marcha y se alejó.

En menos de media hora pasaban por delante de la primera casa. Era una gran mansión blanca bastante apartada de la calle. Angelo supuso que el terreno debía de tener una hectárea de acres al menos. La calzada, larga y curvilínea, estaba bordeada de olmos sin hojas.

—¿A cuál le toca ahora? —preguntó Tony mientras echaba un vistazo a la mansión.

—Al hombre —dijo Angelo, que estaba intentando decidir dónde dejaba el coche. En esta parte lujosa de la ciudad apenas había vehículos aparcados en plena calle. Por último, optó por enfilar la calzada ya que ésta pasaba por detrás de la casa. Al llegar a la entrada, Angelo apagó las luces del coche para que no pudiera llamar la atención desde la casa.

—No lo olvides —dijo Tony mientras se aprestaban a entrar—. Esta vez me toca a mí.

Angelo elevó la vista al cielo como diciendo: «¿Por qué a mí, Señor?».

Luego asintió con la cabeza y entraron los dos en la casa.

La mansión resultó ser más difícil de abordar que la más modesta casa de piedra. La vivienda blanca disponía de varios sistemas de alarma interconectados que Angelo tardó poco en descifrar y desarticular. Pasó media hora hasta que pudieron romper el marco de la ventana que daba a un lavadero.

Avanzaron juntos y despacio por la cocina, desde donde pudieron oír un televisor encendido en un cuarto cercano. Extremando las precauciones, Angelo y Tony se acercaron al lugar de donde venía el sonido, una habitación que había junto al recibidor. Angelo, que iba en cabeza, se asomó desde el rincón.

Se trataba de un estudio provisto de un bar empotrado en una pared y un gigantesco televisor en otra. Delante del televisor había un sofá grande tapizado de quimón. Dormido en el centro del mismo había un hombre extraordinariamente gordo, vestido con albornoz azul. Sus cortas piernas, sorprendentemente flacas, salían de debajo de la corpulenta masa del abdomen y descansaban sobre un cojín. Llevaba pantuflas de piel en los pies.

Angelo se echó hacia atrás para hablar con Tony.

—Está dormido y solo. Habrá que suponer que la mujer, si es que la tiene, está arriba.

—¿Qué vamos a hacer? —preguntó Tony.

—¿No querías cargártelo tú? —dijo Angelo—. Pues entra y hazlo. Pero hazlo bien. Luego veremos qué pasa con la mujer.

Tony sonrió y adelantó a Angelo. En la mano derecha llevaba su pistola con el silenciador puesto.

Tony dobló la esquina y entró decidido en el estudio,

yendo directamente hasta el sofá. Mientras apuntaba el arma a la sien del hombre, justo encima de la oreja, tropezó expresamente con su pierna.

El gordo farfulló al tiempo que intentaba abrir los pesados párpados.

–¿Gloria, eres tú querida? –llegó a decir.

–No, cielo, soy yo... Tony.

El ruido sordo y sibilante hizo que el hombre cayera sobre su costado derecho. Tony se inclinó hacia el sofá y situó la boca del silenciador en la base del cráneo antes de disparar por segunda vez. El hombre ni siquiera se movió.

Tony volvió a enderezarse y miró hacia atrás a Angelo. Éste le indicó con un gesto que le siguiera. Subieron las escaleras juntos. Una vez en el segundo piso tuvieron que buscar en varias habitaciones hasta dar con Gloria. Estaba completamente dormida, con las luces encendidas pero con los ojos tapados por una visera negra y tapones en los oídos.

–Se ha pensado que es una estrella de cine –dijo Tony–. Será coser y cantar.

–Vámonos –dijo Angelo, tirando del brazo de Tony.

–Venga, hombre –dijo éste–. Pero si es un blanco perfecto...

–No pienso discutir –gruñó Angelo–. He dicho que nos vamos.

De vuelta en el coche, Tony parecía enfurruñado mientras Angelo comprobaba cuál era el camino más corto para llegar a la siguiente casa.

A Angelo le daba igual el tiempo que Tony pudiera estar rumiando. Al menos así estaba callado.

La última era una casa de dos plantas con terraza, provista de una marquesina metálica que formaba una cochera frente al garaje de una sola plaza. Una pequeña cerca de cadena limitaba un césped pequeñísimo en cuyo interior había dos estatuas de flamenco rosa.

–¿El hombre o la mujer? –preguntó Tony, rompiendo por primera vez su silencio.

–La mujer –dijo Angelo–. Si quieres, encárgate tú.

Angelo se sentía magnánimo ahora que la jornada llegaba a su fin.

Entrar en la última casa fue dicho y hecho. Había un pasadizo que daba a la puerta trasera. Para su sorpresa, encontraron al marido dormido en el sofá junto a seis cascos vacíos de cerveza.

Angelo le dijo a Tony que subiera solo al primer piso mientras él se quedaba a vigilar al hombre. Podía ver la sonrisa anhelante de Tony en la penumbra, y pensó que la sed de «liquidar» que tenía aquel chico era insaciable.

Unos minutos después Angelo escuchó apenas el pistoletazo silenciado del arma de Tony, seguido de otro disparo. El chico, al menos, era concienzudo. Tony reapareció minutos después.

–¿Se ha movido ése? –preguntó.

Angelo movió la cabeza e indicó que se iban.

–Qué pena –dijo Tony. Sus ojos se demoraron en el hombre dormido antes de darse la vuelta para seguir a Angelo hacia la puerta.

En el porche de atrás, Angelo se estiró y miró al cielo que empezaba a clarear.

–Ya sale el sol –dijo–. ¿Vamos a desayunar?

–Estupendo –dijo Tony–. Menuda noche. No creo que se pueda mejorar.

Mientras iba hacia el coche, Tony desenroscó el silenciador de su pistola.

7

7:45, JUEVES
MANHATTAN

Aunque no había dormido mucho debido al aviso que había recibido por la noche, Laurie se esmeró en llegar un poco antes al trabajo para compensar el haber llegado tarde el día anterior. Eran sólo las ocho menos cuarto cuando subió la escalinata del centro de inspección médica.

Laurie fue directamente a la oficina de Identificación y pudo detectar cierta electricidad en el ambiente. Varios de los inspectores médicos adjuntos que no solían venir hasta las ocho y media aproximadamente estaban ya trabajando. Kevin Southgate y Arnold Besserman, dos de los inspectores más antiguos, estaban junto a la cafetera en acalorada discusión. Kevin, que era liberal, y Arnold, un ultraconservador, nunca se ponían de acuerdo en nada.

—Es lo que yo digo —comentaba Arnold cuando Laurie se abrió paso para servirse un poco de café—; si hubiera más policías en la calle, esto no volvería a pasar.

—No estoy de acuerdo —dijo Kevin—. Tragedias como ésta...

—¿Qué pasa ahora? —preguntó Laurie mientras removía el café.

—Una serie de homicidios en Queens —dijo Arnold—. Disparos a la cabeza desde corta distancia.

—¿Con balas de pequeño calibre? —preguntó Laurie.

Arnold miró a Kevin:

—Eso todavía no lo sé.

—Aún no se han hecho las autopsias —explicó Kevin.

—¿Los han sacado del río?

—No —dijo Arnold—. Estaban durmiendo en sus casas. Claro que si hubiera más policías patrullando...

–¡Vamos, Arnold! –dijo Kevin.

Laurie los dejó a los dos con sus cuitas y fue a mirar el programa de autopsias. Sorbiendo su café, verificó con quién le tocaba hacer autopsias y qué casos le habían asignado. Detrás de su nombre y apellido había tres casos, incluido el de Stuart Morgan. Calvin estaba cumpliendo su promesa.

Laurie hojeó rápidamente los informes de investigación al comprobar que los otros dos casos eran también de sobredosis. En seguida se desanimó al ver que los perfiles de los fallecidos eran similares a los de los casos anteriores que habían levantando sospechas. Randall Thatcher, de treinta años, era abogado; Valerie Abrams, de treinta y tres, era agente de Bolsa.

El día anterior Laurie había temido que no hubiera más casos, aunque esperaba que sus temores se confirmaran. No iba a ser así. Ya había tres casos más. De la noche a la mañana su modesta serie de tres había aumentado un cien por cien.

Laurie pasó por Comunicaciones camino del departamento de Investigación Médica Forense. Al ver el despacho del policía adjunto, se preguntó qué iba a hacer con respecto al supuesto robo en casa de Stuart Morgan. De momento decidió dejarlo correr. Si veía a Lou ya hablaría del asunto con él.

Laurie encontró a Cheryl Myers en su pequeñísimo despacho sin ventanas.

–De momento no ha habido suerte con el caso de ese Duncan Andrews –dijo Cheryl antes de que Laurie pudiese decir nada.

–No he venido por eso –dijo–. Dejé dicho a Bart que quería que me avisaseis si llegaba algún caso de sobredosis similar al de Duncan Andrews o Marion Overstreet. Anoche me llamaron para uno, pero esta mañana he descubierto que había otros de los que no he sabido nada. ¿Tienes alguna idea de por qué no me avisaron?

–No –dijo Cheryl–. Anoche estaba Tom de turno. Habrá que preguntárselo esta tarde. ¿Hubo algún problema?

–Realmente, no –admitió Laurie–. Simple curiosidad. Lo cierto es que probablemente no habría podido acudir a los tres sitios. Y yo me encargo de las autopsias. A propósito, ¿has hablado con el hospital del caso de Marion Overstreet?

—Desde luego —dijo Cheryl—. Hablé con un tal doctor Murray y me dijo que seguían las instrucciones que tú les habías dado en relación con los trámites.

—Es lo que me había figurado —dijo Laurie—. Pero valía la pena cerciorarse. Hay otra cosa que me gustaría pedirte que hagas. A ver qué historias médicas puedes conseguir, quirúrgicas sobre todo, de una mujer que se llama Marsha Schulman. Sería estupendo si puedo tener radiografías. Creo que vivía en Bayside, Queens. No estoy segura de la edad. Pongamos cuarenta, más o menos.

Desde que Jordan le había hablado de los sospechosos negocios del marido de su secretaria y de sus antecedentes, tenía un mal presentimiento sobre la desaparición de la mujer, particularmente en vista del asalto al consultorio de Jordan.

Cheryl anotó los datos en una libreta que tenía sobre la mesa.

—Me ocuparé de eso en seguida —dijo.

A continuación, Laurie fue a ver a John DeVries. Como se temía, no estuvo muy cordial.

—Ya le dije que la avisaría —soltó John cuando Laurie le preguntó por el contaminante—. Tengo cientos de casos aparte del suyo.

—Ya sé que está muy ocupado —dijo Laurie—, pero esta mañana tengo tres casos más de sobredosis como los tres que ya tenía. Eso hace un total de seis cadáveres de gente joven, acaudalada y culta. Tiene que haber algo en esa cocaína y hay que dar con ello.

—Si quiere venir y hacer los análisis personalmente, no hay ningún problema —dijo John—. Pero a mí, déjeme en paz. Si no, tendré que hablar con el doctor Bingham.

—¿Por qué se comporta así? —dijo Laurie—. He tratado de llevar las cosas como es debido.

—Me da cien patadas —dijo John.

—Qué bien —dijo Laurie—. Es maravilloso comprobar el ambiente de cooperación que tenemos aquí.

Exasperada, Laurie salió con paso airado del laboratorio, refunfuñando para sus adentros. Notó una mano que le cogía del brazo y se volvió para abofetear a John DeVries por atreverse a tocarla. Pero no era John, sino uno de sus jóvenes ayudantes, Peter Letterman.

—¿Puedo hablar un momento con usted? —dijo Peter, mirando con cautela a sus espaldas.

—Naturalmente.

—Venga a mi cuarto —dijo Peter, e indicó a Laurie que le siguiera. Entraron en lo que originalmente estaba pensado como cuarto de la limpieza. Apenas había espacio para un escritorio, un terminal de ordenador, un archivador y dos sillas. Peter cerró la puerta al entrar.

Peter era un individuo delgado, rubio y de rasgos finos. A Laurie le pareció la quintaesencia del licenciado, por la acusada intensidad de sus ojos y su porte. Bajo la bata blanca del laboratorio, Peter llevaba una camisa de franela con el cuello abierto.

—John es una persona difícil de tratar —dijo él.

—Eso es decir poco —observó Laurie.

—Muchos artistas lo son —prosiguió Peter—. Y John es un artista en cierto modo. Es asombroso lo que sabe de química, y de toxicología en particular. No he podido evitar oír lo que hablaba con él. Me parece que una de las razones por las que se ha puesto duro con usted es para insistir delante de la administración en que necesita más fondos. Está retrasando gran número de informes y, en general, eso no importa demasiado. Quiero decir que se trata de muertos. Pero si sus sospechas son ciertas puede decirse que estamos ante un caso infrecuente de salvar vidas. Por eso me gustaría colaborar. Veré qué puedo hacer por usted aunque tenga que hacer horas extra.

—Se lo agradeceré, Peter —dijo Laurie—. Además, está en lo cierto.

Peter sonrió con timidez.

—Fuimos a la misma facultad —dijo.

—¿De veras? —dijo Laurie—. ¿Dónde?

—La Wesleyan —dijo Peter—. Yo iba dos años detrás suyo, pero coincidíamos en clase de fisicoquímica.

—Lo siento pero no lo recuerdo —dijo Laurie.

—Bueno, yo era bastante torpe entonces. Bien, le haré saber lo que encuentre.

Laurie volvió a su despacho bastante más optimista con respecto al género humano gracias al generoso ofrecimiento de Peter. Revisando las carpetas del día, sólo se le ocurrieron un par de preguntas sobre dos de los casos, similares a lo que se preguntaba acerca de Marion Overstreet. Por si acaso, llamó a Cheryl para pedirle que lo verificase.

Después de cambiarse en su despacho, Laurie bajó a la sala de autopsias. Vinnie tenía a Stuart Morgan «encima» y estaba listo para empezar. Se pusieron a trabajar de inmediato.

La autopsia se desarrolló sin problemas. Cuando terminaban el examen interno, Cheryl Myers entró llevando sólo máscara en la cara. Laurie miró en torno suyo para asegurarse que Calvin no estaba a la vista para quejarse de que Cheryl no llevara el pijama de rigor. Por suerte no estaba en la sala.

—Creo que ha habido suerte con Marsha Schulman —dijo Cheryl, blandiendo unas radiografías—. Fue atendida en el Manhattan General porque trabajaba en el consultorio de un médico de la plantilla. Tenían unas placas recientes de tórax que acaban de mandarnos. ¿Quieres que las ponga?

—Sí, por favor —dijo Laurie. Se frotó las manos en el delantal y siguió a Cheryl hasta el visor de radiografías. Cheryl colocó las placas en el negatoscopio y se hizo a un lado.

—Las necesitan en seguida —aclaró Cheryl—. El técnico de rayos me ha hecho un favor especial dejándomelas sin autorización.

Laurie examinó las radiografías. Eran una anteroposterior y una lateral del tórax sacadas dos años atrás. Los pulmones eran totalmente normales. La silueta del corazón se veía igualmente normal. Decepcionada, Laurie estaba a punto de decirle a Cheryl que retirara las placas cuando se fijó en las clavículas. La de la derecha tenía un ligero ángulo a dos tercios de su longitud, que se correspondía con un ligero aumento de la opacidad de la radiografía. En algún momento de su vida, Marsha Schulman se había roto la clavícula. Aunque había curado bien, se trataba sin duda de una fractura.

—Vinnie —dijo Laurie en voz alta—. Di a alguien que te traiga la radio que le hicimos a la boya decapitada.

—¿Ves algo? —preguntó Cheryl.

Laurie señaló la fractura y le explicó a Cheryl el por qué de su aspecto. Vinnie trajo la radiografía solicitada y la sujetó al lado del clisé de Marsha Schulman.

–¡Eh, fijaos en eso! –exclamó Laurie, señalando la clavícula fracturada. Eran idénticas en ambos negativos–. Me parece que estamos mirando a la misma persona –dijo.

–¿Quién es? –preguntó Vinnie.

–Se llama Marsha Schulman –dijo Laurie, cogiendo las radios del Manhattan General y entregándoselas a Cheryl. Luego le pidió a Cheryl que comprobara si Marsha Schulman había sido sometida a una colecistectomía y a una histerectomía. Dijo que era importante y le pidió que lo hiciera en seguida.

Satisfecha de su descubrimiento, Laurie empezó el segundo caso, Randall Thatcher. Al igual que en el primero, no había patología reseñable. La autopsia fue sobre ruedas. Una vez más, Laurie pudo deducir con razonable certeza que la cocaína había sido pinchada. Cuando estaban cosiendo el cuerpo, volvió Cheryl con la noticia de que a Marsha Schulman la habían operado efectivamente de ambas cosas. De hecho, las dos intervenciones habían sido realizadas en el Manhattan General.

Emocionada por esta confirmación adicional, Laurie terminó y fue a su despacho para dictar los dos primeros casos y hacer varias llamadas. Probó primero en el consultorio de Jordan, pero lo único que pudo sacar fue que el doctor estaba operando.

–¿Otra vez? –Laurie suspiró. Le desilusionaba no dar con él en seguida.

–Estos días ha tenido muchos trasplantes –explicó la enfermera de Jordan–. Siempre tiene algo en el quirófano, pero últimamente no para.

Laurie dejó recado para que Jordan le llamase en cuanto pudiera. Luego telefoneó a la oficina central de policía y preguntó por Lou.

Lou no estaba disponible, con gran disgusto de Laurie, quien dejó su número de teléfono y dijo que la llamara cuando pudiese.

Frustrada en cierto modo, Laurie terminó su dictado y volvió a la sala de autopsias para atender el tercer y último caso del día. Se preguntaba, mientras esperaba el ascensor, si Bingham estaría dispuesto a cambiar de parecer en cuanto a hacer declaraciones públicas, ahora que eran ya seis los casos.

Cuando se abrieron las puertas del ascensor, Laurie chocó literalmente con Lou. Se miraron el uno al otro momentáneamente perplejos.

—Disculpe —dijo ella.

—Ha sido culpa mía —le dijo él—. No miraba por dónde iba.

—Era yo la que no miraba —dijo Laurie.

Y ambos se echaron a reír por su cohibido comportamiento.

—¿Venía usted a verme? —preguntó Laurie.

—No —dijo Lou—. Estaba buscando al Papa. Me han dicho que está aquí, en la quinta planta.

—Muy gracioso —dijo Laurie, acompañándole de vuelta a su despacho—. La verdad es que no hace un minuto que le he telefoneado.

—¡Sí, claro! —bromeó Lou.

—En serio —dijo Laurie y se sentó a su mesa. Lou tomó la silla en la que se había sentado el día anterior.

—He identificado a la decapitada que encontraron con Marchese. Se llama Marsha Schulman. Es la secretaria de Jordan Scheffield.

—¿Ella, su secretaria? ¿Se refiere al doctor Rosas? —Lou señaló las flores, que no habían perdido un ápice de su frescor.

—El mismo que viste y calza —dijo Laurie—. Anoche me contó que ella no había comparecido a trabajar. Pero también me dijo que su marido, que es todo menos un *boy scout*, tiene vínculos con el crimen organizado.

—¿Cómo se llama el marido? —preguntó Lou.

—Danny Schulman —dijo Laurie.

—¿Puede ser el Danny Schulman que tiene un restaurante en Bayside?

—El mismo —dijo Laurie—. Parece ser que ha tenido sus más y sus menos con la Justicia.

—Vaya que si los ha tenido. Está relacionado con el clan Lucia. Al menos utilizaban su local para ciertas operaciones como tráfico de mercancías robadas, juego, cosas así. Al viejo

Danny nos lo llevamos una vez de paseo para ver si delataba a algunos de los jefes, pero el tipo encajó el golpe sin soltar prenda.

—¿Cree que mataron a su mujer a causa de los negocios en que estaba metido? —preguntó Laurie.

—¿Quién sabe? —admitió Lou—. Pudo haber amenazas, puede que no hicieran caso de las advertencias. Yo lo veo desde este ángulo.

—Qué asunto más feo —dijo Laurie.

—Se queda corta —comentó Lou—. Y hablando de asuntos feos, ¿ha conseguido algo con los ojos de Frankie DePasquale? ¿Se ha podido probar que era ácido?

—Me temo que todavía no hay respuesta. El doctor DeVries no ha sido lo que se dice muy servicial. No creo que haya mirado las muestras aún. Pero tengo una buena noticia: un joven ayudante suyo va a ayudarme con los análisis. Me parece que por fin podré obtener algún resultado.

—Eso espero —dijo Lou—. En los bajos fondos de Queens se prepara algo grande. Anoche hubo cuatro asesinatos al estilo hampa. Gente asesinada en su propia casa. Y para guinda, un amigo de Frankie y Bruno fue muerto en una funeraria de Ozone Park. Sea lo que sea lo que se esté cociendo, ha empezado a hervir y amenaza con desbordarse.

—He sabido de varios homicidios en Queens... —dijo Laurie.

—Un matrimonio fue asesinado en la misma cama mientras dormían. Los otros, un hombre y una mujer, también dormían. Por lo que sabemos, ninguna de estas personas tenía conexión alguna con el crimen organizado.

—No parece muy convencido.

—Es verdad. La forma en que fueron muertos es casi una acusación. En fin, tengo a tres detectives trabajando por separado en cada uno de los casos, y eso hay que sumarlo a la unidad anticrimen que está haciendo lo mismo. Son tantos que se tropiezan unos con otros por la calle.

—Se diría que los clanes Vaccarro y Lucia toman posiciones para un ajuste de cuentas —dijo Laurie—. ¿Pero sabe lo que le digo? A mí no me importa demasiado que un gánster se cargue a otro. No tanto, al menos, como las muertes de personas cultas que estoy viendo a raíz de esta erupción de sobredosis de cocaína. Hoy me han llegado tres más. Total, seis.

—Está visto que vemos las cosas desde perspectivas distintas —dijo Lou—. A mí me pasa lo contrario. Yo no siento excesiva simpatía por esa gente rica y privilegiada que se mata intentando colocarse. La verdad es que me importa un comino que los drogadictos se pinchen una sobredosis, porque son ellos quienes han creado la demanda de droga. Si no fuera por esa demanda no existiría el problema de la droga. Son más culpables del actual desastre nacional que el campesino hambriento de Perú o Colombia que cultiva hojas de coca. Si los drogadictos se matan, tanto mejor. Cada muerte significa un poco menos de demanda.

—No puedo creer que le haya oído bien —soltó Laurie—. Estamos perdiendo a miembros productivos de la sociedad. Gente en quien la sociedad ha invertido tiempo y dinero dándole una educación. ¿Y por qué se están muriendo? Sólo por que algún hijo de puta puso un contaminante en la cocaína o la cortó con alguna sustancia letal. Acabar con estas muertes innecesarias es mucho más importante que evitar que un puñado de hampones se maten entre sí. Ellos sí que le están haciendo un servicio a la sociedad, ¡caray!

—Pero cuando estalla la guerra entre clanes no sólo mueren gánsteres —chilló Lou—. Además, el crimen organizado se cuela en nuestras vidas. Está en todas partes, sobre todo en una ciudad como Nueva York. La recogida de basuras, por ejemplo...

—¡Qué me importa a mí la recogida de basuras! —aulló Laurie—. Es el comentario más estúpido que he...

De pronto, Laurie se detuvo a mitad de la frase. Se daba cuenta de que se había enfadado, y enfadarse con Lou era absurdo.

—Siento haberle levantado la voz —dijo ella—. Parece como si estuviera enfadada con usted, pero no lo estoy. Es pura frustración. No tengo a nadie más con quien compartir mi preocupación ante esas muertes por sobredosis, ni siquiera cuento con usted, y creo que podrían prevenirse futuras muertes. Pero al ritmo que voy es probable que tengamos cuarenta casos más antes de que alguien reaccione.

—Yo también siento haberle levantado la voz —dijo Lou—. Supongo que también estoy frustrado. Necesito un punto de partida, algo. Además, el jefe de policía me viene pisando los talones. Sólo hace un año que soy teniente de homicidios. Quiero salvar vidas, pero necesito salvar mi empleo. Me gusta hacer de policía. No me imagino haciendo otra cosa.

—A propósito de policía —dijo Laurie, cambiando de tema—. Anoche tuve un problema que me gustaría tratar con usted. Quiero que me aconseje.

Laurie contó la experiencia que había tenido en el apartamento de Stuart Morgan la noche anterior. Procuró ser lo más objetiva posible puesto que no había ninguna prueba concluyente. Pero a medida que contaba lo ocurrido, sobre todo lo de los tres dólares que había en la riñonera, se fue convenciendo aún más de que los agentes uniformados habían robado cosas del apartamento de Stuart Morgan.

—Es una pena —dijo Lou, abatido.

Se produjo un silencio. Laurie miró a Lou expectante.

—¿Es todo lo que se le ocurre? —preguntó finalmente.

—¿Qué más puedo decir? Detesto escuchar esto, pero sucede. ¿Qué otra cosa se puede hacer? —dijo Lou.

—Creí que querría saber los nombres de los agentes implicados para poder reprenderles y...

—¿Y qué más? —preguntó Lou—. ¿Despedirlos? No seré yo quien lo haga. Con el sueldo que gana un agente de uniforme, no me extraña que de cuando en cuando haya algún hurto. Unos dólares aquí o allá. Es como un incentivo en metálico. No olvide que el trabajo del policía es de lo más frustrante, aparte de peligroso. Así que no me sorprende. Tampoco es que yo lo perdone, pero no me extraña en absoluto.

—Esto me suena a moralidad cómoda —dijo Laurie—. Si empieza por permitir que los «buenos» transijan la ley, ¿dónde cree que acabará esto? Esta clase de hurtos me parece no sólo moralmente objetable sino una catástrofe desde el punto de vista médico-legal. Esos tipos dejaron la escena del óbito hecha una porquería y destruyeron pruebas.

—Eso está muy mal hecho, pero no voy a hacerme problemas porque haya habido comportamiento ilícito en la escena de una sobredosis de droga. Sería distinto si se tratara de un homicidio. Y lo mismo piensan los agentes, seguro.

–¡Es increíble que tenga una doble moral! Cualquiera que consuma drogas puede caerse muerto por lo que a usted respecta, y si los polis roban algo de la víctima antes de que llegue el forense, tanto mejor.

–Siento decepcionarla –dijo Lou–, pero ése es mi punto de vista. Me ha preguntado cuál era mi opinión y yo se la he dicho. Si piensa llevar el caso adelante, le sugiero que llame a Asuntos Internos, en la oficina central, y les cuente lo que pasó. Yo prefiero concentrarme en gente mala de verdad.

–Una vez más, creo no haberle oído bien –dijo Laurie–. Estoy desolada. ¿Tan ingenua soy?

–Me acojo a la quinta enmienda –dijo Lou, tratando de aligerar el ambiente–. Pero le diré una cosa. ¿Por qué no seguimos hablando esta noche? ¿Qué le parece si vamos a cenar?

–Estoy ocupada –dijo Laurie.

–Por supuesto –dijo Lou–. He sido un tonto al pensar que estaría disponible. Supongo que es ese doctor Rosas otra vez. No me lo diga. Lo que resta de mi ego no podría soportarlo. Seguro que la lleva en la limusina esa a sitios para entrar en los cuales hay que ir vestido con ropa que yo no puedo pagar. Como le dije ayer, téngame al corriente si el laboratorio se decide a hacer esos análisis, a ver si sale algo. ¡Ciao!

Lou se levantó y salió del cuarto. Laurie se alegraba de que se fuera. A veces se ponía insoportable. Si quería tomarse muy a pecho el que ella le hubiese dicho que no esta noche, adelante. ¿Qué esperaba? ¿Qué saliera corriendo tras él?

Laurie iba a telefonear a Asuntos Internos como Lou le había sugerido jocosamente, pero el telefono sonó antes de que pudiera descolgar. Era Jordan.

–Espero que no me haya llamado para cancelar la cita de esta noche –dijo él.

–Nada de eso –dijo Laurie–. Se trata de su secretaria, Marsha Schulman.

–Querrá decir mi antigua secretaria –dijo Jordan–. Esta mañana tampoco ha venido ni ha telefoneado, así que he pensado sustituirla. De momento, tengo una provisional.

—Lamento decirle que ha muerto.

—¡Oh, no! —dijo Jordan—. ¿Habla en serio?

Laurie explicó cómo había identificado el cadáver decapitado gracias a la radiografía de tórax y el asunto de las dos intervenciones quirúrgicas.

—Los investigadores médicos forenses se ocupan ahora de que la identificación sea más certera aún —dijo Laurie—, pero con lo que ya tenemos creo que podemos estar seguros.

—Digo yo si ese hijo de puta de marido estaba implicado... —se preguntó Jordan en voz alta.

—Estoy segura de que la policía investigará esa posibilidad —dijo Laurie—. Bueno, creí que debía usted saberlo.

—No sé si quiero —dijo Jordan—. Es una noticia espantosa.

—Lamento ser portadora de tan tristes nuevas.

—La culpa no es suya —dijo Jordan—. Alguien tenía que decírmelo. En fin, la veré a las ocho.

—Hasta las ocho, entonces.

Laurie colgó y marcó el número de Asuntos Internos. Habló con una secretaria poco dispuesta que tomó los detalles de su relato, prometiendo pasarle la información a su jefe.

Laurie se sentó a su mesa con objeto de hacerse una composición de lugar antes de volver a la sala de autopsias para su último caso. Empezaba a sentirse abrumada. Parecía que todos los aspectos de su vida —personal, profesional, ético— estuvieran dando vueltas descontroladamente.

—Soy el teniente Lou Soldano —dijo Lou con educación, entregándole sus credenciales a la secretaria de ojos vivos que estaba en recepción.

—¿De Homicidios? —preguntó ella.

—Eso es —dijo Lou—. Me gustaría hablar con el doctor. Sólo serán unos minutos.

—Si quiere tomar asiento en la sala de espera, le diré que está usted aquí.

Lou se sentó y hojeó descuidadamente una reciente edición de *The New Yorker*. Se fijó en los dibujos de las paredes, y sobre todo en uno que era descaradamente pornográfico. Se preguntó si los habría escogido alguien o si ya iban con el consultorio. Sea como fuera, pensó Lou, el mal gusto de ciertas personas no tenía explicación.

Aparte de los dibujos, a Lou le impresionó la sala de espera. Las paredes estaban forradas de caoba. Una elegante y gruesa alfombra oriental cubría el suelo. Aunque Lou ya sabía que el bueno del doctor sabía cuidarse.

Lou miró las caras de los pacientes que le pagaban la limusina y las rosas, aparte de la opulencia. Había unos diez esperando. Algunos llevaban parches en los ojos, otros parecían perfectamente sanos, incluida una mujer de mediana edad cargada de joyas. A Lou le habría gustado preguntarle para qué había venido al médico, sólo para hacerse una idea, pero no se atrevió.

El tiempo pasaba despacio mientras uno detrás de otro los pacientes desaparecían en las profundidades del despacho. Lou trataba de contener su impaciencia, pero después de tres cuartos de hora, empezó a ponerse nervioso. Le dio por pensar que se trataba de un premeditado desaire por parte de Jordan Scheffield. Aunque Lou no estaba citado, supuso que iba a ser recibido rápidamente, tal vez para programar una futura visita si era necesario. No pasaba cada día que se te presentara en el consultorio un teniente de policía de la sección de Homicidios. Además, Lou no tenía pensado robarle mucho tiempo al doctor.

El motivo de la visita era doble. Lou quería averiguar más cosas de Marsha Schulman, pero también quería hablar de Cerino. Era como salir de pesca; podía ser que el doctor supiera darle la información que él necesitaba. Lou opuso resistencia a la idea que le carcomía por dentro: había ido a ver qué clase de tipo era el que llevaba cada noche a cenar a la doctora Laurie Montgomery.

—Mr. Soldano —dijo por fin la secretaria—. El doctor Scheffield le recibirá ahora.

—Ya era hora —murmuró Lou mientras se ponía de pie y dejaba a un lado la revista. Caminó hacia la puerta que había abierto la secretaria. No era la misma por la cual habían desaparecido los pacientes.

Tras recorrer un corto pasillo, Lou fue introducido en el despacho particular del doctor. Avanzó hasta el centro de la habitación. Oyó que la puerta se cerraba a sus espaldas.

Lou miró la coronilla de la rubia cabeza de Jordan. El doctor estaba escribiendo algo.

—Siéntese —dijo Jordan sin levantar los ojos.

Lou no sabía qué postura tomar. La idea de hacer caso omiso de lo que más bien sonaba como una orden que como un ofrecimiento le atraía, de modo que permaneció donde estaba. Sus ojos recorrieron la habitación. Quedó impresionado y no pudo por menos de comparar aquel entorno con su propia ratonera utilitaria, de mesa metálica y paredes desconchadas. ¿Quién dijo que la vida era justa?, rumió Lou.

Dirigiendo de nuevo la atención al doctor, Lou sacó por toda conclusión que se trataba de un hombre que se cuidaba mucho. Iba vestido con la típica bata blanca de médico; parecía más blanca que la nieve y almidonada con la rigidez del cartón. En el dedo anular llevaba una gran sortija de oro con sello, seguramente de alguna escuela de mucha categoría.

Jordan terminó lo que estaba escribiendo y ordenó meticulosamente las páginas del historial clínico antes de doblar la carpeta. Luego levantó los ojos. Pareció verdaderamente sorprendido de que Lou siguiera de pie en medio del despacho, sombrero en mano.

—Por favor —dijo Jordan. Se levantó y le indicó una de las dos sillas encaradas hacia su escritorio—. Siéntese. Disculpe que le haya hecho esperar, pero estoy ocupadísimo estos días. No salgo del quirófano. ¿En qué puedo ayudarle? Supongo que está aquí por mi secretaria, Marsha Schulman. Qué tragedia. Imagino que estarán pensando investigar la probable implicación de su marido.

Los ojos de Lou subieron hasta el rostro de Jordan. Le consternó que fuese tan alto; hacía que se sintiera bajo en comparación con él, aunque Lou medía casi un metro ochenta.

—¿Qué sabe de Mr. Schulman? —preguntó Lou.

Después del más cordial ofrecimiento de Jordan, Lou tomó asiento. Jordan hizo lo mismo. Lou escuchó mientras Jordan le contaba lo que sabía del marido de Marsha. Como Lou ya sabía bastante, más que el otro, se tomó tiempo para observar al «bueno» del doctor, fijándose en cosas como el ligero aunque probablemente falso acento inglés. Antes de que Jordan acabara de hablar de Danny Schulman, Lou había sacado ya la conclusión de que Jordan era un gilipolla, un presumido y un chulo amanerado. Que una chica tan práctica como Laurie hubiera visto algo en él era algo que Lou no entendía.

—¿Qué me dice de Cerino? —preguntó Lou, decidiendo que era el momento de cambiar de tema.

Jordan dudó unos segundos. Le sorprendió la mención del nombre de Paul.

—Perdone que se lo pregunte —dijo—, pero ¿qué tiene que ver Mr. Cerino en todo esto?

Lou se alegró de ver que Jordan se removía en su asiento.

—Le agradecería que me dijese todo lo que sepa de Mr. Cerino.

—Mr. Cerino es paciente mío —dijo ceremoniosamente Jordan.

—Eso ya lo sé —dijo Lou—. Me interesa saber qué tal va su tratamiento.

—Nunca hablo de mis pacientes —dijo Jordan con frialdad.

—¿De veras? —preguntó Lou, levantando las cejas—. No es lo que me habían contado. Sé de buena fuente que ha hablado con detalle del caso de Cerino.

Los labios de Jordan se fruncieron un poquito.

—Pero podemos dejar eso de momento —añadió Lou—. También quería preguntarle si usted o alguien de su personal había sido objeto de intento de extorsión.

—Tajantemente no —dijo Jordan. Y riendo de nervios, agregó—: ¿Para qué querrían amenazarme a mí?

—Cuando uno empieza a mezclarse con gente como Cerino, la extorsión es una de las cosas que pueden pasar. ¿Hay alguna posibilidad de que amenazasen a su secretaria?

—Amenazarla, ¿con qué?

—No sé —dijo Lou—. Usted sabrá.

—Cerino no me extorsionaría a mí ni a ninguno de mis empleados. Yo le estoy ayudando; soy su médico.

—La gente del crimen organizado piensa distinto que la gente normal –dijo Lou–. Se consideran especiales y por encima de la ley: por encima de todo, a decir verdad. Si no consiguen exactamente lo que quieren, te matan. Si lo consiguen pero les parece que no les gustas o te deben demasiado dinero, te matan.

–Bien, estoy seguro de que les doy lo que quieren.

–Como usted diga, Doc. Sólo trato de analizar todas las posibilidades. Tiene una secretaria muerta y alguien la ha mutilado brutalmente. Quienquiera que fuese no quería que se descubriese quién era ella demasiado pronto. Necesito saber por qué.

–Bien, lo único que puedo decirle es que la desaparición o muerte de Marsha no tiene nada que ver con Mr. Cerino. Y ahora si me disculpa, tengo pacientes que atender. Si tiene usted más preguntas, tal vez debería ponerse en contacto conmigo a través de mi abogado.

–Claro, Doc –dijo Lou–. En seguida me voy. Pero un consejo: yo de usted tendría mucho cuidado con Paul Cerino. Puede que la mafia parezca muy sugestiva en los libros o en las películas, pero creo que cambiaría de parecer si viera el aspecto que tiene ahora Mrs. Schulman. Y un último consejo. Cuidado al mandarle la factura. Gracias por su tiempo, doctor.

Lou salió del edificio, avergonzado hasta el punto de haber acudido. El encuentro había resultado inútil y sólo había servido para ponerle de mal humor. No podía soportar a tipos como Jordan Scheffield, imbéciles presuntuosos nacidos con un pan bajo el brazo. Si se metía en líos con Paul Cerino, sería culpa suya. Estaba tan lleno de vanidad que era incapaz de ver el peligro.

Media hora después, Lou llegó a su despacho en la oficina central de policía. Permaneció unos instantes en la entrada, viendo el lío que había dentro. Su barraca estaba a años luz del ambiente lujoso de Jordan Scheffield. El mobiliario era el clásico producto urbano, metálico y gris, con innumerables quemaduras de cigarrillos dejados en los bordes y con manchas de café. El suelo era de un linóleo seco y agrietado. Las paredes habían sido pintadas hacía años de un verde claro al que un escape de agua del piso superior había sacado ampollas. Papeles e informes se amontonaban en cualquier superficie horizontal disponible, ya que los archivadores estaban abarrotados.

Lou nunca había pensado mucho en su despacho, pero hoy le parecía insoportablemente sucio. Sabía que era algo irracional, pero una y otra vez le enfurecía pensar en el relamido del doctor.

En ese momento, otro teniente detective del cuerpo, Harvey Lawson, interrumpió los pensamientos de Lou.

—Oye —le dijo Harvey—, ¿sabes esa tía de la que hablabas ayer?, ¿la del centro de inspección médica?

—Sí.

—Acabo de enterarme que ha llamado a Asuntos Internos. No sé qué de un par de tíos de uniforme que robaron algo en casa de un muerto por sobredosis. ¿Qué te parece?

Tony y Angelo estaban de nuevo en el sedán negro de Angelo. Habían aparcado enfrente del Greenblatt Pavilion del Manhattan General Hospital. El Greenblatt Pavilion era la parte lujosa del hospital, en donde los pacientes ricos y consentidos podían disponer de menú especial que incluía atractivos tales como el vino, siempre que sus médicos permitieran semejante trato como parte de la dieta.

Eran las dos y cuarenta y ocho de la tarde; Tony y Angelo estaban agotados. Habían esperado poder dormir después de la nochecita pasada, pero Paul Cerino tenía otros planes para ellos.

—¿A qué hora dijo Travino que podríamos hacerlo? —preguntó Tony.

—A las tres —contestó Angelo—. Se supone que es la hora de mayor confusión en el hospital. Es cuando las enfermeras del turno de día están a punto de irse y acaba de empezar el turno de noche.

—Si eso dice el doc, por mí vale.

—No me gusta esto —dijo Angelo—. Sigo pensando que es muy arriesgado.

Angelo estudió las cercanías con ojos cautos. Había mucho movimiento y montones de policías. En los diez minutos que llevaban aparcados, Angelo había contabilizado tres coches patrulla pasando por delante del hospital.

—Tómatelo como un reto —sugirió Tony—. Y piensa en todo el dinero que vamos a sacar.

—Prefiero trabajar de noche —dijo Angelo—. Y a estas alturas de mi vida no necesito ningún reto. Además, ahora mismo podría estar durmiendo. Cuando estoy tan cansado no debo trabajar. Podría cometer un error.

—Anímate, hombre —dijo Tony—. Va a ser divertido.

Pero Angelo seguía en sus trece:

—Tengo un mal presentimiento. Quizá deberíamos volvernos a casa y dormir un rato. Esta noche nos espera una buena papeleta.

—Espera tú aquí y ya entro yo solo. Tranquilo, me partiré el dinero contigo.

Angelo se mordió el labio. Era tentador dejar que el chico entrara solo en el hospital, pero si algo iba mal Cerino se pondría furioso. E incluso en el mejor de los casos, si Tony iba solo, había muchas probabilidades de que las cosas se torcieran. A regañadientes, Angelo llegó a la conclusión de que realmente no tenía elección.

—Gracias por la oferta —dijo Angelo, escudriñando el panorama una vez más—, pero me parece que hemos de hacerlo juntos.

Fue entonces cuando Angelo se volvió hacia Tony y comprobó horrorizado que éste había sacado su arma. Estaba comprobando el cargador.

—¡Virgen Santísima! —gritó Angelo—. Aparta esa maldita pistola. ¿Y si pasa alguien por aquí y te ve haciendo monadas con eso? Hay polis por todas partes.

—Ya está bien —exclamó Tony. Encajó de nuevo el cargador en su arma y deslizó ésta en la pistolera—. Mira que estás de mal humor, caramba. He mirado antes de sacarla. ¿Me tomas por un retrasado mental? Cerca del coche no hay ni un alma.

Angelo cerró los ojos e intentó calmarse. El dolor de cabeza iba a peor. Tenía los nervios destrozados. Se sentía fatal cuando estaba tan cansado.

—Son casi las tres —dijo Tony.

—Está bien —dijo Angelo—. ¿Recuerdas lo que hemos de hacer en cuanto entremos en el hospital?

—Me acuerdo de todo —repitió Tony—. Tranquilo.

—Está bien —volvió a decir Angelo—. Vamos allá.

Salieron del coche. Angelo dio un último vistazo a las inmediaciones. Satisfecho, cruzó la calle con Tony detrás y entró en el vestíbulo del bullicioso Manhattan General Hospital.

La primera parada fue para comprar dos pomos de flores cortadas. Angelo le entregó uno a Tony y se quedó con el otro. Volviendo con las flores al recibidor, hicieron cola en la ventanilla de información.

—Mary O'Connor —dijo cortésmente Angelo cuando le llegó el turno.

—Cinco cero siete —le dijo la empleada de información tras consultar su ordenador.

Mientras se mezclaban con la gente que se apiñaba en los ascensores, Tony le dijo a Angelo al oído:

—De momento, todo bien.

Angelo volvió a mirar ceñudo a Tony, pero no dijo nada. Estaban rodeados de enfermeras que acababan de llegar al trabajo. No era momento de regañinas. Al llegar a la quinta planta Angelo y Tony salieron del ascensor junto con tres enfermeras.

Esperando hasta ver qué dirección tomaban las enfermeras, Angelo escogió la dirección contraria. Inmediatamente se dio cuenta de que la habitación 507 estaba hacia la otra parte, pero siguió caminando hasta que ellas llegaron al ajetreado puesto de enfermeras, y entonces retrocedió seguido de Tony.

Angelo se comportaba como si supiera exactamente a dónde iba. Pasó por delante del puesto de enfermeras sin dirigir una sola vez la mirada en esa dirección.

Le fue fácil encontrar la 507. Angelo aminoró el paso y echó un vistazo al interior. Contento de que no hubiera personal en la habitación, entró en la misma y contempló a la mujer que yacía en la cama. Estaba mirando un televisor instalado sobre un brazo mecánico sujeto al armazón de la cama.

La mujer tenía un parche sobre un ojo. El ojo descubierto pasó de mirar la tela a mirar a Angelo, lanzándole a éste una mirada inquisitiva.

—Buenas tardes, Mrs. O'Connor —dijo Angelo afablemente—. Tiene visita.

Angelo le indicó a Tony que entrase en la habitación.

–¿Quién es usted? –preguntó Mrs. O'Connor.

Tony entró sonriente con su ramo de flores por delante. Los ojos de Mrs. O'Connor fueron de Angelo a Tony. La mujer sonrió.

–Me parece que se han equivocado de habitación –dijo– ... O de O'Connor.

–Ah, ¿sí? –preguntó Angelo–. ¿No es usted la O'Connor que van a intervenir a última hora de hoy?

–Sí –dijo Mrs. O'Connor–, pero no les conozco, ¿verdad?

–Es muy poco probable –dijo Angelo. Retrocedió hasta la puerta y miró arriba y abajo del pasillo. El puesto de enfermeras seguía hirviendo de actividad. Por el otro lado no venía nadie–. Me parece que es la hora de su tratamiento.

La sonrisa de Tony se ensanchó. Fue a dejar las flores sobre la mesita de noche.

–¿De qué tratamiento habla? –preguntó Mrs. O'Connor.

–Terapia de relajación –dijo Tony–. Déjeme la almohada.

–¿Lo ha ordenado el doctor Scheffield? –Aunque le parecía sospechoso, Mrs. O'Connor no se resistió cuando Tony fue a quitarle la almohada de debajo de la cabeza. No estaba acostumbrada a predecir lo que sus médicos tenían pensado.

–No exactamente –dijo Tony.

Esa confesión dio alas a la pobre mujer:

–Quisiera hablar con la enfermera Lang –empezó a decir. Pero no tuvo ocasión de terminar. Tony le encasquetó la almohada en la cara y después se le sentó encima del pecho.

Siguieron unos sonidos ahogados, pero Mrs. O'Connor no forcejeó mucho. Dio varias patadas, pero más que para defenderse parecía ser una reacción incontrolable al verse privada de aire.

Angelo entretanto vigilaba, atento al puesto de enfermeras. Ningún problema por allí. Las enfermeras estaban ocupadas hablando. Miró en la otra dirección del pasillo. El corazón le dio un vuelco al divisar a una mujer de mediana edad que se acercaba a la 507 empujando un carrito con jarros de agua. Estaba a sólo cinco metros.

Angelo entró de nuevo en la habitación y cerró la puerta.

Tony no había terminado del todo su «tratamiento». Seguía sentado encima de Mrs. O'Connor.

–¡Alguien viene! –le avisó Angelo. Sacó su arma del bolsillo y le colocó el silenciador.

Tony mantenía la presión sobre la almohada. Llamaron a la puerta.

Angelo se metió en el baño.

–Vamos –le urgió en voz baja a Tony al ver que éste no le seguía. Pasados diez segundos llamaron otra vez. Tony levantó la almohada a regañadientes. Mary O'Connor estaba azul e inmóvil. Su ojo descubierto miraba sin expresión al techo.

Angelo, furioso, indicó por gestos a Tony que entrara con él en el baño cuando llamaron por tercera vez. Entonces, al abrirse la puerta, Tony saltó de la cama y entró en el baño obligando a Angelo a subirse al inodoro. Tony dejó entreabierta la puerta del baño mientras la mujer del carrito entraba en la habitación con los jarros de agua.

Angelo tenía el arma a punto. El silenciador estaba en su sitio. No le gustaba la idea de hacer fuego, pero temía no tener otra alternativa. Con la puerta del baño abierta un centímetro, pudo observar a la mujer cambiando el jarro de agua de Mrs. O'Connor por uno nuevo. Angelo contuvo el aliento. La mujer estaba sólo a unos pasos. Su plan era esperar a que la mujer viera a Mrs. O'Connor antes de hacer ningún movimiento. Sorprendentemente, la mujer desapareció de su vista sin mirar siquiera en dirección de Mrs. O'Connor.

Tras esperar todo un minuto, Angelo le dijo a Tony que echara una ojeada con mucho cuidado.

Tony abrió lentamente la puerta del baño hasta que pudo asomar la cabeza.

–Se ha ido –dijo.

–Larguémonos de aquí –urgió Angelo.

Al salir del baño, Tony se detuvo junto a la cama.

–¿Crees que estará muerta? –preguntó.

–No se puede estar así de azul y seguir vivo –dijo Angelo–. Venga. Coge tus flores. Quiero estar bien lejos cuando la encuentren.

Llegaron al coche sin incidentes. Angelo estaba pensando

que había sido buena cosa entrar también él. Con sus ganas de disparar, Tony habría dejado una estela de cadáveres a su paso.

Angelo se alejaba ya del bordillo cuando Tony le hizo esta confidencia:

–Lo de ahogarla no ha estado mal, pero sigo prefiriendo matar. Es más seguro, más rápido y definitivamente más satisfactorio.

Lou cogió un cigarrillo y lo encendió. No es que tuviera unas ganas especiales de fumar. Sólo le interesaba matar el tiempo. La reunión tenía que haber empezado media hora antes pero aún seguían llegando policías. El asunto a tratar eran las tres ejecuciones estilo hampa que habían tenido lugar en Queens durante la noche. Lou había creído que el caso despertaría cierta sensación de emergencia en el departamento, pero faltaban tres detectives.

–Que les den por el saco –dijo Lou finalmente, refiriéndose a los policías que faltaban, y le indicó a Norman Carver, sargento detective, que empezase. Norman había sido nombrado para llevar la investigación, aunque en realidad las tres unidades que cubrían el triple caso actuaban independientemente.

–Me temo que no tenemos gran cosa –dijo Norman–. La única conexión establecida entre los tres casos, aparte de la forma de asesinarlos, es que todos ellos estaban más o menos relacionados con el negocio de los restaurantes, ya fuera como propietario, socio o proveedor.

–Eso no significa mucho –dijo Lou–. Vamos a revisarlo cada uno por separado.

–El primero fue el matrimonio Goldburg, en Kew Gardens –dijo Norman–. Tanto Harry como Martha Goldburg fueron asesinados mientras dormían. El informe preliminar sugiere que se emplearon dos armas.

–¿A qué se dedicaba Harry? –preguntó Lou.

–Era propietario de un próspero restaurante, aquí en Manhattan –dijo Norman–. El sitio se llama La Dolce Vita. En el East Side, Calle 54. Era socio de un tal Anthony DeBartollo. Hasta el momento no hemos dado con problemas de tipo económico o personal que tuvieran que ver con la sociedad o con el negocio.

—Siguiente —dijo Lou.

—Steven Vivonetto, de Forest Hill —siguió Norman—. Propietario de una cadena de garitos de comida rápida en Nassau County: Pasta pronto. Una vez más, no hemos dado con problemas financieros, pero se trata sólo de informes preliminares.

—Y por último...

—Janice Singleton, también de Forest Hill —dijo Norman—. Casada con Chester Singleton. Él tiene un negocio de abastecimiento a restaurantes y hace poco fue escogido por la cadena de Vivonetto como proveedor. Tampoco tenía problemas económicos. De hecho, las cosas habían mejorado gracias a la cuenta de Pasta Pronto.

—¿Quién era el proveedor de Pasta Pronto antes de Singleton? —preguntó Lou.

—Eso aún no lo sé —dijo Norman.

—Creo que habría que averiguarlo —dijo Lou—. ¿Se conocen personalmente los Singleton y los Vivonetto?

—No ha podido establecerse aún —respondió Norman—. Pero se hará.

—¿Qué hay de su relación con el crimen organizado? —preguntó Lou—. Por la manera en que fueron asesinados se diría que existe.

—Eso creíamos al principio —dijo Norman. Miró a los otros cinco que había en la sala. Todos ellos asintieron—. Pero casi no hemos descubierto nada. Un par de restaurantes a los que Singleton abastece tienen cierta relación, pero nada importante.

Lou suspiró.

—Tiene que haber algo que los ligue a los tres.

—Estoy de acuerdo —dijo Norman—. Los proyectiles que obtuvimos de los inspectores médicos dan a entender que Harry Goldburg, Steven Vivonetto y Janice Singleton fueron asesinados con la misma arma, y Martha Goldburg con otra. Aunque no es el informe de balística. Se trata sólo del examen preliminar. Pero todas eran del mismo calibre. Sospechamos que las mismas personas estaban detrás de las tres muertes.

—¿Ha habido robos? —preguntó Lou.

—Parientes de los Goldburg afirman que Harry tenía un Rolex de oro macizo. No lo hemos encontrado. Tampoco se pudo localizar su cartera. Pero en los otros dos casos, no parece que se llevaran nada.

—Por lo visto la respuesta ha de estar en el negocio de restaurantes —dijo Lou—. Consigue informes detallados de todas las operaciones. Trata de averiguar también si esos sujetos habían sido sometidos a extorsión u otro tipo de amenazas. Y procura hacerlo en seguida. Tengo al comisario jefe encima.

—Hay gente trabajando las veinticuatro horas —dijo Norman.

Lou asintió.

Norman le pasó una hoja de papel mecanografiada.

—Aquí tienes un resumen de lo que te acabo de decir. Perdona los errores de máquina.

Lou leyó el resumen por encima. Dio una calada a su cigarrillo. Algo grande y nada bueno se estaba cociendo en Queens. No cabía duda alguna. Se preguntó si esos asesinatos podían tener que ver con Paul Cerino. No parecía probable. Pero entonces pensó en Marsha Schulman y se dijo si alguno de los fallecidos sería conocido de su esposo Danny. Era una conjetura aventurada, pero había la posibilidad de que ése fuera el hilo conductor.

8

15:00, JUEVES
MANHATTAN

Después de pasar por la oficina de identificación a coger un café que, a aquellas horas, más que café parecía agua sucia, Laurie se dio prisa en llegar a la conferencia del jueves por la tarde en la sala de conferencias que se comunicaba con el despacho de Bingham. Era la única ocasión que tenían todos los inspectores médicos de la ciudad de encontrarse para intercambiar casos y hablar de problemas de diagnóstico. Aunque en el centro forense donde trabajaba Laurie se trataban las muertes ocurridas en el Bronx así como en Manhattan, los distritos de Queens, Brooklyn y Staten Island tenían sus propios servicios de inspección médica. El jueves era el día en que se reunían todos. Ir a la conferencia no era optativo. Por lo que hacía a Bingham, era de obligado cumplimiento.

Como de costumbre, Laurie ocupó un asiento cercano a la puerta. Si empezaban a hablar de cosas exclusivamente administrativas o políticas, para su gusto, prefería irse.

Lo más interesante de estas conferencias semanales ocurría normalmente antes de que se abriera la sesión. Estas fortuitas conversaciones previas le servían a Laurie para recoger algún que otro chisme o detalles significativos sobre casos especialmente horripilantes y desconcertantes. En ese sentido, el encuentro de este jueves no iba a ser distinto.

—Creía que ya lo había visto todo —les decía Dick Katzemburg a Paul Plodgett y Kevin Southgate. Dick era inspector médico destinado en Queens. Laurie acercó el oído.

—Fue el homicidio más extraño que he visto nunca —continuó Dick—. Y mira que los he visto de raros.

—¿Nos lo cuentas o hay que pedírtelo de rodillas? —preguntó

Kevin con evidentes ganas de oír la historia. A los inspectores médicos les encantaba intercambiar «batallitas» que fueran intelectualmente estimulantes o bien grotescamente raras.

–El tipo era muy joven –dijo Dick–. Se lo cargaron en una funeraria con el aspirador que utilizan para embalsamar.

–¿Lo apalearon hasta que se murió? –pregunto Kevin, que, hasta el momento, no se había inmutado.

–¡No! –dijo Dick–. Con el trocar. El aspirador estaba en marcha. Fue como si lo embalsamaran vivo, pobre chico.

–Uf –exclamó Paul, evidentemente impresionado–. Eso sí que es extraño. Me recuerda el caso de...

–Doctora Montgomery –dijo una voz.

Laurie se dio la vuelta. Delante suyo estaba el doctor Bingham.

–Me temo que usted y yo tenemos que hablar de otra cosita... –dijo él.

Laurie se puso enferma. A saber qué habría hecho ahora.

–Ha venido a verme el doctor DeVries –dijo Bingham–. Se queja de que ha ido usted varias veces al laboratorio a molestarle con los resultados de unos análisis. Ya sé que está ansiosa por obtener esos resultados, pero no es usted la única que espera. El doctor DeVries está desbordado. Creo que no hace falta que se lo recuerde. Y no espere un trato especial. Va a tener que esperar como todos los demás. Le agradeceré que no siga presionando al doctor DeVries. ¿Está claro?

Laurie estuvo tentada de decir algo como que DeVries tenía un sistema muy pintoresco de pedir más fondos, pero Bingham se alejó. Antes de que tuviera tiempo de pensar en ésta su tercera reprimenda del día, Bingham abrió la sesión.

Como de costumbre, Bingham empezó la conferencia haciendo un resumen estadístico de la semana anterior. Luego leyó un breve informe sobre el estado del caso de Central Park ya que los medios informativos se habían ocupado masivamente de ello. Volvió a refutar las acusaciones de mala administración del caso por parte del servicio de inspección médica. Concluyó con el consejo a todos de que no dieran opiniones personales.

Laurie estaba segura de que esto último iba por ella. ¿Quién, si no, había expresado su opinión entre las filas de la inspección médica?

A continuación de Bingham, Calvin habló de aspectos administrativos, concretamente de las consecuencias que el recorte de fondos municipales estaba teniendo sobre las operaciones. No pasaba una semana sin que hubiera que reducir o eliminar algún servicio o suministro.

A continuación de Calvin, los inspectores médicos delegados de los otros distritos leyeron sus propios resúmenes de la semana. Algunos de los presentes bostezaban, otros daban cabezadas.

Cuando los jefes de distrito hubieron terminado, se abrió el turno de intervenciones. Dick Katzenburg explicó varios casos, incluido el espeluznante asesinato de la funeraria.

Cuando hubo terminado, Laurie se aclaró la garganta y se dirigió a los congregados. Presentó lo más sucintamente posible sus seis casos de sobredosis, cuidando de delinear las diferencias demográficas que los separaban de las sobredosis normales. Laurie describió a los fallecidos como yuppies solteros cuyo consumo de droga había cogido desprevenidas a las amistades y la familia. Aclaró también que la cocaína había sido inyectada, aunque no mezclada con heroína.

–Lo que me preocupa –dijo Laurie, evitando mirar a Bingham– es que estemos asistiendo a una serie de muertes poco usuales por sobredosis. Tengo la sospecha de que el culpable es algún contaminante contenido en la droga, pero de momento no se ha encontrado nada. Me gustaría pedirles que si alguien ve algún caso parecido a los que acabo de describir, haga el favor de enviármelo.

–Yo he visto cuatro en las últimas semanas –dijo Dick cuando Laurie hubo terminado–. Como son tantos los casos de toxicidad, no presté demasiada atención a la demografía. Pero ahora que lo ha mencionado, los cuatro parecían personas a las que todo les iba muy bien. De hecho, dos eran profesionales, y de los cuatro, tres tomaron la cocaína por vía intravenosa. El cuarto, oralmente.

–¿Oralmente? –repitió alguien sorprendido–. ¿Sobredosis oral de cocaína? Eso sí que es raro. Generalmente sólo se dan casos entre los camellos que pasan droga de contrabando desde Sudamérica cuando se les rompe el condón.

—De los drogadictos no me sorprende nada —dijo Dick—. Uno de los casos que he tenido fue encontrado dentro del frigorífico. Al parecer, tenía tanto calor que se subió a la heladera buscando alivio.

—Uno de los míos también se subió a la nevera —dijo Laurie.

—Yo también he tenido uno así —dijo Jim Bennett, que era el jefe del distrito de Brooklyn—. Y ahora que lo pienso, tuve otro que salió corriendo a la calle casi desnudo antes de que le diera un ataque. Había consumido droga oralmente pero sólo después de intentarlo por vía intravenosa.

—¿Eran estos casos tan insólitos dentro de lo normal en una sobredosis de droga? —le preguntó Laurie a Jim.

—Desde luego que sí —dijo Jim—. El que se lanzó a la calle era un próspero abogado. Y en ambos casos las familias juraron y perjuraron que el muerto no probaba drogas.

Laurie miró a Margaret Hauptman, que dirigía el centro forense de Staten Island.

—¿Ha visto usted casos similares? —preguntó Laurie.

Margaret negó con la cabeza.

Laurie les preguntó a Dick y a Jim si tenían inconveniente en mandarle un fax con los informes de los casos citados. Los dos dijeron que lo harían de inmediato.

—He de mencionar —dijo Dick— que en tres de los cuatro he tenido fuertes presiones de los familiares implicados para que firmara el caso como muerte natural.

—Quiero hacer hincapié en eso —dijo Bingham, que intervenía por primera vez desde el inicio del coloquio—. En estos casos de sobredosis de clase alta, las familias quieren siempre que el asunto no salga a relucir. Y creo que debemos cooperar, políticamente no podemos permitirnos enemistarnos con este grupo de votantes.

—Yo no sé a qué atenerme respecto a lo del frigorífico —dijo Laurie—. De todos modos, me hace pensar otra vez en un contaminante. Puede que haya una sustancia química que tenga efectos sinérgicos con la cocaína como para causar hiperpirexia. En todo caso, me preocupa que estas muertes provengan de la misma fuente de droga. Ahora que disponemos de tantos casos deberíamos poder demostrarlo comparando los porcentajes de sus hidrolisatos naturales. Naturalmente necesitaremos la colaboración del laboratorio.

Laurie miró nerviosamente a Bingham para ver si cambiaba de expresión con su referencia al laboratorio, pero no.

—Yo no daría por seguro lo del contaminante —dijo Dick—. La cocaína es muy capaz de causar estas muertes por sí sola. Unos de los cuatro casos que atendí tenía un nivel alto de suero. Muy alto. Esta gente tomaba dosis realmente grandes. Puede que la cocaína no estuviera cortada; quizás era pura al cien por cien. Todos hemos visto muertes parecidas con heroína.

—Sigo creyendo que ha de haber un contaminante —dijo Laurie—. Dada la inteligencia común a este grupo de víctimas, me es difícil creer que fueran tantos los que se hicieron un lío, caso de tratarse de dosis puras.

—Quizá tenga razón —dijo Dick encogiéndose de hombros—. Sólo quería decir que no nos apresuremos a sacar conclusiones.

Cuando salía de la sala, Laurie sintió una extraña e inquietante mezcla de excitación combinada con frustración y ansiedad renovadas. En un par de horas su «serie» se había doblado: de seis casos a doce. Era siniestro. Su intuición sobre el número de casos estaba ya cumpliéndose, y a un ritmo alarmante.

Ahora más que antes, Laurie pensaba que había que advertir al público y especialmente al grupo de los yuppies. El problema era cómo. La verdad es que no tenía valor de acudir a Bingham. Pero tenía que hacer algo.

De pronto se acordó de Lou. La policía tenía una división entera para luchar contra la droga y el vicio. A lo mejor tenían algún modo de hacer correr la voz de que había una partida de droga particularmente peligrosa. Con gran determinación, Laurie fue a su despacho y marcó en seguida el número de Lou. Respiró aliviada al oír su voz.

—Me alegro mucho de que aún esté ahí —dijo ella con un suspiro.

—¿De veras? —preguntó Lou.

—Necesito hablar con usted en seguida —dijo Laurie.

—¿Ah, sí?

—¿Me espera? —dijo Laurie.

—Claro. —Lou estaba perplejo y entusiasmado a un tiempo—. Venga cuando guste.

Laurie colgó el teléfono, cogió su maletín, lo abrió, metió unos informes por terminar, cerró el maletín de golpe, agarró el abrigo y corrió literalmente hasta el ascensor.

Llovía ligeramente cuando salió a la Primera Avenida. Le parecía imposible conseguir un taxi, pero como por arte de magia, aparcó uno junto a la acera y el pasajero se bajó justo delante de ella. Laurie subió al taxi sin darle tiempo a cerrar la puerta.

Como no había estado nunca en la oficina central de la policía de Nueva York, Laurie se sorprendió al ver que se trataba de una estructura de ladrillo relativamente moderna. En la entrada principal le hicieron firmar en un registro mientras un oficial de seguridad avisaba a Lou para asegurarse de que éste esperaba a alguien. Luego le revisaron el maletín. Provista de un pase de visita e instrucciones precisas, Laurie encontró el despacho de Lou. Como el resto del edificio, apestaba a humo de tabaco.

—¿Me permite su abrigo? —dijo Lou en cuanto ella entró. Lou colgó el abrigo en un perchero. Mientras lo hacía vio que Harvey Lawson le lanzaba una malévola mirada del otro lado del pasillo.

Lou cerró la puerta de su despacho.

—Parecía usted nerviosa por teléfono —comentó Lou mientras se situaba detrás del escritorio.

Laurie había tomado asiento en una de las dos sillas de respaldo recto. Junto a ella, en el suelo, estaba el maletín.

—Necesito su ayuda —dijo ella. No había duda de que estaba muy nerviosa. Se retorcía las manos en el regazo.

—¿En serio? —comentó Lou—. Esperaba que tanta agitación respondiera a lo de ir a cenar esta noche, a que hubiera cambiado de idea, vamos. —No pudo evitar que su voz sonora sarcástica. Estaba claro que se sentía desilusionado.

—Mi «serie» se ha doblado —dijo Laurie—. Ahora ya son doce casos, no seis.

—Muy interesante —dijo Lou sin convicción.

—He pensado que tal vez usted sabría algún modo de advertir al público —dijo Laurie—. Creo que estamos en vísperas de una inundación de casos iguales a menos que se haga algo.

—¿Qué pretende que haga? —preguntó Lou—. ¿Que ponga un anuncio en *The Wall Street Journal*?: «Yuppie, di que no».

—Va en serio, Lou. Estoy muy preocupada.

Lou suspiró, sacó un cigarrillo y lo encendió.

—¿Es preciso que fume? —le preguntó Laurie—. Sólo estaré un momento.

—Es mi despacho, ¡caray! —dijo Lou.

—Bueno, pues procure echar el humo hacia otro lado —pidió Laurie.

—Se lo vuelvo a preguntar —dijo Lou—. ¿Qué quiere que haga? Algo se le habrá ocurrido para tomarse la molestia de venir hasta aquí.

—No, nada en concreto —admitió Laurie—. He pensado que la brigada de narcóticos debía tener algún sistema de advertir al público. ¿No podrían hacer como un anuncio en la prensa?

—¿Por qué no lo hace el centro forense? —preguntó Lou—. La policía está para detener a gente con drogas, no para echarles una mano.

—El jefe se niega de momento a tomar una postura pública. Estoy segura de que cederá, pero mientras tanto se están perdiendo vidas.

Lou dio una calada y expulsó el humo hacia atrás.

—¿Qué dicen los otros inspectores médicos? ¿Están tan convencidos como usted de que todo esto acabará en una superabundancia de yuppies muertos?

—No les he sondeado —dijo Laurie.

—¿No le parece que es demasiado sensible a este asunto debido a su hermano? —propuso Lou.

Laurie se puso hecha una fiera.

—No he venido para que juegue al psicólogo aficionado. Pero ya que hablamos de ello, sí, claro que soy sensible. Sé lo que es perder a un ser querido por culpa de las drogas. Pero yo diría que esto es una bendición para mi trabajo. Quizá si unos cuantos policías hastiados como usted tuvieran un poco más de empatía, nosotros los empleados del Estado nos dedicaríamos a salvar vidas en lugar de hurgar en los bolsillos de los cadáveres.

Lou guardó la compostura.

—Francamente, doctora Montgomery, me encantaría dedicarme a salvar vidas. En realidad, considero que estoy en ello, sabe. Pero como no me proporcione más pruebas de esa suntuosa teoría suya del contaminante, los de Narcóticos no harán otra cosa que reírse de mí y mandarme otra vez a Homicidios.

—¿No puede usted hacer nada?

—¿Yo? ¿Un teniente detective de Homicidios? —Lou estaba exasperado, pero sabía que la preocupación de Laurie era sincera—. ¿Por qué no acude a los medios informativos?

—No puedo —dijo Laurie—. Si voy a escondidas de Bingham, me quedo sin empleo. Seguro. Ya hemos tenido una pelea por eso. ¿Y usted?

—¿Yo? —preguntó Lou con cara de asombro—. ¡Un teniente de Homicidios metido de pronto en un asunto de sobredosis! Querrían los nombres y de dónde los saqué; tendría que decir que fue usted quien me los proporcionó. Además, mis jefes se extrañarían de que me ocupara de drogatas y no de resolver el problema de las ejecuciones mafiosas. No, yo tampoco puedo. Si acudiera a los medios informativos seguramente tendría que buscarme un empleo.

—¿Por qué no intenta hablar con la división de narcóticos? —preguntó Laurie.

—Tengo una idea —dijo Lou—. Qué me dice de su novio, el doctor. Es normal que un médico se interese por estas cosas. Además, con la limusina y ese consultorio de lujo, disfruta de una sobresaliente posición pública.

—Jordan no es mi novio —dijo Laurie—. Es sólo un conocido. ¿Y qué sabe usted de su consultorio?

—Fui a verle esta tarde —dijo Lou.

—¿Para qué?

—¿Quiere la verdad o lo que me dije a mí mismo? —preguntó Lou.

—Pongamos las dos cosas —dijo Laurie.

—Quería preguntarle por su paciente Paul Cerino —dijo Lou—. Y también por su secretaria, ya que ha sido víctima de un asesinato. Pero es verdad que también tenía curiosidad por conocerle. Si quiere mi opinión, ese tipo es una rata.

—No quiero saber su opinión —soltó Laurie.

—Lo que no entiendo —insistió Lou— es por qué le interesa un tío tan falso, tan petulante y tan pomposo. Nunca había visto un doctor con un despacho igual. Y encima la limusina... ¡por favor! Seguro que se aprovecha de que sus pacientes no ven ni torta para robarles. Y perdón por el chiste. ¿Qué es lo que le atrae de él? ¿Su dinero?

—¡No! —dijo Laurie con indignación—. Y puesto que quiere hablar de dinero, he telefoneado a Asuntos Internos y...

—Eso me han dicho —interrumpió Lou—. Espero que duerma mejor ahora que ha metido en un aprieto a un pobre patrullero que sólo intenta mandar a sus niños a la escuela. Bravo por su moralidad estricta. Ahora, si me disculpa, tengo que ir a Forest Hill para tratar de resolver un auténtico crimen.

Lou aplastó el cigarrillo y se levantó.

—Entonces, ¿no piensa hablar con la brigada antidroga? —preguntó Laurie intentándolo una vez más.

Lou se inclinó sobre la mesa.

—No, me parece que no —dijo—. Creo que dejaré que los ricos se las apañen solitos.

Después de haber contenido su cólera durante los últimos minutos, Laurie le dio ahora rienda suelta.

—Gracias por nada, teniente —dijo con arrogancia. Luego se levantó de la silla, se puso el abrigo, cogió el maletín y salió taconeando del despacho de Lou. Una vez abajo, arrojó su pase de visita sobre la mesa de Seguridad y salió de Jefatura.

Era fácil conseguir taxi porque venían todos del puente de Brooklyn. Llegó a su casa en un dos por tres porque el trayecto era prácticamente recto y no hubo apenas interrupciones. Al salir del ascensor en su planta le lanzó una mirada feroz a Debra Engler y cerró de un portazo al entrar en su piso.

—Y llegaste a pensar que era encantador —dijo Laurie en voz alta, poniéndose a sí misma en ridículo mientras se desvestía para meterse en la ducha.

Le parecía increíble haber estado tanto rato en el despacho de Lou Soldano tragando todos esos insultos con la vana esperanza de que él se dignaría ayudarla. Había sido degradante.

Envuelta en una bata blanca de toalla, Laurie fue hasta el contestador automático y escuchó los mensajes grabados mientras un *Tom* hambriento se le frotaba ronroneando en las piernas. Uno era de su madre y el otro de Jordan. Ambos decían que les llamase al llegar a casa. Jordan había dejado un número distinto del de su casa con una extensión.

Cuando Laurie llamó a Jordan a ese número, le dijeron que estaba en el quirófano pero que esperara un momento.

—Perdone —dijo Jordan cuando cogió el teléfono unos minutos después—. Todavía estoy operando. Pero he insistido en que me avisaran si llamaba usted.

—¿Está en plena operación ahora mismo? —Laurie no se lo podía creer.

—No tiene importancia —dijo Jordan—. Cuando entre volveré a lavarme las manos. Quería pedirle si podemos cenar un poquito más tarde. No quiero hacerla esperar otra vez, pero es que tengo otro caso pendiente.

—También podríamos dejarlo para otro día.

—¡No, por favor! —dijo Jordan—. He tenido un día fatal y me hacía ilusión verla. Habíamos quedado para hoy...

—¿No estará cansado? Sobre todo si todavía le queda un caso...

La misma Laurie estaba agotada. La idea de meterse directamente en la cama le parecía maravillosa.

—Procuraré recobrar el aliento —dijo Jordan—. Podemos quedar a primera hora de la noche.

—¿A qué hora cree que podemos vernos para cenar?

—A las nueve. Le enviaré a Thomas a recogerla.

Laurie accedió a regañadientes. Después de colgar, llamó a casa de Calvin Washington.

—¿Qué hay, Montgomery? —inquirió Calvin cuando su esposa le llamó al teléfono. Parecía malhumorado.

—Siento molestarle —dijo Laurie—. Pero ahora que ya son doce los casos de mi serie, quería pedirle que me asigne todos los que lleguen mañana.

—Mañana no le toca autopsia. Es su turno de papeleo.

—Lo sé. Por eso le llamo. Este fin de semana no estoy de retén, o sea que tendré tiempo para ponerme al día con los papeles.

—Mire, Montgomery, yo creo que debería tomárselo con calma. Está usted perdiendo el control. Su compromiso con el caso es demasiado emocional; le falta objetividad. Lo siento, pero mañana le toca papeleo y me da igual si entra o no uno de esos casos.

Laurie colgó el teléfono. Estaba deprimida. Al mismo tiempo se daba cuenta que había parte de verdad en lo que Calvin acababa de decir. Su compromiso con el tema era emocional.

Sentada junto al teléfono, Laurie consideró devolverle la llamada a su madre. Lo último que deseaba ahora era sufrir un interrogatorio sobre su floreciente relación con Jordan Scheffield. Aparte de que aún no había decidido qué es lo que pensaba de él. Finalmente optó por postergar la llamada a su madre.

Mientras Lou conducía por Midtown Tunnel para tomar el Long Island Expressway, iba diciéndose por qué insistía en darse de cabeza contra la misma pared una y otra vez. Una mujer como Laurie Montgomery nunca miraría a alguien como él de otra forma que como a un funcionario público. ¿Por qué seguía alimentando delirios de grandeza en los que Laurie decía: «Oh, Lou, siempre he querido conocer a un teniente detective que haya ido a una escuela municipal».

Lou golpeó el volante con ira. Cuando Laurie, de repente, había llamado insistiendo en venir a verle a su despacho, había creído que quería visitarle por motivos personales y no por esa estúpida idea de utilizarle para dar publicidad a una epidemia de yuppies cocainómanos.

Lou salió del Long Island Expressway y se metió por Woodhaven Boulevard en dirección a Forest Hill. Sintiendo la necesidad de hacer algo más que quedarse jugando en su mesa con los *clips*, había decidido ir a fisgar un poco por su cuenta visitando a los cónyuges supervivientes. También era mejor que volver a su miserable apartamento de Prince Street, en el SoHo, y ver la tele.

Cuando avanzaba por la larga y curvilínea calzada de los Vivonetto, Lou no pudo por menos que sentir temor y admiración. La casa era una mansión con columnas blancas. Lou sintió como si se le fuera la luz en la cabeza. Esa clase de opulencia sugería dinero a montones. Y a Lou no le cabía en la sesera que un simple restaurador pudiera ganar tanta pasta a no ser que tuviera conexiones con el crimen organizado.

Lou aparcó el coche junto a la puerta principal. Había llamado con antelación, así que Mrs. Vivonetto le esperaba. Cuando él llamó al timbre, acudió a la puerta una mujer con una tonelada de maquillaje encima. Vestía un traje de lana blanco con los hombros descubiertos. Su aspecto no sugería luto ni aflicción.

—Usted debe de ser el teniente Soldano —dijo—. Pase. Me llamo Gloria Vivonetto. ¿Puedo ofrecerle una copa?

Lou dijo que un poco de agua sería suficiente.

—Estoy de servicio, ya sabe —murmuró a modo de explicación.

Gloria le sirvió un vaso de agua en el bar del salón. Ella se preparó un gimlet de vodka.

—Siento lo de su marido —dijo Lou. En ocasiones como ésta, utilizaba siempre la misma introducción.

—Fue típico de él —dijo Gloria—. Le dije una y otra vez que no se quedara levantado viendo la televisión. Y ahora va y le matan. Yo no tengo ni idea de llevar un negocio. Seguro que todos me tomarán el pelo.

—¿Conocía usted a alguien que pudiera desear la muerte de su esposo? —preguntó Lou. Era la primera pregunta del protocolo clásico.

—Ya he pasado por esto con los otros policías. ¿Es que vamos a empezar otra vez?

—Quizá no —dijo Lou—. Le voy a ser sincero, Mrs. Vivonetto. El modo en que mataron a su marido sugiere que podía estar mezclado con organizaciones criminales. ¿Sabe de lo que le hablo?

—¿La Mafia, quiere decir?

—Bueno, en el crimen organizado hay más cosas que la Mafia —dijo Lou—. Pero sí, para entendernos. ¿Se le ocurre algún motivo por el que gente como la de la Mafia habría querido matar a su esposo?

—¡Ja! —rió Gloria—. Mi marido no se mezcló nunca con cosas tan pintorescas como la Mafia.

—¿Qué me dice de su negocio? —insistió Lou—. ¿Pasta Pronto no tenía vínculos con el crimen organizado?

—No —dijo Gloria.

—¿Está segura?

—Bien, supongo que segura del todo, no —respondió Gloria—. Yo era totalmente ajena al negocio. Pero no puedo imaginar que él tuviera jamás relación con la Mafia. Y de todos modos, mi marido no estaba sano. No habría durado mucho tiempo. Si es que alguien quería quitarle de en medio, podía haber esperado a que estirara la pata por sí solo.

—¿De qué estaba enfermo su marido? —preguntó Lou.

—¿Y de qué *no* estaba enfermo? —escupió Gloria—. Se estaba cayendo a pedazos. Tenía problemas de corazón y le habían sometido a dos *bypass*. Los riñones no tiraban bien. Se suponía que iban a extirparle la vesícula pero siempre lo aplazaban, diciendo que el corazón no lo resistiría. Iban a operarle de un ojo. Y su próstata era un desastre. No sé de qué le venía esto, pero toda su mitad inferior había dejado de funcionar desde hace años.

—Lo lamento —dijo Lou, sin saber qué más decir—. Supongo que sufría mucho.

Gloria se encogió de hombros.

—Nunca se cuidó. Estaba gordo, bebía como un cosaco y más que fumar parecía una chimenea. Los médicos me dijeron que no duraría ni un año a menos que cambiara de hábitos, cosa que él no estaba dispuesto a hacer.

Lou decidió que no iba a sacar mucha cosa más de aquella viuda tan poco afligida.

—Bien —dijo, poniéndose de pie—, gracias por su tiempo, Mrs. Vivonetto. Si recuerda alguna cosa que crea puede ser importante, llámeme por favor. —Lou le entregó una de sus tarjetas de profesional.

A continuación, Lou se dirigió a la residencia de los Singleton. El sitio era una sencilla casa de dos plantas con terraza, y un césped en cuyo centro había dos flamencos rosa. La calle le recordó el barrio de su infancia, en Rego Park, a sólo media docena de manzanas. Sintió una punzada de nostalgia al recordar las noches pasadas en el callejón jugando a béisbol con otros niños.

Chester Singleton abrió la puerta. Era un hombre corpulento de mediana edad y casi completamente calvo. Su potente quijada le daba un aspecto de perro podenco. Tenía los ojos jaspeados y enrojecidos. En cuanto le vio, Lou supo que estaba en presencia del genuino pesar.

–¿Detective Soldano?

Lou asintió y fue invitado inmediatamente a pasar.

El mobiliario era sencillo pero sólido. Una colcha de ganchillo cubría el respaldo de un gastado sofá de cuadros escoceses. En las paredes se alineaban docenas de fotos enmarcadas, la mayoría en blanco y negro.

–Siento mucho lo de su esposa –dijo Lou.

Chester asintió con la cabeza, respiró hondo y se mordió el labio inferior.

–Sé que han venido otras personas –continuó Lou, decidido a ir al grano–. Sólo quería preguntarle por qué iba a venir a su casa un pistolero profesional para matar a su esposa.

–No lo sé –dijo Chester. La voz se le quebraba de emoción.

–Su negocio abastecía a ciertos restaurantes relacionados con el crimen organizado. ¿Alguno de esos restaurantes tuvo quejas de su servicio?

–No. Nunca –dijo Chester–. Y no sé nada de organizaciones criminales. Había oído rumores, claro está. Pero nunca he conocido ni visto a nadie que pudiera llamar gánster.

–¿Qué me dice de Pasta Pronto? –preguntó Lou–. Tengo entendido que últimamente tenía negocios con ellos.

–Hace poco me hice cargo de una parte del negocio, es verdad. Pero sólo de un poco. Creo que me estaban poniendo a prueba. Esperaba aumentar mis tratos con ellos en breve.

–¿Conocía a Steven Vivonetto? –preguntó Lou.

–Sí, pero no mucho. Era muy rico.

—¿Sabía que también le mataron anoche? —dijo Lou.

—Sí. Lo he leído en el periódico.

—¿Le habían amenazado últimamente? —preguntó Lou—. ¿Algún intento de extorsión? ¿Vino alguien a su casa ofreciéndole protección?

Chester negó con la cabeza.

—¿Se le ocurre algún motivo para que su mujer y Steven Vivonetto fueran asesinados la misma noche y posiblemente por la misma persona?

—No —dijo Chester—. No se me ocurre qué motivos podía tener alguien para matar a Janice. Todos la querían. Era la persona más buena y cariñosa del mundo. Y además, estaba enferma.

—¿Qué le pasaba? —preguntó Lou.

—Tenía cáncer. Por desgracia se le había extendido antes de que lo descubrieran. No le gustaba ir al médico. Si hubiera ido a tiempo, habrían podido hacer algo más. Por así decir, sólo le practicaron quimioterapia. Janice pasó una buena temporada, pero de repente le salió en la cara un sarpullido horrible. Lo llaman herpes zóster. Le afectó incluso a un ojo del cual quedó ciega hasta el punto de necesitar una operación.

—¿Le daban los médicos muchas esperanzas de vida? —preguntó.

—Yo diría que no —dijo Chester—. Me explicaron que no podían asegurar nada, pero que tal vez sólo duraría un año más o menos, a no ser que el cáncer evolucionara más de prisa.

—No sabía nada. Lo lamento —dijo Lou.

—Bien, puede que haya sido mejor así. Tal vez se ha ahorrado muchos sufrimientos. Pero la echo mucho de menos. Llevábamos casados treinta y un años.

Tras ofrecerle sus condolencias y su tarjeta, Lou se despidió de Mr. Singleton. Mientras conducía de vuelta a Manhattan, revisó lo poco que había sacado de sus entrevistas. La conexión del crimen organizado con ambos casos era, como mucho, débil. Le había sorprendido enterarse de que las dos víctimas fueran enfermos terminales. Se preguntó si los asesinos lo sabían.

Obedeciendo a un acto reflejo, Lou buscó en el bolsillo de su americana y extrajo un cigarrillo. Apretó el encendedor del coche. Luego pensó en Laurie. Inmediatamente bajó la ventanilla y arrojó a la calle el cigarrillo sin encender en el momento que el encendedor salía despedido. Suspiró preguntándose adónde la habría llevado a cenar ese presumido de Jordan Scheffield.

Vinnie Dominick entró en el vestíbulo del St. Mary y se sentó pesadamente en la banqueta. Sudaba copiosamente. Sangraba ligeramente de un pequeño rasguño en la mejilla.

—Está sangrando, jefe —dijo Freddie Capuso.

—Apártate de mi vista —le soltó Vinnie—. Ya sé que estoy sangrando. ¿Pero sabes lo que me fastidia? Ese inútil de Jeff Young dice que no me ha rozado en ningún momento y se ha pasado diez minutos gimoteando cuando yo he gritado personal.

Vinnie venía de jugar «veintiunos» de baloncesto por espacio de una hora. Su equipo había perdido y él estaba de un humor de perros. La cosa empeoró cuando su lugarteniente de más confianza entró con la cara larga.

—No me digas que es verdad —dijo Vinnie.

Franco se acercó a la banqueta, puso un pie encima y se inclinó sobre la rodilla. Desde la escuela le llamaban El Halcón, sobre todo por su cara. Parecía un ave de presa con su estrecha nariz ganchuda, sus labios finos y los ojos pequeños.

—Lo es —dijo Franco. Hablaba con una voz sin expresión—. Anoche liquidaron a Jimmy Lanso en la funeraria de su primo.

Vinnie saltó de la banqueta y aporreó una de las taquillas metálicas. El ruido resonó por todo el pequeño vestuario como el estampido de un trueno. Todo el mundo dio un respingo excepto Franco.

—¡Dios! —exclamó Vinnie, poniéndose a andar de un lado al otro. Freddie Capuso se quitó de en medio.

—¿Qué voy a decirle a mi mujer? —gritó Vinnie—. ¡Qué voy a decirle a mi mujer! —repitió, subiendo el tono de voz—. Le prometí que me ocuparía de eso. —Volvió a golpear una taquilla. El sudor le chorreaba por la cara.

—Dile que fue un error confiar en Cerino —sugirió Franco.

Vinnie dejó de andar súbitamente.

—Es verdad —refunfuñó—. Creí que Cerino era civilizado. Pero ahora ya sé que no es así.

—Y hay otra cosa —añadió Franco—. Los hombres de Cerino no han dado abasto liquidando a todo tipo de gente, aparte de Jimmy Lanso. Anoche mataron a dos en Kew Gardens y a otros dos en Forest Hill.

—Lo he visto en el telediario. —Vinnie estaba consternado—. ¿Fueron los de Cerino?

—Ajá —dijo Franco.

—¿Por qué? —preguntó Vinnie—. No me sonaba ningún nombre.

—Nadie lo sabe —dijo Franco encogiéndose de hombros.

—Tiene que haber algún motivo.

—Eso seguro —dijo Franco—. Pero no sé cuál.

—¡Pues averígualo! —ordenó Vinnie—. Una cosa es aguantar a Cerino y sus inútiles como rivales en el negocio, y otra muy distinta quedarse sentado viendo cómo lo estropean todo.

—Queens está lleno de polis —concedió Franco.

—Precisamente lo que no queremos... —dijo Vinnie—. Si se alzan en armas, tendremos que suspender buena parte de nuestras operaciones. Tienes que averiguar qué se trae Cerino entre manos. Cuento contigo, Franco.

Franco asintió.

—Veré qué puedo hacer.

—No está comiendo mucho —dijo Jordan.

Laurie levantó los ojos del plato. Estaban cenando en un restaurante llamado Palio. Aunque la comida era italiana, la decoración era una relajante fusión de oriental y moderno. Laurie tenía delante un exquisito risotto de marisco. Su copa estaba llena de un Pinot Grigio seco. Pero Jordan estaba en lo cierto; no estaba comiendo mucho. Aunque ese día no había comido gran cosa, Laurie no tenía apetito. Simplemente.

—¿No le gusta la comida? —preguntó Jordan—. Creí que había dicho que le gusta lo italiano. —Vestía tan elegante e informal como siempre; se había puesto un blazer de pana negro y una camisa de seda con el cuello abierto. No llevaba corbata.

Esta noche la logística había funcionado mucho mejor. Como había prometido, Jordan la telefoneó poco antes de las nueve desde el quirófano para decir que Thomas iba de camino a recogerla mientras él pasaba por su apartamento para cambiarse. Para cuando Thomas y Laurie volvieron a la Trump Tower, Jordan les esperaba en la acera. Tras un corto paseo en coche se habían plantado en la Calle 51 Oeste.

—La comida me encanta —dijo Laurie—. Me parece que no tengo mucho apetito. Ha sido un día muy largo.

—He evitado hablar de cómo me ha ido el día —admitió Jordan—. Pensaba que era mejor echarse un poco de vino en el cuerpo. Como le dije por teléfono, he tenido un día atroz. No se me ocurre otra palabra, empezando por su llamada para decirme lo de Marscha Schulman. Cada vez que pienso en ella, me pongo enfermo. Hasta me siento culpable de haberme enfadado de esa manera por no haberse presentado al trabajo, y resulta que flotaba decapitada en el East River. ¡Dios mío!

Jordan no podía continuar. Se tapó la cara con las manos y movió lentamente la cabeza. Laurie alargó el brazo para tocar el de Jordan con su mano. Lo sentía por él, pero también la aliviaba ver este despliegue de sentimientos. Hasta ahora Laurie le había creído incapaz de semejante efusividad, y le veía poco afectado por el asesinato de su secretaria. De pronto parecía mucho más humano.

Jordan consiguió dominarse.

—Y hay más —prosiguió con tristeza—. Hoy he perdido un paciente. Escogí oftalmología en parte porque sabía que iba a tener problemas para enfrentarme a la muerte, pero aun así quise hacer cirugía. La oftalmología me pareció un compromiso ideal, hasta hoy mismo. Se me ha muerto una paciente en el preoperatorio. Se llamaba Mary O'Connor.

—Lo lamento —dijo Laurie—. Comprendo cómo se siente. Tratar con pacientes moribundos también fue duro para mí. Supongo que por eso escogí patología y concretamente la forense. Así todos mis pacientes están ya muertos.

Jordan esbozó una sonrisa.

—Mary era una mujer maravillosa y una paciente agradecida —dijo—. La había operado de un ojo y esta misma tarde iba a operarla del otro. Era una señora saludable y no se le conocían problemas de corazón, y, sin embargo, la encontraron muerta en la cama. Había muerto viendo la televisión.

–Habrá sido una experiencia terrible para usted –dijo Laurie, compasiva–. Pero recuerde que en tales casos siempre se encuentran problemas médicos escondidos. Supongo que mañana atenderemos a Mrs. O'Connor. Le aseguro que le avisaré de lo que salga. A veces resulta más fácil vérselas con la muerte sabiendo la patología.

–Se lo agradezco –dijo Jordan.

–Supongo que yo no tuve un día tan malo como el suyo –dijo Laurie–. Pero empiezo a comprender cómo se sentía Casandra cuando Apolo se aseguró de que nadie le hiciera caso.

Laurie le contó a Jordan todo lo referente a su serie de sobredosis y le dijo que estaba convencida de que habría más casos si no se tomaban medidas. Le comentó lo irritante que había sido no ser capaz de convencer al jefe de inspección médica para que hiciera público el hecho. Luego le explicó que había ido a la policía y que hasta ellos se habían negado a colaborar.

–Qué frustración –dijo Jordan–. Una cosa buena sí ha habido –dijo, cambiando de tema–. He hecho muchas operaciones y eso es bueno tanto para mí como para mi cuenta corriente. En las últimas dos semanas he realizado el doble de casos que en una semana normal.

–Me alegro –dijo Laurie. Era difícil no darse cuenta de la propensión de Jordan a llevar el agua a su molino.

–Sólo espero que siga la racha –dijo él–. La cosa suele fluctuar, eso lo acepto, pero a este ritmo voy a acabar mal.

Terminada la comida y retirado el servicio, el camarero les trajo a la mesa un tentador carrito de postres. Jordan escogió pastel de chocolate. Laurie optó por unas fresas. Jordan tomó un café solo, Laurie un descafeinado. Mientras removía el café, Laurie miró discretamente su reloj.

–La he visto –dijo Jordan–. Sé que se está haciendo tarde. También sé que le toca estudiar. La llevaré a casa en media hora si hacemos el mismo trato que ayer. ¿Por qué no quedamos a cenar mañana por la noche?

–¿Otra vez? –preguntó Laurie–. Seguro que se va a cansar de mí.

–Bobadas –dijo Jordan–. Lo paso divinamente. Ojalá no tuviéramos que ir con tantas prisas. Mañana es viernes, fin de semana. Tal vez tenga noticias sobre Mary O'Connor. Vamos, Laurie, por favor.

Laurie no podía creer que la invitasen a cenar por tercera noche consecutiva. Realmente, era halagador.

–De acuerdo –dijo al fin–. Tiene usted una cita.

–Estupendo. ¿Me sugiere algún restaurante?

–Creo que usted tiene mucha más experiencia –dijo Laurie–. Escoja.

–Muy bien, así lo haré. ¿Le parece a las nueve otra vez?

Laurie asintió mientras sorbía su descafeinado. Mirando los ojos claros de Jordan se acordó de la negativa descripción que de él había hecho Lou. Por un momento, Laurie estuvo tentada de preguntarle cómo le había ido la entrevista con el teniente, pero decidió no hacerlo. Había cosas que era mejor callarlas.

9

23:50, JUEVES MANHATTAN

—No está mal —dijo Tony. Él y Angelo salían de una pizzería abierta toda la noche en la Calle 42, cerca de Times Square—. Ha sido una sorpresa. El sitio era como una pocilga.

Angelo no dijo nada. Estaba concentrado ya en el trabajo que venía a continuación.

Cuando llegaron al aparcamiento, Angelo señaló su sedán con la cabeza. El propietario del garaje, Lenny Helman, pagaba un dinero a Cerino. Angelo aparcaba el coche gratis porque solía ser el encargado de cobrar.

—Será mejor que no hayas rayado el coche —dijo Angelo después que el ayudante hubo llevado el sedán hasta la acera. Una vez satisfecho de que no hubiera señal alguna en la pulidísima superficie de la chapa, Angelo subió, seguido de Tony, y arrancaron camino de la Calle 42.

—¿Qué toca ahora? —preguntó Tony, sentándose de lado para poder mirar a Angelo a la cara. La luz de las relucientes marquesinas de neón de los cines del vecindario jugueteaba con las enjutas facciones de Angelo, dándole un aspecto de momia de museo recién destapada.

—Cogeremos la lista de «demandas», para variar —le dijo Angelo.

—Estupendo —dijo Tony con entusiasmo—. Me estoy cansando de la otra. ¿Adónde?

—Calle 86 —dijo Angelo—. Cerca del Metropolitan Museum.

—Buen barrio —dijo Tony—. Apuesto a que habrá souvenirs que llevarse.

—No me da buena espina —dijo Angelo—. Barrio rico quiere decir alarmas sofisticadas.

—Tú con esas cosas te apañas de maravilla.

—Todo ha ido demasiado bien, creo yo —dijo Angelo—. Empiezo a estar preocupado.

—A todo le buscas problemas —dijo Tony riendo—. La razón de que nos haya ido bien es que sabemos hacer las cosas. Y cada vez lo hacemos mejor. Pasa igual con todo.

—A veces se mete la pata —dijo Angelo—. Aunque te hayas preparado a fondo. Debemos ser precavidos. Y estar al quite cuando suceda.

—Lo que pasa es que eres un pesimista —dijo Tony.

Enfrascados en tomarse el pelo, ni Tony ni Angelo repararon en un Cadillac negro que iba dos coches más atrás. Al volante, Franco Ponti disfrutaba relajado de una cinta de *Aida*. Gracias al soplo de un contacto en Times Square, Franco había estado siguiendo a Angelo y Tony desde que estaban en la pizzería.

—¿A cuál le toca? —preguntó Tony.

—A la mujer —dijo Angelo.

—¿Es tu turno o el mío? —preguntó Tony. Sabía perfectamente que le tocaba a Angelo, pero esperaba que éste se hubiera olvidado.

—Me importa una mierda —dijo Angelo—. Hazlo tú, si quieres. Yo vigilaré al tío.

Angelo pasó varias veces frente a la casa antes de aparcar. Era una residencia de cinco pisos con una puerta de doble hoja en lo alto de un corto tramo de escalera de granito. Había otra puerta debajo de la galería de la planta baja.

—Creo que lo mejor será entrar por la puerta de servicio —dijo Angelo—. La galería nos protegerá un poco. He visto que hay una alarma, pero si es de las que yo creo, no será problema.

—Tú eres el jefe —dijo Tony, sacando su arma y ajustando el silenciador.

Aparcaron el coche casi una manzana más allá de la casa y regresaron andando. Angelo llevaba una pequeña bolsa de vuelo llena de herramientas. Al llegar a la casa, Angelo le dijo a Tony que esperase en la acera y que le avisara si venía alguien. Angelo bajó los pocos escalones que llevaban a la entrada de servicio.

Tony estaba ojo avizor, aunque todo parecía tranquilo. No se veía a nadie. Pero la vista de Tony omitió a Franco Ponti, que estaba aparcado unas puertas más abajo, obstruyendo un camino particular.

—Ya está —susurró Angelo desde las sombras de la entrada de servicio—. Vamos.

Entraron a un largo corredor y fueron rápidamente hacia la escalera. Había ascensor pero eran lo bastante listos para no usarlo. Subiendo las escaleras de dos en dos, llegaron al primer piso y escucharon. A excepción del pesado tictac de un enorme reloj antiguo que resonaba en la penumbra, la casa estaba en silencio.

—¿Te imaginas vivir en un lugar así? —susurró Tony—. Parece un palacio.

—Cierra el pico —dijo Angelo.

Continuaron subiendo por una doble escalera curvilínea que rodeaba una araña que debía medir, a juicio de Tony, un metro ochenta de punta a punta. En el segundo piso pudieron ver una serie de salones, una biblioteca y un estudio. En el tercer piso dieron con el filón que andaban buscando: el dormitorio de los dueños. Angelo se situó a un lado de la puerta doble que sin duda se abría al dormitorio del matrimonio. Tony ocupó el otro lado. Los dos habían sacado sus pistolas. Tenían puesto el silenciador.

Angelo giró lentamente el picaporte y empujó la puerta hacia adentro. La habitación era más grande que cualquiera de los dormitorios que ninguno de los dos había visto nunca. En la pared del fondo —que a Angelo le pareció muy lejana— había una imponente cama con pabellón.

Angelo se metió en la habitación, indicando a Tony que le siguiera, y se situó del lado derecho, donde estaba durmiendo el hombre. Tony fue al otro lado. Angelo asintió con la cabeza. Tony alargó el brazo apuntando con el arma mientras Angelo hacía otro tanto.

La mujer se echó hacia atrás al dispararse el arma de Tony con su familiar ruido sibilante. El hombre debía de tener el sueño más ligero, tan pronto el disparo sonó ahogado, se irguió en la cama con los ojos como platos. Angelo le disparó antes de que tuviera ocasión de abrir la boca, y el hombre se derrumbó sobre su esposa.

—¡Oh, no! —dijo Angelo en voz alta.

—¿Qué pasa? —preguntó Tony.

Empleando la punta del silenciador, Angelo alargó el brazo y separó los dedos del moribundo. En la mano tenía un pequeño artilugio de plástico con un botón.

—Tenía una maldita alarma —dijo Angelo.

—¿Y qué?

—Pues que tenemos que largarnos de aquí —dijo Angelo—. Vamos.

Yendo lo más rápido que les permitía la semioscuridad, bajaron las escaleras y al doblar la esquina hacia el primer piso, chocaron de narices con un ama de llaves que subía en aquel momento.

El ama de llaves gritó, dio la vuelta y salió huyendo por donde había venido. Tony disparó su Bantam, pero a distancias superiores a los ciento ochenta centímetros, su pistola no era muy precisa. La bala, en vez de dar al ama de llaves, hizo añicos un gran espejo con marco dorado.

—A por ella —dijo Angelo, sabiendo que la mujer les había visto con claridad.

Angelo se lanzó escaleras abajo con la bolsa de vuelo rebotándole en la espalda, sujeta por los tirantes. Una vez abajo, resbaló sobre el mármol salpicado de fragmentos de cristal. Recuperado el equilibrio, Angelo atravesó volando el pasillo del primer piso en dirección a la parte posterior de la casa. Delante suyo vio a la mujer tratando de abrir una puerta-ventana que daba al patio trasero.

La mujer había salido ya por la puerta, cerrándola a sus espaldas, antes de que Angelo la alcanzase pocos segundos después. Tony llegó al momento. Salieron corriendo detrás de ella pero sólo consiguieron dar de bruces contra un par de sillas de jardín que no habían visto en la oscuridad.

Angelo trató de distinguir dónde estaban. El patio trasero tenía todo el aspecto de un parque público. En mitad del mismo había una piscina rectangular. A la derecha, perdido en las sombras, había un balcón cubierto de hiedra. De una rama ancha de un grueso roble colgaba un columpio. Angelo no veía a la mujer por ninguna parte.

–¿Dónde se ha metido? –susurró Tony.

–Si lo supiera no estaría aquí mirando –dijo Angelo–. Tú ve por allí y yo por aquí –añadió señalando a uno y otro lado de la piscina.

Anduvieron los dos a tientas por el jardín, esforzándose por mirar entre los helechos y los arbustos.

–¡Allí está! –exclamó Tony, señalando hacia la casa.

Angelo hizo dos disparos. La primera bala destrozó la vidriera de la puerta-ventana. Tras el segundo, vio que la mujer trastabillaba y se desplomaba.

–¡Le has dado! –exclamó Tony.

–Salgamos de aquí –dijo Angelo. Se oían sirenas a lo lejos. Era difícil afirmarlo, pero parecía que se acercaban.

Para no arriesgarse saliendo por la puerta principal, Angelo giró hacia la pared posterior del jardín. Al fondo del estanque vio una puerta y le chilló a Tony:

–¡Venga!

Angelo llegó el primero a la puerta, descorrió el pestillo que la aseguraba y se precipitó por una callejuela llena de desperdicios. Se abrieron paso por el oscuro camino, probando a su paso todas las puertas de los jardines. Por fin, Tony encontró una que estaba casi oxidada y se metió rápidamente.

El jardín en que se hallaban parecía tan descuidado como la puerta.

–¿Y ahora qué? –dijo Tony.

–Por ahí –dijo Angelo, indicando un negro pasadizo que conducía a la parte delantera.

Al fondo del pasadizo se toparon con una puerta con el cerrojo puesto, pero cerrada desde dentro. Al otro lado de la puerta, se encontraron en la Calle 85.

Angelo se sacudió el traje. Tony hizo lo mismo.

–Bueno –dijo Angelo–. Ahora como si nada, tú tranquilo.

Angelo y Tony fueron calle abajo dando la vuelta a la esquina como si conocieran el barrio de toda la vida. Despacio, siguieron andando hasta el coche de Angelo. Las sirenas, efectivamente, se dirigían a la casa de donde habían salido. Delante suyo había tres coches patrulla con las luces de emergencia encendidas, bloqueando la calle enfrente de la casa donde habían dado el golpe.

Angelo abrió las puertas del coche por control remoto y los dos hombres se subieron a él.

–¡Ha sido de miedo! –dijo Tony, nervioso, cuando estaban a unas seis manzanas de la casa–. Es lo más cojonudo que he visto en mi vida.

Angelo le miró ceñudo.

–Ha sido un desastre –dijo.

–¿Qué quieres decir? –inquirió Tony–. Hemos escapado. Tranquilo. Además, te has cargado al ama de llaves. Le has dado en plena escapada.

–Pero no hemos ido a mirar si le había dado de lleno o si sólo estaba herida ligeramente –dijo Angelo–. Teníamos que haberlo comprobado. Esa mujer nos ha visto perfectamente.

–Ha caído de prisa –dijo Tony–. Yo creo que le has dado de lleno.

–¿Ves lo que te decía? A veces se tuercen las cosas y metes la pata. ¿Cómo podíamos adivinar que el tipo dormiría agarrado al botón de una alarma? –Angelo se alegraba de poder sujetarse al volante; le temblaban las manos.

–Vale. Hemos cumplido con el golpe de «mala suerte» –dijo Tony–. Ya no podrás decir que las cosas van demasiado bien. ¿Qué más?

–Pues no sé –dijo Angelo–. ¿Y si lo dejamos por esta noche?

–¿Cómo que dejarlo? –preguntó Tony–. La noche es joven. ¡Venga! Hagamos uno más. No vamos a dejar pasar la oportunidad de ganar una pasta...

Angelo reflexionó un momento. La intuición le decía que lo mejor era dejarlo, pero Tony tenía razón. A nadie le amarga un dulce. Y además, un golpe era como montar a caballo: te caes y vuelves a subir, o de lo contrario nunca volverás a montar.

–De acuerdo –dijo por último–. Haremos uno más.

–Así me gusta –dijo Tony–. ¿Adónde vamos?

–Al Village. Es otra casa particular.

Angelo tomó la Calle 97 para cruzar Central Park y enfiló el Henry Hudson Parkway.

Estuvieron callados un buen rato, recuperándose cada cual de los extremos opuestos del espectro emocional: Angelo, del miedo y la ansiedad, y Tony del puro regocijo. Ninguno de los dos se fijó en el Cadillac que les venía siguiendo.

—Debe ser aquí a la izquierda —dijo Angelo cuando giraron por Bleecker Street. Señaló una casa particular de tres pisos en cuya puerta delantera había una aldaba en forma de cabeza de león. Tony asintió al pasar por delante.

Angelo sintió que el pulso se le aceleraba.

—Esta vez le toca al hombre —dijo—. El mismo plan que antes. Tú te lo cargas, yo vigilo a la esposa.

—Comprendido —dijo Tony, entusiasmado de que le tocara una vez más.

Angelo aparcó bastante más lejos de lo habitual. Caminaron en silencio, sin contar algún que otro entrechocar de herramientas en la bolsa de Angelo. Se cruzaron con varios transeúntes. La calle no estaba desierta como en la parte alta de la ciudad; el Village siempre estaba más animado que el Upper East Side.

La alarma que había en la casa-objetivo fue cosa de niños para Angelo. En cuestión de minutos él y Tony subían de puntillas las crujientes escaleras.

La primera puerta que Angelo abrió resultó ser un cuarto de invitados vacío. Puesto que solamente había otra puerta en el piso, supuso que tenía que dar a la habitación principal.

Una vez más, los dos hombres tomaron posiciones a cada lado de la puerta con las respectivas armas a la altura de la cabeza. Angelo hizo girar el picaporte y abrió la puerta con decisión.

Cuando ya había logrado meter un pie en el dormitorio, Angelo vio en la penumbra que se le echaba encima un perro gruñendo. Las patas de la fiera le golpearon el pecho haciéndole chocar con la espalda en la pared opuesta del pasillo tras haber cruzado la puerta. El perro se abalanzó sobre él, mordiéndole la americana, la camisa e incluso la piel. Angelo no estaba muy seguro, pero le pareció que era un doberman. Aunque era demasiado largo y flaco para ser un gallo de pelea, lo cierto es que tenía el mismo carácter. Fuera lo que fuese, tenía a Angelo inmovilizado y aterrorizado.

Tony se movió con rapidez. Poniéndose a un lado, disparó al pecho del perro a bocajarro. Estaba seguro de haber hecho blanco, pero el perro no reculó. Sin parar de gruñir, arrancó otro jirón de la americana de Angelo y lo escupió antes de lanzarse de nuevo a morder.

Tony esperó a que el tiro fuese seguro antes de apretar el gatillo por segunda vez. Ahora alcanzó al perro en la cabeza y el animal se quedó repentinamente flojo, cayendo al suelo con un golpe sordo y compacto.

Un grito de mujer le causó a Angelo nuevos escalofríos. La mujer de la casa se había despertado a tiempo de ver cómo masacraban a su perro. Estaba de pie a escasos metros de los pies de su cama con la cara retorcida de dolor.

Tony levantó el arma y volvió a sonar un ruido sordo y sibilante. La mujer dejó de gritar en seco y se llevó la mano al pecho. Luego, retirando la mano, se miró la sangre. La expresión de su rostro era de perplejidad, como si no pudiera creer que le habían disparado.

Tony cruzó la puerta y entró en el dormitorio. Apuntando a la mujer en mitad de la frente, le disparó a quemarropa. La mujer quedó hecha un guiñapo en el suelo, igual que el perro.

Angelo iba a hablar, pero antes de que pudiesa articular palabra, se oyó un aullido aterrador en el primer piso. El marido cargaba escaleras arriba con una escopeta de cañón doble del calibre 12. Sostenía el arma con ambas manos a la altura de la cintura.

Presintiendo lo que iba a suceder, Angelo se arrojó al suelo en el momento que la escopeta se disparaba con una tremenda sacudida. En aquel espacio tan pequeño el disparo sonó como un estruendo y a Angelo le zumbaron los oídos. La posta compacta hizo un agujero de treinta centímetros de diámetro en la pared donde Angelo había estado momentos antes.

Incluso Tony tuvo que utilizar sus reflejos, echándose a un lado para evitar el hueco de la puerta abierta. La segunda ráfaga de escopeta atravesó todo el dormitorio y reventó una de las ventanas traseras.

Desde su posición en el suelo, Angelo disparó dos veces su Walther en rápida sucesión, tocando al esposo en el pecho y la barbilla. La fuerza de las balas contrarrestó el impulso del hombre hacia delante. Luego, como a cámara lenta, se inclinó hacia atrás y cayó escaleras abajo con un tremendo alboroto para terminar al pie de las mismas.

Tony llegó del dormitorio y corrió escaleras abajo para añadir una bala más a la cabeza del hombre que yacía en el suelo. Angelo consiguió levantarse y coger su bolsa de vuelo. Estaba temblando. Nunca había estado tan cerca de la muerte. Mientras se apresuraban por la escalera con las piernas temblorosas, le dijo a Tony que tenían que salir rápidamente de allí.

Al llegar a la puerta principal, Angelo se puso de puntillas para mirar al exterior. Lo que vio no le gustó nada. Enfrente del edificio había un pequeño grupo de personas mirando hacia la fachada. Sin duda habrían oído la rotura de cristales cuando la ventana del dormitorio había reventado. Quizás habían oído las dos descargas de escopeta.

—¡Por atrás! —dijo Angelo. Sabía que enfrentarse a aquella gente era muy arriesgado. Treparon fácilmente a la cerca de cadenas del patio trasero. Ni siquiera había una alambrada en lo alto de que preocuparse. Una vez al otro lado, atravesaron un patio contiguo y llegaron a otra calle. Angelo se alegró de haber aparcado tan lejos esta vez. Llegaron al coche sin problemas. Cuando arrancaban pudieron oír las sirenas a lo lejos.

—¿Qué clase de chucho era ése? —preguntó Tony cuando iban por la Sexta Avenida.

—Me parece que un doberman —dijo el otro—. Me ha dado un susto de muerte.

—A ti y a mí —concedió Tony—. Y la escopeta... de poco nos ha ido.

—De muy poco. Teníamos que haberlo dado por terminado después del primer trabajo. —Angelo movió la cabeza disgustado—. Puede que me esté haciendo viejo.

—Ni hablar, hombre —dijo Tony—. Eres el mejor.

—Eso pensaba yo —dijo Angelo. Se miró la maltrecha americana Brioni con desesperación. La fuerza de la costumbre le hizo echar un vistazo al retrovisor, pero no le preocupó nada de lo que se veía. Buscaba coches de policía, naturalmente, y no el sedán de Franco Ponti, que venía siguiéndoles a una discreta distancia.

10

6:45, VIERNES
MANHATTAN

Normalmente, Laurie se habría alegrado de dormir la noche de un tirón. Aunque no había llamado nadie del servicio de inspección médica para informarle de algún nuevo caso de sobredosis que añadir a su serie, se preguntaba si eso quería decir que no había habido tales casos o, como le sugería su intuición, que sí los había y no la habían avisado. Se vistió lo más rápido que pudo y ni se molestó siquiera en tomar café, tales eran sus ganas de llegar al trabajo y averiguarlo.

Sólo entrar en el edificio pudo darse cuenta de que había sucedido algo fuera de lo normal. Una vez más, los periodistas se apiñaban en la recepción. Laurie sintió que se le apretaba el nudo en el estómago al preguntarse qué podía significar su presencia.

Laurie se dirigió directamente a la oficina de Identificación y se sirvió una taza de café antes de hacer nada más. Vinnie, como de costumbre, estaba con la nariz metida en la página de deportes. Por lo visto no había llegado aún ninguno de los otros inspectores médicos adjuntos. Laurie cogió el papel donde constaba el programa de autopsias para ese día.

Al recorrer la lista con la mirada, vio que había cuatro sobredosis. Dos estaban programadas para Riva y las otras dos para George Fontworth, un compañero que llevaba cuatro años en el servicio. Laurie echó un vistazo a las carpetas destinadas a Riva y se fijó en la hoja del informe de Investigación. A juzgar por las direcciones, ambas en Harlem, Laurie se figuró que se trataba de las típicas muertes por crack. Aliviada, Laurie dejó la carpeta en su sitio. Luego cogió las dos de George. Al leer el primer informe de Investigación, se le aceleró el pulso. ¡El fallecido era Wendell Morrison, de treinta y seis años, doctor en medicina!

Temblándole la mano, Laurie abrió la última carpeta: ¡Julia Myerholtz, veintinueve años, historiadora!

Laurie exhaló el aire. No se había dado cuenta de que estaba conteniendo la respiración. Su intuición no le había fallado: dos casos más de sobredosis de cocaína con demografía similar a los otros. Experimentó una mezcla de sentimientos, incluidas la ira por no haber sido avisada y la confirmación de que sus temores se habían cumplido. Al mismo tiempo le supo mal que hubiera habido otras dos muertes que habrían podido ser evitadas.

Laurie fue directamente al despacho de investigación forense, donde buscó a Bart Arnold. Llamó con energía a la puerta y entró antes de que la invitaran a pasar.

–¿Por qué no se me ha avisado? Hablé contigo expresamente para esto. Te dije que quería que me llamasen si llegaban casos de sobredosis que se ajustaran a ciertos parámetros demográficos. Anoche hubo dos. No me avisó nadie. ¿Por qué?

–Se me dijo que no había que avisarte –dijo Bart.

–¿Por qué? –inquirió Laurie.

–Nadie me dio una explicación –dijo Bart–. Pero yo pasé el recado a los médicos de turno cuando llegaron.

–¿Quién te dijo que lo hicieras? –preguntó Laurie.

–El doctor Washington –aseguró Bart–. Lo siento, Laurie. Te lo habría dicho yo, pero ya te habías marchado.

Laurie se dio bruscamente la vuelta y salió del despacho de Bart. Estaba más enfadada que dolida. Sus peores temores se habían confirmado: no es que se les hubiera pasado por alto, sino que alguien estaba intentando deliberadamente quitarle de en medio. Al lado del cuartito del policía adjunto estaba Lou Soldano.

–¿Podemos hablar un momento? –preguntó Lou.

Laurie le miró a los ojos. ¿Es que ese tipo no dormía nunca? Una vez más, daba la impresión de haber pasado la noche levantado. Iba sin afeitar y tenía los ojos enrojecidos. El pelo, que llevaba muy corto, se le apelotonaba sobre la frente.

–Estoy muy ocupada, teniente –dijo Laurie.

—Es sólo un minuto —repitió Lou—. Por favor.

—Está bien —cedió Laurie—. ¿De qué se trata?

—Anoche tuve ocasión de pensar un poco —dijo Lou—. Quería disculparme por las bobadas que le dije ayer tarde. Me expresé con demasiado énfasis. Lo siento.

Lo último que Laurie esperaba de él era una disculpa, y le satisfizo escucharla, ahora que se la ofrecía.

—Le diré, a modo de explicación —prosiguió Lou—, que el comisario en jefe me está presionando mucho a causa de los asesinatos al estilo hampa. Dice que como yo estuve en la sección de Crimen Organizado, me toca a mí resolverlos. Y por desgracia es un hombre con poca paciencia.

—Supongo que los dos vamos de cabeza —dijo Laurie—. Pero acepto sus excusas.

—Gracias —dijo Lou—. Al menos he superado un obstáculo.

—¿Y qué le trae por aquí esta mañana?

—¿No se ha enterado de los homicidios?

—¿Qué homicidios? —preguntó Laurie—. Tenemos homicidios cada día.

—Como éstos, no —dijo Lou—. Otra vez el hampa. Golpes dados por profesionales. Dos matrimonios, aquí en Manhattan.

—¿Flotando en el río? —preguntó Laurie.

—No, no —dijo Lou—. Muertos en sus casas. Ambas parejas eran gente acomodada. Y el más rico de los matrimonios tenía también vínculos políticos.

—Vaya... —dijo Laurie—. Más presiones aún.

—Y que lo diga —afirmó Lou—. El alcalde está lívido, como lo oye. Ya le ha dado la bronca al jefe de policía, y a ver si sabe quién le sirve de diana al jefe de policía: su seguro servidor.

—¿Tiene alguna idea de lo que pasa? —preguntó Laurie.

—Ojalá pudiera decir que sí —dijo Lou—. Se está cociendo algo grande, pero a fe mía que no tengo ni la más mínima pista. Anteanoche hubo tres golpes parecidos en Queens. Ahora estos dos de Manhattan. Y no parece que haya conexión con el crimen organizado. Con los dos de ayer noche, seguro que no. Pero el *modus operandi* de los asesinos es claramente hampón.

—O sea que ha venido a las autopsias, ¿no?

—Sí —dijo Lou—. A lo mejor encuentro trabajo cuando me

despidan del departamento de policía. Paso más tiempo aquí que en mi despacho.

—¿Quién lleva los casos? —preguntó Laurie.

—El doctor Southgate y el doctor Besserman —dijo Lou—. ¿Qué tal son?, ¿buenos?

—Excelentes médicos. Y los dos con mucha experiencia.

—Tenía la esperanza de que le hubieran tocado a usted —dijo Lou—. Empezaba a pensar que trabajábamos bien los dos juntos.

—Con Southgate y Besserman está en buenas manos —le aseguró ella.

—Le haré saber lo que descubramos —dijo Lou, manoseando el sombrero.

—Sí, por favor —dijo Laurie. De pronto había tenido la misma sensación que días atrás. Lou le pareció terriblemente cohibido, como si quisiera decir algo pero no pudiera.

—Bueno, yo... me alegro de haberme tropezado con usted —dijo él, evitando mirarla a los ojos—. Bien, ya nos veremos. Adiós.

Lou se dio la vuelta y empezó a andar hacia el cuartito del policía.

Laurie permaneció un momento observando los pesados andares de Lou y de nuevo sintió el impacto de la soledad de aquel hombre. Entonces se preguntó si lo que él había querido era invitarla otra vez a salir.

Laurie se olvidó por momentos de dónde estaba y qué había venido a hacer. Pero su enfado recuperó posiciones en cuanto recordó que Calvin intentaba apartarla de su serie de sobredosis. Con renovada determinación, se dirigió al despacho de Calvin y llamó a la puerta, que estaba abierta. Antes de que él tuviera ocasión de abrir la boca, Laurie estaba enfrente suyo.

Halló a Calvin sentado detrás de una montaña de papeles. Calvin miró por encima de sus gafas metálicas de leer, que parecían enanas en su cara grande. No parecía alegrarse de ver a Laurie.

—¿Qué hay, Montgomery?

—Anoche hubo dos sobredosis más, parecidas a las que me interesan a mí —empezó Laurie.

—No me dice nada que yo no sepa —dijo Calvin.

—Ya sé que hoy tengo programado papeleo, pero le agradecería que me dejase hacer las autopsias. Algo me dice que estos casos están relacionados. Si los hago todos yo, puede que establezca alguna conexión...

—Ya hablamos de eso por teléfono —dijo Calvin—. Le advertí que me parecía que se estaba sobrepasando. Ahora ya no es ni siquiera objetiva.

—Por favor, doctor Washington —imploró Laurie. Detestaba rogarle a nadie.

—¡Que no! ¡Maldita sea! —explotó Calvin, dando una fuerte palmada sobre la mesa y haciendo volar algunos de sus papeles. Luego se puso de pie—. George Fontworth se está ocupando de las sobredosis y quiero que usted se limite a lo suyo. Lleva retraso en la firma de varios casos. Creo que no he de recordárselo. No me venga con provocaciones. Y menos con los problemas que ya tiene este despacho.

Laurie asintió y salió del despacho de Calvin. De no haber estado tan enfadada, probablemente se habría echado a llorar. Se dirigió directamente al despacho de Bingham.

Laurie tuvo la impresión de que Bingham estaba hablando con alguien del ayuntamiento, pues su modo de conversar le recordó a cuando ella hablaba con su madre. Bingham sólo decía «sí», «no faltaba más» y «por supuesto».

Cuando Bingham finalmente colgó y miró a Laurie, ésta se dio cuenta de que ya estaba más que enfadado. No era el momento oportuno para visitas. Pero ya que estaba allí, y no podía acudir a nadie más, Laurie siguió adelante con su plan.

—Alguien está impidiendo deliberadamente que siga ocupándome de los casos de sobredosis —dijo. Intentaba hablar con firmeza pero su voz rebosaba emoción—. El doctor Washington no quiere dejarme hacer las pertinentes autopsias. Hizo lo posible para que anoche no me avisaran. No creo que excluirme de estos casos vaya en interés del departamento, ni mucho menos.

Bingham se llevó las manos a la cara y se la frotó, especialmente los ojos. Al levantar la vista de nuevo, tenía los ojos enrojecidos.

—Hemos de vérnoslas con la mala prensa por supuesta negligencia en el caso del asesinato en Central Park; tenemos una epidemia de brutales homicidios que superan la habitual confusión nocturna de Nueva York; y para colmo, me viene usted a causar problemas. No puedo creerlo, Laurie. De verdad que no.

—Quiero que se me permita seguir con estos casos —dijo Laurie sin alterar el tono—. Son ya catorce como mínimo. Tendría que haber alguien controlando el asunto, y creo que yo soy la persona adecuada. Estoy convencida de que estamos al borde de una catástrofe de alcance considerable. Si existe un contaminante, y estoy segura de que así es, habría que hacer una advertencia al público en general.

Bingham no acababa de creérselo. Mirando intensamente al techo y elevando las manos hacia las alturas, murmuró para sí: «Lleva en plantilla como cinco meses y me está diciendo cómo llevar el departamento». Movió la cabeza y luego volvió a dirigir su atención a Laurie. Esta vez habló en un tono más duro.

—Calvin es un administrador muy dotado. Más que eso. Es excelente. Su palabra es ley. ¡Me ha entendido! Eso es todo; asunto concluido.

Dicho esto, Bingham se concentró en el montón de cartas apiladas en el buzón interior de su despacho.

Laurie fue directa al laboratorio. Había decidido que era mejor no quedarse quieta. Si dejaba de moverse y se paraba a pensar en las dos últimas entrevistas, podía hacer alguna locura de la que luego se arrepentiría.

Buscaba a Peter Letterman pero en cambio se topó con John DeVries.

—Gracias por recomendarme al jefe —dijo ella con sarcasmo. Estaba tan enojada que no pudo contenerse.

—No me gusta que me fastidien —dijo John—. Ya se lo advertí.

—No le estaba fastidiando —protestó Laurie—. Simplemente le pedía que hiciese su trabajo. ¿Ha encontrado algún contaminante?

—No —dijo John, y la empujó para pasar sin darle la cortesía de una respuesta más detallada.

Laurie movió la cabeza. Se preguntó si sus días en el Servicio de Inspección Médica de Nueva York estaban contados.

Encontró a Peter en su rincón del laboratorio, trabajando en el mayor y más moderno de los cromatógrafos de gases.

–Creo que debería procurar no toparse con John –dijo Peter–. No he podido evitar oír lo que decían.

–Créame. No era a él a quien buscaba –respondió Laurie.

–Yo tampoco he encontrado ningún contaminante –dijo Peter–. Pero he puesto algunas muestras en este cromatógrafo de gases, que contiene lo que llaman una «trampa». Si tiene que salir alguna cosa, no será en otro aparato que en éste.

–Siga en ello –dijo Laurie–. Tenemos ya catorce casos.

–He podido enterarme de una cosa –dijo Peter–. Como ya sabe, la cocaína se hidroliza naturalmente en benzoi-L-ergonina, ergonina metil éster y ergonina.

–Sí –dijo Laurie–. Siga.

–Cada lote de cocaína fabricado tiene un porcentaje único de dichos hidrolisatos. De modo que analizando las concentraciones se puede conseguir una conjetura bastante informada por lo que hace al origen de las muestras.

–¿Y? –preguntó Laurie.

–Todas las muestras que he sacado de las jeringas tienen los mismos porcentajes –dijo Peter–. Lo que significa que la cocaína viene de la misma partida.

–Es decir, de la misma fuente –agregó Laurie.

–Exacto –dijo Peter.

–Es lo que me figuraba –dijo Laurie–. Vale la pena haber conseguido pruebas.

–Le avisaré si encuentro algún contaminante con esta máquina.

–Sí, por favor –dijo Laurie–. Creo que si consigo una prueba de ese contaminante, el doctor Bingham se decidirá a hacer público un comunicado.

Pero mientras volvía a su despacho, Laurie se preguntó si era posible estar seguro de nada.

–¡No me cojas del brazo! –gritó Cerino. Angelo había intentado guiarle hasta la entrada del consultorio de Jordan Scheffield–. Veo más de lo que tú te crees.

Cerino llevaba su bastón de punta roja pero no lo utilizaba. Tony entró el último y cerró la puerta.

Una de las enfermeras de Jordan los guió por el pasillo y se cercioró de que Cerino estuviera cómodamente instalado en una de las sillas de exploración.

Cuando Cerino acudía al consultorio de Jordan, no usaba la entrada normal y se saltaba igualmente la sala de espera. Era el acostumbrado *modus operandi* de todos los pacientes de lujo de Jordan.

—¡Santo Dios! —exclamó la enfermera cuando vio la cara de Tony. Un profundo arañazo se extendía desde la parte frontal de la oreja izquierda hasta la comisura de la boca—. Ese corte de la mejilla tiene mal aspecto... ¿Cómo se lo hizo?

—Fue un gato —dijo Tony, llevándose tímidamente una mano a la cara.

—Supongo que estará vacunado contra el tétanos —dijo la enfermera—. ¿Quiere que le lavemos la herida?

—No —dijo Tony, confuso por la atención recibida en presencia de Cerino.

—Si cambia de opinión, dígamelo —le aconsejó la enfermera, camino de la puerta.

—Dame una cerilla —dijo Paul tan pronto la enfermera hubo salido de la habitación. Angelo le encendió rápidamente el cigarrillo a Paul y sacó uno para él.

Tony se buscó una silla junto a la pared y se sentó. Angelo permaneció de pie a la izquierda de Cerino y un poco hacia atrás. Tanto Tony como él estaban agotados, después que Cerino les sacara de la cama para hacer una inesperada visita a su médico. Ambos sufrían también las consecuencias de lo sucedido en los dos últimos golpes, especialmente Angelo.

—Otra vez en Disneylandia —dijo Paul.

La sala dejó de girar y la pared se elevó. Jordan estaba situado a un extremo de su despacho con la historia de Cerino en las manos. Al avanzar, olió inmediatamente el humo de los cigarrillos.

—Disculpen —dijo—. No se puede fumar aquí.

Angelo miró en torno suyo, nervioso, buscando algún sitio donde dejar el cigarrillo. Cerino le cogió del brazo para que se quedara donde estaba.

—Si queremos fumar, fumaremos —dijo Paul—. Como le dije

cuando me telefoneó, me ha decepcionado usted un poquito, y no me importa repetírselo.

—Es que el instrumental... —dijo Jordan—. El humo lo perjudica.

—A la mierda el instrumental, Doc —dijo Paul—. Qué es eso de ir contando lo que me pasa por toda la ciudad...

—¿De qué está hablando? —preguntó Jordan. Sabía que Cerino estaba molesto por algo a raíz de su conversación telefónica. Había supuesto que era por lo que tardaba en encontrar una córnea adecuada a su transplante. Pero las quejas de Cerino le sorprendieron absolutamente.

—Hablo de un detective que se llama Lou Soldano —dijo Paul—. Y de una tía que se llama Laurie Montgomery. Usted habló con la tía, la tía se lo dijo al detective y el detective me lo dijo a mí. Entérese bien, Doc. Estoy muy cabreado. Procuraba mantener en secreto los detalles de mi accidente. Con fines profesionales, ya sabe.

—Los médicos solemos hablar de nuestros casos —dijo Jordan, sintiéndose de pronto muy acalorado.

—Pare el carro, Doc —dijo Paul, burlón—. He sabido que esta supuesta colega es inspector médico. Y por si no se había enterado, todavía no me he muerto. Aunque ustedes dos hubieran estado consultándose quién sabe por qué, ella no habría ido con el cuento a un detective de homicidios. Tendrá que darme una explicación mejor.

Jordan se veía perdido. No se le ocurría una excusa plausible.

—Lo que cuenta, doctor, es que no ha respetado la confianza que yo le había otorgado. ¿No es así como lo dicen entre ustedes los médicos? Si no me equivoco, me sería fácil ir a un abogado y ponerle un pleito por conducta contraria a la ética profesional, ¿no es así?

—No sé qué decirle... —Jordan no pudo siquiera completar una frase. De pronto se daba cuenta de su vulnerabilidad legal.

—Mire, no quiero oír más ambigüedades —le dijo Paul—. Es probable que no acuda a un abogado. ¿Sabe por qué? Tengo montones de amigos más baratos que los abogados y muchísimo más eficientes. Sabe, Doc, mis amigos son un poco como usted: especialistas en rótulas, tibias y nudillos. Ya me imagino lo que sería para el ejercicio de su profesión que la puerta de un coche le aplastara la mano.

–Mr. Cerino... –dijo Jordan en tono conciliatorio, pero Paul le cortó.

–Creo que me he expresado con claridad, Doc. Confío en que no vuelva a irse de la lengua. ¿De acuerdo?

Jordan asintió. Le temblaban las manos.

–Y ahora, Doc, no pretendo que se ponga nervioso. Sólo quiero que esté en buena forma, porque lo que tiene que hacer es arreglarme el ojo. Me gustó mucho que me llamase su enfermera esta mañana para decirme que podía venir a operarme.

–Yo también me alegro –dijo Jordan, tratando de recuperar parte de su profesionalidad y compostura–. Ha tenido suerte de que todo haya ido tan de prisa. El período de espera ha sido muchísimo más corto de lo acostumbrado.

–Para mí, no –dijo Paul–. En mi profesión hace falta tener todos los sentidos y más, si los hubiera. Corren por ahí unos cuantos petardistas que disfrutarían viéndome comer hierba o algo peor. Conque manos a la obra.

–Por mí, estupendo –dijo Jordan nervioso. Dejó la historia médica de Cerino sobre el soporte de lentes. Arrastrando un pequeño taburete de ruedas, se puso a la altura de la butaca de examen oftálmico en que estaba Cerino. Jordan hizo oscilar el campímetro e indicó a Cerino que apoyase la barbilla en el soporte que había a tal efecto.

Alargando el brazo, Jordan encendió el campímetro con su tremulosa mano. En ese instante le llegó una vaharada de ajo del aliento de Cerino.

–Entiendo que ha tenido usted más trabajo en el quirófano de lo habitual –dijo Paul.

–Sí, es verdad –contestó Jordan.

–Como hombre de negocios que soy, imagino que le gustaría operar todo lo posible –dijo Cerino–. Supongo que la pasta gansa se saca de ahí.

–Eso también es cierto –dijo Jordan. Movió el haz de luz para que apuntara directamente sobre la muy dañada córnea.

–Tengo algunas ideas para que su quirófano mantenga este ritmo –dijo Cerino–. ¿Le interesa conocerlas?

—Por supuesto —dijo Jordan.

—Primero, arrégleme esto, Doc. Si lo hace, seguiremos siendo amigos. Y después, ¿quién sabe? Tal vez podamos hacer negocios.

Jordan no estaba seguro de querer ser amigo de aquel tipo, pero enemigo suyo, desde luego que no. Le daba en la nariz que los enemigos de Cerino no vivían mucho. Estaba decidido a emplearse a fondo con Cerino. Y ya había tomado una resolución: no mandarle factura.

Laurie dejó el bolígrafo sobre la mesa y se apoyó en el respaldo de la silla. Se había esforzado en centrar su atención en su trabajo de papeleo, pero estaba adelantando muy poco. No dejaba de pensar en aquellas sobredosis. Le parecía increíble no estar abajo en la sala de autopsias trabajando en los dos casos que habían entrado por la noche.

Había resistido a la tentación de bajar sin ser vista y mirar cómo Fontworth hacía su trabajo. Calvin se habría puesto hecho una fiera de haberla visto por allí.

Laurie consultó su reloj. Le pareció que ya era lo bastante tarde para bajar a ver si Fontworth había encontrado alguna cosa. Acababa de levantarse cuando apareció Lou.

—¿Se va? —preguntó él.

Laurie se volvió a sentar.

—Será mejor que no —dijo.

—¿Y eso? —dijo Lou.

Laurie supo que él no estaba seguro de lo que hablaba.

—Es una larga historia —dijo Laurie—. ¿Qué tal le va? Parece muy cansado.

—Lo estoy —admitió Lou—. Estoy levantando desde las tres. Además, hacer autopsias con otro que no sea usted es como estar trabajando.

—¿Han acabado ya?

—No, qué va —dijo Lou—. Yo sí que estoy acabado. Ya no podía tenerme en pie. Seguramente van a tener que quedarse los dos hasta mañana para terminar los cuatro casos y el perro.

—¿El perro?

—En una de las casas el asesino mató al perro además de matar al hombre y a la mujer. No, es broma. Al perro no le hacen la autopsia.

—¿Se ha averiguado algo útil? —preguntó Laurie.

—No lo sé. El calibre de las balas parece similar al de los casos de Queens, pero habrá que ver lo que dice Balística antes de asegurar que proceden de la misma arma. Y claro está que para eso faltan semanas.

—¿Se le ha ocurrido alguna cosa? —preguntó Laurie.

Lou movió la cabeza.

—Me temo que no. Lo de Queens hacía pensar en un ajuste de cuentas relacionado con el negocio de restaurantes, pero los casos que hay abajo no tienen nada que ver con ese ramo. Uno de los tipos era un pez gordo de la banca que había contribuido considerablemente a la campaña del alcalde. El otro es un ejecutivo de una de las mayores firmas de subastas.

—¿Sigue sin haber conexión con el crimen organizado? —preguntó Laurie.

—Nada —dijo Lou—. Pero estamos en ello. No hay duda de que se trataba de golpes profesionales. Tengo otros dos equipos investigando los dos casos de Manhattan. Entre los tres equipos de Queens y estos dos nuevos, me he quedado sin efectivos. La única cosa positiva hasta el momento es que el ama de llaves de una de las casas sigue con vida. Si sale de ésta, tendremos un primer testigo.

—Me gustaría tener un punto de partida con mi serie —dijo Laurie—. Ojalá alguna de estas sobredosis no muriera. Me gustaría disponer de efectivos humanos para tratar de encontrar esa coca que está matando a tantas personas.

—¿Cree que viene de una sola fuente?

—No es que lo crea, lo sé —dijo Laurie, y explicó la forma en que Peter lo había determinado científicamente.

En ese momento sonó el emisor de Lou, quien comprobó el número.

—Hablando de efectivos humanos —dijo—, es uno de mis muchachos. ¿Puedo usar su teléfono?

Laurie asintió.

—¿Qué hay, Norman? —preguntó Lou en cuanto obtuvo comunicación. A Laurie le halagó que Lou pasara la llamada por el altavoz de modo que ella pudiera escuchar.

–Nada, seguramente –dijo Norman–. Pero he pensado que tenía que decírtelo de todos modos. He encontrado algo en común en los tres casos: un médico.

–¿De veras? –dijo Lou. Miró a Laurie levantando las cejas. No era precisamente el punto de partida que había estado buscando–. Mira, Norman, esta clase de asociación no va a servirnos de mucho en un caso de asesinato como éste.

–Lo sé –dijo Norman–. Pero es lo único que hemos podido sacar. ¿Recuerdas haber dicho que Steven Vivonetto y Janice Singleton eran enfermos terminales?

–Claro –dijo Lou–. ¿Es que uno de los Kaufman era también terminal?

–No, pero Henriette Kaufman estaba bajo tratamiento médico. Y se visitaba con el mismo doctor que Steven Vivonetto y Janice Singleton. Naturalmente estos dos iban a ver a un montón de médicos, pero había uno que los visitaba a los tres.

–¿Qué clase de médico?

–Un oculista –dijo Norman–. Su nombre es Jordan Scheffield.

Lou se puso bizco. No podía creer lo que acababa de oír. Cuando miró a Laurie vio que sus ojos registraban la misma sorpresa.

–¿Cómo lo has averiguado? –preguntó Lou.

–Pura casualidad –repuso Norman–. Cuando me dijiste que Steven y Janice eran terminales, me puse a revisar la salud de todos los muertos. No me di cuenta de que había una relación hasta que volví a mi despacho y empecé a repasar todo el material que nos había llegado. ¿Es importante?

–No lo sé –dijo Lou–. Es muy extraño, eso sí.

–¿Quieres que siga con la pista?

–Ni siquiera sé por dónde hay que seguir. Déjame que lo piense y te vuelvo a llamar. Continúa con la investigación, mientras tanto.

Lou colgó el teléfono.

–Qué pequeño es el mundo. O eso o es que su novio sale mucho.

—No es mi novio —dijo Laurie, enfadada.

—Perdone —dijo Lou—. Lo había olvidado. Ese conocido suyo que resulta ser amigo suyo.

—Sabe, la noche en que desapareció Marsha Schulman, Jordan me contó que habían entrado en su oficina y que le habían removido las historias clínicas.

—¿Habían robado alguna? —preguntó Lou.

—No —dijo Laurie—. Al parecer, habían hecho unas fotocopias. Le hice buscar la historia de Cerino; era una de las que habían sido tocadas.

—¡No me diga! —exclamó Lou. Durante unos minutos, permaneció absorto y en silencio.

Laurie también estaba callada.

—No tiene mucho sentido —dijo Lou al fin—. ¿Es posible que el clan Lucia esté implicado porque Cerino va a visitarse con Scheffield? Trato de hacer encajar al rival de Cerino, Vinnie Dominick, en todo esto, pero no le veo el sentido.

—Lo que sí podemos hacer es comprobar si alguno de los homicidios estilo hampa que han llegado hoy era paciente de Jordan.

La cara de Lou se iluminó.

—Oiga, es muy buena idea. Menos mal que se me ha ocurrido. —Su sonrisa dejó bien claro que estaba bromeando.

Fingiendo que se había enfadado, Laurie le arrojó un clip a Lou.

Cinco minutos después, con los pijamas puestos, Laurie y Lou entraban en la sala de autopsias. Por suerte, no había rastro de Calvin.

Southgate y Besserman iban cada cual por su segundo caso. Southgate había casi terminado; los Kaufman eran casos realmente sencillos debido a la limpia herida en la cabeza. Los de Besserman eran más difíciles. Primero estaba Dwight Sorenson, con tres entradas de bala por examinar. El trabajo había sido arduo y penoso, hasta el punto que Besserman iba a empezar con Amy Sorenson cuando Lou y Laurie llegaron.

Con permiso de los respectivos doctores, Laurie y Lou echaron un vistazo a las carpetas de cada caso. Desgraciadamente, las historias médicas eran pobres.

—Tengo una idea mejor —dijo Laurie. Se acercó al teléfono y llamó a Cheryl Myers.

—Cheryl, tengo que pedirte un favor —dijo.

—¿Cuál? —preguntó Cheryl alegremente.

—¿Sabes los cuatro homicidios de Manhattan que llegaron hoy? —dijo Laurie—. ¿Ésos que han hecho poner el grito en el cielo a todo el mundo? Pues necesito saber si alguno de ellos se visitó con un oftalmólogo de nombre Jordan Scheffield.

—Vale —dijo Cheryl—. Te llamo dentro de unos minutos. ¿Dónde estás?

—Abajo, en el hoyo —dijo Laurie.

Laurie le dijo a Lou que lo sabrían en seguida. Luego se acercó a George Fontworth. Estaba terminando con su segundo caso de sobredosis: Julia Myerholtz.

—Calvin ha dicho que mejor que no hable contigo —le dijo George—. No quiero que se cabree.

—Sólo dime una cosa. ¿Se inyectó la cocaína?

—Sí —dijo George.

Sus ojos recorrieron rápidamente la sala como si esperase ver aparecer a Calvin hecho una fiera.

—¿Eran normales las autopsias a excepción de las señales de sobredosis y de intoxicación? —preguntó Laurie.

—Sí —dijo George—. Vamos, Laurie, no me pongas en un aprieto.

—Sólo una cosa más. ¿Alguna sorpresa?

—Una solamente —dijo George—. Pero tú ya lo sabes. Yo no me había enterado de que esta clase de casos siguiera los trámites de rigor. Creo que deberían haber pasado por la conferencia del jueves.

—¿De qué estás hablando? —preguntó Laurie.

—Por favor —dijo George—. No te hagas la tonta. Calvin me ha dicho que era cosa tuya.

—No sé de qué me estás hablando —insistió Laurie.

—¡Dios mío! —dijo George—. Ahí está Calvin. Adiós, Laurie.

Laurie se volvió a tiempo de ver la voluminosa silueta de Calvin entrando por la puerta batiente. Incluso vestido con el pijama y los guantes protectores, ese cuerpo era imposible de confundir. Laurie se apartó en seguida de la mesa de George y fue en línea recta hacia la hoja de las autopsias del día. Quería tener una coartada en caso de que Calvin le preguntase qué hacía allí. Rápidamente buscó el nombre de Mary O'Connor y comprobó que su autopsia se había asignado a Paul Plodgett. Paul estaba en la mesa del fondo, junto a la pared. Laurie se reunió con él.

—He encontrado cantidad de cosas —dijo Paul cuando Laurie le preguntó qué tal iba la autopsia.

Laurie miró por encima del hombro; Calvin había ido directamente a la mesa de Besserman.

—¿Cuál supones que fue la causa de la muerte? —preguntó Laurie. Era un consuelo que Calvin no la hubiera visto, o que si así fuera, no pareciera preocupado por su presencia.

—Cardiovascular, sin ninguna duda —dijo Paul, mirando el cuerpo de Mary O'Connor estirado en la mesa. La mujer era bastante gruesa. Tenía la cara y la cabeza de un azul intenso, casi morado.

—¿Mucha patología? —preguntó Laurie.

—La suficiente —dijo Paul—. Enfermedad coronaria moderada, para empezar. Además, la válvula mitral estaba muy deformada. El propio corazón parecía tremendamente fofo. Ya ves, hay bastantes candidatos a culpable.

Laurie pensó que a Jordan le gustaría saberlo.

—Está moradísima —observó Laurie.

—Es verdad —dijo Paul—. Congestión importante en la cabeza y los pulmones. Debió de haber un tremendo esfuerzo agónico. La pobre señora no quería morir. Por lo visto, hasta se mordió el labio.

—¿De veras? —dijo Laurie—. ¿Crees que tuvo algún ataque?

—Puede ser —dijo Paul—. Pero parece más bien una escarificación, como si se hubiera masticado el labio.

—A ver...

Paul alargó el brazo para mostrarle el labio superior de Mary O'Connor.

—Tienes razón —dijo Laurie—. ¿Y la lengua?

—Normal —dijo Paul—. Por eso dudo de que hubiera ataque. Puede que tuviese mucho dolor terminal. A lo mejor el análisis microscópico del corazón da algún síntoma patognomónico, pero apuesto a que éste será un caso típico de golpe de gracia, como mínimo específicamente. Por lo demás, sé que fue cardiovascular.

Laurie asintió pero miró a Mary O'Connor. El caso tenía algo que la molestaba. Había desatado un recuerdo que Laurie no conseguía determinar.

—¿Qué me dices de las petequias que tiene en la cara? —preguntó.

—Cuadran con una dolencia cardíaca terminal —dijo Paul.

—¿Tan pronunciadas?

—Ya te he dicho que debió de haber un gran esfuerzo agónico —insistió Paul.

—¿Te importaría decirme lo que encuentres en el microscopio? Era paciente de un amigo mío. Sé que a él le interesará saberlo.

—Lo haré —dijo Paul.

Laurie se fijó en que Calvin estaba ahora con Fortworth. Lou se había ido acercando a la mesa de Southgate. Laurie fue hacia él.

—Lo siento —dijo ella cuando se puso al lado de Lou.

—Tranquila —dijo Lou—. Empiezo a sentirme como en casa.

—¡Eh, Laurie, al teléfono! Es para ti —gritó una voz por sobre el ruido de fondo de la sala de autopsias. Laurie fue al aparato avergonzada de que su presencia hubiera sido difundida tan flagrantemente. No se atrevió a mirar a Calvin. Cogió el auricular: era Cheryl.

—Ojalá siempre me pidieras cosas tan sencillas —dijo Cheryl—. Llamé al consultorio del doctor Scheffield y la secretaria no ha podido ser más servicial. Henriette Kaufman y Dwight Sorenson eran pacientes del doctor. ¿Te sirve de algo?

—Aún no lo sé —dijo Laurie—. Pero es muy interesante. Gracias.

Laurie volvió con Lou y le dijo lo que acababa de saber.

—¡Caramba! —dijo él—. Esto va más allá de la pura casualidad. O al menos, eso creo yo.

—Las posibilidades de que eso haya ocurrido casualmente son extraordinariamente pequeñas —dijo Laurie.

—¿Pero qué significa? —preguntó Lou—. Me parece un modo terriblemente raro de llegar a Cerino, si es que de eso se trata. No tiene sentido.

—Yo opino igual —dijo Laurie.

—En cualquier caso —dijo Lou—, tengo que comprobarlo inmediatamente. Seguiremos en contacto. —Y se fue antes de que Laurie tuviera ocasión de decir adiós.

Laurie se aventuró a echar una última ojeada a Calvin. Seguía hablando con George y no parecía que su presencia le inquietara en absoluto.

Laurie telefoneó a Jordan en cuanto estuvo en su despacho. Como siempre, estaba operando. Laurie dejó recado de que le llamara cuando pudiese.

No tuvo más suerte que un rato antes cuando intentó reanudar el trabajo. Tenía la cabeza ocupada en lo precario de su situación laboral por haberse enemistado con tanta gente, en su serie de sobredosis y en la extraña coincidenia de que Jordan hubiera estado tratando a cinco víctimas de asesinatos del hampa.

Sus pensamientos volvieron a Mary O'Connor. Súbitamente, recordó lo que le había rondado por la cabeza un rato antes. Las escarificaciones del labio, las floridas petequias y el amoratamiento de la cara eran signos de «burkismo»[1], sofocación mediante compresión del tórax con oclusión de la boca.

Con esa idea en mente, Laurie llamó a la sala de autopsias y preguntó por Paul.

—Se me ha ocurrido una cosa —dijo Laurie cuando le pusieron con él.

—Suelta —dijo Paul.

—¿Qué opinas de una sofocación como posible causa en el caso O'Connor?

Su sugerencia fue recibida con un silencio.

—¿Y bien? —preguntó Laurie.

—La víctima estaba en el Manhattan General —explicó Paul—. En una habitación individual del ala Goldblatt.

1. De Burke, escocés ahorcado en 1829 por cometer asesinato a fin de vender los cadáveres de sus víctimas para ser diseccionados.

–Procura olvidarte de eso –dijo Laurie–. Limítate a los hechos.

–Pero como patólogos forenses, se supone que hemos de tener en cuenta el entorno. Si no lo hiciésemos, erraríamos muchísimos diagnósticos.

–Sí, lo comprendo –dijo Laurie–, pero a veces el entorno puede conducir a error. ¿Qué me dices de los homicidios que se disfrazan de suicidio?

–Eso es distinto.

–¿Ah, sí? –preguntó Laurie–. Bueno, sólo quería que lo tuvieras en cuenta. Piensa en las escarificaciones del labio, las petequias y la enorme congestión de cara y cabeza.

En cuanto Laurie colgó el auricular, sonó el teléfono. Era Jordan.

–Me alegro de que me haya llamado –dijo él–. Iba a telefonearla yo. Estoy en plena operación y sólo tengo un segundo. Hoy hay muchos casos incluido, le gustará saberlo, Mr. Paul Cerino.

–Me alegro de... –dijo Laurie.

–Y he de pedirle un favor –le cortó Jordan–. Para poder programar a Cerino, he tenido que hacer malabarismos. Conque voy a estar aquí metido hasta tarde. ¿Podemos aplazar nuestra cita? ¿Qué le parece mañana por la noche?

–Bueno –dijo Laurie–. Pero Jordan, es que tengo que hablarle ahora mismo de algunas cosas.

–Que sea rápido –dijo Jordan–. El próximo paciente ya está en la sala de operaciones.

–Primero, sobre Mary O'Connor. Padecía del corazón.

–Eso me tranquiliza –dijo Jordan.

–¿Sabe algo de su vida privada?

–No mucho.

–¿Qué le parece si le digo que fue asesinada?

–¡Asesinada! –farfulló Jordan–. ¿Lo dice en serio?

–No sé –admitió Laurie–. Pero si usted me contara que la mujer tenía veinte millones de dólares y que estaba a punto de desheredar a su malvado nieto, la posibilidad de asesinato encajaría con lo que pienso.

–Vivía bien pero no era rica –dijo Jordan–. Oiga, ¿he de recordarle que me iba a consolar de su muerte y no a hacerme sentir peor?

—El médico que hizo la autopsia está convencido de que murió de una dolencia cardíaca.

—Así está mejor —dijo Jordan—. ¿En qué basa la suposición de asesinato?

—En mi fértil imaginación —dijo Laurie—. Y en ciertas noticias bastante sorprendentes. ¿Está usted sentado?

—Por favor, Laurie, no me venga con jueguecitos. Hace diez minutos que debería estar operando.

—¿Le dicen algo los nombres de Henriette Kaufman y Dwight Sorenson? —inquirió Laurie.

—Son dos pacientes míos. ¿Por qué?

—*Eran* pacientes suyos —dijo Laurie—. Los dos fueron asesinados anoche así como sus respectivos cónyuges. Las autopsias están en marcha.

—¡Santo Dios! —exclamó Jordan.

—Y eso no es todo —dijo Laurie—. Anteanoche fueron asesinados otros tres pacientes suyos. Por la forma en que fueron muertos se supone que existe una relación con el crimen organizado. Al menos, eso es lo que me han dicho.

—¡Oh, Dios mío! Y esta misma mañana, Paul Cerino estaba amenazándome en mi consultorio. Esto es una pesadilla...

—¿De qué forma le amenazó? —preguntó Laurie.

—Prefiero no hablar de ello —dijo Jordan—. Pero se ha enfadado mucho y creo que eso se lo debo a usted.

—¿A mí?

—No pensaba hablar de ello hasta que nos viéramos —dijo Jordan—, pero ya que estamos...

—¿Qué?

—¿Por qué le contó a un tal detective Soldano que estaba tratando a Cerino?

—No pensé que fuera ningún secreto —dijo Laurie—. Después de todo, usted lo mencionó en la cena en casa de mis padres.

—Supongo que tiene razón —dijo Jordan—. Pero ¿por qué, entre todas las personas, tuvo que decírselo a un policía de homicidios?

—Había venido a ver las autopsias —dijo Laurie—. El nombre

de Cerino surgió en relación con unos homicidios: varias víctimas de ejecuciones del hampa habían sido rescatadas del East River.

—Por el amor de Dios... —dijo Jordan.

—Lamento ser el mensajero de tan tristes noticias.

—Usted no tiene la culpa —dijo Jordan—. Y me figuro que es mejor que yo lo sepa. Doy gracias de que esta tarde le toca a Cerino. Tal como están las cosas, cuanto antes me libre de él, mejor.

—Pero tenga cuidado —dijo Laurie—. Está pasando algo raro. Sólo que no sé bien de qué se trata.

Jordan no necesitaba que Laurie le recordase que debía tener cuidado sobre todo después que Cerino le amenazara con aplastarle las manos. Y ahora la noticia de que cinco de sus pacientes habían sido asesinados y otro más estaba muerto, seguramente asesinado... Era más de lo que podía aguantar.

Preocupado por estas circunstancias tan extrañas aunque aterradoras, Jordan se levantó de la silla en la sala de médicos del Manhattan General Hospital y caminó pesadamente hacia la sala de operaciones. Se preguntaba si debería acudir a la policía para comunicarles que Cerino le había amenazado. Aunque, si se decidía a ir, ¿qué iban a hacer ellos? Nada, probablemente. ¿Qué iba a hacer Cerino? Seguramente, cumplir su amenaza. La sola idea le hizo estremecer de miedo. Jordan deseó que Cerino no hubiera entrado nunca en su consultorio.

Mientras se lavaba las manos, intentó pensar por qué razón habrían matado a cinco o quizá seis pacientes suyos. ¿Y Marsha? Pero por más que lo intentaba, no conseguía dar con un motivo. Sosteniendo las manos en alto, se abrió paso hacia la sala de operaciones.

Para Jordan, la cirugía constituía una experiencia catártica. Era un alivio ser capaz de concentrarse en el severo procedimiento de un transplante de córnea. En las horas que siguieron se olvidó por completo de todo, amenazas, gánsteres, Marsha Schulman y homicidios por resolver.

—Magnífico trabajo —observó el residente de primer año una vez que Jordan hubo terminado.

—Gracias —dijo el otro, radiante. Luego, dirigiéndose a las enfermeras, agregó—: Estaré en la sala de médicos. Despéjenme esto lo antes posible. El siguiente caso es uno de mis pacientes de excepción.

—Sí, alteza —dijo en broma la auxiliar de quirófano.

Yendo hacia el vestíbulo, Jordan pensaba que era una suerte que le tocase ahora a Cerino. Sólo deseaba haber terminado ya. Aunque rara vez se le presentaban complicaciones, éstas podían ocurrir. Tembló de pensar en las consecuencias de una infección postoperatoria: no por Cerino, sino por él mismo.

Absorto en sus temores, Jordan no reparó en lo que tenía a su alrededor. Y cuando se hundió en uno de los sillones del vestíbulo y cerró los ojos ni siquiera paró atención en el hombre que estaba sentado justo enfrente de él.

—¡Buenas tardes, doctor!

Jordan abrió los ojos. Era Lou Soldano.

—Su secretaria me ha dicho que estaba usted aquí —dijo Lou—. He insistido en que era importante que hablara con usted. Espero que no le importe.

Jordan se irguió de golpe y sus ojos recorrieron nerviosos la habitación. Sabía que Cerino debía andar cerca, probablemente en el antequirófano. Lo cual quería decir que ese individuo alto y flaco debía de rondar por allí. Cerino había insistido en ello y la administración del hospital había accedido a su petición. Jordan no quería para nada que el hombre de Cerino le viese con Lou Soldano. No deseaba verse obligado a dar explicaciones.

—Han ocurrido ciertas cosas... —prosiguió Lou—. Espero que pueda usted aclarármelas.

—Tengo otra operación —dijo Jordan, haciendo ademán de levantarse.

—Siéntese, doctor —dijo Lou—. Sólo le robaré un minuto. Al menos de momento. Hemos hecho indagaciones sobre cinco homicidios recientes que sospechamos fueron cometidos por la misma o mismas personas, y el único modo en que hemos podido relacionarlos hasta ahora, aparte de la manera en que fueron asesinados, es que eran pacientes suyos. Naturalmente nos gustaría preguntarle si tiene usted idea de cuál es el motivo.

–Me han informado de ello hace una hora escasa –dijo Jordan, nervioso–. No tengo ni la menor idea de cuál pueda ser la razón. Pero sí puedo decirle que yo no tengo nada que ver en todo esto.

–¿Podemos suponer, entonces, que han pagado todos sus facturas? –preguntó Lou.

–Teniendo en cuenta las circunstancias –le espetó Jordan–, no me parece un comentario divertido.

–Perdone mi humor negro –dijo Lou–. Pero haciendo un cálculo de lo que le ha costado ese consultorio y sabiendo que posee una limu...

–Oiga, no tengo por qué hablar con usted si no quiero –dijo Jordan, interrumpiendo de nuevo a Lou y haciendo una vez más ademán de levantarse.

–No tiene por qué hablar conmigo ahora –dijo Lou–, es verdad. Pero tendrá que hacerlo tarde o temprano, así que lo mejor sería que intentara cooperar. La situación es muy seria, al fin y al cabo.

Jordan volvió a sentarse.

–¿Qué es lo que quiere de mí? No tengo nada que añadir a lo que ya sabe. Estoy seguro de que sabe usted mucho más que yo.

–Hábleme de Martha Goldburg, Steven Vivonetto, Janice Singleton, Henriettte Kaufman y Dwight Sorenson.

–Eran pacientes míos –dijo Jordan.

–¿Cuál era el diagnóstico de cada uno? –preguntó Lou, sacando lápiz y libreta.

–Eso no puedo decírselo. Es información que no puedo divulgar. Y no me venga otra vez con que hablé del caso Cerino con la doctora Montgomery. Cometí un error mencionándolo.

–Si acudo a los familiares, obtendré esa información –dijo Lou–. ¿Por qué no me facilita las cosas?

–Es asunto de las familias contárselo si así lo desean –dijo Jordan–. No estoy en libertad de divulgar esa información.

–Muy bien –dijo Lou–. Hablemos de generalidades, pues. ¿Tenían todos el mismo diagnóstico?

—No —dijo Jordan.

—¿No? —inquirió Lou. De pronto pareció aflojarse visiblemente—. ¿Está seguro?

—Claro que estoy seguro —dijo Jordan.

Lou miró su libreta en blanco y reflexionó unos segundos. Luego, levantando los ojos, preguntó:

—¿Tenían esos pacientes alguna relación entre sí, ni que fuera remota? Por ejemplo, ¿coincidían normalmente en el día de visita o algo parecido?

—No.

—¿Es posible que sus historiales hubieran estado juntos por algún motivo?

—No, los guardo por orden alfabético.

—¿Alguno de estos pacientes pudo ser visitado el mismo día que Cerino?

—Eso no sabría decírselo —admitió Jordan—. Pero le diré una cosa. Cuando Mr. Cerino venía a verme, no veía nunca a ningún otro paciente, ni ningún otro paciente le veía a él.

—¿Está seguro de eso? —preguntó Lou.

—Completamente —dijo Jordan.

—De acuerdo. Seguiremos en contacto, estoy seguro.

Lou se puso el sombrero y salió del vestíbulo.

Jordan le siguió hasta la puerta y se quedó mirando cómo se alejaba por el largo pasillo hacia los ascensores centrales del hospital. Vio cómo pulsaba el botón, esperaba y luego entraba en el ascensor.

Jordan escudriñó entonces el pasillo en busca del hombre de Cerino. Atravesando el recibidor, se asomó a la sala de espera del quirófano. Se sintió más tranquilo al no ver al individuo flaco por ninguna parte.

Jordan suspiró. Era un alivio que Lou se hubiera ido por fin. La entrevista había dejado a Jordan más consternado que nunca, y no sólo por temor a que el hombre de Cerino hubiera podido verles hablando. Jordan se daba cuenta de que no le caía bien al policía y ello podía significar problemas. Jordan se temía que iba a tener que vérselas con él en un futuro.

En el vestuario de hombres, Jordan se mojó la cara con agua fría. Necesitaba recobrarse a fin de tranquilizarse un poco antes de ir a la sala de operaciones. Pero no le fue fácil. Estaban pasando muchas cosas. Su cabeza hervía de agitación.

Una de las cosas que más le turbaba era que existía efectivamente un modo de que los cinco homicidios estuvieran relacionados, incluida Mary O'Connor. Jordan se había dado cuenta mientras hablaba con Lou, pero había optado por no decir nada. Y el hecho de haber tomado esa postura le desconcertaba. No sabía si el motivo de no haberlo mencionado era no estar seguro de lo que quería decir o bien si no lo había hecho por miedo. Por descontado, Jordan no quería convertirse también en víctima.

Camino del quirófano, donde Paul Cerino esperaba para ser operado, Jordan decidió que lo más seguro era no hacer nada. Después de todo, estaba entre dos fuegos.

Jordan se detuvo de repente. Se había dado cuenta de otra cosa. Pese a tantos problemas, su actividad quirúrgica era mayor que nunca. Eso debía de jugar algún papel. Mientras empezaba a andar otra vez, todo empezó a cobrar un grotesco y malicioso sentido. Jordan aceleró el paso. Decididamente, la mejor manera de llevar el asunto era haciéndose el tonto. Sin duda, era el modo más seguro. Y además le gustaba la cirugía.

Jordan empujó la puerta del quirófano y se acercó a Cerino, que estaba sensiblemente sedado.

—Estará usted listo en seguida —dijo Jordan—. Relájese.

Después de darle a Cerino una palmadita en el hombro, Jordan se dio la vuelta y fue a lavarse las manos. Al pasar junto a uno de los enfermeros que iban en pijama, vio que en realidad no era un enfermero. Jordan le había reconocido por los ojos. Era el flaco.

11

16:30, VIERNES
MANHATTAN

Laurie dudaba en ir de nuevo al laboratorio. No quería arriesgarse a tener otra reyerta con John DeVries. Pero tratar de seguir con el papeleo en esas circunstancias le parecía absurdo. Estaba demasiado distraída. Decidió ir a buscar a Peter. Seguro que ya tendría más resultados.

–Sé que prometió llamarme si encontraba algo –dijo Laurie cuando dio con él–, pero no he podido evitar hacer un alto para ver cómo le iban las cosas.

–Aún no he encontrado ningún contaminante –dijo Peter–. Aunque sí he podido saber una cosa que podría ser importante. La cocaína se metaboliza en el organismo de muchas maneras distintas y cada una produce sus propios metabolitos. Uno de los metabolitos se llama benzoilergonina. Calculando la proporción de cocaína y benzoilergonina en la sangre, la orina y el cerebro de sus víctimas, puedo saber la cantidad de tiempo transcurrido entre la inyección y la muerte.

–¿Y qué es lo que ha descubierto? –preguntó Laurie.

–He descubierto que fue bastante uniforme –dijo Peter–. Apenas una hora en trece de los catorce casos. Pero en uno fue diferente. Por alguna razón, Robert Evans no presentaba señales de benzoilergonina.

–Lo que quiere decir...

–Que Robert Evans murió muy rápido –dijo Peter–. En veinte minutos, quizá. Puede que menos, no puedo asegurarlo.

–¿Cuál cree que es el significado? –inquirió Laurie.

–No lo sé –dijo Peter–. El detective médico es usted, no yo.

–Imagino que pudo sufrir una arritmia cardíaca instantánea.

Peter se encogió de hombros.

—Cualquier cosa —dijo—. No me he rendido aún con lo del contaminante. Si encuentro algo, va a ser en nanomoléculas...

Laurie se sintió desanimada al salir del departamento de toxicología. Pese a todos sus esfuerzos no le parecía haber avanzado lo más mínimo desde que empezó a investigar estos inverosímiles casos de sobredosis. Con la intención de hablar de nuevo con George Fontworth y hacer que le aclarase qué le había sorprendido de las autopsias, Laurie bajó hasta la planta sótano y asomó la cabeza por la sala de autopsias. No vio a George, pero sí a Vinnie, a quien le preguntó por aquél.

—Se ha ido hace como una hora —dijo Vinnie.

Laurie subió al despacho de George. La puerta estaba abierta pero él no estaba dentro. Como el despacho era contiguo a uno de los laboratorios de serología, Laurie entró y preguntó si alguien había visto a George.

—Tenía hora con el dentista —dijo uno de los técnicos—. Ha dicho que vendría más tarde, pero que no sabía cuándo.

Laurie asintió con la cabeza.

Al salir del laboratorio se detuvo junto al despacho de George. Desde donde estaba se veían las carpetas de los dos casos de sobredosis que George había hecho ese día.

Mirando por encima del hombro para asegurarse de que nadie la veía, Laurie entró en el despacho y abrió la carpeta de encima. Era el informe de Julia Myerholtz, el caso en el que George estaba trabajando cuando Laurie se había acercado a su mesa. Leyó rápidamente las notas de autopsia escritas por George e inmediatamente comprendió lo que él había querido decir con «sorpresa». Estaba claro que su reacción había sido la misma que la de Laurie con Duncan Andrews.

Al examinar el informe del investigador forense, Laurie se fijó en que la víctima había sido identificada en el lugar mismo de la muerte por «Robert Nussman, su novio».

Laurie cogió un pedazo de papel de una libreta que había sobre la mesa de George y garabateó la dirección de Julia.

Estaba a punto de abrir la segunda carpeta cuando oyó que alguien se acercaba por el pasillo. Tímidamente, Laurie cerró la carpeta, se guardó el papel en el bolsillo y salió de nuevo al corredor. Saludó con la cabeza a uno de los técnicos de histología que pasaba en ese momento y le sonrió sintiéndose culpable.

Aunque Bingham la había castigado por ir al apartamento de Duncan Andrews, Laurie decidió que iría al piso de Julia Myerholtz. Al llamar a un taxi, se autoconvenció de que el enfado de Bingahm tenía que ver sobre todo con el hecho insólito de que el caso fuera una auténtica patata caliente política. Bingham no se había opuesto en concreto a que hubiera habido un registro del lugar..., o ésa era la explicación racional que Laurie daba al hecho.

El apartamento de Julia se hallaba en un gran edificio de lujo de la Calle 75 Este. A Laurie le sorprendió bastante que el portero saliese a la acera para abrirle la puerta mientras ella pagaba el taxi. Fue una sorpresa para ella experimentar las costumbres de que disfrutaban algunas personas de la ciudad. El ambiente era a todas luces distinto del de su casa en Kips Bay.

—¿Puedo ayudarla en algo, señora? —preguntó el portero. Tenía un acento irlandés muy cerrado.

Laurie mostró su placa de inspector médico y pidió ver al superintendente. Unos minutos después apareció un hombre en el vestíbulo.

—Quisiera ver el apartamento de Julia Myerholtz —le dijo Laurie—. Pero antes de subir, quiero estar segura de que en este momento no hay nadie arriba.

El superintendente preguntó al portero si el apartamento estaba vacío.

—Naturalmente —dijo el portero—. Sus padres no llegan hasta mañana. ¿Quiere la llave?

El superintendente asintió. El portero abrió un armarito, sacó una llave y se la entregó a Laurie.

—Désela a Patrick cuando se marche —dijo el superintendente.

—Preferiría que me acompañase usted.

—Tengo un escape de agua en el sótano —explicó el superintendente—. Pierda cuidado; es el 9C. Saliendo del ascensor a la derecha.

El ascensor se detuvo en el 9 y Laurie salió. Sólo por asegurarse, llamó varias veces al timbre del 9C e incluso golpeó con la mano antes de entrar. No tenía ganas de tropezarse otra vez con los allegados del muerto.

La primera cosa en que Laurie se fijó fueron los cascos de una estatua vaciada en yeso blanco esparcidos por el suelo del vestíbulo. A juzgar por los fragmentos más grandes, Laurie dedujo que se trataba de una réplica del David de Miguel Ángel.

El espacioso apartamento estaba decorado en un estilo confortable y rústico. Laurie fue vagando de habitación en habitación, no muy segura de lo que andaba buscando.

En la cocina, Laurie abrió el frigorífico. Estaba repleto de comida sana: yogur, brotes de soja, verduras frescas y leche desnatada.

La mesa de centro del *living* estaba llena de libros de arte y revistas: *American Health, Runner's World, Triathlon* y *Prevention.* En las cuatro paredes había estanterías con más libros de arte. Laurie se fijó en una placa que había sobre la repisa de la chimenea. Se acercó para leer la inscripción: «Triathlón de Central Park, Tercer puesto, 30-34».

En el dormitorio descubrió una bicicleta estática y montones de fotografías enmarcadas, en la mayoría de las cuales salía una atractiva mujer junto a un joven apuesto en varios escenarios al aire libre: montados en sendas bicicletas con un fondo de montañas, haciendo cámping en un bosque o terminando una carrera.

Mientras volvía a la sala de estar, Laurie trató de imaginar qué motivo podía haber tenido una atleta aficionada como Julia Myerholtz para consumir drogas. No tenía ningún sentido. La comida sana, las revistas y su probada habilidad no cuadraban con la cocaína.

Sus reflexiones fueron bruscamente interrumpidas al oír que una llave se introducía en la cerradura. Momentáneamente dominada por el pánico, como si esperara ver a Bingham entrando por aquella puerta, Laurie pensó en huir.

El joven que entró en el piso parecía tan sorprendido como Laurie de encontrar a alguien en el apartamento. Laurie le reconoció como el hombre que aparecía en muchas de las fotos del dormitorio.

–Doctora Laurie Montgomery –dijo Laurie, abriendo su

placa de un golpe seco–. Soy del servicio de inspección médica, estoy investigando la muerte de Julia Myerholtz.

–Soy Robert Nussman, su novio.

–No quiero causarle molestias –dijo Laurie, haciendo ademán de irse–. Puedo venir en cualquier otro momento. –No quería que a Bingham le llegasen noticias de su visita.

–No, no. Quédese, por favor –dijo Robert–. Yo sólo estaré un momento.

–Ha sido una tragedia –dijo Laurie. Se sentía en la necesidad de decir algo.

–Dígamelo a mí. –Robert pareció entristecerse de repente. Actuaba también como quien necesita hablar.

–¿Sabía usted que ella tomaba drogas? –preguntó Laurie.

–Julia no tomaba drogas –dijo él–. Ya sé que eso es lo que dicen –añadió, ruborizándose–, pero le aseguro que Julia nunca las probó. No iba con ella. Llevaba una vida totalmente sana. Ella me convenció para correr. –Se sonrió al recordarlo–. La primavera pasada me hizo hacer mi primer triathlón. Es totalmente impensable. Dios mío, si ni siquiera bebía...

–Lo siento –dijo Laurie.

–Tenía mucho talento –dijo Robert, compungido–, mucha fuerza de voluntad y era muy legal. Se preocupaba de la gente. También era religiosa: sin exagerar, pero lo suficiente. Y estaba metida en cantidad de cosas, asociaciones para la gente sin hogar, anti SIDA, de todo.

–Tengo entendido que la identificó aquí mismo –dijo Laurie–. ¿Fue usted quien la encontró?

–Sí –logró decir Robert, y apartó la mirada para contener las lágrimas.

–Debió de ser horrible –dijo Laurie. Con clara intensidad le vinieron a la memoria los recuerdos del día en que encontró a su hermano. Hizo lo que pudo por desecharlos–. ¿Dónde estaba ella cuando la encontró?

Robert señaló hacia el dormitorio.

–¿Estaba aún con vida? –preguntó Laurie con dulzura.

–Más o menos –dijo Robert–. Respiraba sólo a intervalos. Le hice la reanimación cardiopulmonar hasta que llegó la ambulancia.

–¿Cómo fue que vino usted? –preguntó Laurie.

–Ella me había telefoneado antes. Me dijo que viniera más tarde.

–¿Eso era normal? –preguntó Laurie.

Robert parecía confuso:

–No lo sé. Supongo que sí.

–¿Hablaba como de costumbre? –preguntó Laurie–. ¿Sabría decir si ya había consumido algún tipo de droga?

–Yo no creo que hubiera tomado nada –dijo Robert–. No daba la impresión de estar colocada. Pero tampoco diría que su voz sonara como siempre. Parecía tensa. De hecho, yo tenía un poco de miedo de que quisiera decirme algo malo, como que quería romper, por ejemplo.

–¿Tenían problemas? –preguntó Laurie.

–No –dijo Robert–. Las cosas iban la mar de bien. Bueno, eso creo yo. Sólo que hablaba en un tono entre extraño y ocurrente.

–¿Qué me dice de la estatua rota junto a la puerta?

–La vi en cuanto pisé el apartamento –dijo Robert–. Era su más preciada propiedad. Tenía unos doscientos años de antigüedad. Cuando vi que se había roto, supe que algo malo pasaba.

Laurie miró en dirección de la estatua hecha añicos y se preguntó si Julia habría podido romperla en mitad de un ataque. De ser así, ¿cómo consiguió llegar del vestíbulo al dormitorio?

–Gracias por su colaboración –dijo–. Espero no haberle molestado con mis preguntas.

–No –dijo Robert–. Pero ¿para qué preocuparse tanto? Pensaba que los forenses sólo hacían autopsias y que sólo se veían envueltos en asesinatos, como Quincy[1].

–Tratamos de ayudar a los vivos –dijo Laurie–. Es nuestro trabajo. Lo que más me gustaría es evitar nuevas tragedias como la de Julia. A medida que pasan los días me veo más capaz de hacerlo.

–Si tiene más preguntas que hacer, llámeme –dijo Robert, y

1. Protagonista de un telefilme norteamericano que contaba las andanzas de un médico forense de Los Ángeles metido a detective. *(N. del T.)*

le tendió su tarjeta–. Si resulta que no fue por drogas, dígamelo por favor. Sería importante, porque... –Súbitamente embargado por la emoción, Robert no pudo continuar.

Laurie asintió con la cabeza. Le dio a Robert su tarjeta de inspector médico tras garabatear su teléfono en el reverso.

–Si quiere saber alguna cosa o se acuerda de algo que le parezca que yo debo saber, telefonéeme, por favor. Puede hacerlo a cualquier hora.

Dejando a Robert solo con sus aflicciones, Laurie salió del apartamento y abordó el ascensor. Mientras bajaba, recordó que Sara Wetherbee había dicho que Duncan Andrews la había invitado a ir a su casa el día que tomó la sobredosis. Laurie pensó que ambas invitaciones eran muy extrañas. Si tanto Julia como Duncan se habían dado tanta maña en ocultar su drogadicción, ¿por qué invitar a nadie a casa la noche misma de su desenfreno?

Laurie devolvió la llave a Patrick, el portero, y le dio las gracias al salir. Estaba a media docena de pasos de la puerta cuando giró en redondo y volvió a entrar.

–¿Estaba usted de servicio anoche? –le preguntó.

–Naturalmente que sí –dijo Patrick–. De tres a once. Ése es mi turno.

–¿Pudo ver a Julia Myerholtz ayer tarde? –preguntó Laurie.

–Sí. La veía casi cada tarde, a última hora.

–Supongo que se ha enterado de lo que pasó –dijo Laurie. No quería dar ninguna información de la que el portero no estuviese al corriente.

–Sí, señora –dijo Patrick–. Consumía drogas como hacen muchos jóvenes. Es una verdadera pena.

–¿Parecía deprimida cuando llegó ayer noche? –preguntó Laurie.

–Deprimida no es lo que yo diría –afirmó Patrick–. Pero no actuaba con normalidad.

–¿En qué sentido lo dice?

–No me saludó –dijo Patrick–. Siempre saludaba, excepto ayer noche. Aunque tal vez fue porque no iba sola.

–¿Recuerda quién iba con ella? –preguntó Laurie con gran interés.

—Sí —dijo Patrick—. Generalmente no me acuerdo de esas cosas porque no para de entrar y salir gente. Pero como Miss Myerholtz no había saludado al pasar, me fijé en quienes la acompañaban.

—¿Les reconoció? —dijo Laurie—. ¿Habían venido anteriormente?

—No sé quiénes eran —dijo Patrick—. Y creo que no les había visto nunca. Uno era alto, delgado, e iba bien vestido. El otro era musculoso y más bien bajo. Ninguno dijo nada al entrar.

—¿Les vio cuando se fueron? —preguntó Laurie.

—No —dijo Patrick—. Debieron de marcharse cuando yo estaba descansando.

—¿A qué hora entraron? —preguntó Laurie.

—A media tarde —dijo Patrick—. Como a las siete.

Laurie le dio las gracias a Patrick otra vez y paró un taxi para volver al despacho. Casi había anochecido. Los rascacielos estaban ya iluminados y la gente se apresuraba a volver a sus casas. Mientras el taxi se dirigía al centro entre el denso tráfico, Laurie pensó en lo que acababa de hablar con el novio y con el portero. Sentía curiosidad por esos dos hombres que Patrick le había descrito. Aunque probablemente se trataba de compañeros de trabajo o amigos de Julia, el hecho de que hubieran ido a verla la misma noche de la sobredosis les confería cierta importancia. Laurie pensó que ojalá hubiera algún modo de averiguar su identidad a fin de poder hablar con ellos. Se le ocurrió incluso que podían haber sido traficantes de droga. ¿Acaso Julia pudo haber tenido una vida privada de la que su novio no estaba al corriente?

De vuelta en el centro forense, Laurie fue en primer lugar al despacho de George para ver si había vuelto del dentista. Había venido, sí, pero se había ido otra vez. Decepcionada, Laurie probó de abrir la puerta pero estaba cerrada con llave. Ya que no podía hablar con George, había pensado en conseguir la dirección de la otra víctima de sobredosis, Wendell Morrison.

Al llegar a su despacho, Laurie colgó su abrigo, cogió unos guantes de goma y bajó al depósito. El técnico nocturno del depósito, Bruce Pomowski, estaba en la oficina del depósito de cadáveres.

—¿Sabes algo de los restos de Myerholtz? —preguntó Laurie—. ¿Se los han llevado ya?

—¿Era uno de los casos de hoy? —preguntó Bruce.

—Sí —dijo Laurie.

Bruce abrió un grueso libro de registro y recorrió con el índice la lista de entradas del día. Al llegar a Myerholtz, pasó el dedo de través al otro extremo de la página.

—Aún no lo han recogido —dijo—. Estamos esperando que nos llame una funeraria de fuera de la ciudad.

—¿Está en el cuarto frigorífico? —preguntó Laurie.

—Sí —dijo Bruce—. Debe de estar en una de las primeras camillas.

Laurie le dio las gracias y se dirigió por el pasillo hacia el cuarto frigorífico. De noche, el ambiente del depósito cambiaba radicalmente. Durante el día la actividad era frenética. Pero ahora Laurie podía oír cómo resonaba el ruido de sus tacones al avanzar por los pasillos embaldosados de azul vacíos y casi a oscuras. Al momento recordó la reacción de Lou cuando estuvieron aquí el martes por la mañana. Lou había dicho que era un sitio espeluznante.

Laurie se detuvo y miró al suelo manchado que Lou le había hecho notar. Luego alzó los ojos a los rimeros de ataúdes de madera de pino destinados a Potter's Field; que contenían los despojos de personas no reclamadas y sin identificar. Se puso a andar otra vez. Era asombroso cómo su estado mental normal protegía de su conciencia el aspecto desagradable del depósito. Para que ella lo apreciara había hecho falta un extraño como Lou y una hora en que el depósito estaba vacío de seres vivos.

Al llegar a la pesada y enorme puerta de acero inoxidable del cuarto frigorífico, Laurie se puso los guantes y presionó el grueso tirador para soltar el pestillo. De un fuerte tirón, abrió la pesada puerta y una fría bruma pegajosa se le enroscó en los pies. Laurie alargó el brazo para encender la luz.

Reaccionando a su disposición de ánimo de momentos atrás, Laurie examinó el interior del frigorífico desde la perspectiva de una persona ajena a la profesión y no del patólogo forense que era. La visión era horripilante, sin más. Las paredes estaban abarrotadas de estanterías de madera donde descansaba una truculenta colección de fríos cadáveres y fragmentos de cuerpos que habiendo sido examinados en autopsia esperaban ser reclamados por alguien. La mayoría estaban desnudos, aunque había algunos cubiertos por sábanas manchadas de sangre y otros fluidos corporales. Era algo así como una visión terrenal de los infiernos.

El centro de la estancia estaba atiborrado de viejas camillas de ruedas, cada cual con un cadáver. Una vez más, los había tapados y los había desnudos y mirando al techo sin expresión como en una especie de macabro dormitorio colectivo.

Sintiendo unos escrúpulos poco propios de ella, Laurie traspasó el umbral buscando nerviosamente con la vista la camilla en la que estaba Julia Myerholtz. La pesada puerta se cerró a sus espaldas con un golpe seco.

Irracionalmente, Laurie giró sobre sus talones y se precipitó hacia la puerta, temerosa de haberse quedado encerrada en el frigorífico. Pero el picaporte cedió para que la puerta se abriera sobre sus voluminosos goznes.

Laurie volvió adentro, perpleja ante el poder de su imaginación, y empezó metódicamente a revisar los cuerpos que habían en las camillas de ruedas. A efectos de identificación, cada cadáver tenía atada al dedo gordo del pie derecho una etiqueta de papel manila con el nombre. Encontró a Julia no muy lejos de la entrada. Su cuerpo era de los que estaban tapados.

Laurie se acercó a la cabeza y retiró la sábana. Miró la pálida piel de la mujer y sus delicadas facciones. Juzgando sólo por su aspecto, habría dicho que estaba dormida de no ser por su palidez. Pero la brutal incisión en forma de *Y* griega, producto de la autopsia, desvaneció toda esperanza de que pudiera estar viva.

Al mirar de cerca, Laurie se fijó en las múltiples áreas contusionadas de la cabeza, indicativo de su probable actividad epiléptica. En su imaginación, Laurie veía a la pobre mujer tropezando con la estatua de David y haciéndola caer al suelo. Laurie echó un vistazo a la lengua, que no había sido extirpada. Pudo ver que se la había mordido brutalmente: más pruebas de un ataque epiléptico.

A continuación, Laurie buscó el orificio intravenoso por

donde Julia se había inyectado. Lo encontró tan fácilmente como los otros. También vio que Julia se había rascado los brazos igual que había hecho Duncan Andrews. Seguramente habría sufrido las mismas alucinaciones. Pero Laurie reparó en que los arañazos de Julia eran más profundos, casi como si hubieran sido hechos con un cuchillo.

Examinando las bien cuidadas uñas de Julia, Laurie pudo ver el por qué de aquellos profundos arañazos. Julia tenía las uñas largas impecablemente lacadas. Mientras admiraba aquellas uñas de mujer, Laurie se fijó en un pequeño fragmento de tejido que había quedado encajado bajo la uña del dedo medio de la mano izquierda.

Después de ver que no había más rastro de tejido en las otras uñas, Laurie se llegó a la sala de autopsias a por dos frascos de muestras y un escalpelo. De vuelta al lado de Julia, Laurie desmenuzó un trocito de tejido y lo metió en uno de los frascos. Con el escalpelo cortó una tirita de piel de junto a la herida de la autopsia y la deslizó en el otros frascos de muestras.

Tras cubrir el cuerpo con la sábana, Laurie llevó los frascos al laboratorio de ADN, donde les puso la etiqueta correspondiente y firmó su registro de entrada. En el formulario solicitó una copia. Aunque estaba bien claro que la mujer se había rascado, Laurie creyó oportuna una comprobación. Que el servicio de inspección médica estuviera a tope de trabajo no era motivo para dejar de ser concienzudo. Con todo, a Laurie le consoló que fuera de noche y que el laboratorio estuviese desierto. Habría preferido no tener que dar explicaciones sobre la necesidad de este análisis.

Laurie volvió andando a su despacho. Como todos los demás se habían ido, creyó que podría sacar provecho del silencio ambiental y dedicarse a completar parte del papeleo que había descuidado tan solícitamente.

Sintiéndose todavía un poco tensa debido a su reacción al cerrarse la puerta del frigorífico, Laurie estaba en mala disposición para hacer frente a lo que le aguardaba en su despacho. Justo cuando Laurie acababa de entrar en su despacho, una figura gritó y dio un salto hacia ella.

Laurie lanzó un grito desde lo más profundo de su ser. Fue

un puro acto reflejo y su potencia fue tal que resonó por todo el pasillo de hormigón como una partícula de carga subatómica en un acelerador. Laurie había perdido el control. Simultáneamente, su corazón le dio un brinco en el pecho.

Pero el ataque que ella se temía no llegó a ocurrir. Su cerebro, en cambio, transformó el mensaje para decirle que la aterradora figura había gritado «¡Buuu!», cosa que un violador loco o un espíritu maligno y sobrenatural difícilmente habrían chillado. Al mismo tiempo su cerebro identificó la cara como perteneciente a Lou Soldano.

Todo ello había sucedido en un abrir y cerrar los ojos y para cuando Laurie fue capaz de responder, el miedo se había transformado en ira.

—¡Lou! —exclamó—. ¿Por qué ha hecho esto?

—¿La he asustado? —preguntó tímidamente Lou. Veía que el rostro de ella se había puesto lívido. A Lou le resonaba aún el grito en los oídos.

—¿Asustado? —chilló Laurie—. Terror es lo que he sentido. Y no me gusta que me den esos sustos. No vuelva a hacerlo nunca.

—Lo siento —dijo Lou con pesar—. Supongo que ha sido una chiquillada. Pero es que este sitio me crispa los nervios.

—Podría aplastarle las narices ahora mismo —dijo ella, blandiendo el puño cerrado delante de la cara de él. Su ira se había aplacado ya, sobre todo al oír las disculpas de Lou y su aparente remordimiento. Laurie rodeó su escritorio y se derrumbó en la silla—. ¿Se puede saber qué hace aquí a estas horas?

—Literalmente, pasaba por aquí —dijo Lou—. Quería hablar con usted, así que aparqué en la rampa de carga del depósito esperando encontrarla aquí. Realmente no tenía muchas esperanzas, pero el tipo de abajo me ha dicho que acababa de estar en su despacho.

—¿De qué quería hablar conmigo?

—De su novio, Jordan —dijo Lou.

—Que no es mi novio... —le espetó Laurie—. Si insiste en llamarle así, acabará por disgustarme.

—¿Dónde está el problema? —preguntó Lou—. A mí me parece un término relativamente exacto. Sale con él todas las noches, ¿o no?

—Mi vida social es sólo asunto mío —dijo Laurie—. Pero para su información, sepa que no «salgo» con él todas las noches. Queda claro que no voy a salir esta noche.

—Bueno, tres de cuatro no está mal —dijo Lou—. Pero mire, vamos al grano: quería que supiera que he hablado con Jordan acerca de esos pacientes suyos que han liquidado profesionalmente.

—¿Y qué ha dicho él? —preguntó Laurie.

—Poca cosa. Se ha negado a hablar en concreto de ninguno de sus pacientes.

—Bravo por él.

—Pero más importante que sus palabras ha sido su actitud. Estaba realmente nervioso mientras hablaba conmigo. No sé qué pensar de todo esto.

—No habrá pensado que está metido en esos asesinatos de un modo u otro, ¿verdad?

—No —dijo Lou—. Que se aproveche de que no ven ni torta, y no va en broma, vale, pero matarlos, no. Sería como matar a la gallina de los huevos de oro. Ahora, eso sí, estaba pero que muy nervioso. Algo le ronda por la cabeza. Creo que sabe algo.

—Yo creo que tiene motivos de sobra para estar nervioso —dijo Laurie—. ¿Le ha dicho que Cerino le amenazó?

—Pues no —dijo Lou—. ¿De qué forma lo hizo Cerino?

—Jordan no llegó a decirlo, pero si Cerino es la clase de individuo que usted dice que es, ya se puede imaginar.

Lou asintió.

—Me pregunto por qué se lo callaría Jordan.

—Probablemente no cree que usted pueda protegerle. ¿Podría usted?

—Probablemente no —dijo Lou—. O no para siempre. A alguien de tanta categoría como Jordan Scheffield, no.

—¿Se ha enterado de algo útil hablando con él? —preguntó Laurie.

—Lo que sí supe es que las víctimas no tenían el mismo diagnóstico —dijo Lou—. Al menos, ésas fueron sus palabras. Es que se me había ocurrido una idea de bombero. Supe también que no tienen otra relación clara con Jordan Scheffield aparte de ser pacientes suyos. Le he preguntado de todas las maneras que he podido. O sea que, por desgracia, no me he enterado de mucho.

—¿Qué piensa hacer ahora?

—¡Esperar! —dijo Lou—. Aparte, haré que mis equipos de investigación indaguen los diagnósticos de cada uno. Es posible que de ahí saquemos alguna cosa. Ha de haber algo en todo este asunto que se me escapa.

—Es lo que me pasa a mí con las sobredosis —dijo Laurie.

—A propósito —dijo Lou—. ¿Qué hace aquí tan tarde?

—Confiaba en terminar parte de mi trabajo. Pero con este pulso tan acelerado, gracias a sus bromitas, sería mejor que me llevara los papeles a casa y lo intentara allí.

—¿Vamos a cenar? —preguntó Lou—. ¿Le apetece venir conmigo a Little Italy? ¿Le gusta la pasta?

—Me encanta.

—¿Qué responde entonces? —preguntó Lou—. Ya me ha dicho que no va a salir con el bueno del doctor, y ésa es su excusa preferida.

—Qué obstinado...

—Pues claro, soy italiano.

Quince minutos después, Laurie se hallaba en el Caprice de Lou camino del centro de la ciudad. No sabía si era buena idea ir a cenar con aquel hombre, pero lo cierto es que no se le había ocurrido una razón para no hacerlo. Y a pesar de que él se había mostrado bastante grosero en ocasiones anteriores, ahora parecía de lo más encantador mientras le deleitaba con historias acerca de su infancia en Queens.

Aunque Laurie se había criado en Manhattan, no había estado nunca en Little Italy. Mientras recorrían Mulberry Street en el coche de Lou, ella disfrutaba como nunca de aquel ambiente. Había multitud de restaurantes y la gente paseaba por las calles en tropel. Como la propia Italia, el lugar parecía rebosante de vida.

—Es italiano, no hay duda —dijo Laurie.

—Lo parece, ¿verdad? —dijo él—. Pero le contaré un secretito. La mayor parte de la propiedad inmueble está en manos de chinos.

—Qué raro —dijo Laurie, un poco decepcionada aunque sin saber por qué.

—Esto había sido un barrio italiano —dijo Lou—, pero casi todos los italianos se mudaron a la periferia, a barrios como Queens. Y los chinos con olfato para los negocios vinieron y lo compraron todo.

Dejaron el coche en una zona de aparcamiento restringido. Laurie indicó la señal con el dedo.

—¡Por favor! —dijo Lou, colocando una tarjetita junto al volante, en el tablero—. De vez en cuando tengo derecho a aprovecharme de ser parte de la flor y nata de Nueva York.

Lou la llevó por una calle estrecha hasta un restaurante poco visible.

—No tiene ni nombre —dijo Laurie al entrar.

—No lo necesita.

El interior era una mezcla muy kitsch de manteles a cuadros rojos y blancos y espalderas con hiedra artificial y parras de plástico. Una vela metida en un jarroncito con la cera derramándose por los lados servía para alumbrar las mesas. De las paredes colgaban unos cuantos cuadros horteras de Venecia. Había una treintena de mesas chocando casi unas con otras en la angosta sala; todas parecían ocupadas. Los camareros se daban prisa en atender a la exigente clientela. Todo el mundo parecía conocerse por el nombre de pila. Un murmullo de voces planeaba por el restaurante, y el ambiente estaba impregnado del olor suculento y apetitoso a especias y hierbas aromáticas.

Laurie descubrió de pronto que tenía mucha hambre.

—Creo que deberíamos haber reservado una mesa —dijo.

Lou le indicó por gestos que tuviera paciencia. Pocos minutos después una mujer muy gorda y muy italiana vino a darle a Lou un envolvente abrazo. Él se la presentó a Laurie. Se llamaba Marie.

Como por arte de magia, apareció una mesa libre y Marie hizo que Laurie y Lou tomaran asiento.

—Me da la impresión de que aquí es bastante conocido —dijo Laurie.

—Con la de veces que he comido aquí, no me extraña. He conseguido que uno de sus chavales vaya a la escuela superior.

Para disgusto de Laurie no había menú. Tuvo que oír los platos del día de voz de un camarero que los recitaba con un marcado acento italiano. Pero tan pronto éste hubo terminado su impresionante letanía, Lou se inclinó para animarla a escoger ravioli o manicotti. Laurie optó rápidamente por los ravioli.

Con la cena encargada y una botella de vino blanco sobre la mesa, Lou decepcionó a Laurie al encender un cigarrillo.

—¿Y si llegamos a un acuerdo? —dijo Laurie—. Podría usted fumar sólo uno...

—Por mí de acuerdo.

Después de beber un vaso de vino, Laurie empezó a tomarle gusto al caótico ambiente del lugar. Cuando llegaron los platos, apareció también el chef y dueño del local, Giuseppe, a presentar sus respetos.

A Laurie le pareció una cena maravillosa. Tras las últimas noches en sitios tan formales, este animado restaurante era un alivio que agradecía. Todos parecían conocer y querer a Lou, quien fue objeto de numerosas bromas bienintencionadas por haber traído a Laurie consigo: al parecer solía cenar a solas.

Para postre, Lou insistió en que salieran a dar una vuelta hasta una cafetería de estilo italiano donde servían descafeinado exprés con *gelato*.

Sentados frente a sendos cafés con helado, Laurie miró a Lou y le dijo:

—Lou, quiero preguntarle una cosa.

—Oh, oh —dijo Lou—. Esperaba que podríamos evitar cualquier tema potencialmente penoso. Haga el favor de no pedirme otra vez que vaya a los de narcóticos.

—Solamente quiero su opinión.

—De acuerdo —dijo Lou—. Eso ya no me alarma tanto. Adelante, diga.

—No quiero que se ría de mí ¿vale? —dijo Laurie.

—Esto se pone interesante.

—No hay ninguna razón perentoria para que haya pensado en esto —dijo Laurie—. Sólo algunas cositas que me molestan.

—Puede pasarse toda la noche si continúa a este paso —dijo Lou.

—Se trata de mi serie de casos de sobredosis —dijo Laurie—.

Quiero saber cuál sería su opinión si le digo que fueron homicidios y no sobredosis por accidente.

—Siga —dijo Lou. Sin pensarlo, cogió otro cigarrillo y lo encendió.

—Llegó un caso de una mujer que había muerto de repente en el hospital —dijo Laurie—. Tenía múltiples dolencias cardíacas. Pero mirándola de cerca y examinándola con detenimiento, era difícil quitarse de la cabeza la idea de que la habían asfixiado. El caso ha sido firmado como «natural» principalmente por los otros detalles, dónde se encontraba la víctima, el hecho de que fuera obesa y su historial de enfermedades cardíacas. Pero si esa señora hubiera sido hallada en cualquier otra parte, podría haberse considerado homicidio.

—¿Qué relación tiene esto con sus sobredosis? —preguntó Lou. Se inclinó sobre la mesa, el cigarrillo metido en la comisura de los labios. El humo le hacía entrecerrar los ojos.

—He empezado a pensar en mis casos a la misma luz. Dejando aparte el hecho de que a estas personas las encontraran solas en sus casas con una jeringa al lado, es difícil no ver asesinatos en ese contexto. Pero ¿y si la cocaína no se la administraron ellos?

—¡Caray! Eso sí que cambiaría las cosas —dijo Lou. Se retrepó en la silla y se sacó el cigarrillo de la boca—. Es cierto; se han cometido homicidios con drogas. De eso no hay duda. Aunque el motivo suele ser más patente: robo, sexo, herencias... Muchos camellos de pacotilla han muerto así a manos de sus clientes descontentos. Esa serie de casos suyos no encaja en este molde. Yo creía que la razón de que esos casos sean tan sorprendentes es el hecho de que todos los fallecidos eran al parecer ciudadanos de pro sin historia de drogadicción ni problemas con la justicia.

—Eso es verdad —admitió Laurie.

—¿Quiere decir que piensa que a estos yuppies les forzaron a pincharse cocaína? Laurie, bájese de la nube. Habiendo drogadictos que están dispuestos a pagar lo que haga falta y más, ¿qué sentido tendría ponerse a emprender una cruzada personal para librar a la ciudad de la flor y nata de su ciudadanía? ¿Qué saldrían ganando? ¿No es más probable que esas personas fueran realmente consumidores de droga a escondidas y quién sabe si también traficantes?

—Yo no lo creo —dijo Laurie.

—Además —prosiguió Lou—, ¿no me dijo que en vez de esnifarla se la inyectaban?

—Así es.

—Bien, ¿cómo puede uno pinchar a nadie si éste no coopera? Mire, en los hospitales las enfermeras tienen que sudar lo suyo para pinchar a los enfermos, ¿no? ¿Va a decirme que una víctima que trata de negarse a que la inyecten puede ser pinchada en contra de su voluntad? ¿Cómo se come eso?

Laurie cerró los ojos. Lou había tropezado con el punto más débil de su teoría del homicidio.

—Si fueron inyectados en contra de su voluntad, habría señales de lucha. ¿Las ha habido?

—No —confesó Laurie—. Me parece que no, al menos. —De pronto, recordó la estatua destrozada en el apartamento de Julia.

—Sólo hay otra forma en que se me ocurre que pudiera suceder, y es si las víctimas hubieran sido drogadas a más no poder con algún tipo de cóctel narcótico. Corríjame si me equivoco, pero de ser así los del servicio de inspección médica habrían encontrado una droga como ésa si la hubiera habido, ¿no es cierto?

—Tiene toda la razón —concedió Laurie.

—Todo aclarado, pues —dijo Lou—. No puedo culparla por pensar en la hipótesis del homicidio, pero creo que como posibilidad es totalmente remota.

—Hay otros hechos que han suscitado mis sospechas —insistió Laurie—. Hoy he ido al apartamento de uno de los casos más recientes y el portero me ha dicho que la noche en que murió la mujer se presentó con dos hombres que él no había visto nunca.

—Laurie, no me diga que sólo porque una mujer llega a casa con dos hombres a los que el portero no reconoce se puede engendrar tamaña teoría conspiratoria. Por favor...

—¡Está bien! ¡Vale! —dijo Laurie—. No se ponga así. ¿No le gusta que hable del asunto? Lo que pasa es que todo esto me preocupa y me molesta como si fuera un dolor de muelas intelectual.

—¿Qué más? —preguntó Lou pacientemente.

—En dos de los casos, la víctima telefoneó al novio o la novia respectivos aproximadamente una hora antes, pidiendo que fueran a su casa.

—¿Y...? —dijo Lou.

—Y nada. Es todo. Sólo que pensé que era curioso que unas personas que supuestamente estaban ocultando su adicción invitasen a sus parejas no drogadictas si tenían intención de pasar una noche de orgía cocaínica.

—Esas personas podían haber llamado por mil y una razones distintas. No creo que en ninguno de los dos casos tuvieran la menor idea de que su viaje iba a terminar como lo hizo. Si acaso, no hace sino confirmar la idea de que se administraron la droga ellos mismos. Seguramente creían en el mito de los poderes afrodisíacos de la coca y querían que sus respectivas parejas estuvieran presentes en el momento del apogeo.

—Pensará usted que soy una imbécil —dijo Laurie.

—En absoluto —insistió Lou—. Está bien ser suspicaz, sobre todo en su profesión.

—Gracias por escucharme. Le agradezco su paciencia.

—Es un placer —dijo Lou—. No dude en consultarme lo que sea, siempre que lo desee.

—Bien, me ha encantado la cena —dijo Laurie—, pero ya es hora de que vaya pensando en volver a casa. Aún tengo que cumplir mi promesa de trabajar un poco.

—Si le ha gustado este restaurante —dijo Lou—, me encantaría llevarla a uno que hay en Queens. Está en pleno barrio italiano. Auténtica cocina del norte de Italia. ¿Qué le parece mañana?

—Gracias por la invitación —dijo Laurie—. Pero tengo planes para mañana por la noche.

—Oh, claro —dijo Lou con sarcasmo—. Mira que olvidarme del doctor Limu...

—¡Por favor, Lou! —dijo Laurie.

—Vamos —dijo Lou, retirando su silla—. La llevaré a su casa. Si soporta usted mi humilde y destartalado Caprice...

Laurie hizo rodar los ojos.

Franco Ponti aparcó su Cadillac negro delante del restaurante Neapolitan de Corona Avenue, más arriba del Vesubio, y bajó del vehículo. El mozo le reconoció y al momento le aseguró que su coche quedaba en buenas manos. Franco le dio un billete de diez dólares y cruzó la puerta.

A esa hora del viernes por la noche, el restaurante estaba en plena actividad. Un acordeonista iba de mesa en mesa dando una serenata a los clientes. Una atmósfera de jovialidad puntuaba, entre risas y alboroto, la noche. Franco se detuvo un momento al traspasar la cortina de terciopelo rojo que separaba el vestíbulo del comedor. En seguida divisó a Vinnie Dominick, Fraddie Capuso y Richie Herns en uno de los reservados en compañía de un par de rollizas minifalderas.

Franco fue directamente hacia la mesa. Vinnie, al verle, dio unas palmaditas a las chicas y les dijo que fueran a empolvarse la nariz. En cuanto se fueron, Ponti se sentó.

–¿Quieres beber algo? –preguntó Vinnie.

–Me iría bien un poco de vino –dijo Franco.

Vinnie chasqueó los dedos. Al instante apareció un camarero esperando órdenes. Con la misma rapidez, el camarero volvió con la copa. Vinnie le sirvió a Franco un poco de vino de la botella que había sobre la mesa.

–¿Has conseguido algo para mí? –preguntó Vinnie.

Franco tomó un sorbo y giró la botella para mirar la etiqueta.

–Angelo Facciolo y Tony Ruggerio están ahora con Cerino. O sea que no están ocupados. Pero anoche no pararon. No sé lo que hicieron a última hora de la tarde porque los perdí de vista, pero después de comer una pizza a eso de medianoche les volví a cazar, y la verdad es que no estuvieron un momento quietos. ¿Has leído lo de esos asesinatos en Manhattan?

–¿Quieres decir ese pez gordo de la banca y el tipo de la casa de subastas? –preguntó Vinnie.

–Los mismos –dijo Franco–. Angelo y Tony hicieron los dos trabajos. Fue una chapuza. Por poco les echan el guante las dos veces. Hasta yo tuve que cuidarme de que no me detuvieran por preguntar, sobre todo en el caso del banquero. Estaba aparcado delante de la casa cuando llegó la poli.

–¿Para qué coño los liquidaron? –dijo Vinnie. Se le había

puesto la cara colorada y sus ojos empezaban a salírsele de las órbitas.

—Aún no lo sé —dijo Franco.

—¡La poli está cada día más nerviosa! —bramó Vinnie—. Y en cuantos más líos intervienen, peor para el negocio. Hemos tenido que cerrar provisionalmente la mayor parte de nuestros garitos. —Vinnie traspasó a Franco con la mirada—. Tienes que averiguar qué está pasando.

—He lanzado varios cables —dijo Franco—. Preguntaré por ahí mientras sigo a Angelo y Tony. Alguien tiene que saberlo.

—No puedo quedarme sentado mientras lo echan todo a perder —dijo Vinnie—. He de hacer algo.

—Dame un par de días más —dijo Franco—. Si no consigo nada, puedo librarme de esos dos.

—Pero eso significaría la guerra —observó Vinnie—. No estoy seguro de estar preparado para eso. El negocio se resentiría aún más.

—¿Sabe una cosa, Doc? —dijo Cerino—. Ha sido mejor de lo que creía. La verdad es que estaba preocupado, pero no he notado nada de nada. ¿Cómo ha ido la operación?

—De maravilla —dijo Jordan. Sostenía una linterna de bolsillo con la que iluminaba el ojo que acababa de intervenir—. Y ahora tiene muy buen aspecto. La córnea es transparente como el agua y la cámara se ve perfectamente.

—Si usted está contento, yo también —dijo Cerino.

Cerino estaba en una de las habitaciones privadas del ala Goldblatt del Manhattan General Hospital. Jordan estaba realizando sus últimas rondas postoperatorias pues había concluido el último de sus transplantes de córnea sólo media hora antes. En ese día sólo había hecho cuatro. Angelo estaba apoyado en la pared del fondo. En una butaca junto a la puerta del baño, Tony dormía a pierna suelta.

—Lo que haremos es esperar unos días a que el ojo se recupere —dijo Jordan enderezándose—. Si todo va bien, y estoy seguro de que será así —añadió rápidamente—, operaremos el otro ojo. Quedará usted como nuevo.

—¿Significa que también voy a tener que esperar para la otra operación? —quiso saber Cerino—. Eso no me lo había dicho. Cuando empezamos sólo me dijo que tendría que esperar para la primera.

—Relájese —ordenó Jordan—. Procure que no le suba la presión sanguínea. Conviene dar un poco de tiempo entre ambas operaciones a fin de que su ojo pueda recuperarse antes de que empiece a trabajar en el otro. Y al paso que hemos ido hoy, no creo que haya de esperar mucho.

—No me gusta que los médicos den sorpresas —le advirtió Cerino—. No entiendo a qué viene ese segundo período de espera. ¿Está seguro de que el ojo que me ha operado funciona bien?

—Magníficamente —le aseguró Jordan—. Nadie podría haberlo hecho mejor, créame.

—Si no le creyera no estaría aquí tumbado —dijo Cerino—. Pero si todo ha ido tan bien y si he de esperar unos días más, qué pinto yo en esta habitación tan deprimente. Quiero irme a casa.

—Es mejor que se quede. Necesita medicación para el ojo. Si se presentara alguna infección...

—Cualquiera puede ponerme un par de gotas en el ojo —dijo Paul—. Mi esposa Gloria se las apaña muy bien desde que pasó todo esto. ¡Quiero salir de aquí!

—Si está decidido a irse, no puedo retenerle —dijo Jordan, nervioso—. Pero al menos haga todo lo posible por descansar y estarse quieto.

Tres cuartos de hora más tarde un celador llevaba a Cerino en silla de ruedas hasta el coche de Angelo. Tony había dejado ya el sedán negro junto al bordillo, frente a la entrada del hospital. Tenía el motor en marcha.

Cerino había pagado en efectivo la factura del hospital, cosa que había sorprendido a la cajera que estaba de turno. Al chasquido de los dedos del jefe, Angelo había sacado varios billetes de cien dólares de un fajo grande que llevaba en el bolsillo hasta sobrepasar el total de la cuenta.

—Quita esas manos —dijo Cerino viendo que Angelo trataba de ayudarle a bajarse de la silla de ruedas cuando llegaron al coche y el celador accionó los frenos—. Puedo hacerlo solo. ¿Te crees que soy un inválido?

Cerino consiguió ponerse recto y osciló unos instantes al apoyar su considerable mole sobre sus dos piernas. Iba vestido de calle. Sobre el ojo operado tenía un refuerzo metálico en el que se habían practicado numerosos agujeritos.

Lentamente, Cerino logró situarse en el asiento del acompañante y dejó que Angelo le cerrase la portezuela. Angelo ocupó el asiento trasero. Tony arrancó, pero al llegar a la calzada calculó mal el bordillo. El coche dio un bote.

–¡Me cago en diez! –aulló Cerino.

Tony se encogió sobre el volante.

Pasaron por Midtown Tunnel para coger el Long Island Expressway. Cerino empezaba a mostrarse más comunicativo.

–Sabéis una cosa, chicos –dijo, radiante–. ¡Me encuentro perfectamente! Por fin, tantas preocupaciones y tantos planes... Como le he dicho al doctor, no ha sido ni la mitad de lo que me esperaba. Claro que el primer pinchazo sí que lo he notado.

Angelo reculó en su asiento. Desde el primer momento se había mostrado muy reacio a tener que entrar en el quirófano. Cuando vio que Jordan apuntaba al rostro de Cerino con aquella aguja descomunal, justo debajo del ojo, por poco se desmaya. Angelo odiaba las agujas.

–Pero después del pinchazo –prosiguió Cerino– no he sentido nada. Incluso me he dormido. Increíble, ¿no? Increíble. ¿Verdad, Tony?

–Sí, increíble –dijo Tony nerviosamente.

–Cuando hube despertado se había acabado todo –dijo Cerino–. Puede que Jordan sea un estúpido, pero como cirujano es cojonudo. ¿Y sabes una cosa? Creo que es listo. Sé que es un tipo práctico. Sé que podríamos hacer negocios, él y yo. ¿Tú qué opinas, Angelo?

–Es una idea interesante –dijo Angelo sin entusiasmo.

12

7:45, SÁBADO
MANHATTAN

Como era sábado, Laurie no había puesto el despertador. Pero igualmente se despertó antes de las ocho, nuevamente preocupada por esa pesadilla con Shelly. Laurie se preguntaba de una forma vaga si serviría de algo acudir a un especialista.

Aunque no estaba de retén, Laurie había decidido acercarse al trabajo. A despecho de sus intenciones, su empeño por adelantar el trabajo pendiente la noche anterior después que Lou la dejase en casa no había fructificado. El vino y el trabajo eran una mala combinación para ella.

Al salir de su casa, Laurie se sorprendió de ver que hacía un tonificante día de otoño. El sol había adoptado ya su típico aspecto invernal, pero el cielo estaba despejado y la temperatura era agradable. Por ser sábado, la circulación rodada y sus humos correspondientes eran mínimos en la Primera Avenida. Laurie disfrutó de su paseo hasta la Calle 30.

En cuanto llegó al trabajo, Laurie fue directamente a la oficina de Identificación para ver cuáles eran los casos del día. Respiró al comprobar que no había nuevos candidatos a engrosar su serie de sobredosis. El programa constaba de los clásicos homicidios y accidentes del viernes noche que reflejaban una dosis normal de asesinato y caos en la Gran Manzana.

Acto seguido, Laurie se dirigió al laboratorio de toxicología. Le consoló no tener que rehuir a John DeVries. Seguro que no estaría, siendo sábado. Se alegró de encontrar al trabajador Peter en su lugar habitual delante del cromatógrafo de gases más nuevo.

–Nada que añadir con respecto al contaminante –le dijo Peter–, pero con esa nueva muestra que conseguí ayer, puede que tengamos suerte.

–¿Qué clase de muestra? –preguntó Laurie–. ¿Sangre?

–No –dijo Peter–, cocaína pura extraída del intestino.

–¿Del intestino de quién?

Peter comprobó la etiqueta que tenía delante:

–De Wendell Morrison. Uno de los casos que hizo ayer Fontworth.

–¿Y cómo consiguió una muestra del intestino? –preguntó Laurie.

–En eso no puedo ayudarla –dijo Peter–. No tengo ni idea de cómo lo hizo, pero la cantidad que me dio facilita mucho el trabajo.

–Me alegro –dijo Laurie, perpleja por esta inesperada noticia–. Avíseme si encuentra algo.

Laurie salió del laboratorio y se fue al despacho. Después de buscar su número en el directorio de la casa, telefoneó a George Fontworth a su domicilio particular. George contestó a la segunda; Laurie se tranquilizó al saber que no le había despertado.

–No me digas que estás en el trabajo –dijo él cuando supo quién le llamaba.

–¿Qué le voy a hacer? –dijo Laurie.

–Ni siquiera te toca retén –dijo George–. No trabajes tanto. Nos vas a hacer quedar mal a todos.

–Seguro. –Laurie se rió–. Por aquí no hay ni un alma a quien pueda impresionar. Ya sabes lo que te dijo Calvin ayer: ni cruzar una palabra conmigo.

–Fue una estupidez –concedio George–. ¿Qué te cuentas?

–Estoy intrigada por el primer caso que hiciste ayer, Wendell Morrison.

–¿Qué es lo que quieres saber? –preguntó George.

–Me han dicho en Toxicología que les habías dado una muestra de cocaína del intestino del muerto. ¿Cómo la obtuviste?

–El doctor Morrison tomó la droga por vía oral –dijo George.

–Creí que habías dicho que los dos se la inyectaron –comentó Laurie.

–Sólo el segundo caso –dijo George–. Cuando me preguntaste por el modo de administración, yo pensé que sólo te referías al segundo.

–Todos mis casos tomaron la droga por vía intravenosa, pero uno de los de Dick Katzenburg la ingirió por vía oral después de intentarlo por vía intravenosa.

–Lo mismo que el doctor Morrison –dijo George–. Sus fosas cubitales parecían acericos. El tipo estaba gordo y tenía las venas gruesas, pero tratándose de un médico cabía pensar que sería más mañoso con la punción.

–¿Seguía habiendo mucha cocaína en el intestino?

–Para parar un tren –dijo George–. Hay que ver lo que se comió ese tipo. Parte del intestino estaba infartado allí donde la cocaína había cortado el suministro de sangre. Fue como ocurre a veces al pasar la cocaína: al camello se le rompe el condón donde la tiene escondida.

–¿Había algo más a destacar?

–Sí –dijo George–. Tenía un accidente cerebrovascular de resultas de un pequeño aneurisma. Debió reventársele durante un ataque.

Antes de colgar, Laurie le habló del fragmento de tejido que había cogido de debajo de una uña de Julia Myerholtz.

–Confío en que no te importe que me meta en tu caso –dijo Laurie.

–No, por Dios –contestó George–. Es que me sabe mal que se me pasara por alto. Con todas esas escoriaciones que ella misma se había hecho, habría tenido que mirarle debajo de las uñas.

Después de desearle a George un buen fin de semana, Laurie se puso por fin a trabajar en sus papeles. Pero tal como había experimentado últimamente, no podía apartar su mente del preocupante cariz que estaba tomando su serie de sobredosis. Pese a lo hablado con Lou, seguían inquietándola ciertos detalles del caso Myerholtz.

Laurie sacó las carpetas de los tres casos que había realizado el jueves: Stuart Morgan, Randall Thatcher y Valerie

Abrams. En un bloc de notas garabateó la dirección de cada uno.

Apenas un minuto después, Laurie salía por la puerta. Tomó un taxi y visitó uno por uno los tres escenarios. Laurie habló con los respectivos porteros. Después de identificarse, Laurie obtuvo los nombres y números de teléfono de los porteros que habían estado de servicio la noche del miércoles.

De vuelta en su despacho, Laurie se puso a hacer llamadas. La primera fue a Julio Chávez.

–¿Conocía usted a Valerie Abrams? –preguntó Laurie tras darse a conocer.

–No –dijo Julio–. Al menos no la recuerdo.

Lou debía de tener razón, se dijo Laurie después de darle las gracias y colgar. Probablemente estaba perdiendo el tiempo. Aun así, no pudo aguantarse las ganas de marcar el número del siguiente en la lista: Ángel Méndez, portero de noche del apartamento de Stuart Morgan.

Laurie se presentó como había hecho antes y luego preguntó a Ángel si conocía a Stuart Morgan. La respuesta fue: «¡Claro que sí!».

–¿Vio usted a Mr. Morgan el miércoles por la noche? –preguntó Laurie a continuación.

–Claro –dijo Ángel–. Veía todas las noches a Mr. Morgan. Después del trabajo iba siempre a hacer *jogging*.

–¿También el miércoles por la noche? –preguntó Laurie.

–Como todas las otras noches –le dijo Ángel.

Laurie volvió a preguntarse sobre la poca lógica que tenía el que un joven que se cuidaba tanto corriera cada noche a meterse en casa para drogarse. No tenía mucho sentido.

–¿Le pareció que estaba como siempre? –preguntó–. ¿Estaba deprimido?

–Cuando salió parecía encontrarse bien –dijo Ángel–. Pero no se fue tan lejos como otras veces. Al menos volvió muy pronto. Ni siquiera venía sudando. Lo recuerdo porque le dije que hoy no había sudado la camiseta.

–¿Y qué contestó él? –preguntó Laurie.

–Nada –dijo Ángel.

–¿Era normal que no contestara nada?

–Sólo si estaba con alguien más.

–¿Iba Mr. Morgan acompañado de otras personas cuando volvió de hacer *jogging*? –preguntó ella.

–Sí –dijo Ángel–. Iba con dos desconocidos.

Laurie se irguió en su silla.

–¿Puede describir a esos desconocidos? –preguntó.

Ángel se rió.

–Pues me parece que no –dijo–. Veo a muchas personas a lo largo del día. Sólo me acuerdo de que iba con unos desconocidos porque no me saludó.

Laurie le dio las gracias y colgó. Por algo había que empezar. Aún le resonaba en los oídos la advertencia de Lou respecto a que no jugara a detective, pero esta sorprendente similitud con el caso Myerholtz podía ser el inicio de un magnífico punto de partida.

Finalmente, Laurie telefoneó al último de la lista: David Wong. Desafortunadamente, David no recordaba haber visto a Randall Thatcher. Laurie colgó después de darle las gracias.

Estaba decidida a ocuparse de un caso más antes de volver al papeleo. Fue a Histología y pidió los portaobjetos de Mary O'Connor. Una vez en su despacho, examinó al microscopio los del corazón para estudiar la extensión de la arteriosclerosis, que resultó ser moderada tal como Paul había dicho a grosso modo. Ella tampoco registró ninguna miopatía.

Descartado esto, Laurie no vio otra razón para demorar su trabajo. Apartó el microscopio, desplegó sus casos por terminar y se esforzó por poner manos a la obra.

–¿Esto es todo? –preguntó Lou, agitando una hoja de papel escrita a máquina.

–No hemos podido conseguir más –le dijo Norman.

–Esto es puro galimatías médico. ¿Qué coño es «queratocono»? O esta otra joya: «queratopatía seudofáquica abullonada». ¿Quieres hacer el favor de decirme qué mierda es todo esto?

–¿No querías los diagnósticos de las víctimas que se visitaban con el doctor Jordan Scheffield? –dijo Norman–. Pues eso es lo que hemos podido investigar.

Lou volvió a leer la hoja. Martha Goldburg, queropatía seudofáquica abullonada, Steven Vivonetto, queratitis intersticial; Janice Singleton, herpes zóster; Henriette Kaufman, distrofia endotelial de Fuchs; Dwight Sorenson, queratocono.

–Confiaba en que todos tuvieran lo mismo –murmuró Lou–. Esperaba pillar en falta a ese escurridizo de Scheffield.

Norman se encogió de hombros.

–Lo siento –dijo–. Puedo hacer que alguien te traduzca todo eso al cristiano, caso de que haya algún modo, que lo dudo.

Lou se retrepó en la silla.

–¿Tú qué piensas? –preguntó.

–Mis ideas no son muy brillantes –dijo Norman–. Cuando vi que salía el nombre de ese doctor por todas partes, pensé que tal vez teníamos algo. Pero ahora ya no me lo parece.

–¿Algún paciente descontento? –preguntó Lou.

–En este terreno, sólo hay una respuesta afirmativa –dijo Norman–: los Goldburg. Harry Goldburg ha iniciado un pleito contra el doctor Scheffield por incompetencia después de que éste le extrajera las cataratas a su mujer. Por lo visto hubo complicaciones y ella no veía gran cosa con ese ojo.

–Y todo esto, ¿qué es? –dijo Lou, agarrando una gruesa carpeta llena de papeles mecanografiados.

–Es el resto del material que han reunido los equipos de investigación –dijo Norman.

–Santo cielo –dijo Lou–. Por lo menos hay quinientas páginas.

–Cuatrocientas, más bien. Todavía no he dado con nada interesante, pero he pensado que era mejor que tú también te lo miraras. Y ya puedes espabilar: cuanta más gente entrevistemos, más material se acumulará.

–¿Qué hay de Balística? –preguntó Lou.

–Aún no nos han dicho nada –dijo Norman–. Siguen con los homicidios del mes pasado. Pero en principio la opinión es que sólo hubo dos armas: una del calibre veintidós y otra del veinticinco.

–¿Y el ama de llaves? –preguntó Lou.

—Todavía vive pero aún no ha recuperado el conocimiento —dijo Norman—. Le dispararon a la cabeza y está en coma.
—¿La tienes vigilada? —preguntó Lou.
—Desde luego —dijo Norman—. Las veinticuatro horas.

Tras haber avanzado bastante en su trabajo de papeleo, Laurie tenía ya un buen montón de casos terminados. Solucionado esto, cogió las historias de las muertes por sobredosis. Laurie las clasificó y separó los tres casos que quería: Duncan Andrews, Robert Evans y Marion Overstreet. Eran los casos cuya autopsia había realizado ella el martes y el miércoles. Copió las direcciones y recogió todo lo demás.

Laurie hizo la misma excursión que por la mañana, sólo que esta vez se encontró con que los porteros a quienes quería interrogar estaban de nuevo de servicio.

No salió contenta del resultado obtenido en las residencias de Evans y Overstreet. En ambos casos el portero no pudo decirle gran cosa sobre la noche en cuestión. Pero en casa de Andrews fue distinto.

Cuando el taxi paró junto al edificio, Laurie reconoció la marquesina azul con festones y la puerta de hierro forjado que vio la primera vez. Al salir del taxi, reconoció incluso al portero. Era el mismo que estaba de servicio en ocasión de su aciaga visita anterior. Pero no se desanimó por ello. Aunque pensaba que existía la remota posibilidad de que su visita llegara a oídos de Bingham, estaba deseando arriesgarse.

—¿En qué puedo servirla? —preguntó el portero.

Laurie esperó a ver si el portero daba señales de reconocerla. No fue así.

—Vengo del servicio de inspección médica —dijo—. Soy la doctora Montgomery. ¿Se acuerda que vine el martes?

—Me parece que sí —dijo el portero—. Me llamo Oliver. ¿Puedo hacer algo por usted? ¿Ha venido para subir al apartamento de los Andrews?

—No. No quiero molestar —dijo Laurie—. Sólo quería hablar con usted. ¿Trabajó usted el domingo por la noche?

—En efecto —dijo Oliver—. Yo libro el lunes y el jueves.

—¿Recuerda haber visto a Mr. Andrews la noche en que murió?

—Creo que sí —dijo él después de pensar un poco—. Le veía casi cada noche.

—¿Recuerda si estaba solo? —preguntó Laurie.

—Eso no puedo decírselo. Con la gente que entra y sale, me resultaría difícil recordar una cosa así, sobre todo cuando ha pasado una semana. Quizá si fuera el mismo día o si sucediera algo fuera de lo normal. ¡Un momento! —exclamó de pronto el portero—. Puede que sí. Ahora recuerdo que una noche vino acompañado de unas personas. Lo recuerdo porque Mr. Andrews me llamó por otro nombre. Me confundió con el superintendente.

—¿Le conocía a usted por el nombre? —preguntó Laurie.

—Por supuesto —dijo Oliver—. Yo trabajo aquí desde antes de que él se mudara. De eso hace cinco años.

—¿Cuántos hombres habían con él? —preguntó Laurie.

—Creo que dos. O tal vez tres.

—Pero no está convencido de si era esa noche u otra.

—Seguro no lo estoy —concedió Oliver—. Pero me acuerdo de que me llamó Juan y que eso me confundió. Bueno, es que él sabía que mi nombre es Oliver...

Laurie le dio las gracias al portero y se fue a casa. ¿Qué podía pensar de esta curiosa racha de similitudes? ¿Quiénes eran los dos hombres?, ¿eran los mismos en todos los casos?, ¿qué quería decir que un hombre joven, dinámico e inteligente confundiera los nombres del portero y el superintendente de su casa? Probablemente nada. Pudo ser que Duncan estuviera pensando llamar a Juan por un problema doméstico sin importancia.

Al llegar a su casa, Laurie lanzó una mirada valorativa al interior mientras iba hacia el ascensor. Se fijó en las baldosas desportilladas y agrietadas del suelo, y en la pintura que se desprendía de las paredes. En comparación con los edificios que acababa de visitar, era una casucha. Lo más deprimente era que todas las víctimas de sobredosis tenían la edad de Laurie o menos, y que económicamente habían prosperado muchísimo más. Laurie pagaba ya un alquiler mayor del que pensaba que podía permitirse con su sueldo y, en cambio, vivía en una especie de pocilga. Era deprimente.

Tom consiguió levantarle el ánimo en cuanto entró en el apartamento. Como había dormido todo el día así como la noche anterior, el minino era puro nervio. Con una destreza realmente pavorosa para el salto, *Tom* iba haciendo carambolas de las paredes a los muebles en un fantástico despliegue de vivacidad que a Laurie la hizo desternillar de risa.

No acostumbrada al lujo de tener tiempo libre que dedicar a sí misma, Laurie aprovechó al máximo las siguientes horas para dormir un rato y darse un baño después. Puesto que Jordan no había dejado un mensaje diciendo lo contrario, supuso que los planes para ir a cenar no habían cambiado desde que quedaran a las nueve de la noche.

Tras media hora decidiendo lo que iba a ponerse, incluido el probarse tres conjuntos, Laurie estaba lista a las nueve menos cinco. A diferencia de las anteriores citas, el propio Jordan se presentó a las nueve en punto.

—Ahora sí que mis vecinos tendrán algo de que hablar —le dijo Laurie—. Seguro que creían que estaba saliendo con Thomas.

Jordan había reservado mesa en Four Seasons, un restaurante en el cual, como todos los favoritos de él, Laurie no había comido nunca. Aunque la comida era excelente, el servicio impecable y el vino delicioso, Laurie no pudo evitar compararlo desfavorablemente con el anónimo retaurante al que Lou la había llevado la noche anterior. El caos y el bullicio de aquel sitio tan pequeño tenían algo de encantador. El Four Seasons, en cambio, de tan tranquilo aturdía. Ya que los únicos ruidos eran el tintineo del hielo en los vasos o el retintín de los cubiertos sanserif contra la porcelana, Laurie se sentía forzada a hablar en susurros. Y la severa geometría de la decoración era tan deliberadamente intimidante que se sentía cohibida. Laurie se atragantó con el agua al ocurrírsele una engorrosa idea: ¿y si lo que tanto le gustaba de ese restaurante era la compañía?

Jordan estaba relajado y hablador.

—Las cosas no podrían ir mejor —dijo de su profesión—. Tengo una sustituta para Marsha que es diez veces mejor que ella. No sé por qué me preocupaba tanto sustituir a Marsha. En cuanto a la cirugía, todo va de perlas. Nunca había operado tanto en tan poco tiempo. Sólo espero que esto siga así. Ayer me telefoneó mi contable y me dijo que este mes voy a batir el récord.

—Me alegro por usted —dijo Laurie. Estaba tentada de contarle lo que había descubierto hoy, pero Jordan no le daba ocasión de hablar.

—Estoy dándole vueltas a la idea de añadir una sala adicional de exploración —dijo—. Y quizá cogeré un socio joven para que se ocupe de los pacientes basura.

—¿A qué se refiere? —preguntó Laurie.

—A los que no pasan por el quirófano —dijo Jordan. Buscó un camarero con la mirada y le llamó para encargar una segunda botella de vino.

—Hoy he visto los portaobjetos de Mary O'Connor —dijo Laurie.

—Preferiría seguir hablando de cosas más alegres —respondió Jordan.

—¿No quiere saber lo que he descubierto? —preguntó Laurie.

—No especialmente —contestó Jordan—. A menos que sea algo sorprendente. No puedo extenderme más en ese caso. Tengo que seguir adelante. Al fin y al cabo, su estado médico general no era responsabilidad mía sino más bien del internista. No es como si hubiera muerto en el quirófano.

—¿Qué me dice de los otros pacientes que fueron asesinados? —preguntó Laurie—. ¿Quiere hablar de ellos?

—La verdad es que no. ¿Para qué, quiero decir? Ya no podemos hacer nada por esas personas.

—Sólo pensaba que tal vez tendría necesidad de hablar de ello —dijo Laurie—. Es lo que me pasaría a mí, de estar en su piel.

—Es que me deprime —admitió Jordan—. Pero hablar de ello no me ayuda. Prefiero centrar mi atención en las cosas positivas de mi vida.

Laurie examinó el rostro de Jordan. Lou había dicho que se había puesto nervioso al preguntarle por la muerte de sus pacientes. Laurie no veía el menor nerviosismo. Lo único que podía afirmar era que veía un rechazo deliberado: Jordan no estaba dispuesto a pensar en nada desagradable.

—¿Cosas positivas como el haber operado ayer a Paul Cerino? —dijo Laurie.

Si Jordan captó el tono jocoso de sus palabras, no lo dejó entrever.

—Ha dado en el clavo —dijo, respondiendo con ganas a un cambio de tema en la conversación—. Estoy impaciente por operarle del otro ojo y no verle nunca más.

—¿Qué día va a ser la operación?

—Dentro de una semana, aproximadamente —dijo Jordan—. He de asegurarme primero que el otro ojo funcione bien. Cada vez que pienso en la posibilidad de una complicación, me dan escalofríos. No es que crea que pueda haberlas. Su caso fue la mar de bien. Pero se negó a quedarse una noche en el hospital, así que no estoy seguro de que le estén dando la medicación que necesita.

—Bien, en todo caso, no sería culpa suya, Jordan —dijo Laurie.

—No estoy muy seguro de que Cerino lo viera así —dijo Jordan.

Después del postre y los cafés, Laurie accedió a volver al apartamento de Jordan en la Trump Tower. En cuanto entró se quedó impresionada. Directamente delante suyo, casi a la misma altura del apartamento, estaba la cima iluminada del Crown Building. Al entrar en el salón, Laurie pudo admirar la Primera Avenida hasta el Empire State y el World Trade Center al fondo, en dirección sur. Hacia el norte se veía un trozo de Central Park con sus serpenteantes caminos iluminados.

—Es colosal —dijo Laurie. La visión del *skyline* de Nueva York la había dejado traspuesta. Mientras barría el horizonte con la mirada, reparó en que Jordan estaba justo detrás de ella.

—Laurie —dijo él con dulzura.

Al darse la vuelta, Laurie se vio envuelta en los musculosos brazos de Jordan. Su cara angulosa estaba iluminada por el reflejo de la luz que entraba a chorros por las ventanas desde el dorado ápice del Crown Building. Con los labios ligeramente separados, Jordan se inclinó con la intención de besarla.

—Oye —dijo ella, soltándose—. ¿Qué tal una copita de sobremesa?

—Tus deseos son órdenes —dijo Jordan con una sonrisa desconsolada.

Laurie se sorprendía un poco de su actitud. Desde luego no era tan ingenua para creer que no se esperaba algo así de Jordan. Después de todo, había salido con ese hombre casi tres noches consecutivas y, además, le parecía atractivo. Sin embargo, estaba empezando a reconsiderar seriamente la opinión que tenía de él.

—¿Y bien? —mascultó Tony cuando Angelo volvió de telefonear desde la cabina que había junto al lavabo de caballeros.

Tony tenía la boca llena. Acababa de meterse en ella una auténtica paleta de tortellini con panna. Se limpió un redondel de queso y nata de los labios con la servilleta.

Angelo y Tony estaban en Astoria, un restaurante-tienda que abría toda la noche. La idea había sido de Tony, pero a Angelo no le importó ya que de todos modos tenía que llamar a Cerino.

—¿Y bien? —repitió Tony después de engullir los tortellini que tenía en la boca. Los acompañó con agua mineral.

—Me gustaría que no hablaras con la boca llena —dijo Angelo al sentarse a la mesa—. Me pone enfermo.

—Perdona —dijo Tony. Estaba ocupado apuñalando tortellini con su tenedor como preparativo para el siguiente bocado.

—Quiere que salgamos otra vez esta noche —dijo Angelo.

Tony se metió el cargamento de tortellini en la boca y luego farfulló:

—¡Cojonudo!

Al ver una vez más el amasijo de pasta en la boca de Tony, Angelo alargó el brazo, cogió el plato de Tony y lo aplastó boca abajo contra el salvamantel.

El brusco ademán hizo dar un respingo a Tony, quien se miró el plato volcado con verdadera sorpresa.

—¿Por qué has hecho eso? —lloriqueó.

—Te he dicho que no comieras con la boca abierta —le espetó Angelo—. Trato de hablar contigo y tú no paras de comer.

—Está bien, perdona.

—Además, me cabrea que Cerino nos mande salir ahora —dijo Angelo—. Yo creía que ya habíamos terminado con esta mierda.

—Bueno, al menos hay una pasta que ganar —dijo Tony—. ¿Qué tenemos que hacer?

—Hemos de concentrarnos en la parte de los proveedores —dijo Angelo—. Es posible que se haya terminado la lista de demanda. Ahí es donde nos metemos en problemas.

—¿Cuándo? —preguntó Tony.

—En cuanto metas tu culo en el coche —dijo Angelo.

Quince minutos después, mientras se acercaban a Queensboro Bridge, Angelo dijo en voz alta:

—Hay otra cosa que me preocupa. El momento no me gusta nada. No me parece oportuno hacerlo un sábado por la noche, a última hora. Puede que tengamos que realizar cambios y usar la imaginación.

—¿Y por qué no usamos el teléfono? —dijo Tony—. Así nos aseguramos de que todo va de puta madre antes de hacer nada más.

Angelo lanzó una mirada en dirección a Tony. A veces el muchacho le sorprendía de verdad. No siempre era un estúpido.

13

9:15, DOMINGO
MANHATTAN

Inclinada hacia delante y procurando dirigir el paraguas contra el viento, Laurie consiguió avanzar lentamente por la Primera Avenida. Le resultaba difícil creer que el tiempo pudiera cambiar tanto en un mismo día. No sólo hacía viento y llovía sino que la temperatura había descendido drásticamente durante la noche y no había helado de casualidad.

Desde una esquina, Laurie llamó en vano a los pocos taxis que pasaban como rayos, pero todos iban ocupados. Cuando ya estaba resignada a ir andando al trabajo, un taxi libre se aproximó al bordillo. Laurie tuvo que dar un salto para que no le salpicara.

Puesto que había hecho avances significativos el día anterior, Laurie no tenía planeado trabajar aquel domingo, pero aun así se sintió como forzada por algún tipo de superstición a ir a su despacho. Tenía la sensación de que si hacía el esfuerzo de ir, no se producirían más casos de sobredosis.

Una vez en recepción, Laurie se quitó la humedad de encima pateando el suelo, se desabrochó el abrigo y se dirigió a la oficina de Identificación. No había un alma, y tampoco un programa de los casos del día. Pero la máquina de café estaba en marcha; alguien se había preparado uno. Laurie se sirvió una taza.

Después de dejar el abrigo y el paraguas, Laurie bajó una planta hasta el depósito y retrocedió hacia la sala de autopsias. Supo que alguien estaba trabajando porque había luz dentro.

La puerta crujió al abrirla. De las ocho mesas, sólo dos estaban ocupadas. Laurie trató de identificar a los que estaban trabajando. Entre las gafas protectoras, las máscaras y la capucha, era difícil. Cuando se disponía a entrar en el vestuario para cambiarse, alguien reparó en ella y, dejando la mesa de autopsia, se acercó a hablarle. Era Sal D'Ambrosio, uno de los técnicos.

—¿Qué demonios hace usted aquí? —preguntó Sal.

—Es que vivo aquí —rió Laurie—. ¿Quién está de turno?

—Plodgett —dijo Sal—. ¿Qué ocurre?

—Nada —dijo Laurie—. ¿Quién es el de la otra mesa?

—El doctor Besserman —dijo Sal—. Paul le ha llamado; hay muchísimo trabajo. Más de lo normal.

Laurie asintió y luego fue adonde Paul.

—Hola, Paul. ¿Algo interesante?

—Eso creo —contestó Paul—. Pensaba llamarte después. Tenemos dos sobredosis más que encajan con las tuyas.

Laurie sintió que se le paraba el corazón. Eso por supersticiosa.

—En seguida voy —dijo.

Una vez equipada convenientemente, Laurie se acercó a la mesa de Paul, que estaba trabajando en los restos de una mujer muy joven.

—¿Qué edad? —preguntó Laurie.

—Veinte —dijo Paul—. Estudiante universitaria en Columbia.

—¡Es horrible! —exclamó Laurie. Ésa era, de lejos, la más joven de su serie.

—Pues eso no es lo peor —dijo Paul.

—¿Ah, no? —peguntó Laurie.

—El doctor Besserman está ocupándose del novio —dijo Paul—. Banquero, treinta y un años. Por eso he pensado que te interesaría. Por lo visto se inyectaron los dos a la vez.

—¡Oh, no! —Laurie casi creyó que se iba a desmayar. La tragedia, por ser doble, resultaba doblemente conmovedora. Se acercó a la mesa del doctor Besserman. En ese momento estaba sacando del cuerpo los órganos internos. Laurie miró la cara del muerto. En la frente tenía una gran contusión descolorida.

—Una convulsión —dijo el doctor Besserman, notando la curiosidad de Laurie—. Debió de darse de bruces contra el suelo, o puede que con la nevera.

Laurie fijó su atención en Besserman.

—¿Este hombre fue encontrado en una nevera? —preguntó.

—Eso dijo el médico de turno —contestó el doctor Besserman.

—Luego con éste van tres —dijo Laurie—. ¿Dónde estaba la novia?

—En el suelo, en el dormitorio.

—¿La autopsia ha dado algo especial? —preguntó Laurie.

—Lo típico de una sobredosis —dijo el doctor Besserman.

Laurie volvió a la mesa de Paul y miró cómo éste cortaba finas muestras del hígado.

—¿Qué especímenes has enviado a toxicología en casos como éste? —preguntó él al percatarse de que Laurie estaba a su lado.

—Hígado, riñón y cerebro —dijo ella—. Aparte de las muestras habituales de fluido.

—Es lo que yo pensaba —dijo Paul.

—¿Has encontrado algo que destacar? —preguntó Laurie.

—De momento, no. Cosa que encaja perfectamente con una sobredosis. Ninguna sorpresa. Pero todavía nos falta la cabeza.

—He sabido que hoy tenéis muchos casos. ¿Quieres que te eche una mano, ya que estoy aquí?

—No hace falta —dijo Paul—. Además, como ha venido el doctor Besserman...

—¿Estás seguro? —preguntó Laurie.

—Gracias por ofrecerte, pero sí.

Revisando todo el papeleo de los casos, Laurie consiguió el nombre de las víctimas así como la dirección del varón. Fue en el apartamento de éste donde fueron hallados los cadáveres. Laurie volvió después al vestuario y se cambió. Estaba profundamente desanimada. Había algo particularmente trágico en que una pareja de jóvenes perdiera la vida de forma tan insensata. De nuevo empezó a lamentar la decisión de Bingham de no informar a la población sobre esa droga potencialmente contaminada. De haberlo hecho, tal vez esas dos personas seguirían con vida.

Súbitamente resuelta, Laurie decidió llamar a Bingham. Si esta tragedia estilo Romeo y Julieta no lograba hacer que entendiera que se enfrentaba posiblemente a una importante crisis que afectaba a la salud pública, nada lo conseguiría.

En su despacho, Laurie buscó el número de Bingham en el directorio y marcó la cifra mientras respiraba hondo.

Le respondió Bingham en persona.

—Hoy es domingo —dijo él fríamente cuando comprendió quién estaba al otro extremo de la línea telefónica.

Laurie le explicó sin más preámbulos lo de los dos nuevos casos de sobredosis. Al terminar, sólo escuchó silencio. Luego, Bingham dijo claramente:

—No consigo entender por qué se siente obligada a llamarme por esto un domingo por la mañana.

—Si hubiéramos hecho un comunicado, puede que esta pareja aún estuviera viva —dijo Laurie—. Está claro que no podemos ayudarles, pero quizá podemos ayudar a otros. Contando estos dos casos, mi serie asciende a dieciséis.

—Mire, Montgomery. Ni siquiera estoy convencido de que tenga usted una auténtica serie, como usted la llama, así que deje de usar la expresión a cada momento como si fuera una hipótesis a priori. Puede que sea una serie y puede que no. Agradezco sus buenas intenciones, pero ¿ha conseguido alguna prueba? ¿Acaso el laboratorio ha dado con algún contaminante?

—Aún no —admitió Laurie.

—Entonces sepa que para mí esta conversación es una repetición de la que mantuvimos el otro día.

—Pero es que estoy segura de que podemos salvar vidas...

—Ya lo sé —dijo Bingham—. Pero yo también estoy seguro de que no va en el mejor de los intereses del departamento y de la ciudad entera. Los medios informativos querrán nombres y no estamos preparados para ello, no con la presión a la que estamos sometidos ahora. Y hay más gente aparte de la familia de Duncan Andrews que quisiera mantener estos casos alejados de los titulares. Esta semana he de entrevistarme con el concejal de sanidad. Para ser justo con usted, le presentaré el asunto y que decida él.

—Pero doctor Bingham... —protestó Laurie.

—Ya basta, Laurie. ¡Adiós!

Laurie miró el teléfono con frustración. Bingham le había colgado. Furiosa, dejó caer el auricular con violencia. No la consolaba el que pudiera hablar del problema con el concejal. Por lo que hacía a ella, eso era pasar el asunto de un politicastro a otro. Le pareció asimismo que Bingham había estado muy cerca de la auténtica razón de querer echar tierra al asunto cuando mencionó a Duncan Andrews. Bingham seguía preocupado por las consecuencias políticas de dirigir un nombre bien relacionado en esas esferas.

Laurie decidió telefonear a Jordan. Puesto que no trabajaba para el municipio y no estaba obligado por gratitud a ningún grupo en especial, tal vez él se decidiera a hablar claro. Laurie no estaba convencida de que Jordan se inclinaría a hacerlo, pero decidió que valía la pena probar. Jordan contestó casi en seguida pero su voz sonaba como si le faltara el aliento.

—Estoy haciendo ejercicio en mi bicicleta —explicó él cuando Laurie le preguntó qué le pasaba—. Me alegro de oírte tan pronto. Espero que pasaras una velada agradable. Yo, al menos, sí.

—Fue estupendo —dijo ella—. Gracias otra vez. —Había sido una velada agradable y Laurie se sintió aliviada cuando Jordan no insistió después de aquel breve y abortado beso.

Laurie le dio los últimos detalles de su serie de casos. Para su consuelo, Jordan pareció verdaderamente preocupado.

—Quiero preguntarte una cosa —dijo Laurie—, y necesito que me hagas un favor. El centro forense no piensa dar ningún comuniado al respecto. Necesito que se haga porque creo que con eso se pueden salvar unas vidas. ¿Sabes alguna otra forma de hacer llegar esta información al público? Y ¿estarías dispuesto a hacer correr tú la voz?

—Espera un momento —dijo Jordan—. Yo soy oftalmólogo. Ésta no es precisamente mi especialidad. ¿Quieres que haga una especie de declaración sobre una serie de muertes por consumo de droga? Ni hablar. Es del todo inapropiado.

Laurie suspiró.

—¿Lo pensarás?

—No hace falta que lo piense —dijo Jordan—. Es el tipo de cosa de la que pura y simplemente debo mantenerme alejado.

Recuerda que tú y yo llegamos a la medicina desde extremos opuestos. Yo estoy en el lado clínico. Tengo una clientela de categoría. Seguro que no les gustaría nada saber que estoy mezclado en asuntos de droga, aunque sea del lado de la justicia. Empezarían a recelar de mí y de la noche a la mañana irían a visitarse con otro. En los tiempos que corren la oftalmología es altamente competitiva.

Laurie ni siquiera intentó discutir. Lo había entendido más claro que nunca. Jordan Scheffiel no iba a ayudarla. Ella le dio simplemente las gracias y colgó.

Había sólo otra persona a quien Laurie podía acudir. Aunque no era ni mucho menos optimista acerca del recibimiento que esperaba de él, se tragó el orgullo y telefoneó a Lou. Como no tenía el número de su casa llamó a la Jefatura Central de Policía para dejar el recado. Laurie se sorprendió al recibir su llamada casi de inmediato.

–¡Hola! ¿Cómo está? –Lou parecía contento de saber de ella–. Ya sé que debería haberle dado el número de mi casa. Espere, se lo doy ahora.

Laurie cogió un bolígrafo y un papel y garabateó el número de teléfono.

–Me alegro de que haya llamado –prosiguió Lou–. Tengo aquí a mis chavales. ¿Le apetece un aperitivo en el SoHo?

–En otra ocasión –dijo Laurie–. Tengo un problema.

–¡Oh, oh! –dijo Lou–. ¿Qué es?

Laurie le explicó lo de la doble muerte por sobredosis y sus conversaciones con Jordan y Bingham.

–Es bueno saber que soy el último de la lista –observó Lou.

–Por favor, Lou –dijo Laurie–. No se haga el ofendido. Estoy desesperada.

–¿Por qué me hace esto, Laurie? –se lamentó Lou–. Me encantaría ayudarla, pero lo que me cuenta no es competencia de un policía. Ya se lo dije la última vez que me habló de ello. Entiendo su problema, pero no sé qué sugerirle. Y si quiere mi opinión, no es problema suyo en realidad. Ha hecho lo que ha podido, ha informado a sus superiores. Es todo lo que se espera de usted.

—Pero mi conciencia no va a permitir que esto quede así —dijo Laurie—. Sigue muriendo gente...

—¿Qué ha dicho el pesetero de Jordan? —preguntó Lou.

—Tenía miedo de que sus pacientes no lo comprendieran —dijo Laurie—. Ha dicho que no podía ayudarme.

—Vaya excusa más endeble —dijo Lou—. Me sorprende que no se haya partido el pecho tratando de demostrar lo hombre que es ayudando a su damisela en apuros.

—Yo no soy su damisela —dijo Laurie, aun cuando al pronunciar estas palabras supo que no debía haber mordido el anzuelo.

—Conque ese príncipe azul no siempre es un encanto, ¿eh?

Laurie colgó el teléfono. Qué exasperantemente grosero podía ser ese individuo. Laurie cogió sus cosas, sin olvidar la dirección del doble caso de sobredosis, y ya se disponía a salir cuando el teléfono empezó a sonar. Figurándose que sería Lou, evitó contestar. El teléfono sonó como veinte veces antes de quedar en silencio cuando ella iba a entrar ya en el ascensor.

Laurie llamó a un taxi y fue hasta la dirección en Sutton Place South. Al llegar mostró su placa al portero de servicio y pidió por el superintendente. El portero se mostró en seguida dispuesto a complacerla.

—Carl bajará dentro de un momento. Como vive en este mismo edificio, casi siempre está disponible.

Un hombre diminuto, de pelo y bigotito negro, apareció al instante y se presentó como Carl Bethany.

—Supongo que ha venido por lo de George VanDeusen —dijo.

Laurie asintió.

—Si no es mucho problema, me gustaría ver el lugar donde encontraron los cuerpos. ¿Está vacío el apartamento?

—Oh, sí, naturalmente —dijo Carl—. Se llevaron los cadáveres anoche.

—No me refiero a esto. Quiero estar segura de que arriba no hay ningún miembro de la familia. No quisiera molestar a nadie.

Carl dijo que tenía que mirarlo. Consultó con el portero y volvió asegurándole a Laurie que en el apartamento de los VanDeusen no había nadie. Luego, la acompañó a la décima planta y le abrió la puerta. Haciéndose a un lado, dejó que Laurie entrara la primera.

—Aún no ha venido nadie a limpiar —dijo Carl mientras entraba detrás de ella. Laurie se percató al instante de un olor a moho, a pescado.

Laurie examinó la sala de estar. Había una antigua mesita de centro, como de despensero, extrañamente inclinada sobre tres de sus patas. La cuarta estaba en el suelo, al lado mismo. Por toda la moqueta había libros y revistas esparcidos al azar; parecía como si hubieran caído al romperse la pata de la mesa. Una lámpara de cristal estaba hecha añicos entre la mesa rinconera y el sofá. Un enorme óleo de un pintor clásico colgaba torcido de la pared.

—Muchos desperfectos —dijo Laurie.

Intentaba visualizar mentalmente la clase de ataque que había podido ocasionar semejantes destrozos.

—Así es como estaba cuando entré anoche —dijo Carl.

Laurie se dirigió hacia la cocina.

—¿Quién encontró los cuerpos? —preguntó.

—Yo —dijo Carl.

Laurie se sorprendió.

—¿Qué le hizo entrar aquí?

—Me llamó el portero —explicó Carl.

Laurie iba a preguntarle por él después. Esperaba poder hablar también con él y así lo dijo.

—¿Por qué le llamó el portero?

—Dijo que otro inquilino le había avisado porque había oído ruidos extraños en el 10F. Esa persona temía que alguien pudiera lastimarse.

—¿Qué hizo usted? —preguntó Laurie.

—Subí y toqué el timbre —dijo Carl—. Llamé varias veces seguidas. Después utilicé la llave maestra. Fue entonces cuando encontré los cadáveres.

Laurie pestañeó. Estaba reflexionando sobre este escenario; había algo que no encajaba. Recordó que una hora antes había leído en el informe de Investigación que los cuerpos presentaban un importante *rigor mortis*, incluso la mujer que estaba en el dormitorio. Eso quería decir que llevaban muertos varias horas.

—Dice usted que ese inquilino avisó al portero porque se oían ruidos del apartamento a esa hora; es decir, en el momento en que estaba hablando con él.

—Eso creo —dijo Carl.

Laurie empezó a preguntarse cómo habían sido halladas las otras víctimas de su serie. Duncan Andrews y Julia Myerholtz habían sido encontrados por sus respectivas parejas. Pero ¿y los demás? Laurie no se había hecho esa pregunta anteriormente. Ahora que pensaba en ello, se dio cuenta de algo muy extraño: todas las víctimas habían sido encontradas relativamente en seguida. Se habían descubierto sus cuerpos en cuestión de horas, mientras que en general cuando moría inesperadamente alguien que vivía solo no era encontrado hasta días después, y muchas veces sólo cuando el olor de la putrefacción alertaba a los vecinos.

Lo que Laurie vio en la cocina le resultó del todo familiar. El contenido del frigorífico había sido derramado por el suelo sin orden ni concierto. La puerta de la nevera seguía entreabierta. Laurie se fijó en el olor a leche pasada y verduras podridas que impregnaba el ambiente.

—Alguien va a tener que limpiar todo esto —dijo Carl.

Laurie asintió y fue a ver el dormitorio. Volvió a sentir una increíble tristeza. El hecho de ver el apartamento donde vivían esas personas las hacía mucho más reales. Era fácil mantener la distancia emocional en el centro forense, pero en casa de los fallecidos era otro cantar. Laurie sintió que los ojos se le llenaban de lágrimas.

—¿Puedo ayudarla en algo más? —preguntó Carl.

—Me gustaría hablar con el portero de noche —dijo ella, recobrando la compostura.

—Eso lo arreglo yo en seguida —dijo Carl—. ¿Algo más?

—Sí —dijo Laurie, echando un último vistazo al apartamento—. Es mejor que no mande a nadie a limpiar esto todavía. Déjeme que hable primero con la policía.

—Ellos también vinieron anoche —dijo Carl.

—Ya lo sé. Estaba pensado en alguien que está más arriba en el escalafón del Departamento de Homicidios.

Una vez abajo, Carl buscó el número de teléfono del portero de noche. El hombre se llamaba Scott Maybrie. Carl le ofreció a

Laurie su teléfono por si quería llamar en aquel mismo momento.

—¿No estará durmiendo a esta hora? —preguntó ella.

—No le hará ningún daño —insistió Carl.

El diminuto apartamento de Carl estaba en el primer piso y daba a la calle, a diferencia del de los VanDeusen, que estaba orientado hacia el East River. Carl permitió que Laurie se sentara a su desordenada mesa entre anuncios de fontaneros y electricistas. Mostrándose especialmenente servicial, Carl marcó incluso el número de Scott y le tendió el teléfono a Laurie. Como ella se temía, la voz del portero al contestar sonó ronca de sueño.

Laurie se identificó y explicó que la llamada era sugerencia de Carl.

—Quería hacerle unas preguntas sobre el caso VanDeusen —agregó—. ¿Vio usted anoche a Mr. VanDeusen o a su novia?

—No —dijo Scott.

—Carl me ha dicho que un inquilino le avisó diciendo que se oían unos ruidos en el apartamento de los VanDeusen. ¿Qué hora era?

—Sobre las dos y media o las tres —dijo Scott.

—¿Qué inquilino llamó?

—No sé —admitió Scott—. No dijo su nombre.

—Pudo ser alguno de los vecinos más cercanos a los VanDeusen —sugirió Laurie.

—De verdad que no lo sé. No reconocí la voz, pero eso tampoco es raro.

—¿Qué le dijo exactamente? —preguntó Laurie.

—Que se oían ruidos extraños en el 10F —dijo Scott—. Le preocupaba que alguien pudiera lastimarse.

—¿Le dijo qué estaba sucediendo en el momento que llamaba? —preguntó Laurie—. O dijo que los ruidos habían tenido lugar un rato antes...

—Me parece que dijo que en aquel momento —afirmó Scott.

—¿Se fijó si por la noche salían dos hombres del edificio? —preguntó Laurie—. ¿Dos hombres que no había visto anteriormente?

—No sé qué decirle —dijo Scott—. Entra y sale gente toda la

noche. A decir verdad, no presto mucha atención a la gente que se va. Me preocupan más los que vienen.

Laurie le dio las gracias a Scott y se disculpó por las molestias. Luego le dijo a Carl si podía hablar con el portero que estaba de servicio a última hora de la tarde.

—Desde luego —dijo Carl—. Debió de ser Clark Davenport. —Carl marcó personalmente el número una vez más y le pasó el auricular a Laurie.

Cuando Clark respondió a la llamada de Laurie repitió las explicaciones pertinentes.

—¿Vio entrar a Mr. George VanDeusen anoche en su apartamento? —preguntó tras las presentaciones.

—Sí —respondió Clark—. Vino con su novia a eso de las diez.

—¿Se comportaba con normalidad? —preguntó Laurie.

—Lo normal para un sábado por la noche —dijo Clark—. Iba un poco bebido. Su novia tuvo que echarle una mano. Pero parecía que lo estaban pasando bien, si se refiere a eso.

—¿Iban solos? —preguntó Laurie.

—Sí —dijo Clark—. Los invitados no llegaron hasta media hora después.

—¿Había una fiesta? —preguntó Laurie con sorpresa.

—Yo no la llamaría fiesta —dijo Clark—. Sólo eran dos. Un tipo alto y uno bajo.

—¿Se acuerda de qué aspecto tenían? —preguntó Laurie.

Clark tuvo que pensarlo un poco.

—El alto tenía el cutis muy estropeado, como si de chaval hubiera tenido acné.

—¿Dieron su nombre? —preguntó Laurie, sintiendo que el pulso se le aceleraba.

—Pues claro que dieron sus nombres —dijo Clark—. ¿Cómo iba a llamar yo a Mr. VanDeusen, si no, para preguntarle si les esperaba? De lo contrario no les habría dejado pasar.

—¿Cómo se llamaban? —preguntó Laurie. Había sacado papel y bolígrafo.

—No me acuerdo —dijo Clark—. El sábado por la noche entra un centenar de personas.

Laurie se desanimó de haber estado tan tentadoramente cerca de un primer descubrimiento. Aunque no pudiera conseguir los nombres, era todo un avance. Una vez más dos individuos habían sido vistos en la escena de la sobredosis poco antes de que ocurrieran las muertes.

—¿Vio salir otra vez a esos dos hombres? —preguntó.

—No —dijo Clark—. Claro que yo terminé mi servicio no mucho después de que llegaran.

Laurie le dio las gracias antes de colgar. También le agradeció repetidamente a Carl su incalculable ayuda antes de salir del edificio.

Aunque el día era frío y desapacible, Laurie decidió encogerse bajo el paraguas y andar un trecho antes de coger un taxi para ir a su casa. Necesitaba meditar sobre lo que había sabido y calcular su significado a la luz del conjunto de sus casos.

El descubrimiento más significativo era con mucho la aparición de los dos desconocidos. Laurie se preguntó si estarían complicados en el tráfico de drogas. Se decía si semejante revelación bastaría para interesar a la brigada de narcóticos. Empezó a confiar en que Lou podría cambiar de opinión ahora que habían aumentado las similitudes entre los casos.

Laurie deseaba poder hablar con el inquilino que se quejó de los ruidos. ¿Qué era lo que había oído y cuándo? Al ponerse a llover en serio, Laurie paró un taxi y se dirigió a su despacho. Mientras tomaba una ensalada y té caliente, sacó todo el material concerniente a su serie e hizo una lista nueva de sus casos poniéndolos por orden. Empezó dos columnas más al lado de los nombres: «Encontrado por» y «¿Dos extraños en el lugar?».

Dedicó el resto de la tarde a completar los espacios en blanco. Sabía que le iba a llevar mucho tiempo, pero Laurie era consciente de que debía ser concienzuda si pretendía que alguien creyera en su hipótesis.

A última hora de la tarde, Laurie estaba convencida de que sus esfuerzos habían merecido la pena. En todos los casos los cuerpos habían sido descubiertos por un portero o superintendente que había ido a investigar la llamada de algún inquilino que se había quejado de ruidos extraños procedentes del apartamento del fallecido. Con la información casi al completo en una hoja de papel, Laurie se fue a casa convencida más que nunca de que algo siniestro estaba en marcha. Había demasiadas coincidencias. Sólo necesitaba persuadir a alguien importante para que hiciese algo al respecto.

Era de noche cuando llegó a su casa. No estaba segura de cuál era el siguiente paso. Por pura curiosidad, Laurie abrió el *Times* del domingo para ver si la prensa había recogido la noticia del banquero y de la alumna de la universidad de Columbia muertos por sobredosis. Encontró una pequeña referencia a las muertes en un rincón de una página interior. El hecho aparecía en el artículo como un caso de sobredosis y no se hacía mención alguna a otros sucesos demográficamente similares de días anteriores. Un día más y otra oportunidad perdida de alertar a la población.

Laurie decidió probar si Lou estaba en casa. No estaba segura de tener bastantes datos para convencerle de nada, pero tenía muchas ganas de ponerle al corriente de sus descubrimientos. Le respondió el contestador automático pero no quiso dejar un mensaje.

Después de colgar, Laurie sopesó la posibilidad de telefonear a Bingham. Convencida de que sería como hablar con la pared, en el mejor de los casos, y que podía provocar su despido, en el peor, desistió de ello. Él había dejado bien claro que no tenía intención de hacer nada, al menos hasta que hablara con el concejal de sanidad.

Los ojos de Laurie fueron del teléfono al periódico abierto. Lentamente, la idea de dejar que la historia se filtrara por sí misma empezó a rondarle la cabeza. Ya había tenido una mala experiencia la última vez al darle su opinión a Bob Talbot, pero para hacerle justicia, ella no había especificado que sus comentarios fueran confidenciales.

Pensando en esto, Laurie sacó su agenda para ver si tenía el teléfono de Talbot. Así era, en efecto. Le telefoneó

—Vaya, vaya —dijo él al saber que era Laurie—. Tenía miedo de no tener nunca más noticias tuyas. No supe hacer otra cosa, que pedirte disculpas.

—Mi reacción fue exagerada —admitió Laurie—. Siento no haber vuelto a dirigirte la palabra. Lo que pasa es que me gané una buena regañina del jefe por culpa de tu artículo.

—Me disculpo otra vez —dijo Bob—. ¿Qué ocurre?

—Tal vez te sorprenda —dijo Laurie—, pero puede que tenga un buen artículo para ti, algo grande.

—Soy todo oídos —dijo Bob.

—Prefiero no hablar por teléfono —contestó Laurie.

—Por mí no hay inconveniente —dijo él—. ¿Qué tal si te invito a cenar?

—Aceptado —convino Laurie.

Se encontraron en P.J., Clark, un restaurante en la esquina de la Calle 55 y la Tercera Avenida. Tuvieron suerte de encontrar mesa en una noche lluviosa de domingo, y más aún porque la mesa se hallaba junto a la pared del fondo, donde el alboroto era menor y se podía hablar. Después que un camarero irlandés de ojos claros tomara nota y dejara sobre la mesa dos rebosantes jarras de cerveza, Laurie empezó.

—En primer lugar, no estoy segura de que sea lo correcto hablar contigo. Pero mi situación es desesperada. Sé que he de hacer algo.

Bob asintió.

—Quiero que me prometas que no utilizarás mi nombre.

—Palabra de *boy scout* —dijo Bob, levantando dos dedos. Luego sacó un lápiz y una libreta.

—No sé por dónde empezar —explicó Laurie. Al principio vacilaba, pero a medida que iba explicando los casos recientes, se animó un poco. Empezó por Duncan Andrews y las primeras sospechas que la llevaron a la doble muerte de George VanDeusen y Carol Palmer. Destacó que todas las víctimas eran gente soltera, culta y que triunfaba en la vida, sin indicios de consumo de drogas ni actividades ilegales pasadas. Hizo mención asimismo de la presión a que el centro forense había sido sometido en cuanto a mantener en secreto el caso de Duncan Andrews.

—Es una lástima que fuera el primero, porque me parece que si Bingham se niega a rechazar mi teoría es sobre todo porque mi serie empezó con él.

—Pero es increíble —dijo Bob cuando Laurie hubo de hacer una pausa al llegar la comida—. No he visto ni una sola línea de esto ni en la prensa ni en otros medios. Nada. Cero.

—En el *Times* de esta mañana hablaban de la doble muerte

–dijo Laurie–. Pero estaba medio escondido, apenas un suelto. De los otros casos no se ha hablado para nada. Es verdad.

–¡Qué notición! –se admiró Bob, mirando el reloj–. Si quiero que salga en el diario de mañana tengo que ponerme en movimiento.

–Es que hay más –dijo Laurie. Añadió que la cocaína implicada en la serie procedía de una sola fuente, que probablemente estaba contaminada por un compuesto altamente letal, además de ser muy potente, y que probablemente era distribuida por un solo traficante que se había puesto en contacto no se sabe cómo con gente joven de nivel socioeconómico alto. –Bueno, no es exactamente así –se corrigió Laurie–. Puede que sean dos. En la mayoría de los casos investigados, se ha visto a dos hombres entrando en casa de la víctima.

–¿Por qué dos, digo yo? –preguntó Bob.

–No tengo la menor idea –admitió Laurie–. Todo el asunto está rodeado de misterio.

–¿Ya está? –dijo Bob. Estaba ansioso por irse. Ni siquiera había tomado la comida.

–No, hay más –dijo Laurie–. Empiezo a sospechar que estas muertes no son accidentales sino intencionadas. En otras palabras, que se trata de asesinatos.

–Esto se pone cada vez mejor... –dijo Bob.

–Todos los cadáveres fueron encontrados poco después de muertos –continuó Laurie–. Esto, de por sí, ya es raro. Normalmente, cuando muere alguien que vive solo no se le encuentra hasta unos días después. En todos los casos que he investigado, el cuerpo se descubrió gracias a una llamada telefónica. En dos las víctimas llamaron de antemano a su pareja respectiva. En todos los demás, un inquilino anónimo del mismo edificio avisó al portero quejándose de ruidos extraños que salían del apartamento de la víctima. Pero ahí está el gazapo: está comprobado que las quejas por ruidos se produjeron varias horas después del momento de la muerte.

–¡Santo Dios! –dijo Bob, mirándola a los ojos–. ¿Y la policía? –preguntó–. ¿Por qué no están metidos en esto?

–Nadie se traga mi teoría de la serie. La policía no sospecha nada de nada. Según ellos estos casos son simples sobredosis.

–¿Y qué me dices del doctor Harold Bingham?

–Hasta ahora no ha movido un dedo –dijo Laurie–. Yo creo que quiere ponerse a resguardo de una posible patata caliente. El padre de Duncan Andrews se presenta como candidato a un puesto político; los suyos han estado amenazando verbalmente al alcalde y éste a Bingham. Lo que sí dijo es que hablaría con el concejal de sanidad.

–Si se trata de homicidios, estamos hablando de algo así como un asesino ritual –dijo Bob–. ¡Menuda historia!

–Creo que es importante advertir a la población. Si con ello podemos salvar una sola vida, ya merece la pena. Por eso te he llamado. Hemos de correr la voz de que esta droga contiene un contaminante.

–¿Es todo? –preguntó Bob.

–Creo que sí –dijo Laurie–. Te llamaré si recuerdo algo importante que no te haya dicho.

–¡Magnífico! –dijo Bob, poniéndose de pie–. Siento irme corriendo, pero si quiero que salga mañana por la mañana, debo ir enseguida a ver al director del periódico.

Laurie se quedó mirando cómo Bob serpenteaba entre el gentío que esperaba mesa. Mirando su ternera que nadaba en una charca de aceite, Laurie decidió que tampoco tenía hambre.

Iba a levantarse cuando el camarero irlandés volvió con la cuenta.

Laurie buscó a Bob con la mirada, pero éste ya se había ido. Ésa era su manera de ofrecerse a pagar la dolorosa.

–¿Qué hora es? –preguntó Angelo.

–Las siete y media –dijo Tony, comprobándolo en el Rolex que se había llevado de casa de los Goldburg.

Habían aparcado en la Quinta Avenida, al norte de la intersección de la Calle 72 con el East Drive de Central Park. Estaba en la parte de la avenida que daba al parque pero desde allí podían ver sin problemas la entrada a la casa de apartamentos que les interesaba.

–A este Kendall Fletcher le cuesta mucho ponerse los pantalones de correr –dijo Angelo.

—Me ha dicho que iba a hacer *jogging* —dijo Tony a la defensiva—. No sé por qué no has llamado tú si no ibas a creerme...

—Sale alguien —dijo Angelo—. ¿Qué opinas? ¿Puede ser Kendall Fletcher, el banquero?

—Con esa pinta parece todo menos banquero —dijo Tony—. No comprendo eso del *jogging*. ¿Qué gracia tiene disfrazarse de Peter Pan y ponerse a dar vueltas por el parque a estas horas de la noche? Es como pedir a voces que te atraquen.

—Me parece que es él —dijo Angelo—. Por la edad. ¿Cuántos años dijiste que tenía Kendall?

Tony sacó de la guantera una hoja de papel escrita a máquina y se sirvió de la lamparita interior para buscar el nombre de Kendall Fletcher. Luego leyó: Kendall Fletcher, veinticuatro años, vicepresidente de Citicorp.

—Debe de ser él —dijo Angelo. Arrancó el coche. Tony devolvió la lista a la guantera.

Kendall Fletcher había salido de su casa vestido para correr. Cruzó la Quinta Avenida a la altura de la Calle 72 y en cuanto llegó al parque se puso a correr.

Angelo enfiló el East Drive. Tony y él no sacaban ojo de encima del confiado Kendall mientras éste bajaba por el cruce de la Calle 72 hasta el paseo y de allí torcía al norte por el carril de *jogging*.

Angelo adelantó al banquero un centenar de metros y luego se arrimó a un lado de la calzada. Con los intermitentes encendidos, él y Tony se bajaron del coche.

Kendall no era el único que corría por el paseo. Mientras Angelo y Tony le veían aproximarse, otra media docena de personas pasó de largo.

—Yo es que no los entiendo —dijo Tony con extrañeza.

Justo antes de que Kendall llegara a su altura, Angelo y Tony se metieron en el carril de correr.

—¿Kendall Fletcher? —preguntó Angelo.

Kendall se detuvo.

—¿Sí? —dijo.

—Policía —dijo Angelo, mostrando su placa de Ozone Park. Tony blandió la suya—. Sentimos mucho molestarle ahora que está corriendo —prosiguió el primero—, pero queremos que nos acompañe al centro para hablar sobre una investigación de Citicorp.

–No me parece buen momento –dijo Kendall.

La voz sonaba firme pero los ojos le delataban. Estaba muy nervioso.

–Me parece que no querrá hacer una escena –dijo Angelo–. Serán sólo unos minutos. Queríamos hablar con los vicepresidentes antes de convocar un gran jurado.

–Voy en pantalón de deporte –dijo Kendall.

–No se apure –dijo Angelo–. Tendremos gusto en acompañarle a casa para que pueda cambiarse. Si coopera, dentro de una hora estará corriendo otra vez.

Kendall se mostraba cauteloso, pero finalmente accedió y fueron los tres en el coche de Angelo a su apartamento de la Quinta Avenida.

Tras dejar una tarjeta en el tablero de mandos, Angelo y Tony se bajaron del coche y siguieron a Kendall hasta el edificio. Tony llevaba el viejo maletín de cuero negro del doctor Travino. Pasaron juntos por delante del portero, que les ignoró, se metieron en el ascensor y subieron a la vigésima quinta planta.

Nadie dijo una palabra mientras Kendall abría la puerta de su apartamento, entraba y dejaba abierto para que pasasen Angelo y Tony.

Tony asintió varias veces con la cabeza mientras examinaba el apartamento.

–Bonita casa –dijo, dejando el maletín sobre la mesa de centro.

–¿Puedo ofrecerles algo mientras me cambio? –preguntó Kendall, y se dirigió hacia el bar.

–No –dijo Tony–. Estamos de servicio, ya sabe. No bebemos cuando trabajamos.

Angelo ojeó el apartamento mientras Tony vigilaba a Kendall, quien a su vez vigilaba a Angelo entre confuso y curioso.

–¿Qué estás buscando? –le dijo Kendall a Angelo en voz alta.

–Sólo miro que no haya nadie más por aquí –dijo Angelo mientras volvía de echar un vistazo a la cocina. Luego desapareció camino del dormitorio principal.

—¡Eh, oiga! —gritó Kendall—. ¡No puede registrar mi casa! —Se volvió a Tony—. Para eso necesitan una orden.

—¿Una orden? —inquirió Tony—. Ah, sí, la orden. Siempre nos la olvidamos.

Volvió Angelo.

—Quiero ver otra vez su placa —dijo Kendall—. Esto es un atropello.

Angelo buscó en su americana Brioni y sacó su pistola Walther.

—¿Qué le parece ésta? —dijo, indicando con un gesto a Kendall que se sentara. Tony abrió con un golpe seco los pasadores de su maletín de médico

—¿Qué es esto, un robo? —preguntó Kendall, mirando fijamente el arma. Se sentó—. ¡Adelante! Llévense lo que quieran.

—Te traigo un regalito —dijo Tony, sacando del maletín una bolsa de plástico alargada y transparente además de un pequeño cilindro.

Angelo se situó dentrás de Kendall, pistola en mano. Kendall observaba con nerviosismo cómo Tony empleaba el cilindro para inflar la bolsa de plástico con un gas que evidentemente era más ligero que el aire. Una vez llena la bolsa, Tony tapó el extremo y guardó el cilindro en el maletín. Con la bolsa de plástico en la mano, se acercó a Kendall.

—¿Qué pasa? ¿Qué se proponen? —preguntó Kendall.

—Hemos venido a ofrecerle un viaje alucinante —dijo Tony con una sonrisita.

—A mí no me interesan los viajes —dijo Kendall—. Cojan lo que quieran y váyanse.

Tony abrió la base de la bolsa de plástico de modo que parecía más bien un globo transparente de aire caliente. Luego, sosteniendo dos lados de la base, se la encasquetó a Kendall en la cabeza.

Lo inesperado del movimiento cogió a Kendall por sorpresa. Éste trató de agarrarse a los brazos de Tony y consiguió parar la bolsa a la altura de los hombros. Como intentaba ponerse de pie, Angelo le rodeó el cuello con el brazo que sostenía la pistola, mientras con la otra mano sujetaba la muñeca derecha de Kendall en un intento de liberar a Tony de su presa.

Durante unos segundos forcejaron los tres uno con el otro. Kendall que a estas alturas estaba aterrorizado, abrió la boca y mordió a Angelo en el antebrazo a través de la bolsa.

–¡Aaaaah! –gritó Angelo, notando cómo los incisivos del otro le traspasaban la piel. Angelo soltó el brazo de Kendall y estaba a punto de darle un puñetazo en la cara cuando vio que ya no era necesario.

Tras haber inspirado unas pocas veces dentro de la bolsa de plástico, los párpados de Kendall se ablandaron y todo su cuerpo, incluida la mandíbula, quedó flojo. Mientras Tony caía al suelo manteniendo la bolsa sobre la cabeza de Kendall, Angelo recuperó su brazo dolorido.

Angelo se desabrochó rápidamente el gemelo y se subió la manga. En la cara interna del antebrazo, a unos siete centímetros del codo, tenía un redondel elíptico de perforación múltiple que correspondía a la dentadura de Kendall. Varias de las heridas sangraban.

–¡Ese hijo puta me ha mordido! –dijo indignado, y se guardó el arma en la pistolera–. En este trabajo nunca sabe uno a qué se expone.

Tony se levantó y volvió a por su maletín.

–Cada vez que usamos el gas me quedo maravillado –dijo–. Hay que ver cuánto sabe el viejo Doc Travino. –Tony extrajo una jeringa y un trozo de tubo de goma que utilizó como torniquete en el brazo de Kendall.– ¡Fíjate qué venas, tú! –dijo–. Pero si parecen puros. Así no hay manera de equivocarse. ¿Quieres hacerlo tú o lo hago yo?

–Hazlo tú –dijo Angelo–. Será mejor que le quites la bolsa de la cabeza. A ver si metes la pata como con Robert Evans...

–Bueno –dijo Tony, y soltó la bolsa de plástico agitándola–. ¡Uf! –dijo–. Qué olor más dulzón. No me gusta nada.

–Dale la coca de una vez –dijo Angelo–. Se va a despertar antes de que acabes.

Tony cogió la aguja y la hundió en una de las prominentes venas de Kendall.

–¿Lo ves? ¿Qué te decía yo? –dijo Tony, contento de haber acertado a la primera. Desató el torniquete y a continuación empujó el émbolo, vaciándole la jeringa en el brazo.

Tony dejó la jeringa usada sobre la mesita y guardó el resto de su parafernalia en el maletín. Al mismo tiempo sacó un pequeño sobre de papel cristal. Después le metió a Kendall una pequeña cantidad de polvo blanco en las fosas nasales. Por último se aplicó un poco en el pulgar y lo esnifó.

—Me encantan las sobras —dijo con júbilo.

—¡Deja eso ahora mismo! —ordenó Angelo.

—Es que no lo puedo resistir —dijo Tony, dejando el sobrecito junto a la jeringa—. ¿Qué te parece? ¿Lo metemos en la nevera?

—Vamos a dejarlo correr —dijo Angelo—. He estado hablando de ello con Travino. Me ha dicho que mientras el cuerpo no esté fuera más de doce horas, no hay problema. Y tal como nos lo hemos montado, a todos los encuentran antes de doce horas.

Tony miró en torno suyo.

—¿Lo he cogido todo? —preguntó.

—Parece que sí —dijo Angelo—. Sentémonos a ver cómo le va el viaje a Kendall.

Tony se sentó en el sofá mientras Angelo lo hacía en el sillón que había ocupado Kendall.

—Bonito apartamento —dijo Tony—. ¿Qué te parece si echamos una ojeada a ver si hay alguna cosa que merezca la pena llevarse?

—¿Cuántas veces he de decírtelo? Cuando hacemos los viajes no nos llevamos nada, ¿entiendes?

—Es una pena —dijo Tony tristemente mientras examinaba la sala.

Unos minutos después, Kendall se agitó e hizo un chasquido con los labios. Luego, gimiendo, rodó sobre el abdomen.

—¡Eh!, nene —le dijo Tony—. ¿Cómo estás? ¡Vamos, dime algo!

Kendall consiguó sentarse erguido. Su cara pálida mostraba una expresión ausente.

—Pero ¿qué te pasa? —preguntó Tony—. Con la de nieve que te corre por las venas, tendrías que estar en la gloria.

Sin previo aviso, Kendall vomitó sobre la alfombra.

—¡Vaya, hombre! —exclamó Tony mientras se hacía a un lado—. Es repugnante.

Kendall tosió violentamente y luego levantó los ojos hacia Tony y Angelo. Tenía los ojos vidriosos. Parecía aturdido.

—¿Cómo estás? —preguntó Angelo.

La boca de Kendall trató de formar unas palabras, pero él parecía incapaz de pronunciarlas. De pronto, los ojos le rodaron hasta mostrar sólo el blanco y después empezó a convulsionarse.

—Ahora —dijo Angelo—. Larguémonos de aquí.

Tony recogió el maletín y siguió a Angelo hasta la puerta. Angelo atisbó por la mirilla. No habiendo nadie a la vista, abrió la puerta y asomó la cabeza.

—No hay nadie en el corredor —dijo—. ¡Adelante!

Salieron del apartamento a toda prisa y corrieron hacia la caja de la escalera. Después de bajar una planta, más tranquilos, esperaron el ascensor.

—¿Tienes hambre? —preguntó Tony.

—Un poco —dijo Angelo.

Para que no les viera el portero, salieron del ascensor en el primer piso y volvieron a bajar por la escalera, saliendo del edificio por la puerta de servicio.

Angelo se detuvo al llegar al coche. Estaba pasmado.

—¡Fíjate! —dijo—. Es increíble. Nos han puesto una multa. Espero que el guripa que nos ha dejado el regalito no intente venir en coche por Ozone Park.

—¿Cuál es el próximo? —preguntó Tony en cuanto estuvieron sentados en el coche—. ¿Otro trabajito o a cenar?

—No sé qué es lo que más te gusta —dijo Angelo, moviendo la cabeza—, si matar o comer.

Tony sonrió.

—Depende del humor en que esté.

—Creo que deberíamos dar el otro golpe —dijo Angelo—. Así cuando paremos a comer será el momento justo de llamar al portero para decirle que se oyen ruidos en el 25G.

—Como tú digas.

Tony se retrepó en su asiento. La esnifada de cocaína le hacía sentirse magníficamente. De hecho se veía capaz de hacer hasta lo más difícil.

Mientras Angelo se alejaba de la acera, Franco Ponti ponía su coche en marcha. Dejó que pasaran varios vehículos antes de incorporarse al tráfico de la Quinta Avenida. Había estado mirando cómo Angelo y Tony recogían al corredor en el parque y le escoltaban de vuelta a su apartamento. Aunque no había tenido conocimiento de lo que allí aconteció, creía poder adivinarlo. Pero la pregunta no era qué había sucedido, sino por qué.

14

6:45, LUNES
MANHATTAN

El despertador se disparó y Laurie ejecutó los pasos habituales para agarrarlo rápidamente y hacerlo callar. Cuando estaba dejando el aparato en el alféizar de su ventana, se dio cuenta de que por primera vez en muchos días no despertaba con la ansiedad producida por su pesadilla recurrente. Al parecer su conciencia se había apaciguado por un tiempo a resultas de su charla con Bob Talbot.

Pero mientras Laurie se calzaba sus zapatillas de badana y encendía el televisor del dormitorio para ver las noticias locales, empezó a sentirse cada vez más nerviosa pensando en lo que el día podía depararle respecto al doctor Bingham. Estaba especialmente inquieta por conseguir un ejemplar del periódico para ver el artículo de Bob Talbot y comprobar hasta qué punto lo habían destacado. Era bastante obvio que Bingham sospecharía que ella había sido la fuente de información. ¿Qué le diría si él le preguntaba nada más llegar? No se creía capaz de mentir al gran jefe.

Deteniéndose en la cocina camino del cuarto de baño, Laurie se aventuró a echar un vistazo al trocito de cielo que se veía desde su ventana. Unos nubarrones negros sugerían que el tiempo no había mejorado desde ayer.

Después de ducharse y con la segunda taza de café apoyada en el borde del lavabo, Laurie empezó a aplicarse el maquillaje sin dejar de dar vueltas a los distintos guiones de lo que sería su respuesta al doctor Bingham. De fondo sonaba la conocida sintonía de *Buenos días, América*, y el programa apareció en antena. Poco después Laurie pudo oír las voces igualmente familiares de los invitados al programa.

Cuando iba a aplicarse lápiz de labios, Laurie oyó que salía Mike Schneider hablando del nuevo armamento de destrucción masiva que un equipo de las Naciones Unidas había encontrado en Irak. Laurie tenía listo el labio superior y se disponía a pintarse el inferior cuando dio un respingo. Mike Schneider acababa de pronunciar un nombre sorprendente: ¡el de ella misma!

Laurie fue corriendo al dormitorio y subió el volumen. Su expresión pasó de la incredulidad al terror cuando Schneider hizo un repaso de su serie de sobredosis empezando por Duncan Andrews, hijo del candidato a senador Clayton Andrews. Luego siguió citando tres casos desconocidos para Laurie: Kendall Fletcher, Stephanie Haberlin e Yvonne André. Mencionó también la doble muerte en casa de George VanDeusen. Lo más inquietante, sin embargo, fue que repitió el nombre de ella, al decir que, según la doctora Laurie Montgomery, había motivos para creer que estas muertes eran homicidios deliberados, no sobredosis accidentales, y que el caso en conjunto podía significar en potencia el encubrimiento por parte de la policía de Nueva York y del centro forense de la ciudad.

Tan pronto Mike Schneider pasó a informar de otras noticias, Laurie voló a la salita y se puso a lanzar literalmente papeles por los aires buscando su agenda. Después de dar con el número de Bob Talbot, lo marcó a porrazos en el teléfono.

—¿Se puede saber qué has hecho? —gritó ella tan pronto Bob descolgó.

—Laurie, lo siento —dijo él—. Debes creerme. No fue culpa mía. Para que el artículo saliera en el periódico de la mañana, el director me hizo escribir una chuleta con tus datos por más que yo le dije que tu nombre no tenía que salir. Pero él me robó el artículo. Fue de una absoluta falta de ética, se mire como se mire.

Laurie le colgó disgustada. Le latía muy fuerte el corazón. Qué desastre, qué catástrofe. Seguro que la ponían de patitas en la calle. Ahora sí que no había duda acerca de la respuesta de Bingham; debía estar furioso. Y después de esto, ¿dónde iba a encontrar empleo como forense?

Laurie se acercó a la ventana y miró con curiosidad el triste laberinto atiborrado de desperdicios que formaban los descuidados patios traseros. Estaba tan angustiada que se sentía como aturdida. Ni siquiera podía llorar. Pero mientras seguía contemplando la deprimente vista, sus emociones empezaron a experimentar cambios. Al fin y al cabo, sus actos habían sido motivados por la necesidad de hacer caso a su conciencia, y Bingham había admitido durante la conversación de ayer que sabía de la bondad de sus intenciones.

Sus primeros temores de que aquello era una calamidad irremisible se ablandaron. Al momento ya no creyó que estuviera acabada. Puede que la riñeran, sí, incluso que la cesaran temporalmente, pero despedirla, no. Laurie se alejó de la ventana y volvió al cuarto de baño para terminar de arreglarse. Cuanto más pensaba en la situación, más sosegada se sentía. Se imaginaba ya explicando que ella había sido fiel a su sentido de la responsabilidad tanto como persona cuanto como forense.

Laurie terminó de vestirse en el dormitorio. Luego recogió sus cosas y salió del apartamento.

Mientras esperaba la llegada del ascensor, reparó en el periódico que había frente a la puerta de un vecino. Laurie se acercó y retiró el diario de su funda de plástico. En la primera plana, bajo los titulares más importantes, estaba el artículo sobre su serie. Salía incluso una vieja foto de ella tomada en la época de estudiante. Laurie se preguntó de dónde habría salido esa fotografía.

Abriendo el periódico por la página correspondiente, Laurie leyó los primeros párrafos, que eran una repetición del resumen de Mike Schneider. Pero el artículo, fiel a los dictados de la prensa sensacionalista, hacía hincapié en los detalles más extravagantes, refiriéndose incluso al número de víctimas que habían sido metidas en el frigorífico. Laurie se preguntó de dónde habría salido semejante deformación. Ella, desde luego, no le había dicho nada de eso a Bob Talbot. Habían, por otro lado, una insistencia especial en el supuesto encubrimiento, que en palabras del articulista sonaba mucho más siniestro de lo que había dicho Mike Schneider.

Al oír que llegaba el ascensor, Laurie dejó caer el periódico en la puerta donde estaba y se dio prisa en llegar al ascensor antes de perderlo. Cuando estaba a medio camino, oyó la voz ronca de Debra Engler que le decía:

—No debería leer los periódicos de los demás.

Por espacio de unos segundos Laurie permaneció donde estaba, sosteniendo la puerta del ascensor para que no se cerrase. Quería darse la vuelta y aporrear la puerta de Debra con el paraguas para meterle miedo. Pero se controló y al cabo de un momentro entró en el ascensor.

Mientras bajaba, su calma se desmoronó para convertirse en recelo por tener que ver a Bingham. Laurie sentía horror a enfrentarse a los demás. Nunca se le había dado bien.

Paul Cerino estaba encorvado sobre su comida favorita del día: el desayuno. Estaba disfrutando de un sustancioso banquete a base de huevos, abundantes salchichas y bollos. Seguía llevando el mismo parche en el ojo, pero hoy se encontraba divinamente.

Gregory y Steven se habían quedado momentáneamente callados mientras comían sus cereales cubiertos de azúcar que habían seleccionado de entre una impresionante colección de raciones individuales. Ambos tenían delante su caja vacía que estudiaban detenidamente. Gloria acababa de tomar asiento tras haber recogido el periódico del porche delantero.

—Léeme lo del partido de ayer entre los Giants y los Steelers —farfulló Paul con la boca llena.

—¡Dios mío! —exclamó Gloria, mirando la primera plana.

—¿Qué pasa? —preguntó Paul.

—Hay un artículo sobre muertes por sobredosis de jóvenes ricos y cultos —dijo Gloria—. Aquí dice que se cree puedan ser asesinatos.

Paul se atragantó violentamente, esparciendo por toda la mesa la mayor parte de la comida que tenía en la boca.

—¡Papá! —lloriquéo Gregory.

Una capa de huevo y salchicha parcialmente masticados había ido a parar sobre la superficie de sus Sugar Pops.

—¿Te encuentras bien, Paul? —preguntó Gloria, alarmada.

Paul levantó una mano para indicar que estaba bien. Tenía la cara tan colorada como los trozos de piel nueva que le cubría las mejillas. Con la otra mano Paul cogió su zumo de naranja y bebió un sorbo.

–Yo no me como esto –dijo Gregory mirando sus cereales–. Seguro que vomito.

–Yo tampoco me lo como –dijo Steven, que solía hacer todo lo que Gregory hacía o decía.

–Coged tazas limpias –ordenó Gloria–. Y poneos copos nuevos.

–Será mejor que me leas ese artículo de las muertes –dijo Paul con voz ronca.

Gloria lo leyó de arriba abajo sin parar. Cuando ella hubo terminado, Paul se levantó y se fue al estudio.

–¿No vas a terminar el desayuno? –le dijo Gloria cuando se iba.

–Ahora voy –dijo Paul, cerrando la puerta del estudio para apretar el botón de su marcador automático que le ponía en contacto con Angelo.

–¿Quién es? ¿Qué pasa? –murmuró Angelo, adormilado.

–¿Has leído el periódico de la mañana?

–¿Cómo quieres que lea el periódico? Estaba durmiendo. He estado hasta las tantas por ahí haciendo tú sabes qué.

–Quiero que tú, Tony y ese estúpido matasanos de Travino vengáis a verme ahora mismo. Y de camino os leéis el diario. Tenemos problemas.

–¡Franco! –dijo Marie Dominick muy sorpendida–. ¿No es un poco pronto para ti?

–He de hablar con Vinnie –dijo Franco.

–Vinnie aún está durmiendo –replicó Marie.

–Me lo figuraba, pero si hicieras el favor de despertarle...

–¿Estás seguro?

–Seguro –dijo Franco.

–Bien, entonces pasa –dijo Marie, abriendo la puerta del todo.

Franco entró en la casa.

–Ve a la cocina –le dijo Marie–. Hay café recién hecho.

Marie desapareció por un pequeño tramo de escaleras mientras Franco vagaba por la cocina. El hijo pequeño de Vinnie, Vinnie Junior, estaba sentado a la mesa. El chaval, de seis años, se entretenía atizándole a un montoncito de hojuelas con el reverso de una cuchara. Su hermana mayor, Roslyn, de once años, estaba junto al hornillo para darle vuelta a la siguiente hornada de tortitas.

Franco se sirvió una taza de café. Luego fue hasta el salón y se sentó en un sofá blanco, de piel, contemplando la nueva alfombra de lanilla gruesa color verde oscuro. Se quedó asombrado. Pensaba que ya no se podían comprar esas alfombras.

—¡Más vale que vaya en serio! —tronó Vinnie cuando entró en la habitación. Vestía una bata de seda con estampado paisley. Llevaba el pelo virtualmente de punta, él, que siempre se lo alisaba inmaculadamente hacía atrás.

En lugar de dar explicaciones, Franco entregó el periódico a Vinnie. Éste lo agarró y se sentó.

—A ver, ¿qué es lo que tengo que mirar? —gruñó.

—Lee el artículo de las muertes por droga —dijo Franco.

A Vinnie se le fue arrugando la frente mientras leía. Permaneció callado unos cinco minutos. Franco sorbía su café.

—Bueno, ¿y qué coño? —dijo Vinnie, alzando la vista y dando un manotazo al periódico—. ¿Qué coño te pasa, despertarme por esto?

—¿Te has fijado en los últimos nombres de la lista? ¿Fletcher y los otros? Anoche seguí a Angelo y Tony. Se los cargaron ellos. Yo sospecho que han sido ellos los que han liquidado a todo el grupo.

—Pero ¿por qué? —inquirió Vinnie—. ¿Por qué con cocaína? ¿Es que ahora la regalan?

—Aún no sé el por qué —admitió Franco—. Tampoco sé si Angelo y Tony actúan por su cuenta o cumpliendo órdenes de Cerino.

—Seguro que cumplen órdenes —dijo Vinnie—. Son demasiado imbéciles para hacer algo por su cuenta. ¡Cristo! ¡Qué catástrofe! Toda la ciudad se va a llenar de federales y encima los de narcóticos y los polis de diario. ¿Qué coño hace Cerino? ¿Es que se ha vuelto loco? No entiendo nada.

—Yo tampoco —dijo Franco—. Pero he podido establecer contacto con un par de personas que conocen a Tony. Alguien te avisará.

—Hemos de hacer algo —dijo Vinnie, moviendo la cabeza—. No podemos permitir que esto continúe.

—Es difícil saber lo que hay que hacer mientras no sepamos qué se propone Cerino —dijo Franco—. Dame un día más.

—Solamente uno —dijo Vinnie—. Y después pasaremos a la acción.

Laurie estaba aterrada cuando llegó a la puerta del trabajo. ¡Qué diferencia de un día a otro! Ayer y anteayer entraba y salía del edificio como si fuera la dueña. Ahora le daba miedo hasta cruzar el umbral. Pero ella sabía que eso era lo que debía hacer. Todo el sosiego que había experimentado en su casa se había desvanecido.

Al acercarse un poco más, vio un enjambre de inquietos periodistas que habían acudido ya a enterarse de la historia, de su historia. Había estado tan pendiente de Bingham que ni siquiera había pensado en ellos. Eran tantos al menos como cuando el caso de la colegiala asesinada. Tal vez más.

Decidió que lo mejor era enfrentarse a ello cuanto antes. Laurie entró en la recepción e inmediatamente fue reconocida por los periodistas. Le pusieron micrófonos delante de la cara al tiempo que la bombardeaban a preguntas y a flashes de las cámaras. Laurie logró abrirse paso hacia la puerta interior sin decir palabra. Un empleado de seguridad, vestido de uniforme, comprobó su identificación antes de dejarla entrar. Los periodistas no pudieron seguirla más allá de esa puerta.

Tratando de mantener la compostura, Laurie fue directamente a la oficina de Identificación. Vinnie estaba leyendo el periódico. También estaba Calvin.

Laurie miró a los ojos al hombre negro, quien le devolvió la mirada ocultando sus sentimientos. Calvin tenía unos ojos como canicas negras, perfectamente enmarcados por sus gafas de aro metálico.

—El doctor Bingham quiere verla —dijo Calvin sin alterarse

para nada–. Por desgracia, no va a poder recibirla hasta que termine con los periodistas. Ya le llamará a su despacho.

A Laurie le habría gustado intentar explicarse pero no había mucho que decir. Y Calvin no parecía muy interesado, pues volvió en seguida a lo que estaba haciendo cuando entró Laurie. Ésta decidió ver el programa de las autopsias antes de ir a su despacho. Su nombre no estaba en la lista. Se fijó en los tres nombres que había leído en el diario: Kendall Fletcher, Stephanie Haberlin e Yvonne André. Por lo visto había nuevos casos para su serie.

Laurie se aproximó a Calvin.

–Supongo que ya sabe que me gustaría hacer las autopsias de estas sobredosis –le dijo.

Calvin levantó la vista de su trabajo.

–Personalmente me da igual cuáles sean sus preferencias –dijo–. Aquí lo que importa es que vaya a su despacho y espere a que la llame el doctor Bingham.

Confusa por este desaire, Laurie miró a Vinnie, pero éste parecía tener los ojos clavados como siempre en la página de deportes. Si había oído la conversación, no lo aparentaba.

Sintiéndose como un crío castigado al que mandan a su cuarto, Laurie subió a su despacho y decidiendo que bien podía ponerse a trabajar un poco, se sentó a su mesa y sacó unas cuantas carpetas. Estaba a punto de empezar cuando notó la presencia de alguien. Miró hacia la puerta abierta y vio a un desgreñado Lou Soldano. No parecía contento.

–Quiero darle las gracias personalmente por arruinarme la vida –dijo él–. No tenía yo suficientes problemas con el comisario jefe, y ahora ha conseguido coronar su obra con sus revelaciones a la prensa.

–Han deformado lo que yo dije.

–¡Sí, claro! –exclamó Lou con sarcasmo.

–Yo nunca expliqué nada de encubrimiento –afirmó Laurie–. Solamente que la policía no creía que el asunto les afectase. Básicamente es lo que me dijo usted.

–Mi pequeña buscapleitos. Parece que no tuvo bastante con llamar a Asuntos Internos. Tenía que asegurarse de que me cazaran a mí.

–La llamada fue merecida –dijo Laurie–. Y a propósito de llamadas, no pudo usted ser más grosero cuando le telefoneé ayer. Ya me he hartado de su sarcasmo barato.

Laurie y Lou se miraron con ira a los ojos hasta que Lou cedió y apartó la mirada. Luego entró en el cuarto y se sentó en su silla habitual.

–Lo que dije por teléfono fue una chiquillada –admitió–. Lo supe en cuanto salió por mi boca. Lo siento. Lo que pasa es que estoy celoso de ese tipo. Bueno, ya lo he dicho, ya puede usted maltratar lo poco que queda de mi ego. Adelante.

La cólera de Laurie se apaciguó. Dejó caer la cabeza entre las manos, los codos apoyados en la mesa.

–Y yo siento haberle causado problemas en su trabajo –dijo, frotándose los ojos–. No era mi intención. Pero ya sabe lo desesperada que estaba. Tenía que hacer algo para poder vivir conmigo misma. No podía ver morir a más gente sin probar algo.

–¿Se imaginaba el trastorno que iba a causar? –preguntó Lou–. ¿Y las consecuencias?

–Del todo aún no lo sé –dijo Laurie–. Sabía que la historia no caería en saco roto, de lo contrario no la habría dado a conocer. Pero no hasta este punto. Y tampoco sabía que iban a deformar los hechos. Para colmo no han cumplido mi condición de permanecer en el anonimato. Aún no he visto a mi jefe, pero por el modo en que me ha hablado Calvin, no creo que vaya a ser una charla agradable. Hasta puede que me despidan.

–Quizá se enfadará mucho –dijo Lou–. Pero no creo que la despida. Él ha de respetar sus intenciones aunque no sus métodos. Pero seguro que se va a poner hecho una fiera. No va a estar nada contento...

Laurie asintió. Agradecía que le aseguraran que no iban a echarla.

–Bien, me gustaría quedarme para ver cómo acaba todo esto, pero tengo que irme. En mi trabajo también hay un lío de mil demonios. Pero tenía que venir a desahogarme. Me alegro de haberlo hecho. Buena suerte con el jefe.

–Gracias –dijo Laurie–. Yo también me alegro de que haya venido.

Después que Lou se marchara, Laurie telefoneó a Jordan. Le habría venido bien un poco de apoyo moral, pero Jordan estaba operando y no se le esperaba en el consultorio hasta mucho más tarde.

Laurie se disponía a ponerse de nuevo a trabajar cuando alguien llamó a la puerta de su despacho. Al alzar los ojos vio delante suyo a Peter Letterman.

—¿Doctora Montgomery? —dijo Peter, tanteando el terreno.

Laurie le hizo pasar y le ofreció una silla.

—Gracias —dijo Peter. Se sentó y echó un vistazo al despacho—. Bonito sitio.

—¿Usted cree? —preguntó extrañada Laurie.

—Mejor que el cuarto de la limpieza donde trabajo yo —dijo Peter—. Bueno, no la estorbaré mucho. Sólo quería que supiera que por fin he dado con la pista de un contaminante o, al menos, de un compuesto extraño en la muestra de Randall Thatcher que me mandó.

—¿De veras? —dijo Laurie muy interesada—. ¿Qué es lo que ha encontrado?

—Etileno —dijo Peter—. Era sólo un rastro porque el gas es muy volátil y no he podido aislarlo de los otros dos casos que he analizado.

—¿Etileno? —preguntó Laurie—. Qué raro. No sé qué pensar. Sabía que se empleaba éter para el *free basing*, pero etileno no.

—*Free basing* es inhalar el humo de la cocaína —dijo Peter—, y no tomar la droga por vía intravenosa como hacen las personas de su serie. Además, incluso para fumar, el éter se emplea sólo como disolvente para la extracción. Así que ignoro qué pinta ahí el etileno. También podría tratarse de un error de laboratorio. Pero puesto que la vi tan interesada en ese posible contaminante, he querido avisarla en seguida.

—Si el etileno es tan volátil —dijo Laurie—, ¿por qué no lo busca en las muestras de Robert Evans? Ya que pudo determinar que murió muy deprisa, es posible que tengamos más probabilidades de encontrarlo, si es que lo hay.

—Buena idea —dijo Peter—. Iré a probar.

Laurie se quedó mirando al vacío de la puerta después que Peter se fue al laboratorio. El etileno no era ni mucho menos el tipo de contaminante que esperaba. Ella pensaba que encontraría algún exótico estimulante del sistema nervioso central, como estricnina o nicotina. Laurie no estaba familiarizada con el etileno. Tendría que echar mano de los libros.

Lanzando un vistazo al libro de farmacología que Riva y ella tenían en el despacho, Laurie no encontró gran cosa del gas y decidió probar en la biblioteca del centro. Allí encontró un largo artículo sobre el etileno en un viejo tomo de farmacia. El etileno recibía una atención más destacada en este último porque, siendo más antiguo, contemplaba su utilización como anestésico. Recientemente el etileno había dejado de emplearse como tal debido a que era más ligero que el aire e inflamable. Estas dos cualidades lo convertían en un gas demasiado peligroso para su uso en el quirófano.

En otro libro, Laurie vio que a finales de siglo el etileno había sido indicado para prevenir la apertura de los claveles dobles en unos invernaderos de Chicago. El etileno estaba en el gas que iluminaba el invernadero. En un comentario más interesante leyó que se utilizaba el gas para acelerar la maduración de la fruta así como en la fabricación de ciertos plásticos como el polietileno y el porespán.

Pese al interés de toda esta información, Laurie seguía sin ver con qué aparecía etileno en los casos de sobredosis o toxicidad por cocaína. Un poco desanimada, devolvió los libros a sus respectivos estantes y volvió a su despacho, esperando que entretanto no hubiera llamado Bingham. Quizá tenía razón Peter: su decubrimiento del etileno podía deberse a un error de laboratorio.

Cuando Lou llegó a la oficina central de policía, le entregaron un montón de mensajes urgentes de su capitán, del jefe de zona y del jefe de policía de la ciudad. Era evidente que toda la oficialidad andaba alborotada.

Al entrar en su despacho le sorprendió ver que junto al escritorio había un detective recién nombrado esperándole pacientemente sentado. Llevaba un traje nuevo, lo que daba a entender que hacía poco que se había convertido en policía de paisano.

—¿Quién es usted? —preguntó Lou.

—Agente O'Brien —dijo el policía.

—Tendrá nombre de pila, ¿no?

—¡Sí, señor! Patrick.

—Bonito nombre italiano —dijo Lou.

Patrick se rió.

—¿En qué puedo servirle? —preguntó Lou, mientras trataba de decidir en qué orden había de devolver los mensajes.

—El sargento Norman Carver me ha pedido que viniera para tratar de cotejar la información médica referente a esos asesinatos del hampa. Ya sabe, todos esos pacientes del doctor Jordan Scheffield. El sargento ha pensado que yo podría servir porque hice estudios preparatorios de medicina y había trabajado algún verano en un hospital antes de ponerme a hacer cumplir la ley.

—Parece buena idea —dijo Lou.

—He encontrado una cosa que puede ser importante —dijo Patrick.

—Ajá —exclamó Lou. Miró los mensajes para telefonear al jefe de policía. Era el mensaje más inquietante de todos. Nunca había recibido un mensaje para llamar al jefe de policía. Era como si un párroco de pueblo recibiera una llamada telefónica del Papa.

—Todos los pacientes tienen diagnósticos diferentes —continuó Patrick—, pero lo que sí había es una característica común.

Lou alzó los ojos.

—¿Sí?

Patrick asintió.

—Todos iban a ser operados en breve. Una operación de córnea.

—¿Lo dice en serio? —preguntó Lou.

—En serio —dijo Patrick.

Cuando se quedó solo, Lou intentó buscarle un sentido a la noticia. Se había desilusionado al no encontrar un nexo de unión entre las víctimas de asesinato y el hecho de que fueran pacientes de Jordan Scheffield. Pero ahora parecía haber algo en firme. No podía ser mera coincidencia.

Lou miró el montón de mensajes telefónicos y decidió aplazar cualquier contestación. Lo mejor sería seguir la pista de esta nueva información. A fin de cuentas, sabía para qué le habían llamado sus superiores. Querrían quejarse de su falta de progreso en la resolución de esos asesinatos y probablemente, para colmo, darle un aviso por lo de la serie de Laurie. Si había alguna posibilidad de saber algo del caso a partir del asunto de las córneas, era mejor seguir la pista ahora antes de hablar con ellos.

Lou decidió empezar por el propio doctor Scheffield. Se figuró que recibiría las clásicas evasivas, pero estaba resuelto a hablar con él, con o sin pacientes.

Pero cuando Lou preguntó por Jordan la recepcionista de Scheffield le dijo que estaba en el quirófano del Manthattan General y que tenía muchos casos programados. No estaría de vuelta en el consultorio hasta última hora.

Lou sopesó las opciones que tenía. Contestar los mensajes urgentes no era aún la alternativa inmediata. Concluyó que la virtud del día era la perseverancia; pensaba ir a ver de nuevo a ese oculista aunque eso significara irrumpir en plena operación. Esa semana había asistido a una docena de autopsias; una operación no podía ser mucho peor.

—Pero ¿qué coño pasó? —bramó Paul, arrojando casi sobre la alfombra a Angelo, Tony y el doctor Louis Travino. Parecían alumnos descarriados delante del director del colegio. Paul Cerino estaba sentado detrás de su imponente escritorio. No parecía nada contento.

El doctor Travino se enjugó la frente con un pañuelo. Era un individuo calvo y obeso que se parecía vagamente a Cerino.

—¿Es que nadie piensa contestarme? ¿Qué os pasa a todos? He hecho una pregunta bien sencilla. ¿Cómo ha llegado esto a los periódicos? —Cerino aplastó el diario que tenía delante, sobre la mesa—. De acuerdo —dijo Paul cuando vio claramente que nadie iba a soltar prenda—. Empecemos por el principio. Louis, me dijiste que ese «gas de la fruta» no se podría detectar.

—En efecto —dijo Louie—. Así es. Porque es demasiado volátil. En el periódico no venía nada de gas.

—Cierto —dijo Paul—. Pero entonces, ¿por qué hablan de estas sobredosis como de asesinatos?

—No lo sé —replicó Louis—. Pero no fue porque detectaran el gas.

—Será mejor que estés en lo cierto —dijo Paul—. Supongo que no he de recordarte que soy yo quien ha cubierto tus cuantiosas deudas de juego. La familia Vaccarro se enfadaría muchísimo contigo si yo ya no pudiera pagar ese dinero.

—El gas no fue —reiteró Louis.

—Entonces ¿qué? Te lo repito, este artículo me huele a chamusquina. Si alguien ha metido la pata, caerán cabezas como me llamo Cerino.

—Es el primer problema que tenemos —dijo Louis—. Por lo demás, todo ha salido a pedir de boca. Fíjate en ti, estás magníficamente bien.

—Entonces ¿cómo pudo esa doctora enterarse de todo? —preguntó Paul—. Esta Laurie Montgomery es la misma tía que le chivó a Lou Soldano lo de que me habían arrojado ácido a la cara. ¿Quién es la chica ésta?

—Es uno de los médicos forenses del distrito Manhattan —dijo Louis.

—¿Igual que Quincy, ese personaje que salía antes en la tele?

—Bueno, en la vida real funciona un poquito diferente —dijo Louis—. Pero básicamente, es lo mismo.

—¿Y cómo llegó a sospechar? —preguntó Paul—. Tú me dijiste que nadie podría imaginarse una cosa así. ¿Cómo ha podido adivinar nada esta Laurie Montgomery?

—No lo sé —dijo Louis—. Es algo que tal vez deberíamos preguntarle a ella.

Cerino consideró un momento la sugerencia.

—A decir verdad, yo estaba pensando lo mismo —dijo—. Además, la tal Laurie Montgomery se va a ganar una patada en el culo como siga jugando a detective. Angelo, a ver si tú puedes arreglar una estooo, una pequeña entrevista con la damisela...

—Tranquilo —dijo Angelo—. Tú quieres verla. Yo te la traigo.

—Es lo único que se me ocurre —dijo Paul—. Y cuando hayamos charlado un poquito, creo que lo mejor que puede hacer la doctora es desaparecer. Quiero decir para siempre y del todo. Nada de cadáver, me refiero.

—¿No salía un día de estos el *Montego Bay*? —preguntó Angelo.

—¡Sí! —dijo Paul—. Está a punto de levar anclas y zarpar para Jamaica. Buena idea. De acuerdo, tráela al muelle. Quiero que la interrogue el doctor Louis.

—Yo prefiero no verme mezclado en esto —estalló Louis.

—Voy a fingir que no he oído lo que has dicho —estalló Paul—. Estás mezclado en esta operación hasta las cejas, o sea que no me vengas con chorradas.

—¿Cuándo quieres que nos pongamos en marcha? —preguntó Angelo.

—Esta tarde o esta noche —dijo Paul—. No podemos quedarnos esperando que las cosas se pongan peor. Ese chico, Amendola, ¿no trabajaba en el depósito? ¿Cómo se llama de nombre? Su familia es de Bayside...

—Vinnie —dijo Tony—. Vinnie Amendola.

—Eso. Sí —dijo Paul—. Vinnie Amendola. Trabaja en el depósito. Habla con él, puede que colabore. Recuérdale lo que hice yo por su viejo cuando tuvo problemas con el sindicato. Y toma esto. —Cerino señaló el periódico—. Creo que en el diario sale la foto de la doctora. Te servirá para asegurarte de que das con la persona adecuada.

Una vez se hubieron ido los invitados, Cerino utilizó su dial automático para llamar al consultorio de Jordan. Cuando la recepcionista le explicó que el doctor estaba operando, Cerino le dijo que esperaba respuesta en menos de una hora. Jordan se puso en contacto pasados quince minutos.

—No me gusta lo que está pasando —dijo Jordan antes de que Paul pudiera abrir la boca—. Cuando hablábamos de una asociación profesional, usted me decía que no habría problemas. De eso hace dos días y ya se ha armado un escándalo sensacional. No me gusta.

—Calma, Doc —dijo Cerino—. Todos los negocios tienen principios difíciles. Mantenga la calma. Sólo quería estar seguro de que no iba a hacer ninguna tontería. Algo de lo que pueda lamentarse.

—Usted me metió en esto a base de amenazas. ¿Forma esto parte de la misma táctica?

—Supongo que podríamos llamarlo así —dijo Cerino—. Todo depende de su punto de vista. Yo creía que los dos éramos hombres de negocios. Sólo deseaba recordarle que está tratando con profesionales como usted.

La llamada, cuando por fin llegó, fue de la secretaria de Bingham. Le pedía a Laurie si podía ir al despacho del doctor. Laurie dijo que naturalmente que sí.

La cara de Bingham era de solemnidad cuando Laurie entró en el despacho. Laurie sabía que estaba intentando mantener la compostura tanto como ella trataba de contener su histeria.

—Realmente no la comprendo, doctora —dijo finalmente Bingham. El rostro duro y la voz firme—. Ha revocado deliberadamente mis instrucciones. Le advertí concretamente que no hiciera públicas sus opiniones pero, aun así, usted me desobedece obstinadamente. Teniendo en cuenta esa premeditada desconsideración hacia mi autoridad, no me deja otra alternativa que poner fin a su contrato en este servicio.

—Pero, doctor Bingham... —empezó Laurie.

—No quiero excusas ni explicaciones —la interrumpió Bingham—. Según el reglamento tengo derecho a despedirla cuando me plazca, puesto que está usted todavía en el primer año de prueba en este trabajo. Sin embargo, si quiere entablar un juicio por este asunto, no se lo impediré. Aparte de esto, no tengo nada más que decirle, doctora Montgomery. Es todo.

—Pero, doctor Bingham... —empezó Laurie otra vez.

—¡He dicho que eso es todo! —gritó Bingham. Los diminutos capilares que le surcaban las ventanas de la nariz se le dilataron, poniéndole la nariz de un encarnado vivo.

Laurie se apresuró a escurrirse de la silla y salió volando del despacho de Bingham. Eludió conscientemente las miradas de las administrativas que sin duda habían oído los exabruptos de Bingham. Sin detenerse, Laurie subió a su despacho y cerró la puerta. Sentada a su mesa, miró el desorden que reinaba en aquel escritorio. Estaba conmocionada. Se había dicho a sí misma que no la despedirían, y eso mismo era lo que acababa de ocurrir. Una vez más se vio conteniendo el llanto y deseando tener más control de sus emociones.

Con dedos temblorosos abrió su maletín y lo vació de todos

los informes que llevaba dentro. A continuación metió sus efectos personales, libros y esas cosas que habría tenido que venir a buscar más adelante. Sacó, desde luego, la hoja de resumen de sus casos, que estaba en el cajón central del escritorio, y la metió en el maletín. Con el abrigo puesto, el paraguas bajo el brazo y el maletín en una mano, cerró la puerta con llave.

No salió del edificio inmediatamente, sino que bajó a Toxicología para ver a Peter Letterman. Laurie le dijo que la echaban pero que seguía interesada en los resultados de esos análisis que había hecho en relación con su serie. Le preguntó si tendría inconveniente en que pasara a verle más adelante. Peter dijo que ninguno. Laurie sabía que se moría de ganas de preguntar qué había pasado con Bingham, pero se lo calló.

Laurie se disponía a marchar cuando recordó el análisis que había solicitado al laboratorio de ADN del piso inferior. Tenía interés en conocer el resultado de la muestra que había cogido de la uña de Julia Myerholtz. Confiaba en que saldría algo positivo, aunque en realidad no lo esperaba. Para su sorpresa su deseo se hizo realidad.

—El resultado final no estará listo hasta dentro de mucho —le explicó el técnico cuando Laurie le interrogó acerca del estado del espécimen—. Pero estoy segurísimo de que las muestras venían de dos personas distintas.

Laurie se quedó pasmada. Otra desconcertante pieza del rompecabezas. ¿Qué podía significar? ¿Sería otra pista que señalaba al homicidio? No podía saberlo. Sólo se le ocurrió telefonear a Lou, para lo cual volvió a su despacho e intentó localizarle pero le dijeron que había salido. La operadora de la policía no sabía cuándo estaría de vuelta y no tenía modo de dar con él a menos que fuera una emergencia. Laurie se decepcionó. Se daba cuenta de que también quería contarle a Lou lo de su despido, pero difícilmente podía justificar esa noticia como una emergencia. Dio las gracias a la telefonista y no dejó mensaje. Volvió a cerrar la puerta con llave.

Laurie creyó que lo mejor sería salir por el depósito. De este modo tendría pocas oportunidades de tropezarse con Bingham o con Calvin. También sería la manera de evitar a los periodistas. No obstante, al llegar a la planta sótano donde estaba el depósito recordó otra cosa que quería hacer: conseguir las direcciones y detalles de los tres casos que habían llegado por la noche. El único sistema de recuperar su empleo consistía en demostrar sus suposiciones. Si lo conseguía, pensó, entonces sí que reclamaría ese juicio mencionado por Bingham.

Laurie se cambió en seguida y entró en la sala de autopsia vestida de pijama.

Como era habitual los lunes por la mañana, todas las mesas estaban ocupadas. Laurie fue al cuadro de autopsias programadas y vio que los tres casos que le interesaban habían sido asignados a George Fontworth. Se reunió con él en la mesa donde éste estaba trabajando. Vinnie y él acababan de empezar.

–No puedo hablar contigo –dijo George–. Ya sé que parece una tontería, pero es que Bingham ha venido a decirme que te habían despedido y que yo no debía hablar contigo bajo ningún concepto. Si quieres, llámame esta noche a mi casa.

–Respóndeme sólo a una cosa –dijo Laurie–. ¿Estos casos son como los otros?

–Supongo –dijo George–. Éste es el primero, así que de los otros no estoy seguro, pero por lo que he ojeado en las carpetas, diría que sí.

–De momento, sólo necesito las direcciones –dijo Laurie–. Déjame un minuto los informes de Investigación, te los traigo en seguida.

–Qué habré hecho yo para merecer esto –dijo George, mirando al techo–. Pero date prisa. Si alguien me pregunta, diré que has entrado y te los has llevado mientras no miraba.

Laurie cogió los papeles que quería de las carpetas de George y regresó al vestuario. Copió las tres direcciones y guardó el papel en su maletín. De vuelta en la sala de autopsias, dejó los informes en sus respectivas carpetas.

–Gracias, George –dijo Laurie.

–Yo no te conozco –respondió George.

De nuevo en el vestuario, Laurie se vistió lentamente de calle. Luego, con sus cosas en la mano, fue andando a todo lo largo del depósito, pasó por delante de la oficina del depósito de cadáveres y frente a la oficina de seguridad. En la rampa de carga del depósito había varias furgonetas con las palabras HEALTH & HOSPITAL CORP. espaciadas en los lados.

Avanzando entre las furgonetas, Laurie salió a la Calle 30. Hacía un día gris, lluvioso, húmedo. Abrió el paraguas y echó a andar penosamente hacia la Primera Avenida. Por lo que a ella tocaba, aquél era el nadir de su vida.

Tony se bajó del coche de Angelo. No bien acababa de cerrar de un portazo cuando notó que Angelo no se había movido. Seguía sentado al volante.

—¿Qué te pasa? —preguntó Tony—. Pensaba que íbamos a entrar.

—No me gusta la idea de entrar en el depósito —confesó Angelo.

—¿Quieres que entre yo solo? —preguntó Tony.

—No —dijo Angelo—. Esa idea me gusta menos aún. —Angelo abrió la puerta a regañadientes y bajó del vehículo. Sacó un paraguas del piso del asiento trasero y lo abrió de un golpe seco. Luego cerró el coche.

En Seguridad, Angelo preguntó por Vinnie Amendola.

—Vaya a la oficina del depósito —dijo el guardia—. Es un poco más allá, a mano izquierda.

A Angelo no le gustó nada el depósito, ni más ni menos de lo que había pensado. Era un sitio feo y olía mal. No llevaban allí tres minutos que ya quería irse cuanto antes.

En la oficina del depósito volvió a preguntar por Vinnie. Dijo que se trataba de algo relacionado con el padre de Vinnie. El hombre pidió a Angelo y Tony que aguardasen, que volvería en seguida con Vinnie.

Cinco minutos después aparecía Vinnie en la oficina del depósito vestido de pijama verde. Parecía preocupado.

—¿Qué pasa con mi padre? —preguntó.

Angelo le pasó el brazo por los hombros.

—¿No podríamos hablar en privado? —le preguntó. Vinnie se dejó conducir al vestíbulo.

—Mi padre murió hace dos años —dijo Vinnie mirando fijamente a los ojos de Angelo—. ¿Qué significa esto?

—Somos amigos de Paul Cerino —dijo Angelo—. Nos han dicho que te recordemos que Mr. Cerino ayudó una vez a tu padre con los sindicatos. Mr. Cerino agradecería que le devolviesen el favor. Hay aquí una doctora que se llama Laurie Montgomery...

—Ya no está —interrumpió Vinnie.

—¿Qué quieres decir? —preguntó Angelo.

—La han despedido esta mañana.

—Pues necesitamos su dirección —dijo Angelo—. ¿Puedes conseguírnosla? Ah, y que quede entre nosotros. Estoy seguro de que no hará falta que hable más claro.

—He comprendido —dijo Vinnie—. Un momento, vuelvo en seguida.

Angelo se sentó otra vez, pero no tuvo que esperar mucho. Vinnie volvió con la dirección de Laurie, incluido su número de teléfono, tan rápido como había prometido. Aclaró que había sacado la información de la lista de retén.

Aliviado por salir del depósito, Angelo volvió casi corriendo al coche.

—¿Cuál es el plan? —preguntó Tony en cuanto Angelo hubo encendido el motor.

—No dejes para mañana lo que puedas hacer hoy. Vayamos al apartamento de la chica. Está cerca de aquí.

Un cuarto de hora después habían aparcado el sedán en la Calle 19 y caminaban hacia la casa de apartamentos de Laurie.

—¿Cómo vamos a hacerlo? —preguntó Tony.

—Probaremos como siempre —dijo Angelo—. Las placas de policía. En cuanto la hayamos metido en el coche, todo irá viento en popa.

En el vestíbulo del edificio donde vivía Laurie, buscaron el buzón para saber el número del apartamento. La puerta interior no era obstáculo para las habilidades de Angelo. Al cabo de dos minutos subían al quinto piso en el ascensor.

Fueron directamente al número de Laurie y llamaron al timbre. Como no respondía nadie, Angelo volvió a llamar.

—Habrá salido a buscarse otro trabajo —dijo Tony.

—Tiene todo un juego de cerraduras —dijo Angelo examinando la puerta.

Tony dejó de mirar la puerta y dejó vagar los ojos por el pasillo. Al instante su mirada topó con la de Debra Engler. Tony le dio un golpecito en el hombro a Angelo y le dijo en voz baja:

—Un vecino nos está mirando...

Angelo se volvió a tiempo de ver el inquisitivo ojo de Debra Engler por la puerta apenas abierta. En cuanto su mirada captó la de ella, Debra cerró la puerta de golpe. Angelo oyó cómo echaba la cerradura.

—¡Maldita sea! —susurró él.

—Volvamos al coche —dijo Tony.

Unos minutos después estaban en el coche, desde donde podían ver sin problemas la entrada a la casa. Tony bostezó. Angelo, a pesar suyo, hizo otro tanto.

—Estoy rendido —se quejó Tony.

—Yo también —dijo Angelo—. Hoy esperaba dormir todo el día.

—¿Crees que deberíamos forzar el apartamento? —preguntó Tony.

—En esto estaba pensando —admitió Angelo—. Con tanta cerradura, nos llevará unos minutos. Y no sé qué hacer con esa bruja que nos miraba. ¿Te has fijado en su cara? Imagínate si te despiertas en la cama con ella al lado.

—Pues ésta no está nada mal —dijo Tony, mirando la foto de Laurie en el periódico—. Con una así no me importaría nada.

Lou se sirvió otra taza de café. Estaba en la sala de médicos del Manhattan General Hospital, donde había sorprendido a Jordan en su último encuentro. Pero en esa ocasión Lou sólo había tenido que esperar veinte minutos. Ahora llevaba allí más de una hora. Empezaba a reconsiderar la sensatez de posponer esta esperada entrevista con Jordan por delante de las llamadas de sus superiores.

Justo cuando estaba pensando en irse, apareció Jordan. Se dirigió a un pequeño frigorífico y extrajo un envase de zumo de naranja.

Lou miró cómo Jordan bebía un buen trago de zumo.

Aguardó hasta que Jordan se acercó al sofá para mirar el periódico que había encima. Entonces Lou dijo:

–Hombre, Jordan. Mira que encontrarle aquí. Qué casualidad.

Jordan frunció el ceño al reconocer a Lou.

–Vaya, usted otra vez.

–Su amabilidad me conmueve –dijo Lou–. Será de tanto quirófano que está de tan buen humor. Ya sabe lo que dicen, hay que golpear el hierro cuando está en ascua.

–Me alegro de verle otra vez, teniente –dijo Jordan, terminándose el zumo y arrojando el envase a la papelera.

–Un momento –dijo Lou.

Lou se levantó y le impidió el paso a Jordan. Lou tenía toda la impresión de que el otro estaba menos dispuesto aún a cooperar que durante su anterior entrevista. También estaba más preocupado. Bajo la fachada de brusquedad, Jordan estaba indudablemente nervioso.

–Tengo varias operaciones pendientes –dijo Jordan.

–De eso estoy seguro –replicó Lou–. Cosa que me hace sentir mejor. Quiero decir que es bueno saber que no todos sus pacientes programados para cirugía encuentran una muerte violenta a manos de asesinos profesionales.

–¿De qué está hablando? –inquirió Jordan.

–Vamos, Jordan. Indignarse no es propio de usted. Pero le agradecería que se dejara de tonterías y hablara claro. Sabe perfectamente de qué hablo. La última vez que vine le pregunté si había alguna característica común a todos sus pacientes asesinados. Por ejemplo, si padecían la misma dolencia, o algo así. Usted se alegró de poder decirme que me equivocaba, pero lo que no me dijo fue que todos ellos estaban en lista para someterse a una operación quirúrgica en sus competentes manos.

–En ese momento no se me ocurrió –dijo Jordan.

–¡Claro! –dijo Lou con sarcasmo. Por un lado podía jurar que Jordan estaba mintiendo, pero por otro no estaba seguro de ser objetivo al juzgar a Jordan. Como le había confesado a Laurie, estaba celoso. Celoso de que el otro fuera alto y guapo, de su esmerada educación en la Ivy League, de su cuna de cubiertos de plata, de su dinero y de su relación con Laurie.

—No se me ocurrió hasta que volví al consultorio —dijo Jordan—. Después de mirar sus gráficas.

—Pero incluso después de haber descubierto ese factor de conexión, no hizo nada para avisarme. Dejemos esto aparte. Ahora mi pregunta es: ¿Qué explicación da usted?

—Ninguna —dijo Jordan—. No puedo decir sino que es una extraordinaria coincidencia. Ni más, ni menos.

—¿No tiene la menor idea de por qué se cometieron esos asesinatos?

—En absoluto —dijo Jordan—. Y la verdad es que espero y deseo que no se repitan. Lo último que me gustaría es ver cómo disminuyen mis pacientes de quirófano, sea de la manera que sea, y especialmente de modo tan salvaje.

Lou asintió. Sabiendo lo que sabía de Jordan, podía creer lo que acababa de decirle.

—¿Qué hay de Cerino? —preguntó Lou un momento después.

—¿Qué hay de qué?

—Sigue esperando otra operación, ¿no? —dijo Lou—. ¿Hay algún modo de relacionar esta racha de muertes con Cerino? ¿Cree usted que él corre peligro?

—Supongo que todo es posible —dijo Jordan—. Pero hace ya algunos meses que trato a Cerino y no le ha pasado nada. No puedo pensar que esté mezclado en esto ni que corra un peligro especial.

—Si se le ocurre algo, hágamelo saber —dijo Lou.

—Desde luego, teniente.

Lou se quitó de en medio y Jordan desapareció de su vista empujando la puerta batiente.

Laurie decidió que aunque nada le sabía bien, aunque no conseguía dar con una información valiosa, al menos estaba ocupada. Y estar ocupada significaba no darle vueltas a su situación: se había quedado sin empleo en una ciudad donde vivir no era nada barato y, por si fuera poco, tal vez no podría ejercer nunca más como forense. No podía esperar una recomendación de Bingham. Pero no se iba a poner a pensar en ello. Decidió, en cambio, seguir adelante y buscar más información referente a su serie. Tenía que investigar otras tres sobredosis. ¿Cómo fueron descubiertos los cadáveres? ¿Fueron vistos los fallecidos aquella noche fatídica entrando en sus casas acompañados de dos hombres?

En menos de una hora, Laurie vio recompensado su esfuerzo en el edificio donde vivía Kendall Fletcher; todo le sonó familiar. Fletcher había salido a correr pero había regresado muy pronto... acompañado de dos hombres. El portero no les vio salir. Varias horas después que Fletcher volviera, un inquilino sin identificar llamó quejándose de que había ruidos en el 25G. El inquilino temía que alguien pudiera salir lastimado. La llamada la contestó el superintendente; ahí es cuando fue hallado el cuerpo de Fletcher.

Laurie tuvo menos suerte en casa de Stephanie Haberlin. La mujer vivía en una casa de piedra arenisca convertida en tres viviendas independientes, sin portero. Laurie dejó ese caso por el momento y se dirigió al tercer y último escenario.

Yvonne André vivía en un edificio similar al de Kendall Fletcher. Laurie hizo uso de su placa de forense como había hecho en casa de Fletcher. El portero, que se presentó como Timothy, estuvo encantado de colaborar. Como en el caso anterior, Miss André había llegado a su casa con dos hombres. Timothy no pudo describirlos, pero sí recordaba claramente que habían venido.

Cuando Laurie le preguntó quién había encontrado el cuerpo, Timothy contestó que José, el súper. Laurie preguntó si podría hablar con él. Timothy le dijo que naturalmente que sí. Llamó a un hombre flaco en uniforme color canela que en aquel momento estaba arreglando un mueble en el *foyer*. José vino en seguida y se hicieron las presentaciones.

—¿Y cómo fue que encontró el cuerpo? —preguntó Laurie.

—Me llamó el portero de noche para que comprobase el apartamento de Yvonne André.

—A ver si lo adivino —dijo Laurie—. El portero de noche había recibido la llamada de un inquilino que se quejaba de ruidos extraños en el apartamento de André.

José y Timothy miraron boquiabiertos a Laurie.

—Ah... —dijo José con una sonrisa—. Usted ha hablado con la policía.

—¿En qué lugar del apartamento encontraron el cadáver? —preguntó Laurie.

—En la sala de estar —dijo José.

—¿Cómo estaba el apartamento? ¿Había cosas rotas? ¿Parecía que hubiera habido lucha?

—La verdad es que no me fijé —dijo el súper—. En cuanto vi a Miss André... La policía estuvo aquí, claro, pero nadie ha tocado nada. ¿Quiere subir a verlo?

—Me encantaría —respondió Laurie.

Fueron directamente al apartamento de Yvonne, que estaba en el cuarto piso. José abrió la puerta con su llave maestra y se hizo a un lado.

Laurie entró la primera. No había dado cinco pasos más allá de la puerta cuando casi tropieza con una mujer de mediana edad, elegantemente vestida, que había acudido al sonido de una llave en la cerradura. La mujer era bastante guapa, aunque parecía haber estado llorando. Apretaba en la mano un pañuelo de papel.

—Disculpe —dijo Laurie, confundida. Le asombraba encontrar a alguien en el piso.

La mujer empezó a decir algo al reconocer a José.

—Lo siento, Mrs. André —dijo José—. No sabía que hubiera nadie. Ésta es la doctora Montgomery, de inspección médica.

—¿Quién es, cariño? —Un hombre alto de pelo gris apareció en el pasillo que daba a la cocina.

—El superintendente —logró decir Mrs. André—. Y la doctora Montgomery, de inspección médica.

—¿De aquí, de Manhattan? —inquirió Mr. André.

—Así es —dijo Laurie—. Lamento mucho esta intromisión. José me ha sugerido que subiera. No sabía que estuviesen ustedes aquí.

—Yo tampoco —añadió rápidamente José.

—Está bien —dijo Mrs. André levantando el pañuelo para darse unos toques en el rabillo del ojo mientras miraba tristemente la sala de estar—. Estábamos examinando algunas de las cosas de Yvonne.

–Si me disculpan... –dijo Mr. André. Se dio bruscamente la vuelta y volvió a meterse en la cocina.

–Puedo venir más tarde –se ofreció Laurie, retrocediendo hacia la puerta–. Lamento muchísimo su pérdida.

–¡Oh!, no se vaya –dijo Mrs. André, tendiéndole una mano–. Pase, por favor. Siéntese. Hablar de ello creo que me hará bien.

Laurie lanzó una mirada a José. No sabía bien qué debía hacer.

–Les dejo, señoras –dijo José–. Llámeme si necesitan alguna cosa.

Laurie quería irse. Consolar a los allegados del muerto era lo último que habría deseado hacer. No olvidaba a lo que la había llevado el dar aliento a la novia de Duncan Andrews, Sara Wetherbee. Pero Laurie sabía que no iba a poder desembarazarse tan fácilmente de la afligida madre ahora que había irrumpido en su vida. Con cierto recelo, Laurie se dejó conducir al salón. Mrs. André se sentó en un confidente. Laurie lo hizo en una silla.

–No se imagina el impacto que esto ha tenido en nosotros –dijo Mrs. André–. Yvonne era una hija buena y generosa, abnegada a más no poder. Siempre estaba entregada a una u otra causa benéfica.

Laurie asintió compasivamente.

–Greenpeace, Amnistía Internacional, NARAL... Mi hija era una persona que estaba metida en casi todas las causas humanitarias.

Laurie sabía que no era preciso decir nada. Bastaba con escuchar.

–Últimamente estaba en dos nuevas –dijo Mrs. André con una risa apenada–. Nuevas al menos para nosotros: los derechos animales y la donación de órganos. Qué ironía que muriera de un ataque al corazón. Yo creo que ella esperaba realmente que alguno de sus órganos fuera empleado algún día para un buen fin. ¡Oh!, no me refiero tan pronto, verá usted, aunque lo que sí deseaba de corazón era no ser enterrada. En eso era muy inflexible; le parecía un gran derroche de espacio y de recursos.

—Ojalá hubiera más gente que pensara como su hija —dijo Laurie—. De ser así, los médicos podrían efectivamente empezar a salvar vidas.

Laurie quería ir con cuidado para no contradecir la idea de la pobre mujer de que su hija había fallecido de un ataque al corazón y no a causa de la cocaína.

—Quizá le gustaría quedarse con algún libro de Yvonne —dijo Mrs. André—. No sé qué vamos a hacer con todos ellos. —Era evidente que la mujer estaba desesperada por hablar con alguien.

Antes de que Laurie pudiera contestar a tan generoso ofrecimiento, Mr. André entró de rondón en la sala. Tenía la cara colorada.

—¿Qué te pasa, Walter? —preguntó Mrs. André. Su marido estaba a todas luces enfadado.

—¡Doctora Montgomery! —escupió Mr. André, haciendo caso omiso de su mujer—. Resulta que soy miembro del directorio del Manhattan General Hospital y además conozco personalmente al doctor Harold Bingham. Como hacía poco que había hablado de mi hija con él, me ha extrañado bastante su presencia aquí. De modo que he vuelto a llamarle. Está al teléfono ahora y quiere tener unas palabras con usted.

Laurie tragó saliva con cierta dificultad, se levantó y fue hacia la cocina. Luego, titubeando, cogió el teléfono.

—¡Montgomery! —tronó Bingham en cuanto ella contestó. Laurie hubo de apartarse el auricular unos centímetros de la oreja—. ¿Se puede saber qué diablos hace en el apartamento de Yvonne André? ¡Ha sido despedida! ¿Me oye? ¡Si continúa así haré que la detengan por asumir la personalidad de un funcionario municipal! ¿Me ha entendido?

Laurie iba a replicar cuando reparó en una tarjeta claveteada en un tablón de notas que había en la pared del teléfono. Era una tarjeta de un tal Mr. Jerome Hosking, del Depósito de Órganos de Manhattan.

—¡Montgomery! —volvió a gritar Bingham—. Responda. ¿Qué diantres cree que está haciendo?

Laurie le colgó sin decir palabra. Temblándole la mano, desprendió la tarjeta del tablón y, de repente, todas las piezas encajaron formando un cuadro terrible y espantoso. Laurie apenas podía creerlo, pero aun así, desde el momento en que todo cuadraba, supo que la horrible e inexorable verdad no podría ser refutada. Lo que tenía que hacer era, naturalmente, llamar a Lou. Pero antes quería hacer otra visita.

15

16:15, LUNES
MANHATTAN

Por segunda vez el mismo día, Lou Soldano se encontraba en la sala de médicos del Manhattan General. Pero en esta visita no iba a tener que esperar mucho. Esta vez había llamado a la supervisora de quirófano para preguntar cuándo estaría listo el doctor Scheffield. Lou había escogido la hora exacta de su llegada a fin de pillar a Jordan cuando éste saliera de operar.

Tras una espera de menos de cinco minutos, Lou tuvo el agrado de ver aparecer al doctor entrando confiado en la sala para ir al vestuario. Lou fue tras él, sombrero en mano y trinchera al brazo. Se mantuvo a distancia hasta que Jordan hubo arrojado su pijama sucio al cubo de la lavandería. Lou había planeado coger al doctor en ropa interior, momento en que psicológicamente hablando sería más vulnerable. Lou tenía el convencimiento de que los interrogatorios funcionaban mejor cuando el sujeto estaba desconcertado.

–¡Eh! Doc –le dijo suavemente.

Jordan giró en redondo. El hombre estaba nervioso, no había duda.

–Disculpe –dijo Lou, rascándose la cabeza–. No me gusta ser pesado, pero se me ha ocurrido otra cosa.

–¿Quién diantre se ha creído que es? –le espetó Jordan–. ¿Colombo?

–Premio –dijo Lou–. Pensaba que no iba usted a adivinarlo. Pero ya que me ha hecho caso, hay algo que quiero preguntarle.

–Que sea rápido, teniente –dijo Jordan–. Llevo todo el día aquí metido y tengo el consultorio lleno de pacientes descontentos. –Jordan fue al lavabo y abrió el grifo.

–Cuando he venido antes le he mencionado que todos los

pacientes asesinados esperaban pasar por el quirófano. Pero no le he preguntado a qué clase de operación iban a ser sometidos. Es decir, sé que se trataba de algún tipo de operación de córnea. Acláreme una cosa, Doc: ¿qué es lo que iba a hacerles a esas personas?

Jordan, que estaba inclinado sobre el lavabo, se enderezó. El agua le goteaba por la cara. Le dio un ligero codazo a Lou para que se apartara y poder coger una toalla. Jordan se secó vigorosamente la cara como si le sacara brillo.

–Iban a ser sometidos a trasplante de córnea –dijo finalmente Jordan, mirándose al espejo.

–Qué interesante –dijo Lou–. Tenían diagnósticos distintos y sin embargo todos ellos iban a recibir el mismo tratamiento.

–Exacto, teniente.

Jordan fue del lavabo a su taquilla. Hizo girar la rueda de la cerradura de combinación.

Lou le siguió como un perro faldero.

–Yo pensaba que diagnósticos diferentes requerían diferentes tratamientos.

–Es verdad que esas personas tenían diagnósticos diferentes –explicó Jordan mientras empezaba a vestirse–, pero su enfermedad fisiológica era la misma. No tenían la córnea transparente.

–Pero eso sería tratar el síntoma y no la enfermedad, ¿no? –preguntó Lou.

Jordan dejó de abotonarse la camisa para mirar a Lou.

–Me parece que le he subestimado –dijo–. No ha podido ser más exacto. Pero por lo que se refiere a los ojos, solemos hacer eso con frecuencia. Es natural que antes de realizar un trasplante haya que curar la causa de la opacidad. Se hace para estar razonablemente seguro de que el problema no se reproducirá en el tejido trasplantado, y con un tratamiento adecuado, raramente ocurre.

–Vaya –dijo Lou–. Si hubiera tenido la oportunidad de ir a una escuela de la Ivy League como usted, tal vez habría podido ser médico.

Jordan siguió abrochándose la camisa.

—Esa observación ha sido mucho más típica de usted —dijo.

—Sea como sea —dijo Lou—, ¿no resulta sorprendente que todos sus pacientes asesinados estuvieran programados para la misma intervención?

—En absoluto —dijo Jordan mientras continuaba vistiéndose—. Soy lo que se dice un superespecialista. Lo mío es la córnea. Acabo de hacer cuatro hoy.

—¿La mayoría de sus operaciones son trasplantes de córnea? —preguntó Lou.

—Casi un noventa por ciento. Últimamente, más.

—¿Y Cerino? —preguntó Lou.

—Lo mismo —dijo Jordan—. Pero con él son dos intervenciones, pues los dos ojos estaban igualmente afectados.

—¡Ah! —dijo Lou. Una vez más, se había quedado sin preguntas.

—No me interprete mal, teniente. Todavía me angustia y me conmueve saber que esos pacientes míos fueron asesinados. Pero aun sabiendo que resultaron muertos, no me sorprende en absoluto que todos estuvieran inscritos para trasplantes de córnea. En calidad de pacientes míos, cabía esperarlo casi por definición. Y ahora, ¿ha terminado, teniente?

Jordan se puso la americana.

—Estas personas esperaban un trasplante de córnea: ¿había algo que los diferenciara de otros receptores?

—No —dijo Jordan.

—¿Qué me dice de Marsha Schulman? ¿Podría estar relacionada con esas otras muertes?

—Ella no esperaba ninguna intervención.

—Pero conocía a esas personas —dijo Lou.

—Era mi secretaria personal. Conocía prácticamente a todos los que entraban en mi consultorio.

Lou asintió.

—Ahora, si me disculpa, teniente, debo ir a la sala de recuperación a ver mi último caso. Ha sido un placer verle de nuevo.

Dicho esto, Jordan se fue.

Nuevamente desanimado, Lou regresó al coche. Había tenido el convencimiento de haber dado con la clave cuando Patrick O'Brien se presentó en su despacho para decirle que todos los pacientes muertos iban a ser operados de lo mismo. Ahora le parecía un callejón sin salida. Uno más.

Lou se incorporó al tráfico rodado y al inmediato atasco. En Nueva York la hora punta era siempre matadora, y cuando llovía todavía era peor. Al mirar hacia la acera, Lou comprobó que los peatones iban más rápido que él.

Como tenía tiempo para pensar, Lou trató de revisar los hechos del caso. La personalidad del doctor Scheffield le traía de cabeza. Dios, cómo detestaba a ese tipo. Y no era sólo por Laurie, aunque eso contaba.

Scheffield era un individuo relamido y pagado de sí mismo. Lou no entendía cómo Laurie no se daba cuenta.

De pronto, el coche que tenía detrás chocó con el suyo. La cabeza se le fue para atrás y luego hacia adelante. En un arranque de ira, Lou tiró violentamente del freno de mano y se bajó de un salto. El tipo de detrás también se había bajado. Lou vio con desespero que el individuo era una mole de ciento diez kilos de músculo macizo. Como mínimo.

—A ver si mira por dónde va —dijo Lou, agitando el dedo. Dio la vuelta al Caprice para ver los desperfectos. En su parachoques había un poquito de pintura del coche del otro. Podía haber jugado al policía rudo pero decidió que no. Raramente lo hacía; resultaba demasiado cansado.

—Lo siento, tío —dijo el otro conductor.

—No hay daños —dijo Lou.

Se metió otra vez en el coche. Mientras avanzaba entre el tráfico a paso de tortuga, volvió la cabeza a derecha e izquierda. Confiaba en no sufrir ninguna rascada.

El brillo de una idea fugaz empezó súbitamente a tomar forma en su cabeza. Ese choque le había hecho recobrar la sensatez. ¿Cómo no lo había visto antes? Por un momento miró al vacío, hipnotizado por la solución que su cerebro acababa de destilar tan repentinamente. Estaba tan ensimismado que el forzudo de detrás tuvo que hacer sonar el claxon para que Lou avanzara.

—La puta de oros —dijo Lou en voz alta.

Se preguntaba cómo no se le había ocurrido antes. Por más repugnantemente estrafalario que pudiera resultar, todo parecía encajar a la perfección.

Lou echó mano de su teléfono celular y probó de dar con Laurie en su trabajo. La operadora le dijo que ya no trabajaba allí.

—¿Qué? —preguntó Lou.

—La han despedido —explicó la operadora y colgó.

Lou marcó en seguida el número del domicilio de Laurie. Se reprochó el no haberla llamado antes para saber cómo había ido su entrevista con el jefe. Evidentemente, las cosas habían ido mal.

Lou recibió la decepcionante respuesta del contestador automático. Dejó el mensaje de que la telefonease inmediatamente al despacho y, si no estaba allí, a su casa.

Lou colgó. Le sabía mal lo de Laurie. Quedarse sin trabajo tenía que haber sido un duro golpe para ella. Era una de esas raras personas a las que les gustaba su trabajo tanto como a Lou.

—¡Allí está! —exclamó Tony, dándole un empujón a Angelo para despertarlo.

Angelo movió la cabeza y luego miró bizqueando por el parabrisas. En el poco tiempo que había estado durmiendo se había hecho de noche. Tenía la cabeza como embotada. Aun así pudo ver a la chica que Tony estaba señalando. Se encontraba a sólo tres metros del edificio y se dirigía hacia la puerta.

—Vamos —dijo Angelo. Salió atropelladamente del coche y casi cayó de bruces. La pierna izquierda se le había quedado dormida en una extraña posición cuando había cerrado los ojos.

Tony le llevaba ya ventaja cuando Angelo intentó correr con una pierna que más que de carne y hueso parecía de cartón. Al llegar a la puerta, Angelo sentía la punzada de un millón de agujas desde la entrepierna a los pies. Tiró del picaporte y vio que Tony estaba hablando ya con la mujer.

–Quisiéramos charlar un momento con usted en la comisaría –estaba diciendo Tony, tratando de imitar a Angelo.

Éste pudo ver que Tony sostenía la placa a una altura en que Laurie Montgomery podía, de haber querido, leer fácilmente lo que ponía en ella.

Angelo tiró del brazo de Tony y sonrió. Tal como su compañero había dicho al ver la fotografía, Laurie era una mujer atractiva.

–Nos gustaría hablar un momentito con usted –dijo Angelo–. Pura rutina. Estaremos de vuelta antes de una hora. Es un asunto referente al centro forense.

–Yo no tengo por qué ir a ninguna parte.

–No querrá usted hacer una escena, ¿verdad? –dijo Angelo.

–No tengo ni siquiera por qué hablar con usted.

Angelo se daba cuenta de que Laurie no iba a ser una chica fácil.

–Me temo que habremos de insistir –dijo con calma.

–Ni siquiera sé quienes son. ¿A qué distrito pertenecen?

Angelo lanzó una rápida ojeada por encima del hombro. No venía nadie. La detención iba a requerir violencia. Angelo miró a Tony, asintiendo disimuladamente con la cabeza.

Recibido el mensaje, Tony metió la mano en la americana y extrajo su Beretta Bantam. Apuntó a Laurie.

Angelo dio un respingo al lanzar Laurie un chillido escalofriante que pudo haber despertado hasta a los muertos del cementerio de Saint John en Rego Park.

Con la mano libre, Tony agarró a Laurie del cuello tratando de hacerla entrar en el coche, pero sólo consiguió un golpe de maletín en la ingle. Tony se dobló de dolor. En cuando pudo enderezarse de nuevo, apuntó el arma al pecho de la mujer y disparó dos veces seguidas. Laurie cayó al instante.

Los tiros sonaron como truenos; Tony no había puesto el silenciador ya que no pensaba que habría que recurrir a la fuerza. El aire estaba impregnado de olor a cordita.

–¿Por qué diantre le has disparado? –preguntó Angelo–. Se supone que habíamos de traerla viva.

–He perdido la cabeza –dijo Tony–. Es que me ha dado en los huevos con el maldito maletín.

—Saquémosla de aquí ahora mismo —ordenó Angelo.

Cada uno agarró a Laurie de un brazo. Angelo se agachó para coger el maletín. Luego, entre los dos, llevaron o arrastraron a medias el cuerpo sin vida de Laurie hasta el coche. Viva o muerta, aún podían llevarla al *Montego Bay*.

Tan rápido como les fue posible la metieron en el asiento trasero del vehículo. Varios transeúntes los miraron con suspicacia, pero ninguno dijo nada. Tony subió atrás mientras Angelo montaba en el asiento delantero y ponía el coche en marcha. Tan pronto el motor respondió, Angelo enfiló la Calle 19.

—Espero que no me manche la tapicería de sangre —dijo Angelo, mirando por el espejo retrovisor. Tony forcejeaba con el cuerpo—. Pero ¿qué coño haces?

—Intento sacarle el bolso de debajo —dijo Tony entre gruñidos—. Está agarrada a él como una presa mortal, como si ahora le importara mucho el maldito bolso.

—¿Está muerta? —preguntó Angelo. Seguía estando furioso.

—No se ha movido. ¡Ah, ya lo tengo! —Tony sostuvo el bolso en alto como si de un trofeo se tratara.

—Si Cerino me pregunta qué ha pasado —le espetó Angelo—, voy a tener que decírselo.

—Lo siento —dijo Tony—. Ya te lo he dicho. He perdido la cabeza. ¡Eh, fíjate en esto! Esta tía va forrada.

Tony agitó un puñado de billetes de veinte que había sacado de la cartera.

—Procura que no se la vea —dijo Angelo.

—¡Oh, no! —exclamó Tony.

—¿Y ahora qué pasa? —quiso saber Angelo.

—Ésta no es Laurie Montgomery —dijo Tony alzando los ojos de un carnet—. Es una tal Maureen Wharton, fiscal auxiliar de distrito. Pero se parece mucho a la de la foto. —Tony se inclinó hacia delante para coger el periódico en que venía la fotografía de Laurie. Apartándole el pelo a Maureen para verle la cara, comparó el rostro con el de la foto—. Bueno, se parecen bastante —dijo.

Angelo se aferró tan fuerte al volante que se hizo sangre en la mano. Tendría que contarle a Cerino lo de Tony, tanto si preguntaba como si no. Por culpa de Tony se habían cargado a la que no era, una fiscal auxiliar de distrito, nada menos. Este muchacho iba a volverle loco.

—Soy yo... Ponti —dijo Franco. Acababa de marcar el número de Vinnie Dominick—. Estoy en el coche. Voy hacia el túnel. Sólo quería que supieras que he visto a los dos tipos de los que hablamos cargándose a otra mujer joven en plena calle. Es cosa de locos. No tiene ningún sentido.

—Me alegro de que hayas llamado —dijo Vinnie—. He estado intentando localizarte. Ese soplón con quien me pusiste en contacto, el amigo de un amigo de la novia de Tony Ruggerio, acaba de darme una pista. Sabe lo que están tramando. Es increíble. No te lo habrías imaginado nunca.

—¿Quieres que regrese? —preguntó Franco.

—No, sigue con ese par —dijo Vinnie—. Ahora mismo salgo para ir a hablar con gente de la familia Lucia. Intentaremos resolver el problema. Hemos de detener a Cerino pero de manera que saquemos provecho de la situación. *Capisce?*

Franco colgó el auricular. El coche de Angelo iba como cinco coches más adelante. Ahora que Vinnie sabía lo que pasaba, Franco también se moría de ganas de saberlo.

Haciendo bocina junto a la cara, Laurie apretó las manos contra la puerta de cristal de la casa reformada de la Calle 55 Este. De este modo pudo distinguir un tramo de escalones de mármol que subía hasta otra puerta, igualmente cerrada.

Laurie dio unos pasos atrás para ver mejor la fachada del edificio. Tenía cinco pisos de alto y ventana arqueada. De los ventanales del segundo piso salía luz. El tercer piso también estaba iluminado. Más arriba las ventanas estaban a oscuras.

A la derecha de la puerta había un rótulo de latón que decía, DEPÓSITO DE ÓRGANOS DE MANHATTAN: HORARIO DE NUEVE A CINCO. Como eran más de las cinco, Laurie entendió por qué estaba cerrada la puerta principal. Pero la luz en el segundo y tercer pisos daba a entender que todavía había gente en el edificio. Laurie estaba decidida a hablar con alguien.

Volviendo otra vez a la entrada, Laurie llamó de nuevo con la misma fuerza que lo había hecho al llegar. Seguía sin acudir nadie.

Laurie vio que a la izquierda había una entrada de servicio, se acercó e intentó mirar al interior, pero no se veía nada. Estaba negro como boca de lobo. Laurie volvió a la puerta principal y se disponía a llamar otra vez cuando reparó en algo que no había visto antes. Debajo del rótulo, y parcialmente oculto por la hiedra que serpenteaba por la fachada del edificio, había un timbre metálico. Laurie pulsó el timbre y aguardó.

Unos minutos después se iluminó el vestíbulo que había al otro lado de la puerta de cristal. Entonces la puerta interior se abrió y una mujer con un vestido de lana sin adornos, largo y ajustado, bajó la escalera de mármol. El vestido le venía tan ceñido a las piernas que tenía que andar de lado. Aparentaba algo más de cincuenta años. Su rostro sin gracia era severo y llevaba el pelo atado atrás en un moño.

Al llegar a la puerta de la calle hizo gestos para indicar que estaba cerrado y, para dar más énfasis a su pantomima, se señaló repetidamente el reloj.

Laurie, a su vez, le indicó por gestos que quería hablar con alguien haciendo mover la mano como si accionara una marioneta. Como eso no daba resultado, Laurie sacó su placa de forense y la blandió pese a las advertencias de Ringham de que la haría detener. Al ver que tampoco la placa surtía su acostumbrado y maravilloso efecto, Laurie sacó la tarjeta que se había llevado del apartamento de Yvonne André y la puso contra el cristal. Por fin, la mujer se ablandó y levantó el picaporte de la puerta.

–Lo siento, pero ya está cerrado –dijo la mujer.

–Ya me he dado cuenta –dijo Laurie, apoyando una mano en la puerta–, pero debo hablar con usted. Sólo la molestaré unos minutos. Trabajo en el servicio de inspección médica. Soy la doctora Laurie Montgomery.

–¿De qué desea hablar? –preguntó la mujer.

—¿Le importa que entre? —sugirió Laurie.

—Supongo que no —dijo la mujer con un suspiro, abriendo la puerta del todo para que pasase Laurie. Luego volvió a cerrar.

—Esto es precioso —dijo Laurie. Casi todos los detalles arquitectónicos del siglo XIX habían sido conservados cuando el edificio fue convertido de residencia privada en oficinas.

—Es una suerte tener esta casa —dijo la mujer—. A propósito, me llamo Gertrude Robeson.

Se estrecharon la mano.

—¿Quiere usted subir a mi despacho?

Laurie contestó que sí y Gertrude la llevó por una escalinata de elegante estilo georgiano que subía al piso de arriba describiendo una curva.

—Agradezco que me haya recibido —dijo Laurie—. Se trata de algo importante.

—Estoy sola —dijo Gertrude—. Intentaba terminar un trabajo.

El despacho de Gertrude estaba en la parte delantera y era el responsable de la luz que salía por las ventanas del segundo piso. Era un despacho amplio con una araña de cristal colgando del techo. Laurie se preguntó vagamente a qué se debía que tantas sociedades filantrópicas tuvieran locales tan suntuosos.

Cuando hubieron tomado asiento, Laurie fue directa al grano. Volvió a sacar la tarjeta que había cogido en casa de Yvonne y se la entregó a Gertrude.

—¿Este individuo es miembro del personal de este centro? —preguntó Laurie.

—Así es —dijo Gertrude, devolviéndole la tarjeta—. Gerome Hoskins es quien se encarga del reclutamiento.

—¿En qué consiste exactamente el Depósito de Órganos? —preguntó Laurie.

—Me encantaría darle unos impresos —dijo Gertrude—, pero básicamente somos una sociedad no lucrativa dedicada a la donación y reasignación de órganos humanos para trasplantes.

—¿A qué se refería con eso del reclutamiento? —preguntó Laurie.

—Procuramos que se apunte gente como donante potencial —dijo Gertrude—. Lo más sencillo consiste en acceder a que cuando por una desgracia el cerebro se muera, uno esté dispuesto a que sus órganos sean dados a un receptor necesitado de ellos.

–Si eso es lo más sencillo –dijo Laurie–, ¿cuál es el sistema complicado?

–Complicado no es la palabra –dijo Gertrude–. Es de lo más simple. Pero el siguiente paso consiste en que el donante en potencia pase por una determinación de la sangre y los tejidos. Esto es especialmente útil para órganos susceptibles de ser llenados de nuevo, como la médula ósea.

–Dígame, ¿cómo se lleva a cabo ese reclutamiento? –preguntó Laurie.

–Por el sistema normal –dijo Gertrude–. Tenemos personas que recogen fondos de beneficencia, *telethons*[1], grupos activos en escuelas superiores, cosas así. De lo que se trata es de que se hable del asunto. Por eso es muy útil que un receptor pueda merecer la atención de los medios informativos, digamos un niño que necesita un corazón o un hígado.

–¿Disponen de mucho personal?

–La verdad es que no –dijo Gertrude–. Hay muchos voluntarios.

–¿Quién responde a su llamamiento? –preguntó Laurie.

–Sobre todo gente con estudios superiores –dijo Gertrude–, en especial personas con conciencia cívica. La gente interesada en temas sociales desea restituir alguna cosa a la sociedad.

–¿Le suena el nombre de Yvonne André? –preguntó Laurie.

–No, me parece que no. ¿Es alguien a quien debería conocer?

–Creo que no –dijo Laurie–. Está muerta.

–Dios mío –dijo Gertrude–. ¿Por qué me pregunta si la conozco?

–Simple curiosidad –dijo Laurie–. ¿Tiene manera de saber si Yvonne André fue una de las personas reclutadas por Mr. Hoskins?

–Lo lamento, pero esta información es confidencial. No puedo decírselo.

1. De *te*levisión y mara*thon*. Palabra inglesa que designa un programa de televisión de larga duración, normalmente pensado para apoyar a un candidato político o una obra benéfica. *(N. del T.)*

—Soy médico forense —dijo Laurie—. Mi interés no es casual. Hoy he estado hablando con la madre de Yvonne André y ella me ha dicho que su hija se había afiliado a esta organización antes de su prematuro fallecimiento. En su apartamento había una tarjeta de Mr. Hoskins. No quiero conocer los detalles, pero le agradecería que me dijese si ella había firmado algún tipo de contrato con el Depósito.

—¿La muerte de Miss André ocurrió en circunstancias dudosas? —preguntó Gertrude.

—En el parte de defunción consta como accidental. Pero hay ciertos aspectos de su muerte que me preocupan.

—Ya sabe que, en general, para que un órgano sea trasplantado, el donante debe estar en estado vegetativo. Dicho de otro modo, todo, a excepción del cerebro, debe seguir fisiológicamente con vida.

—Por supuesto —dijo Laurie—. Conozco bien esa advertencia. Yvonne André no estaba en estado vegetativo antes de su muerte. No obstante, lo que sí necesito saber es su estatus dentro de la organización.

—Un momento —dijo Gertrude. Se acercó al escritorio e introdujo cierta información en su ordenador—. Sí —dijo—. Yvonne estaba inscrita. Pero es cuanto puedo decirle.

—Le agradezco todo lo que me ha contado —dijo Laurie—. Una pregunta más. ¿Durante el pasado año, ha habido algún intento de forzar estas oficinas?

Gertrude miró al techo.

—Mire, no sé si tengo permiso para divulgar esta clase de información, pero supongo que se trata de hechos conocidos. Puede usted acudir a la policía para confirmarlo. Sí, en efecto, hace un par de meses entraron aquí, pero por suerte no se llevaron gran cosa y no hubo vandalismo.

Laurie se levantó de la silla.

—Muchas gracias. Ha sido muy generosa con su tiempo. Se lo agradezco de veras.

—¿Desea llevarse algún impreso? —preguntó Gertrude.

—Sí, desde luego —dijo Laurie.

Gertrude sacó unos cuantos prospectos de un armarito y se los dio a Laurie, quien se los guardó en el maletín.

Gertrude la acompañó después hasta la puerta.

Al salir a la Calle 55, Laurie encamió sus pasos hacia Lexington Avenue para coger un taxi. Le dio instrucciones al taxista para que la llevara al centro forense. Viendo que sus sospechas se consolidaban e imbuida de una nueva confianza en sí misma, Laurie deseaba hablar con George Fontworth. Había algo acerca de las sobredosis de aquel día que le quería preguntar. Aunque eran más de las seis, supuso que le encontraría aún trabajando. Solía quedarse hasta muy tarde.

Pero mientras Laurie se aproximaba a su antiguo trabajo, empezó a preocuparla el hecho de que Bingham estuviera allí. Sabía que de vez en cuando se quedaba también hasta la noche. En consecuencia, Laurie le dijo al taxista que se desviara de la Primera Avenida para coger la Calle 30. Cuando llegaron a la altura de la rampa de carga del depósito, Laurie le hizo girar. E hizo bien. El coche oficial de Bingham –uno de los chollos de ser inspector médico en jefe– estaba allí aparcado.

–He cambiado de opinión –le dijo Laurie al taxista a través de la mampara de plexiglás. Dio la dirección de su casa. Maldiciendo en un idioma que Laurie no había oído nunca, el taxista dejó la entrada del depósito y volvió a la Primera Avenida. Quince minutos después estaban delante de su casa.

Como seguía lloviendo, Laurie corrió hacia la puerta. Cuál no sería su sorpresa al ver que la cerradura de la puerta interior estaba rota. Tendría que avisar al súper, caso de que nadie más hubiera informado todavía de ella.

Laurie fue directamente al ascensor sin molestarse en recoger la correspondencia. En ese momento sólo tenía una cosa en la cabeza: telefonear a Lou.

Cuando las puertas del ascensor empezaban a cerrarse, Laurie vio que una mano se aferraba al canto e intentaba evitar que la puerta se cerrara. Laurie intentó pulsar el botón de apertura pero en vez de éste tocó el de cerrar. La mano tiró hacia atrás, la puerta se cerró y el ascensor empezó a subir.

Laurie estaba abriendo sus cerraduras cuando oyó que la puerta del apartamento de Debra Engler se abría a sus espaldas.

–Han venido dos hombres a su casa –dijo Debra–. No les había visto nunca. Llamaron dos veces al timbre.

Aunque a Laurie no le gustaba que Debra se metiera en sus asuntos, se preguntó quiénes podían ser esos dos hombres y qué debían querer. Era difícil no relacionar «dos hombres» con algo que no fueran los casos de sobredosis, y esa idea le dio escalofríos. Le extrañaba que hubieran podido llegar hasta la misma puerta, ya que ella no estaba en casa para abrirles por el portero automático. Entonces recordó la cerradura rota de la puerta interior, y le preguntó a Debra qué aspecto tenían.

–No pude verles bien la cara –dijo Debra–. Aunque me dieron mala espina, eso sí, y ya digo que llamaron dos veces al timbre.

Laurie volvió a su puerta y abrió la última cerradura. Se le ocurrió que, de haber tenido malas intenciones, esos dos individuos podían haber subido por la escalera de servicio para entrar después forzando la puerta de la cocina.

Laurie abrió la puerta del apartamento. Los goznes crujieron, revestidos por un centenar de capas de pintura. Desde el estratégico observatorio del vestíbulo, a Laurie le pareció que el apartamento estaba como lo había dejado al marchar. No se oía nada anormal ni se veía nada sospechoso. Con precaución, cruzó el umbral dispuesta a salir volando al menor ruido inesperado.

Por el rabillo del ojo, Laurie vio que algo se le acercaba. Soltando un involuntario gritito que más pareció un resuello, Laurie dejó caer el maletín y levantó los brazos a la defensiva. En el momento que el maletín daba contra el suelo, el gato se le había subido encima, pero sólo por un segundo. Un instante después había saltado sobre la mesa del recibidor y con las orejas pegadas al cráneo, salía corriendo hacia la salita.

Laurie permaneció un momento en la entrada con la mano en el pecho. El corazón le latía tan rápido como después de un partido de racket. Sólo tras recobrar el aliento fue cuando volvió a la puerta, cerró y la aseguró con sus múltiples cerraduras.

Tras haber recogido el maletín del suelo, Laurie fue a la salita. El gato salió precipitadamente de su escondite, saltó a lo alto de la librería y de allí a lo alto de la cenefa que coronaba las ventanas. Desde allí se quedó mirando a Laurie con cólera fingida.

Laurie fue directa al teléfono. El piloto del contestador automático estaba parpadeando, pero no escuchó los mensajes, sino que marcó el número de la oficina de Lou. Por desgracia no contestaba nadie. Laurie colgó y empezó a marcar el teléfono de su casa, pero antes de que pudiera terminar el número, sonó el timbre. Sobresaltada, Laurie colgó en seguida.

Al principio tuvo miedo de ir a la puerta e incluso de atisbar por la mirilla. El timbre sonó por segunda vez. Laurie sabía que tenía que hacer algo. Iría a ver quién era, se dijo. No tenía por qué abrir la puerta.

Laurie se acercó de puntillas y miró al corredor. Dos desconocidos aguardaban afuera con la cara distorsionada por efecto de la lente gran angular, que les daba una corpulencia exagerada.

—¿Quién es? —preguntó Laurie.

—Policía —contestó una voz.

Una sensación de alivio invadió a Laurie mientras procedía a descorrer las cerraduras. ¿Acaso Bingham habría cumplido su amenaza de hacerla detener? Pero Bingham no había dicho que lo haría sino solamente que podía hacerlo.

Una vez retirada la cadena, Laurie se detuvo para mirar de nuevo por la mirilla.

—¿Tienen alguna identificación? —preguntó.

Sabía lo suficiente como para no dejar entrar a nadie sólo porque dijera que era tal o cual.

Los dos hombres mostraron rápidamente unas placas de policía frente a la mirilla.

—Sólo queremos hablar un momento con usted —explicó la misma voz de antes.

Laurie se apartó de la puerta. Si bien inicialmente se había sentido aliviada de saber que los visitantes eran policías, ahora empezaba a reconsiderarlo. ¿Y si venían a detenerla? Eso significaba que tendrían que llevarla a comisaría para hacer una acusación formal. La interrogarían, la retendrían, la citarían quizá para comparecer ante un tribunal. A saber lo que iba a durar todo eso. Tenía que hablar con Lou de asuntos mucho más importantes. Y además, él la ayudaría si es que la iban a detener. Seguro.

—Un momento —les dijo Laurie en voz alta—. Voy a ponerme algo. —Laurie fue directa a la cocina y a la puerta de atrás.

Tony intercambió una mirada con Angelo y le preguntó:

—¿No sería mejor decirle que no se moleste en vestirse?

—¡Cállate la boca! —susurró Angelo.

A su espalda se oyó un sonido metálico de quincalla. Cuando Tony se dio la vuelta pudo ver que la puerta de Debra Engler se abría unos milímetros. Tony se arrancó hacia allí dando fuertes palmadas para asustar a Debra. La táctica funcionó y la puerta de Debra se cerró de golpe. Pudo escucharse el sonido de una docena de cerraduras al cerrarse.

—¡Por el amor de Dios! —susurró Angelo—. ¿Qué te pasa ahora? No es momento de andar jodiendo.

—No me gusta que nos mire esa bruja.

—¡Ven aquí ahora mismo! —ordenó Angelo, y apartó la vista de Tony al tiempo que meneaba la cabeza.

Fue entonces cuando captó la huidiza imagen de una silueta de mujer que pasaba corriendo hacia la escalera de incendios tras el cristal ahumado de una puerta.

Angelo tardó un segundo en reconocer lo que estaba pasando.

—¡Vamos! —dijo en cuanto se dio cuenta—. ¡Se va por la escalera de atrás!

Angelo se precipitó hacia la puerta de la escalera y la abrió de un fuerte tirón. Tony le siguió corriendo. Ambos se detuvieron un instante junto al pasamano y miraron hacia la mugrienta escalera que iba en pequeños tramos hasta la planta baja cinco pisos más abajo. Laurie estaba varias plantas más abajo y sus tacones resonaban al pisar los peldaños de cemento desnudo.

—Cógela antes de que llegue a la calle —gruñó Angelo.

Tony salió disparado como un conejo, saltando los peldaños de cuatro en cuatro. Iba ganándole terreno a Laurie, pero no fue capaz de impedir que ella se metiera por una puerta del segundo piso que daba a un patio trasero.

Tony llegó a esa puerta antes de que se cerrara por su propio peso. Al traspasarla y salir al exterior, Tony se encontró en un patio lleno de escombros y hierbajos por todas partes. Pudo oír el eco de las pisadas de Laurie, que corría por un estrecho pasadizo que conducía a la calle. Subiéndose a una corta barandilla, Tony corrió tras ella. Laurie estaba a sólo seis metros. Dentro de un momento sería suya.

Laurie se había dado cuenta de que su escapada no había pasado inadvertida y que la policía la venía siguiendo. Les había oído bajar por la escalera de incendios. Mientras corría, se había preguntado si era conveniente hacer lo que había hecho. Pero ya no podía detenerse. Ahora que había salido huyendo, estaba más resuelta que nunca a no dejarse coger. Sabía que resistirse al arresto era ya un delito de por sí. Para colmo, se le pasó por la cabeza la idea de si esos hombres serían auténticos policías, o no.

Mientras subía los últimos peldaños hacia la calle, Laurie supo que uno de sus perseguidores casi la había alcanzado. Apoyados contra la pared del edificio, junto a la escalera, había una serie de cubos metálicos de basura, viejos y mellados. En un arranque de desespero Laurie agarró el borde superior de uno de ellos y lo arrojó hacia atrás, mandándolo escaleras abajo hasta el suelo del pasadizo que daba al patio.

Al ver que su perseguidor tropezaba con el cubo y caía, Laurie arrastró rápidamente el resto de los cubos y los mandó para abajo en medio de un gran estruendo. Unos peatones que pasaban por allí en aquel momento aminoraron el paso al ver el espectáculo, pero no se detuvieron ni dijeron esta boca es mía.

Confiando en tener momentáneamente ocupado a su perseguidor, Laurie corrió hacia la Primera Avenida y bendijo su suerte al ver que el primer taxi se paraba a su lado. Totalmente sin aliento, Laurie montó en el taxi y chillando dijo que quería ir a la Calle 30.

Mientras el taxi aceleraba, Laurie no se decidía, por miedo, a mirar atrás. Además, estaba temblando por lo que acababa de hacer. Al pensar en las consecuencias de haberse resistido a la policía, Laurie cambió de idea en cuanto a su destino e, inclinándose hacia delante, le dijo al taxista que en vez de ir a la Calle 30 se dirigiera a la comisaría central de policía.

El taxista no dijo palabra mientras torcía para coger la Segunda Avenida. Laurie se acomodó en el asiento e intentó relajarse. El pecho le seguía subiendo y bajando con violencia.

Mientras iban hacia el sur por la atestada Segunda Avenida, Laurie volvió a cambiar de idea. Preocupada porque Lou pudiera no estar en la oficina central de policía, Laurie optó por su primer destino. Abalanzándose de nuevo hacia la mampara, le dijo al taxista adónde quería ir. Esta vez el conductor soltó un taco pero torció a la izquierda para coger la Primera Avenida.

Como en el taxi que había tomado antes, Laurie hizo que el conductor torciera por la Calle 30 y se metiera en la zona de carga del depósito. Suspiró aliviada al comprobar que ya no estaba el coche de Bingham. Una vez pagada la carrera, Laurie entró corriendo en el depósito.

Tony pagó al taxista y se bajó del taxi. El coche de Angelo estaba donde lo habían dejado. Angelo seguía tras el volante. Tony subió al coche.

—¿Qué? —preguntó Angelo.

—Se me ha escapado —dijo Tony.

—Eso está clarísimo —dijo Angelo—. ¿Dónde se ha metido.

—Ha querido despistarme —dijo Tony—. Ha hecho que el taxista diera un rodeo. Pero yo no le he perdido de vista. Ha vuelto al centro forense.

Angelo se inclinó hacia delante para arrancar.

—No sabe Cerino cuánta razón tenía al decir que esta chica nos traería dificultades. Habrá que echarle el guante y sacarla de allí.

—Quizá será más fácil —sugirió Tony—. No creo que haya mucha gente a estas horas.

—Más vale que sea así —dijo Angelo mientras miraba atrás para incorporarse a la calzada.

Fueron en silencio por la Primera Avenida. Angelo tenía que concederle a Tony una cosa: al menos a pie era rápido.

Angelo torció por la Calle 30 y puso el motor a tope. No le hacía ninguna gracia tener que volver al centro forense. Pero ¿qué alternativa les quedaba? No podían meter la pata otra vez.

—¿Cuál es el plan? —preguntó Tony, ansioso.

—Estoy pensando —dijo Angelo—. Es evidente que nuestras placas de policía no la han impresionado en absoluto.

Laurie se sintió relativamente a cubierto en el desierto y oscuro edificio de la inspección médica. Entró en su despacho y cerró la puerta por dentro. Lo primero que hizo fue telefonear a Lou a su casa. Le alegró que él contestara a la primera.

—Me alegro de oírla —dijo Lou tan pronto Laurie se identificó.

—No tanto como yo lo estoy de dar con usted.

—¿Dónde se encuentra? —preguntó él—. He estado llamando a su apartamento cada cinco minutos. Si oigo una vez más ese contestador automático me pongo a chillar.

—Estoy en el despacho —dijo Laurie—. Han surgido problemas.

—Lo sé —dijo Lou—. Siento que la hayan despedido. ¿Es definitivo o ha pensado hacer una reclamación?

—Por el momento es definitivo. Pero no le he llamado por eso. Hace un rato se han presentado dos individuos en mi apartamento. Eran policías. Me asusté y he escapado. Creo que estoy en un buen lío.

—¿Policías de uniforme? —preguntó Lou.

—No. Iban de paisano. Llevaban traje.

—Es extraño —dijo Lou—. No me imagino a mis muchachos yendo a su apartamento. ¿Cómo se llamaban?

—No tengo la menor idea —dijo Laurie.

—No me diga que no se lo preguntó —dijo Lou—. Es ridículo. Debería haber cogido sus nombres y número de placa para llamar a la policía y que lo verificasen. Quiero decir que si no, ¿cómo sabía que eran policías de verdad?

—No pensé en eso de los nombres —dijo Laurie—. Les he pedido que me enseñaran la placa.

—Venga, Laurie —se lamentó Lou—. Hace suficientes años que vive en Nueva York como para no actuar así. Parece mentira.

—¡De acuerdo! —soltó Laurie. Ya estaba superexcitada como para que Lou le soltara un sermón—. ¿Y ahora qué hago?

—Nada —dijo Lou—. Yo me ocupo de todo. Mientras tanto, si se presenta alguien más, consiga sus nombres y número de placa. ¿Tendrá memoria para acordarse de eso?

Laurie se preguntó si Lou estaba tratando de provocarla a propósito. Procuró conservar la calma.

—Cambiemos de tema —dijo—. Hemos de hablar de algo mucho más importante. Creo que he dado con una explicación a mi serie de casos de sobredosis y toxicidad; tiene que ver con alguien que usted conoce. Incluso he conseguido algunas pruebas que creo le parecerán convincentes. Tal vez podría venir ahora. Quiero enseñarle unas copias preliminares de ADN. Comprenda que no puedo verle aquí durante el día.

—Qué coincidencia —dijo Lou—. Parece que los dos hemos hecho progresos. Creo que he resuelto el misterio de mis asesinatos del hampa. Quiero exponerle mi explicación.

—¿Cómo ha conseguido resolverlo?

—Fui a ver a Jordan, su novio —dijo Lou—. De hecho hoy le he visto un par de veces. Creo que se está hartando de mí.

—Lou, lo que quiere es que me enfade, ¿no es cierto? —preguntó Laurie—. Si es así, lo está haciendo de maravilla. Se lo digo por enésima vez, ¡Jordan no es mi novio!

—Llámele como quiera —dijo Lou—. Estoy tratando de que esté por mí. Verá, cuanto más tiempo estoy con ese tío, más creo que es un mierda y un mezquino, cosa que va más allá de los celos que ya confesé en un momento de debilidad. No sé qué le ha visto a ese tipo.

—No le he llamado para que me sermonee —dijo Laurie con fastidio.

—No puedo remediarlo —dijo Lou—. Necesita que alguien le dé un consejo. Me parece que no debería seguir viendo a ese individuo.

—Vale, papá, lo tendré en cuenta.

Dicho esto, Laurie colgó el teléfono. Estaba harta del paternalismo de Lou y de momento no podía seguir hablando con él. Tenía que concederse un poco de tiempo para sosegarse. Aquel hombre podía ser de lo más enervante y más en un momento en que necesitaba apoyo, no críticas.

Su teléfono empezó a sonar tan pronto hubo colgado, pero

no le hizo caso. Dejaría que Lou se fastidiara un rato. Abrió la puerta de su despacho, caminó por el silencioso corredor y cogió el ascensor para ir a la morgue. A esa hora no había nadie, pues la mayoría del personal ocupado de los esqueletos se había ido a cenar. Pero Bruce Pomowski sí estaba en la oficina del depósito. Laurie confiaba en que no supiera que la habían despedido.

–¡Perdón! –exclamó Laurie desde el pasillo.

Bruce alzó los ojos de su periódico.

–¿El cadáver de Fletcher sigue ahí dentro? –preguntó ella.

Bruce consultó sus papeles.

–No –dijo–. Ha salido esta tarde.

–¿Y André o Haberlin? –preguntó Laurie.

Bruce volvió a consultar la lista.

–André ha salido esta tarde pero Haberlin aún está. De un momento a otro se llevarán el cadáver a no sé qué sitio de Long Island. Está en la nevera.

–Gracias –dijo Laurie, y se dio la vuelta para irse. Era evidente que Bruce no se había enterado de que la habían retirado de la nómina.

–Doctora Montgomery –le llamó Bruce–. Peter Letterman la buscaba antes y me ha dicho que si la veía le dijese que subiera a verle cuanto antes. Que era importante y que esta noche iba a quedarse un rato.

Laurie no sabía qué hacer. Por un lado deseaba examinar el cadáver de Haberlin, pensando que con ello bien podría verificar sus sospechas, y al mismo tiempo no quería perderse lo que Peter tenía que enseñarle.

–Voy corriendo arriba a ver si está Peter. Mire si puede hacer que el cuerpo de Haberlin no se vaya hasta que yo baje...

–Eso está hecho –dijo Bruce con un ademán que indicaba seguridad.

Laurie fue a la cuarta planta, donde estaba el laboratorio de toxicología. Al ver la luz que salía del cuartito de Peter, respiró aliviada: Peter no se había ido aún.

–Toc, toc –dijo Laurie desde la puerta. No quería darle un susto a Peter.

Peter levantó la vista de un cianotipo que estaba examinando.

—¡Laurie! ¡Me alegro de verla! Hay algo que quiero enseñarle.

Laurie siguió a Peter hasta la unidad de espectrometría de masas y cromatografía. Peter cogió otro cianotipo y se lo entregó a Laurie, quien se lo miró sin entender gran cosa.

—Es de Robert Evans —dijo Peter con orgullo—. Tal como usted había sugerido.

—¿Qué es lo que estoy mirando? —preguntó ella.

Peter señaló con su lápiz.

—Ahí —dijo—. El etileno ha dado positivo, y es mucho más evidente que en el caso de Randall Thatcher. Y no hay posibilidad de error de laboratorio ni falso positivo. Esto es real.

—Qué raro —dijo Laurie. Había llegado a pensar que el etileno del caso Thatcher había sido debido a un error.

—Puede que sea raro —dijo Peter—, pero es real. No me cabe duda.

—Necesito un favor más —dijo Laurie—. ¿Podría abrirme el laboratorio de ADN?

—Desde luego. ¿Quiere que se lo abra ahora?

—Si no tiene inconveniente.

Peter fue a por sus llaves y condujo a Laurie por la escalera hasta el laboratorio, que estaba en la tercera planta.

Mientras entraban, Laurie explicó lo que se proponía.

—Me enseñaron una foto polaroid de una copia pero era simplemente preliminar. Es del caso Julia Myerholtz. Seguramente le sonará el nombre.

—En efecto —dijo Peter—. He visto muchas muestras de ella.

—Necesito encontrar esa foto polaroid —dijo Laurie—. Me haría falta una copia. No necesito un duplicado fotográfico; con una copia de la copiadora me arreglaré.

—Eso está hecho —dijo Peter. Sabía exactamente dónde buscar. En cuanto tuvo la foto polaroid, fue a la copiadora seguido de Laurie.

Mientras la máquina se calentaba, Peter miró la fotografía.

—Es evidente que no casan —dijo—. ¿Es lo que esperaba?

—No —dijo Laurie—. La instantánea fue tomada a oscuras.

–Interesante –dijo Peter–. ¿Cree que es importante?

–Desde luego que sí –dijo Laurie–. Eso es que Julia estaba luchando por vivir.

–¿Crees que aún estará ahí? –preguntó Tony. Estaba más nervioso que de costumbre–. A lo mejor se ha ido mientras yo volvía a buscarte. Si no se encuentra dentro, estamos perdiendo el tiempo aquí sentados como un par de bobos.

–Eso que dices tiene sentido –dijo Angelo–. Pero antes de entrar espero poder asegurarme de que no ha llamado a la poli. Todavía no entiendo por qué se largó, a menos que no nos tomara por polis de verdad. O sea, a ver si resulta que no es una ciudadana de pro. ¿Qué es lo que oculta a la poli? No tiene sentido, y cuando algo no tiene sentido, es que he hecho algo mal. Y si he hecho algo mal entonces me asusto.

–Siempre ves problemas en todas partes –dijo Tony–. ¿Por qué no entramos, la cogemos y acabamos con esto?

–De acuerdo –dijo Angelo–. Pero ten calma. Y coge el maletín. Esta vez vamos a tener que improvisar.

–Estoy contigo hasta el final –dijo Tony, ansioso. Debido a la infructuosa persecución de Laurie, las ganas de actuar de Tony se habían afilado como cuchillas. Estaba hecho un manojo de nervios.

–Creo que será mejor poner los silenciadores –dijo Angelo–. Quién sabe lo que nos vamos a encontrar. Y habrá que actuar deprisa.

–¡Estupendo! –exclamó Tony. Con evidente entusiasmo sacó su Bantam y ajustó el silenciador. La agradable expectativa le hizo demorarse un poco pues las manos le temblaban.

Angelo le miró con mala cara y luego, meneando la cabeza exasperado, le dijo:

–Procura calmarte un poco. ¡Vamos!

Bajaron del coche, cruzaron la calle corriendo y se metieron entre las furgonetas del depósito. Corrían agachados, tratando en lo posible de evitar la llovizna. Entraron por el mismo sitio que lo habían hecho esa misma tarde, por la rampa de carga. Angelo iba en cabeza. Tony le seguía con el maletín del doctor en una mano y el arma en la otra. Procurando que no se le viera, llevaba la pistola parcialmente escondida bajo la americana.

Angelo había traspasado casi la puerta de la oficina de seguridad cuando alguien de dentro le chilló:

—¡Eh, usted! No se puede entrar.

Tony chocó con Angelo al detenerse éste bruscamente. Un guardia vestido de azul estaba sentado frente a su escritorio. Delante suyo tenía un solitario.

—¿Se puede saber adónde vais, chicos? —preguntó.

Antes de que Angelo pudiera responder, Tony levantó su Bantam y apuntó a la frente del sorprendido guardia. Luego tiró del gatillo sin vacilar un segundo. El tiro fue a darle a la cabeza, justo encima del ojo izquierdo, de modo que el guardia cayó de bruces sobre la mesa, produciendo un ruido sordo al chocar su cabeza con las cartas. De no ser por el charco de sangre que se había formado sobre la mesa, cualquiera habría podido pensar que el hombre se había quedado dormido en su puesto.

—¿Pero por qué diantre le has disparado? —gruñó Angelo—. Podías haberme dado ocasión de hablar con él.

—Iba a causarnos problemas —dijo Tony—. Has dicho que había que hacerlo deprisa.

—¿Y si tiene un compañero? —preguntó Angelo—. ¿Y si el compañero vuelve por aquí? ¿Dónde nos vamos a meter?

Tony frunció el ceño.

—¡Vamos! —dijo Angelo.

Se asomaron a la oficina del depósito. El aire estaba lleno de humo de cigarrillo y una colilla descansaba en un cenicero junto al escritorio, pero no se veía a nadie. Salieron de la oficina y avanzaron cautelosamente por la morgue propiamente dicha. Angelo echó un vistazo a la sala auxiliar de autopsias que se utilizaba para cadáveres en descomposición. La mesa de disección se veía apenas en la penumbra.

—Este sitio me acojona —admitió.

—A mí también —dijo Tony—. No se parece nada a la funeraria donde yo trabajaba. Fíjate qué suelo. Es repugnante.

—¿Por qué tendrán tantas luces apagadas? —preguntó Angelo.

—Para ahorrar, a lo mejor —sugirió Tony.

Llegaron a la enorme mole en forma de U de los compartimentos de refrigeración puestos uno sobre el otro, cada cual con su puerta de pesados goznes.

—¿Te parece que guardan todos los cadáveres ahí dentro? —preguntó Angelo, señalando la hilera de puertas de las cámaras.

—Imagino que sí —dijo Tony—. Es como en esas viejas películas, cuando han de identificar a alguien.

—En las películas no huele así —dijo Angelo—. ¿Para qué coño serán esos ataúdes de baratillo? ¿Es que hay una epidemia de peste bubónica?

—No me lo explico —dijo Tony.

Pasaron frente al cuarto frigorífico grande hacia la luz que venía de las ventanas de la puerta doble que llevaba a la sala de autopsias principal. Un momento antes de llegar, se abrieron las puertas de golpe y apareció Bruce Pomowski.

Los tres recularon sorprendidos. Tony se guardó la pistola detrás de la espalda.

—Me habéis asustado, tíos —confesó Bruce con una carcajada nerviosa.

—Lo mismo digo —admitió Angelo.

—Habréis venido a por el cuerpo de la Haberlin —dijo Bruce—. Bien, tengo buenas y malas noticias. La buena es que ya está listo. La mala es que tendréis que esperar a que la examine un médico.

—Qué lástima —dijo Angelo—. Oye, pero mientras esperamos, ¿has visto a la doctora Laurie Montgomery?

—Sí —dijo Bruce—. No hace ni cinco minutos.

—¿Sabes a dónde ha ido? —preguntó Angelo.

—Ha subido a Toxicología —dijo Bruce. Empezaba a sentir curiosidad y cierto recelo por esos dos hombres.

—¿Dónde está eso de Toxicología? —preguntó Angelo.

—Cuarta planta.

Bruce trataba de recordar si había visto alguna vez a los dos hombres viniendo a recoger un cadáver.

—Gracias —dijo Angelo, volviéndose para indicar a Tony que le siguiera.

—Eh, por ahí no se puede subir —dijo Bruce—. ¿De qué funeraria sois?

—Spoletto —dijo Angelo.

—Ésa no es la que yo estaba esperando —dijo Bruce—. Será mejor que haga una llamada. Decidme vuestros nombres.

—No hemos venido a buscar problemas —dijo Angelo—. Sólo nos gustaría hablar con Laurie Montgomery.

Bruce dio un paso atrás y se miró a Angelo y Tony.

—Creo que avisaré a Seguridad...

El cañón del arma de Tony asomó apuntando al técnico del depósito. Bruce se quedó petrificado, mirando bizco la punta del cañón. Tony apretó el gatillo antes de que Angelo pudiera decir nada. De manera parecida a con el guardia de seguridad, el tiro se incrustó en la frente de Bruce, quien osciló un segundo para desplomarse rápidamente al suelo.

—¡Maldita sea! —dijo Angelo—. ¿Vas a cargarte a todo el mundo?, ¿eh?

—¡Coño! —dijo Tony—. Es que iba a llamar a Seguridad...

—Pues sí que le habría servido de mucho —dijo Angelo—. Ya te has encargado tú de Seguridad. Tienes que aprender a contenerte.

—Conque me he sobrepasado... —dijo Tony—. Al menos sabemos que la chica sigue aquí. Incluso sabemos dónde buscarla.

—Pero primero habrá que ocultar el cadáver —dijo Angelo—. Imagínate si viene alguien. —Angelo miró en torno suyo. Sus ojos se posaron en los compartimentos de refrigeración—. Metámoslo en una de esas neveras —dijo.

Angelo y Tony se pusieron a mirar compartimentos, buscando uno que estuviera vacío. En todos ellos lo primero que veían era un par de pies descalzos con una etiqueta de papel manila en el dedo gordo.

—Esto da asco —exclamó Angelo.

—Aquí hay uno libre —dijo Tony, tirando de la gaveta hacia fuera.

Volvieron a por el fláccido cuerpo de Bruce. Tony descubrió que el hombre seguía con vida y produciendo extraños ruidos al respirar.

—¿Le disparo otra vez? —preguntó.

—¡No! —le espetó Angelo. No quería más tiros—. No hace falta. No creo que haga mucho ruido metido en la nevera.

Arrastraron el cuerpo entre los dos hasta el compartimento abierto y lo subieron como pudieron a la gaveta.

—Dulces sueños —dijo Tony mientras deslizaba la gaveta hacia la pared y cerraba la portezuela.

—Y ahora guárdate esa maldita pistola —le ordenó Angelo.

—Está bien —dijo Tony metiendo el arma en la pistolera. Con el silenciador puesto, la culata de la Bantam le asomaba por la solapa.

—Subamos al cuarto piso —dijo Angelo con nerviosismo—. Las cosas no van como debieran. Hay que coger a la chica y largarse de aquí. Se nos va a caer el cielo encima como alguien se ponga a seguir el rastro de los fiambres que estás dejando.

Tony recogió su maletín de doctor y corrió detrás de Angelo, que ya iba camino de la escalera. Angelo prefería no exponerse otra vez a tropezarse con alguien en el ascensor.

Cuando salieron al cuarto piso, vieron que sólo había un cuarto con luz. Suponiendo que sería el laboratorio de toxicología, fueron hacia allí. Entraron con gran precaución, pero sólo encontraron a Peter limpiando parte del material.

—Disculpe —dijo Angelo—. Buscamos a la doctora Montgomery.

Peter se dio la vuelta.

—Se habrán cruzado con ella —dijo—. Ha bajado al depósito para ver un cuerpo que estaba en el cuarto frigorífico.

—Gracias —dijo Angelo.

—De nada —respondió Peter.

Angelo cogió a Tony del brazo y se lo llevó rápidamente al pasillo.

—Qué bien que no le hayas matado —dijo Angelo con sarcasmo.

Desanduvieron el camino y volvieron al depósito por las escaleras.

Después de buscar en la oficina del depósito y en la sala de autopsias principal, Laurie desistió de encontrar a Bruce. Se habría ido a descansar un rato. Había pensado pedirle ayuda, pero decidió buscar ella misma el cuerpo de la Haberlin en el cuarto frigorífico.

Laurie se puso los guantes de goma antes de entrar en la cámara. Luchando contra el peso de la enorme puerta, logró abrirla, se metió dentro y encendió la luz.

El cuarto frigorífico tenía prácticamente el mismo aspecto que cuando había ido a buscar a Julia Myerholtz. Muchos de los cuerpos que descansaban en los estantes de madera seguían donde ella los había visto. Los que estaban en camillas de ruedas representaban un nuevo lote. Por desgracia, había más cadáveres que antes. Tratando de ser metódica, empezó por mirar los cuerpos más cercanos a la puerta. Como de costumbre, todos los cadáveres llevaban su correspondiente etiqueta de identificación. Para comprobar los nombres, Laurie tuvo que levantar las sábanas por los pies. A medida que comprobaba cada una de las camillas las iba apartando a fin de abrirse paso hacia el interior del cuarto frigorífico.

Cerca del fondo de la cámara, y después de mirar una docena de cuerpos, encontró la etiqueta que ponía Stephanie Haberlin. Ya era hora, pensó Laurie, que estaba temblando de frío. Volviendo a tapar los pies, Laurie dio la vuelta a la camilla y retiró la sábana para ver la cabeza.

Lo que vio le hizo dar un respingo. Nunca era agradable contemplar el cadáver pálido de una persona joven. Por más tiempo que pudiera ejercer de forense, Laurie pensaba que no se acostumbraría nunca a este aspecto del oficio. Con una renuncia poco común en ella, Laurie alargó el brazo y puso el índice y el pulgar sobre los parpados de Stephanie.

Permaneció un momento indecisa, preguntándose si lo que deseaba era tener razón o no tenerla. Respirando hondo, Laurie levantó los párpados.

No sólo dio un segundo respingo sino que esta vez notó que las piernas se le doblaban. En una milésima de segundo sus sospechas acababan de ser confirmadas. Ella estaba en lo cierto. Ya no podía pensar que fuera una coincidencia. ¡La muerta no tenía ojos!

–¡Qué atrocidad! –dijo Laurie en voz alta. Los dientes le castañeteaban. ¿Cómo podía ningún ser humano perpetrar un crimen tan horrendo? Era un plan realmente diabólico.

El sonoro ruido metálico del picaporte sacó a Laurie de su ensimismamiento. Le sorprendió ver entrar a dos desconocidos, uno de los cuales llevaba un anticuado maletín de médico.

—¿Doctora Montgomery? —dijo el alto desde la puerta.

—Sí —respondió Laurie. Temía reconocer a los dos individuos como los que habían ido a su departamento.

—Quisiéramos hablar con usted —dijo Angelo—. ¿Le importaría acompañarnos al centro?

—¿Quiénes son ustedes? —quiso saber ella. Estaba empezando a temblar.

—No creo que eso importe mucho —dijo el más bajo apartando camillas con la mano libre. Iba abriéndose camino hacia Laurie. Angelo también empezó a acercársele.

—¿Qué quieren de mí? —preguntó Laurie, cada vez más aterrada.

—Sólo queremos hablar —dijo Tony.

Laurie estaba atrapada. No tenía por dónde escapar; la rodeaba el cepo de un verdadero mar de camillas con cadáveres encima. Tony ya estaba apartando las últimas dos camillas que mediaban entre ambos.

Sin otro recurso para salir de la trampa, Laurie se arrancó el bolso del brazo y lo tiró al suelo. Luego fue a la cabeza de la camilla de Stephanie y agarró ávidamente los costados.

Chillando para infundirse coraje, Laurie empezó a hacer rodar la camilla, intentando desesperadamente ganar velocidad en aquel reducido espacio. Dirigió la camilla directamente hacia el sorprendido Tony, el cual al principio hizo como que se iba a quedar donde estaba. Pero viendo que Laurie se esforzaba por acelerar, trató de salirse de en medio.

Laurie estrelló la camilla contra Tony lo bastante fuerte como para que éste perdiera el equilibirio al tiempo que el cadáver de Stephanie caía al suelo. Un rígido brazo de la muerta fue a plegarse por azar en torno al cuello de Tony mientras éste luchaba por recuperar la posición.

Sin permitir que Tony se recobrara, Laurie agarró otra camilla y la empujó contra la de Stephanie. Luego cogió otra más y se la mandó a Angelo, que resbaló en las baldosas del suelo al tratar de esquivarla, desapareciendo absolutamente de la vista.

Tony pugnó por desembarazarse del abrazo de Stephanie, apartando de sí el cadáver. Estaba atrapado entre las camillas, las cuales pretendía él apartar mientras sacaba la pistola. Luego trató de apuntar pero Laurie estrelló una camilla más contra las otras, haciendo que Tony volviera a perder el equilibrio. Angelo consiguió ponerse de pie e intentó hacerse un poco de sitio para mantenerse erguido a base de apartar camillas en dirección a Tony.

Cuando Laurie estaba empujando la última de las camillas, Tony hizo fuego. El aislamiento de la cámara hizo que, pese al silenciador, el disparo sonara como un trueno. La bala pasó por encima del hombro de Laurie cuando ella bregaba por llegar a la puerta. Al momento se hallaba ya fuera del cuarto frigorífico y cerraba la pesada puerta tras ella. Buscó furiosamente una cerradura con la que asegurar la cámara, pero no había ninguna. No le quedaba otra alternativa que echar una carrera. No había llegado muy lejos cuando oyó que la puerta del cuarto frigorífico se abría a su espalda.

Corriendo tan rápido como le era posible, Laurie dobló la esquina de la oficina del depósito. Al no ver a nadie, siguió corriendo hacia Seguridad. Entró a toda prisa en el despacho, gritándole al guardia dormido.

—¡Socorro! —exclamó—. Tiene que ayudarme. Dos hombres me...

Como el hombre no se movía, Laurie, desesperada, alargó el brazo para sacudirle por el hombro y tiró de él para que se sentara erguido. Pero cuál sería su sorpresa cuando vio que la cabeza del hombre caía como un muñeco de trapo, arrastrando con ella los naipes. Horrorizada, Laurie vio el agujero de bala en la frente del guardia, sus ojos sin vida y la espuma sanguinolenta que le manaba de la boca. Un charquito de sangre parcialmente seca señalaba el lugar donde la cabeza había estado apoyada sobre la mesa.

Laurie gritó y soltó al guardia. Éste se desplomó de nuevo en la silla con la cabeza exageradamente estirada y los brazos balanceándose flojos, rozando el suelo. Laurie giró en redondo para huir, pero era demasiado tarde. El más bajo de los dos entraba a toda prisa por la puerta con el arma por delante y la sonrisa demoníaca abierta como una herida profunda en su rostro. Tony apuntó el arma directo a Laurie. A esa corta distancia ella pudo incluso distinguir lo poco que la separaba del cañón del silenciador.

El hombre avanzó hacia ella como a cámara lenta hasta que la punta de la pistola estuvo a un par de centímetros de su nariz. Laurie no se movió. El miedo la había paralizado.

–¡No dispares! –gritó el otro, el alto, apareciendo de repente detrás de Tony–. ¡No la mates, por favor!

–Sería tan gratificante... –dijo Tony.

–Vamos –le apremió Angelo–. ¡Gaséala!

Angelo dejó el maletín sobre el escritorio. Con el pie dio un empujón a la silla para quitarla de en medio. El guardia muerto rodó de la silla y cayó al suelo. Entonces Angelo salió al pasillo para mirar en ambas direcciones. Había oído voces.

Tony bajó su arma. No se le había ocurrido nada mejor para no hacer fuego. Después de guardársela en la pistolera de la americana, Tony abrió el maletín negro y extrajo el cilindro y la bolsa de plástico. Tras inflar la bolsa, se acercó a Laurie, que había retrocedido hasta una mesa.

–Con esto descansarás bien –dijo Tony.

Atónita de pánico, Laurie no supo reaccionar cuando Tony le encasquetó la bolsa. La fuerza le hizo doblar la espalda sobre la mesa y Laurie extendió las dos manos para sostenerse. Al hacerlo, su mano derecha chocó contra un pisapapeles de cristal. Laurie se aferró a él y lo arrojó hacia atrás tal cual, dándole a Tony en plena ingle.

La presa de Tony se aflojó al llevarse éste las manos a los genitales en un acto reflejo. Tenía esa parte especialmente sensible después del reciente golpe de maletín.

Laurie aprovechó la circunstancia para desembarazarse de la bolsa de plástico. Dentro olía a una fragancia que mareaba. Empujando la mesa, Laurie pasó corriendo junto a Tony, que seguía doblado de dolor, y luego junto a Angelo, que estaba montando guardia.

—¡Maldita sea! —gritó Angelo, echándose a correr tras ella. Tony, más o menos recuperado, salió renqueando detrás de Angelo con el maletín negro, la bolsa de plástico y el cilindro del gas.

Laurie salió corriendo por donde había venido, dejando atrás la pila de ataúdes para Potter's Field y el cuarto frigorífico. Confiaba en toparse con algún miembro del personal de guardia o con cualquiera que pudiera socorrerla.

Al ver luz en la sala de autopsias principal, Laurie cobró ánimo. Atravesó la puerta batiente a toda mecha. Una vez dentro se estremeció al encontrarse un hombre fregando el suelo.

—¡Por favor, ayúdeme! —dijo, jadeando.

La súbita irrupción de Laurie asustó al conserje.

—Me persiguen dos hombres —gritó Laurie. Corrió hacia la pileta y se hizo con uno de los cuchillos grandes de autopsia. Sabía que no le serviría de mucho contra un arma de fuego, pero no se le ocurrió otro modo de defenderse.

El confundido conserje la miró como si estuviera loca y antes de que ella pudiese dar más explicaciones, la puerta se abrió de golpe por segunda vez. Angelo entró a la carrera con el arma desenfundada.

—¡Se acabó! —gruñó Angelo entre jadeos.

La puerta se abrió una vez más detrás de él. Tony venía a la carga, agarrando el maletín negro y la parafernalia del gas en una mano mientras con la otra empuñaba su pistola.

—¿Qué pasa aquí? —preguntó el conserje. La sorpresa se había vuelto miedo al ver las pistolas y el hombre se agarró con ambas manos a la fregona como disponiéndose a emplearla como arma.

Sin esperar provocaciones, Tony levantó la pistola y disparó al hombre en la cabeza. El conserje trastabilló y se desplomó. Tony fue a dispararle por segunda vez.

—¡Lo que queremos es la chica! —aulló Angelo—. ¡Deja al conserje! ¡Gaséala!

Como había hecho en la oficina de seguridad, Tony infló la bolsa y se aproximó a Laurie.

Paralizada por la conmoción de haber visto cómo mataban al

conserje delante suyo, Laurie fue momentáneamente incapaz de resistirse. El cuchillo le resbaló de la mano y cayó al suelo rebotando con un ruido metálico.

Tony se puso detrás de Laurie y le colocó la bolsa en la cabeza. Después de inspirar varias veces el fragante gas de la bolsa, Laurie hizo ademán de quitarse el plástico, pero sus esfuerzos fueron tardíos. Las rodillas cedieron y Laurie se derrumbó inconsciente en el suelo.

–Corre a buscar uno de esos ataúdes de pino –dijo Angelo–. Y date prisa.

Al rato Tony volvió con un ataúd, clavos y un martillo. Dejó la caja al lado de Laurie. Sosteniéndola uno por la cabeza y el otro por los pies, izaron a Laurie y la metieron en la caja. Luego le quitaron la bolsa de plástico de la cabeza. Tony colocó la tapa y estaba a punto de cerrarla con unos clavos cuando Angelo propuso que pusieran más gas dentro del féretro.

Tony sostuvo el cilindro bajo la tapa a fin de llenar el interior. Sin darse cuenta aspiró rápidamente el gas y sacando la mano, cerró la tapa.

–Creo que ya no puedo meterle más –dijo.

–Esperemos que sea suficiente –dijo Angelo–. Trae acá un carretón de esos –añadió, señalando una camilla de ruedas apoyada contra la pared del fondo.

Tony trajo la camilla mientras Angelo claveteaba la tapa del ataúd. Entre los dos izaron la caja a la camilla. Tony metió la bolsa y el cilindro en el maletín negro y colocó el maletín encima del ataúd. Con ayuda de Angelo arrastró la camilla hasta la puerta, camino de la rampa de carga. Actuando a toda prisa, pasaron frente a la oficina del depósito y luego torcieron por la oficina de seguridad.

Mientras Tony esperaba al pie de la rampa de carga y se aseguraba de que la camilla no se le fuera rodando, Angelo fue a mirar en las furgonetas de la morgue. La primera de ellas tenía las llaves puestas. Angelo volvió hasta donde estaba Tony y le dijo que podían utilizar la furgoneta. A toda velocidad y empleando las llaves para abrir la puerta trasera, cargaron el ataúd donde iba Laurie en la parte de atrás. Angelo le dejó las llaves a Tony.

—Conduce tú —dijo Angelo—. Ve directamente al muelle. Nos veremos allí.

Tony montó en la cabina y puso el motor en marcha.

—Vete de una vez —aulló Angelo. Agitando los brazos como un loco, indicó a Tony mientras éste reculaba hacia la Calle 30. Angelo volvió a escuchar voces dentro del depósito.

—Muévete —dijo Angelo, golpeando la chapa del furgón. Se quedó mirando hasta que Tony dobló hacia la Primera Avenida, luego corrió a su coche, arrancó y le siguió.

Tan pronto Angelo se puso a la altura de la furgoneta, llamó a Cerino desde el teléfono del coche.

—Tenemos la mercancía —dijo.

—Estupendo —dijo Cerino—. Traedla al muelle. Voy a llamar a Doc Travino. Nos encontraremos allí.

—No ha sido lo que se dice una operación limpia —dijo Angelo—. Pero creo que hemos salido airosos. No nos sigue nadie.

—Mientras la tengáis, vale —dijo Cerino—. Y vais muy bien de tiempo. El *Montego Bay* zarpa mañana por la mañana. Nuestra pequeña doctora se merece un crucero.

16

20:55, LUNES
MANHATTAN

Lou metió el coche en la rampa de carga del depósito y aparcó a un lado. En vez de dos furgonetas, como de costumbre, solamente había una, de modo que podría haber estacionado en la entrada misma de la rampa, pero se figuró que la otra furgoneta no tardaría en volver y prefirió no estorbar.

Lou dejó su cédula de identidad sobre el tablero y bajó del coche. Se maldecía por haberse puesto así con Laurie hacía un rato. ¿Cuándo aprendería a tirar del freno? Criticando a Jordan sólo conseguía que ella le defendiera aún más. Seguro que esta vez la habría puesto furiosa. Lou entendía que ella no hubiera cogido el teléfono cuando él volvió a telefonearla, pero por más que Laurie se hubiera cabreado él se había hecho ilusiones de que le volvería a llamar. Al ver que pasaba media hora y Laurie no lo hacía, Lou optó por encaminarse al centro forense para hablar personalmente con ella. Confiaba en que no se hubiera marchado.

Lou pasó por Seguridad y echó un vistazo por la ventana. Le sorprendió ver que no había nadie, pero supuso que el guardia de turno estaría haciendo una ronda. Siguiendo por el pasillo, Lou miró en la oficina del depósito, pero tampoco había nadie.

Lou se rascó la cabeza. El lugar parecía desierto. Había un silencio de muerte, pensó riéndose por dentro. Miró su reloj. No era tan tarde, y por otro lado se suponía que aquí no cerraban nunca... Al fin y al cabo, la gente se moría las veinticuatro horas. Encogiéndose de hombros, Lou fue hacia los ascensores y subió a la planta de Laurie.

Tan pronto salió del ascensor supo que ella no estaba. Tenía la puerta del despacho cerrada y el cuarto estaba a oscuras. Pero

Lou no venía dispuesto a rendirse. Todavía no. Recordó que ella había dicho algo de unos resultados del laboratorio. Lou optó por buscar el laboratorio adecuado y, con ello, a Laurie. Bajó un piso en el ascensor, sin saber muy bien dónde tenía que buscar. Al fondo del pasillo de la cuarta planta vio luz. Lou recorrió todo el pasillo y se asomó a la puerta, que estaba abierta.

—Disculpe —dijo al joven vestido con una bata de laboratorio que estaba inclinado sobre una de las máquinas de mayor envergadura de la habitación.

Peter alzó los ojos.

—Estoy buscando a la doctora Laurie Montgomery —dijo Lou.

—No es usted el único —dijo Peter—. No sé dónde está ahora, pero hace media hora que ha bajado al depósito a ver un cuerpo que está en el cuarto frigorífico.

—¿La buscaba alguien más?

—Oh, sí —dijo Peter—. Dos hombres que no había visto nunca.

—Gracias —dijo Lou. Volvió al ascensor y se apresuró por el pasillo. No le había gustado nada eso de dos hombres buscando a Laurie, sobre todo después de lo que había dicho sobre dos supuestos policías de paisano que habían ido a su casa.

Lou fue directamente a la planta de la morgue. Al salir del ascensor, se extrañó de no haber visto un alma a excepción del chico del laboratorio. Cada vez más preocupado, apretó el paso para ir al cuarto frigorífico del fondo del largo corredor. El encontrar la puerta parcialmente entornada no hizo sino aumentar su intranquilidad.

Con creciente temor, Lou abrió del todo la pesada puerta. Lo que vio fue muchísimo peor de lo que podría haber imaginado. Dentro de la cámara había cuerpos esparcidos por todas partes. Dos camillas estaban volcadas. Varias sábanas de las que cubrían los cadáveres habían sido retiradas. Aun después de unos cuantos días de experiencia en la sala de autopsias, aquello fue superior a lo que Lou podía aguantar. No sabía qué podía haberle ocurrido a Laurie, pero este campo de batalla sembrado de cadáveres no era un buen auspicio.

Lou divisó un bolso entre los restos. Apartando camillas, fue a cogerlo para ver de quién era. Abrió la cartera. Lo primero que vio fue la foto de Laurie en el permiso de conducir.

Mientras salía a toda prisa de la cámara, la preocupación se le volvió miedo, más teniendo en cuenta que su actual teoría de los asesinatos del hampa podía ser cierta. Buscó a alguien desesperadamente. En el depósito siempre solía haber uno u otro a mano. Al ver luz en la sala de autopsias, corrió hacia la puerta, entró y vio que allí tampoco había nadie.

Lou giró sobre sus talones y volvió a Seguridad para telefonear. Al entrar en la oficina vio inmediatamente el cuerpo del guardia en el suelo. Lou se arrodilló y le dio la vuelta. Los ojos ciegos del hombre le miraron de hito en hito. En la frente tenía un agujero de bala. Lou miró si había pulso, pero el hombre estaba muerto.

Lou se levantó, cogió el teléfono con rabia y marcó el 911. Tan pronto la operadora respondió se identificó como el teniente Lou Soldano y solicitó una unidad de homicidios para la morgue municipal. Añadió que la víctima estaba en la oficina de Seguridad, pero que él no podía esperar a que llegaran.

Lou colgó de un porrazo y corrió a la rampa de carga. Una vez en su coche, arrancó en seguida y reculó haciendo chirriar los neumáticos, que dejaron sobre el pavimento dos líneas de caucho. No tenía otra salida más que ir directamente a casa de Cerino. Había que poner las cartas sobre la mesa. Puso la luz de emergencia sobre el techo del coche y llegó a la dirección de Cerino, en Queens, tras veintitrés minutos de carrera espeluznante.

Subiendo la escalinata de la casa de Cerino de tres en tres, metió la mano en la pistolera y soltó la tira de piel que aseguraba su Smith & Wesson del calibre 38 Especial. Llamó impaciente al timbre. Tenía que haber alguien, pues todas las luces estaban encendidas.

Sabía que estaba actuando por pura corazonada y que ésta dependía de que su hipótesis sobre los asesinatos fuera correcta. Pero en ese momento no contaba más que con eso y su intuición le decía que el tiempo era de lo más importante.

Se encendió una luz sobre su cabeza. Lou tuvo la sensación

de que era observado por la mirilla. Finalmente la puerta se abrió y apareció Gloria vestida con una bata de andar por casa.

—¡Lou! —dijo Gloria en tono afable—. ¿Qué te trae por aquí?

Lou entró en la casa haciéndola a un lado.

—¿Dónde está Paul? —dijo apremiándola mientras miraba en la sala de estar, donde Gregory y Steven veían la tele.

—¿Qué pasa? —preguntó Gloria.

—He de hablar con Paul. ¿Dónde está?

—No está en casa —dijo Gloria—. ¿Algo va mal?

—Sí, muy mal —dijo Lou—. ¿Sabes dónde ha ido Paul?

—No estoy segura —dijo Gloria—. Pero le he oído hablar por teléfono con el doctor Travino. Creo que dijo algo de ir a la compañía.

—¿Te refieres al malecón? —preguntó Lou.

Gloria asintió.

—¿Corre peligro? —preguntó. La inquietud de Lou era contagiosa.

Saliendo ya por la puerta, Lou le dijo:

—Yo me ocupo de todo.

De nuevo en el coche, Lou puso el motor en marcha y derrapó en mitad de la calle describiendo una U. Mientras aceleraba pudo ver a Gloria de pie en el porche, llevándose angustiada las manos al pecho.

Náuseas fue lo que Laurie sintió primero, pero no vomitó, aunque sí tuvo arcadas. Se despertó por fases, dándose cuenta poco a poco del movimiento y de los incómodos meneos y golpes. También notó un mareo, como si estuviera dando vueltas, y una terrible sensación de hambre de aire, como si se estuviera asfixiando.

Laurie trató de abrir los ojos y descubrió entonces, aterrorizada, que ya los tenía abiertos. Dondequiera que se hallase, estaba oscuro como boca de lobo.

Cuando estuvo más despierta intentó moverse, pero al hacerlo, sus extremidades chocaron contra una superficie de madera. Palpando para descubrir de qué se trataba, Laurie llegó en seguida a la conclusión de que estaba dentro de una caja. Una oleada de miedo y claustrofobia la envolvió como un viento helado al comprobar que había sido encerrada... ¡en un ataúd de Potter's Field! Al mismo tiempo todo cuanto había sucedido en el centro forense le vino a la memoria con cáustica claridad: la persecución, los dos desconocidos, el guardia muerto, el pobre conserje asesinado a sangre fría. Y entonces se le ocurrió otro pensamiento horrible: ¡podía ser que planearan enterrarla viva!

Atenazada por el pánico, Laurie trató de levantar las rodillas haciendo fuerza contra la tapa del ataúd. Luego intentó dar patadas, pero todo fue en vano. O había algo muy pesado encima de la tapa o la habían claveteado bien.

—¡Ahhhh! —gritó Laurie cuando la caja dio una fuerte sacudida. Fue entonces cuando supo que estaba dentro de un vehículo.

Laurie intentó gritar pero solo consiguió castigarse los tímpanos. A continuación trató de golpear el interior de la tapa con los puños, pero había poco espacio para que diera algún resultado.

El meneo así como la vibración del motor, cesaron de repente. Luego se oyó el ruido lejano de unas puertas que parecían abrirse. Laurie notó que el ataúd se movía.

—¡Socorro! —gritó—. ¡No puedo respirar!

Laurie oyó voces, pero no hablaban con ella. Llena de pánico y desespero, intentó golpear de nuevo el interior de la tapa mientras los ojos se le llenaban de lágrimas. Se veía impotente. Jamás en su vida había estado tan aterrorizada.

Laurie sabía que se la llevaban. No quería ni pensar a dónde. ¿Iban realmente a enterrarla? ¿Escucharía la tierra golpeando la tapa de su ataúd?

El féretro fue dejado en el suelo con un golpe sordo. No estaba sobre tierra. Había sonado como madera.

Laurie, entre sollozos, boqueó en busca de aire mientras un sudor frío le perlaba la frente.

Lou no sabía exactamente dónde estaba la American Fresh Fruit Company, pero sí que debía de encontrarse en la zona del muelle Green Point. Había ido en una ocasión, años atrás, y esperaba acordarse del camino.

Al llegar a la zona portuaria, bajó la luz de emergencia y la apagó. Siguió por Greenpoint Avenue hasta que no pudo avanzar más y luego torció por West Street, escudriñando todo el tiempo los almacenes abandonados en busca de señales de vida.

Empezaba a desanimarse, sumido en un progresivo desespero, cuando vio un rótulo que decía Java Street. El nombre le sonó en seguida. Lou torció por aquella calle cada vez más cerca del río. Una manzana más abajo había una valla alta de cadenas. Sobre la verja abierta podía verse el letrero con el nombre de la empresa de Cerino. Más allá de la verja había varios coches aparcados. Lou reconoció el Lincoln Continental de Cerino. Al fondo estaba el enorme almacén que se extendía hasta el muelle mismo. Más arriba y detrás del almacén, Lou distinguió el punto más alto de la superestructura de un buque.

Lou atravesó la verja y dejó el coche aparcado junto al de Cerino. La espaciosa puerta elevada que daba acceso a la nave estaba abierta. Lou consiguió ver la parte trasera de una furgoneta aparcada en la oscuridad del interior. Apagó el motor y bajó del coche. Lo único que se oía era el distante chirriar de unas gaviotas.

Lou se palpó el arma pero la dejó en su pistolera. Fue de puntillas hasta la puerta y atisbó para ver mejor la furgoneta. Al divisar la inscripción HEALTH & HOSPITAL CORP. se sintió más animado. Lou escudriñó la oscuridad del almacén sin ver otra cosa que el borroso perfil de unos racimos de plátanos. No se veía un alma, pero hacia el extremo del muelle, en dirección al río, como a un centenar de metros, pudo ver el resplandor de una luz.

Lou no se decidía a llamar pidiendo apoyo, como habría requerido un procedimiento típicamente policial, pero temía que no hubiera tiempo. Debía cerciorarse de que Laurie estaba en inminente peligro. En cuanto lo supiera, se ocuparía de pedir ayuda.

Pasando entre los plátanos para evitar el pasillo central,

Lou avanzó por el lado hasta encontrar otro corredor que conducía al muelle. A tientas, se fue acercando al lugar de donde parecía proceder la luz.

Tardó cinco minutos en llegar a la altura de la luz. Con precaución, empezó a avanzar de nuevo lateralmente hasta que pudo ver que la luz salía de una oficina con ventanas. Dentro había gente. Lou reconoció a Cerino de inmediato.

Acercándose todavía más, Lou consiguió tener una buena perspectiva del interior y, lo más importante, vio a Laurie. Estaba sentada en una silla recta. Lou alcanzó a ver que la frente le brillaba de sudor.

Intuyendo que Laurie estaba bien, al menos de momento, Lou empezó a desandar el camino con gran precaución. Quería llegar al coche para llamar pidiendo refuerzos. Con la de gente que había en ese despacho, él no estaba en condiciones de hacerse el héroe irrumpiendo como si tal cosa.

Una vez en el coche, Lou conectó su radio de policía. Se disponía a hablar cuando notó la presión del metal frío contra la nuca.

–Baja del coche –ordenó una voz.

Lou se volvió lentamente y tuvo que levantar los ojos para mirar la cara enjuta de Angelo.

–Fuera.

Lou dejó el micrófono en su sitio y puso los pies en el asfalto.

–De cara al coche –ordenó Angelo.

Lou fue rápidamente cacheado por Angelo, quien le quitó el arma.

–Muy bien –dijo Angelo–. Vamos al despacho. A lo mejor tú también quieres ir de crucero.

–No sé de qué me están hablando –dijo Laurie. Temblaba como un flan. El ataúd en donde había estado metida estaba sobre uno de sus lados. Le aterraba pensar que pudieran obligarla a meterse allí otra vez.

–Por favor, doctora –dijo Travino–. Yo también soy médico. Hablamos el mismo idioma. Sólo queremos saber cómo lo descubrió. ¿Cómo adivinó que éstos no eran casos de sobredosis común y corriente como los que ustedes ven día sí día no?

–Deben de haberse equivocado de persona –dijo Laurie.

Intentaba pensar, pero con el pánico le resultaba difícil. Aun así, suponía que la razón de que todavía estuviera viva era que ellos estaban desesperados por saber cómo había resuelto el caso. En consecuencia, había decidido no decirles ni una palabra.

–Dejadme a mí –suplicó Tony.

–Si no habla con el doctor –dijo Cerino– tendré que dejar que Tony aplique sus métodos.

En ese momento se abrió la puerta del almacén y Lou Soldano fue impulsado al interior del despacho. Le seguía Angelo con el arma en la mano.

–¡Tenemos compañía! –dijo.

–¿Quién es, Angelo? –preguntó Paul. Seguía llevando un parche sobre el ojo operado.

–Lou Soldano –dijo Angelo–. Estaba a punto de llamar por radio.

–¿Lou? –repitió Cerino–. ¿Qué haces tú aquí?

–No quitarte el ojo de encima –dijo Lou y añadió, mirando a Laurie–: ¿Estás bien?

Laurie meneó la cabeza.

–Todo lo bien que se puede esperar –dijo, medio llorando.

Angelo agarró una silla y la situó junto a la de Laurie.

–¡Siéntate! –vociferó.

Lou se sentó, los ojos pegados a los de Laurie.

–¿Te han hecho daño? –preguntó él.

–Travino –dijo Paul enfadado–, todo esto se está complicando demasiado. Tú y tus grandes ideas. –Luego le dijo a Angelo–: Pon alguien afuera y asegúrate de que Soldano viene solo. Y deshazte de ese coche. Vamos a suponer, para cubrirnos las espaldas, que ha tenido ocasión de llamar antes de que lo cogiéramos.

Angelo chasqueó los dedos mirando a varios de los matones que habían venido con Paul. Al momento los hombres salieron del despacho.

–¿Quieres que me ocupe yo del detective? –preguntó Tony.

Paul hizo un ademán con la mano para que se callara.

–El hecho de que esté aquí significa que sabe más de lo que debería –dijo–. Éste también se va de crucero. Habrá que hablar con él igual que con la chica. Pero de momento metámoslos en el *Montego Bay* sin pérdida de tiempo. Preferiría que la tripulación vea lo menos posible. ¿Tú que sugieres?

–¡Gas! –dijo Angelo.

–Buena idea –dijo Paul–. Es toda tuya, Tony.

Tony aprovechó la magnífica oportunidad de lucirse delante de Paul. Sacó un par de bolsas de plástico y el cilindro del gas. En cuanto tuvo la primera inflada, le hizo un nudo y empezó con la segunda mientras la primera bolsa flotaba libremente hacia el techo.

Uno de los matones volvió diciendo que no había nadie más por los alrededores y que ya se habían encargado del coche de Soldano.

El súbito y vibrante bufido de la sirena del *Montego Bay* hizo saltar a todos de sus sillas. El buque estaba al otro lado de la pared sin aislar del despacho. Paul soltó un taco. Tony había dejado ir la segunda bolsa y parte del gas se había escapado por la habitación.

–Eso no será malo para nosotros, ¿eh? –preguntó Cerino, oliendo el gas.

–No –dijo Travino.

En medio de la confusión, Laurie se volvió hacia Lou.

–¿Ha traído cigarrillos? –le preguntó.

Lou la miró como si no hubiera escuchado bien.

–¿De qué me habla?

–Los cigarrillos –repitió ella–. Démelos.

Lou buscó en el bolsillo de su americana. Cuando iba a sacar la mano, otra mano le agarró de la muñeca. Era el matón que había informado del coche.

El malhechor le lanzó una mirada feroz y retiró la mano de Lou de su americana. Cuando vio que Lou tenía un paquete de tabaco con una caja de cerillas dentro del celofán, le soltó el brazo y dio un paso atrás.

Todavía perplejo, Lou le tendió el paquete a Laurie.

–¿Está solo? –preguntó ella en voz muy baja.

–Sí, por desgracia –respondió Lou de la misma manera

mientras trataba de sonreír al matón que le había cogido de la muñeca. El tipo seguía mirándole ferozmente.

—Quiero que se fume un cigarrillo —dijo Laurie.

—Lo siento —dijo Lou—. Ahora no tengo ninguna gana de fumar.

—¡Saque uno! —le espetó Laurie.

Lou la miró completamente desconcertado.

—¡Está bien! —dijo—. Lo que usted diga.

Laurie extrajo un cigarrillo de la cajetilla y se lo metió a Lou en la boca. Luego cogió las cerillas. Mientras sacaba una cerilla, miró al matón que no dejaba de observarles muy atentamente. Su expresión no había variado.

Laurie protegió la cerilla y la rascó. Lou se inclinó hacia ella con el pitillo entre los labios. Pero Laurie no lo encendió, sino que utilizó la cerilla para encender toda la caja. En cuanto la caja empezó a arder, Laurie la arrojó hacia Tony y sus bolsas de plástico. De paso se dejó caer de la silla hacia un lado, arrastrando consigo a un sorprendido Lou. Juntos cayeron al suelo.

El estampido resultante fue espectacular, sobre todo alrededor de Tony y hacia el techo, donde se había concentrado el etileno escapado y adonde la segunda bolsa había ido a parar por sí sola. La onda expansiva de la explosión rompió todas las ventanas del despacho así como la puerta y las lámparas del techo, dejando únicamente intacta una lamparita que había sobre el escritorio. La bola de fuego acabó con Tony. Angelo fue arrojado contra la pared, donde quedó como un muñeco en posición sedente, con los tímpanos reventados. Tenía el pelo chamuscado hasta el cuero cabelludo y había sufrido lesiones internas en los pulmones. Los demás quedaron momentáneamente conmocionados en el suelo y con heridas superficiales. Varios de ellos lograron ponerse a cuatro patas, gimiendo y totalmente aturdidos.

Laurie y Lou, que estaban en el suelo, habían salido relativamente indemnes al estar más abajo del etileno acumulado, aunque ambos habían sufrido quemaduras sin importancia y ligeras lesiones en el oído debidas a la enorme deflagración. Laurie abrió los ojos y soltó a Lou, a quien tenía apresado por el talle.

—¿Se encuentra bien? —preguntó. Le zumbaban los oídos.

—¿Qué demonios ha pasado? —dijo Lou.

Laurie consiguió ponerse en pie y tiró del brazo de Lou para hacer que se levantara.

—¡Larguémonos de aquí! —dijo—. Ya se lo explicaré.

Laurie y Lou pasaron por entre los que estaban en el suelo quejándose lastimeramente. El humo acre les hizo toser. Traspasada la puerta destrozada del despacho, oyeron el crujir de cristales rotos bajo sus pies. Al fondo del pasillo de plátanos vieron una linterna que se bamboleaba en la oscuridad. Alguien venía corriendo hacia ellos.

Lou tiró de Laurie apartándola del despacho y en la dirección por la que había venido él. Mientras se agazapaban tras una pila de plátanos, las pisadas fueron acercándose a toda prisa. En seguida, otro de los matones de Cerino se detuvo jadeando en el umbral del despacho y allí se quedó unos instantes con la boca abierta de asombro. Luego acudió en ayuda de su jefe. Paul estaba sentado frente al escritorio con la cabeza entre las manos.

—Ahora es la nuestra —susurró Lou, y se agarró bien fuerte a Laurie mientras se abrían paso hacia la entrada del almacén. La marcha era lenta debido a la oscuridad y al hecho de que deseaban mantenerse alejados del pasillo principal por si había más gente de Cerino.

Tardaron casi diez minutos en divisar el vago perfil de la puerta elevada. Frente a la misma se hallaba la silueta negra de la furgoneta. Seguía aparcada en el mismo sitio que cuando Lou llegó.

—Mi coche debe de haber desaparecido —susurró Lou—. A ver si están las llaves en el furgón.

Se acercaron con cautela a la furgoneta. Lou abrió la portezuela del conductor y palpó la columna de dirección. Sus dedos tocaron las llaves, que seguían pendiendo del encendido.

—Gracias a Dios —dijo—. Aquí están. ¡Vamos, adentro!

Laurie montó en el lado del acompañante. Lou estaba ya al volante.

—En cuanto ponga este trasto en marcha —dijo Lou, con premura y en voz baja—, saldremos volando de aquí. Pero puede que no estemos a salvo. Quizás haya tiroteo, será mejor que se vaya atrás y se eche en el suelo.

—¡Arranque ya! —dijo Laurie.

—Venga. No discuta.

—El que discute es usted —le espetó Laurie—. ¡Vámonos de una vez!

—¡Nadie va a ninguna parte! —dijo una voz a la izquierda de Lou.

Sintiéndose hundidos, Laurie y Lou miraron por la ventanilla del lado de él. Había varios desconocidos con el sombrero puesto en mitad de la oscuridad. La luz de una linterna jugueteó de pronto en la cara de Lou y luego en la de Laurie. Su resplandor hizo que ambas pestañearan.

—Fuera del camión —ordenó la misma voz—. Los dos.

Perdidas las esperanzas, Laurie y Lou se bajaron de la furgoneta. No podían ver a los hombres a causa de la intensidad de la luz, pero parecía haber tres.

—Al despacho otra vez —ordenó la voz.

Desanimados, Laurie y Lou hicieron lo que les mandaban. Ninguno de los dos dijo una palabra. Ni él ni ella querían pensar en la ira de Cerino.

El despacho seguía presentando una escena caótica. Una espesa humareda continuaba suspendida en el aire. Uno de los pistoleros había ayudado a Cerino a sentarse en la silla del escritorio. Angelo seguía en el suelo con la espalda apoyada en la pared. Parecía confuso, y de la comisura de la boca le goteaba sangre barbilla abajo.

Habían encendido una luz supletoria, de modo que el alcance de los daños era más evidente. A Laurie le sorprendió ver tantas cosas carbonizadas. Aquel viejo texto de farmacología no hablaba en broma: al decir que el etileno era inflamable quería decir que era inflamable. Ella y Lou habían tenido suerte de no salir peor parados.

Les dieron las mismas sillas que habían ocupado sólo minutos antes. Al sentarse, los ojos de Laurie toparon con los restos calcinados de Tony. Ella hizo una mueca y miró hacia otro lado.

—Me hace daño el ojo —gimió Paul.

Laurie cerró los suyos, deseando no pensar en cuáles serían las consecuencias de haber hecho arder el etileno.

—Que alguien me ayude —exclamó Cerino.

Los ojos de Laurie volvieron a abrirse. Algo no encajaba. Nadie se movía. Los tres hombres que le habían acompañado al despacho ignoraban a Cerino. La verdad es que no hacían caso de nadie.

—¿Qué ocurre? —le dijo a Lou por lo bajo.

—No lo sé —dijo él—. Algo raro está pasando.

Laurie miró a los tres hombres. Parecían indiferentes, comiéndose las uñas, poniéndose bien la corbata. No habían movido un dedo para ayudar a nadie. Al mirar hacia el otro lado, Laurie vio al hombre que había entrado corriendo en el despacho justo después que ella y Lou salieran de allí. Estaba sentado en una silla con la cabeza entre las manos, mirando al suelo.

Laurie oyó ruido de pasos que se acercaban. Daba la impresión de que quienquiera que viniese llevaba medias suelas metálicas. Afuera, al otro lado de la puerta reventada, Laurie vio los haces de varias linternas que venían hacia ellos.

Al momento, un hombre bastante gallardo y misteriosamente guapo apareció en la puerta destrozada y se detuvo a contemplar la escena. Vestía un abrigo de cashemir sobre un traje de rayas finas. Llevaba el pelo engominado hacia atrás desde la frente.

—Santo Dios, Cerino —dijo con burla—. ¡El lío que has armado!

Laurie miró a Cerino. Cerino no decía nada; ni siquiera se había movido.

—No me lo puedo creer —dijo Lou.

Laurie volvió la cabeza, miró a Lou y vio en su cara una expresión de sobresalto.

—¿Qué pasa? —preguntó ella.

—Ya sabía yo que algo raro estaba pasando —dijo Lou.

—¿El qué?

—Vinnie Dominick —dijo Lou.

—¿Quién es Vinnie Dominick? —preguntó Laurie.

Vinnie meneó la cabeza al examinar lo que quedaba de Tony y luego se acercó a Lou.

—Detective Soldano —dijo—. Qué bien que está usted aquí. —Extrajo del bolsillo de su abrigo un teléfono móvil y se lo pasó al detective—. Supongo que querrá hablar con sus colegas para ver si tienen la bondad de pasarse por aquí. Estoy seguro de que el fiscal del distrito querrá hablar largo y tendido con Paul Cerino.

Laurie reparó en los tres hombres que habían estado paseándose por la habitación antes de que llegase Dominick. En este momento registraban el despacho en busca de armas. Uno de ellos le llevó a Vinnie la de Lou, después de quitársela a Angelo. Vinnie se la devolvió a Lou.

Lou se miró el teléfono en una mano y la pistola en la otra sin dar crédito a sus ojos.

—Vamos, Lou —dijo Vinnie—. Haga su llamada. Es una pena pero tengo otra cita y no podré quedarme para cuando vengan los hombres de azul. Además, soy un chico bastante vergonzoso y no me sentiría a gusto con las ovaciones que toda la ciudad querrá dirigirme a mi paso por haberles salvado la papeleta. Puesto que seguramente sabe ya lo que Mr. Cerino se traía entre manos, no necesita mi colaboración. Pero en caso contrario, no dude en telefonearme. Estoy convencido de que sabrá cómo contactar conmigo.

Vinnie se dirigió hacia la puerta e hizo ademán a sus hombres de que le siguieran. Al pasar junto a Angelo, se volvió a Lou para decirle:

—Será mejor que avise a una ambulancia. El pobre Angelo tiene mala cara. —Luego, mirando a Tony, añadió—: Esa furgoneta de la morgue irá que ni pintada para cargar con este cerdo.

Dicho esto, partió.

Lou le pasó la pistola a Laurie mientras utilizaba el teléfono móvil para marcar el 911. Se identificó a la operadora de la policía y le dio la dirección. Al terminar cogió de nuevo el arma.

—Este Vinnie es un personaje. ¿Quién es? —preguntó Laurie.

—El principal rival de Cerino —explicó Lou—. Debe de haber averiguado lo que Cerino se proponía hacer y así es como lo entrega a la policía. Un método eficacísimo, diría yo, estando los dos de testigos. Es además una manera inteligente de librarse de la competencia.

—¿Quiere decir que Vinnie sabía que Cerino se hallaba detrás de todo? —preguntó Laurie. Estaba pasmada.

—¿De qué está hablando? Vinnie se habrá imaginado que Cerino estaba asesinando a todos los pacientes de la lista de Jordan Scheffield que estaban delante suyo esperando un trasplante de córnea.

—¡Dios mío! —exclamó Laurie.

—¿Y ahora qué pasa? —preguntó Lou. Después de esa nochecita, no tenía fuerzas para más sorpresas.

—Entonces es mucho peor de lo que me había figurado —dijo Laurie—. Las sobredosis por droga eran en realidad homicidios para conseguir ojos. Cerino hacía matar a gente que se había comprometido por escrito a donar sus órganos al Depósito de Manhattan.

Lou miró hacia Cerino.

—Es mucho más sociópata de lo que nunca habría imaginado. Santo Dios, el tipo atacaba a la vez ambos aspectos del problema: la oferta y la demanda.

Cerino levantó la cabeza de las manos.

—¿Y qué iba a hacer, si no? ¿Esperar como los demás? No me lo podía permitir. En mi profesión, cada día sin ver era un peligro de muerte. ¿Es culpa mía que en los hospitales no tengan córneas suficientes?

Laurie le dio un golpecito a Lou en el hombro y éste se volvió.

—Todo este asunto encierra una extraña ironía —dijo ella, meneando la cabeza—. Estuvimos discutiendo a ver cuál de las dos series de asesinatos era más relevante desde el punto de vista social, si las muertes estilo hampa o las sobredosis de escala social alta, y resulta que estaban íntimamente relacionadas. No eran sino dos fases del mismo y espantoso asunto.

—No puede probar nada —rezongó Cerino.

—Conque no, ¿eh? —dijo Laurie.

EPÍLOGO

ENERO, 10:15, MIÉRCOLES
MANHATTAN

Lou Soldano pateó el suelo para sacudirse la nieve de los pies y entró en el depósito. Tras sonreír al hombre de la oficina de seguridad, que no le puso pegas, fue directamente a los vestuarios y se puso rápidamente un pijama verde.

Deteniéndose un momento frente a la puerta de la sala de autopsias, Lou se colocó una máscara y entró. Su mirada recorrió la sala de una punta a otra, pasando revista a la gente que había en cada mesa. Por fin sus ojos se posaron en una figura conocida que incluso la abultada vestimenta, el delantal y la capucha no podían encubrir.

Lou se acercó a la mesa y miró. Laurie tenía los brazos metidos hasta el codo en un cadáver descomunal. De momento se encontraba sola.

—No sabía que aquí se hicieran autopsias de ballenas —dijo él.

Laurie alzó los ojos y dijo alegremente:

—Hola, Lou. ¿Le importa rascarme la nariz? —Laurie se apartó de la mesa y cerró los ojos mientras Lou obedecía—. Un poco más abajo —dijo—. Ahhh. Qué bien. —Abrió los ojos—. Gracias —añadió, volviendo a su trabajo.

—¿Es un caso interesante? —preguntó Lou.

—Mucho —dijo Laurie—. Se trata de un supuesto suicidio, pero empiezo a pensar que le corresponde a su departamento.

Lou se quedó mirando un rato y luego se estremeció.

—Me parece que no me acostumbraré nunca a esta profesión suya.

—Al menos es trabajo —dijo Laurie.

—Eso sí que es verdad —dijo Lou—. Claro que no deberían haberla despedido, para empezar. Por suerte las cosas a veces salen a pedir de boca.

Laurie alzó los ojos del cuerpo.

—No creo que los familiares de las víctimas opinen igual.

—Es verdad —admitió Lou—. Lo decía sólo por su trabajo.

—Al final Bingham fue benigno conmigo —dijo Laurie—. No sólo me devuelve mi empleo, sino que admite que yo tenía razón. Bueno, en parte. Me equivoqué en lo del contaminante.

—Bueno, tuvo razón en lo más importante —dijo Lou—. No fueron muertes accidentales, sino homicidios. Y su contribución no acabó aquí. De hecho es por eso que he venido. Hemos conseguido un auto de acusación contra Cerino. No tiene escapatoria.

Laurie se enderezó.

—¡Enhorabuena! —dijo.

—Eh, que no soy el artífice —dijo Lou—. El mérito es suyo. Primero consigue emparejar la muestra de piel de la uña de Julia Myerholtz con los restos de Tony Ruggerio. Eso fue crucial. Luego exhuma varios cadáveres hasta casar los dientes de Kendall Fletcher con la señal que Angelo Facciolo tenía en el antebrazo.

—Cualquier patólogo forense lo habría podido hacer —dijo Laurie.

—No estoy tan seguro —dijo Lou—. Bien, el caso es que frente a pruebas incontrovertibles como ésas, Angelo confesó a cambio de una reducción de la pena y comprometió a Cerino. Eso es lo que nos hacía falta. A partir de aquí, todo es cuesta abajo.

—Usted no lo hizo nada mal —dijo Laurie—. Ha conseguido que el ama de llaves de los Kaufman señalara a Angelo entre una hilera de posibles acusados y a Tony de entre varias fotos de delincuentes.

—Con eso no habría bastado para un auto de acusación —dijo Lou—. Y aunque yo hubiera conseguido esa acusación, difícilmente habría logrado una condena. Para Cerino no, eso seguro. Da lo mismo, ahora todo ha terminado.

—Me dan escalofríos de pensar que hay gente suelta como ese Cerino —dijo Laurie—. Lo más alarmante es la combinación de inteligencia y sociopatía. Dejando a un lado que todo el asunto Cerino fuera espantoso, no puede negarse que había aspectos ingeniosos. Imagínese: ¡hacer que los matones metan los muertos en la nevera para que el tejido de la córnea se conserve más tiempo! Ellos sabían que nosotros lo atribuíamos a la hiperpirexia provocada por la intoxicación de cocaína.

—Lo que pasa —dijo Lou— es que la inmensa mayoría de la gente que respeta las normas y se guía por las leyes no ve que un gran número de personas hace lo contrario. El aspecto negativo es que Vinnie Dominick se ha quedado ahora sin oposición. Vinnie y Cerino solían mantenerse mutuamente a raya, pero ya no. Las actividades del crimen organizado en Queens han aumentado en lugar de disminuir desde que Cerino ha dejado el campo libre.

—Ahora que todo ha terminado —dijo Laurie—, me pregunto cómo tardamos tanto en descubrir lo que estaba pasando. Es decir, en calidad de médico yo sabía que la legislación sobre medicina legal en Nueva York está anticuada y que existe una lista de espera para córneas. ¿Cómo no me di cuenta antes?

—Apuesto a que si no se dio cuenta es porque todo parecía cosa del diablo —dijo Lou—. Para una mente normal es difícil pensar siquiera en semejante posibilidad.

—Ojalá pudiera creer lo que dice —afirmó Laurie.

—Estoy seguro de que es verdad —dijo Lou.

—Tal vez.

—Bien, sólo quería que supiera lo de Cerino —dijo Lou, cambiando torpemente el peso de una pierna a otra.

—Me alegro de que lo haya hecho —dijo Lou. Echó un vistazo alrededor a fin de asegurarse de que nadie les estaba mirando.

—¿Quería decirme algo más? —preguntó Laurie—. Se comporta de un modo que me resulta sospechosamente familiar.

—Sí, ya —dijo Lou, mirándola finalmente a los ojos—. ¿Le gustaría salir esta noche a cenar en plan puramente social, no profesional?

Laurie sonrió ante esa nueva muestra de lamentable ineptitud mundana. No se lo esperaba, después de haber estado trabajando con Lou en el caso Cerino y haber llegado a conocerse mejor. En todos los demás aspectos Lou era decidido y confiado.

—Podríamos ir otra vez a Little Italy —dijo Lou en respuesta a la indecisión de Laurie.

—No da tiempo a las chicas para que se lo piensen —dijo Laurie.

Lou se encogió de hombros.

—Así tengo una excusa por si me dice que no.

—Lástima que ya tengo planes —dijo Laurie.

—Sí, claro —dijo Lou apresuradamente—. He sido un tonto preguntándoselo. Bien, cuídese. —Y Lou se dio bruscamente la vuelta—. Salude a Jordan de mi parte —dijo por encima del hombro al irse.

Laurie volvió a sentir aquella antigua exasperación al ver cómo Lou se dirigía a grandes zancadas hacia la puerta, y tuvo que luchar contra las ganas de devolverle la pelota. Lou no había perdido esa propensión suya a ser exasperante.

La doble puerta de la sala de autopsia se cerró detrás de Lou y Laurie volvió a su trabajo. Sin embargo, dudaba.

Después, arrancándose los guantes, el delantal y la bata, Laurie salió corriendo de la sala de autopsias. No había nadie en el corredor. Lou ya se había ido. Suponiendo que estaría en el vestuario, Laurie entró en el lado de los hombres sin pensarlo dos veces.

Laurie pilló a Lou con la camisa del pijama a medio quitar, dejando al descubierto su torso peludo y musculoso. Él se bajó tímidamente la ropa.

—Me ofende su suposición de que sigo saliendo con Jordan Scheffield —dijo ella con los brazos en jarras—. Sabe muy bien que él estaba mezclado en todo este asunto.

—Ya sé que lo estaba —dijo Lou—. Pero también sé que el gran jurado no le procesó a él, y también que el Colegio de Médicos ni siquiera le sancionó aunque había sospechas fundadas de que él sabía lo que estaba pasando. De hecho, hay quien cree que Jordan habló del asunto con Cerino pero que no hizo nada porque le convenía el aumento de intervenciones quirúrgicas que ello suponía. Total, que Jordan está suelto y sigue ganando pasta para parar un tren como si nada hubiera pasado.

—¿Y cree que yo seguiría viéndole en estas circunstancias? —preguntó Laurie sin acabar de creérselo—. Me ofende usted.

—No lo sabía —dijo Lou avergonzado—. Como nunca hablaba de él...

—Pensaba que estaba suficientemente claro —dijo Laurie—. Y después, de haber trabajado juntos todo este tiempo, podía habérmelo preguntado.

—Perdone —dijo Lou—. Quizás es que en el fondo tenía miedo de que siguiera saliendo con él. Recordará que admití haber sentido celos de Jordan desde el principio.

—Es la última persona de la que debería sentir celos. Sería una suerte para Jordan si tuviera ni que fuese una pizca de su honestidad e integridad.

—Pues a mí me vendría bien ni que fuese una pizca de su educación —dijo Lou—. O de su sofisticación, tal vez. Siempre me hizo sentir como un ciudadano de segunda.

—La urbanidad de Jordan es superficial —dijo Laurie—. Lo único que le interesa realmente es el dinero. Lo embarazoso para mí es que tan ciega fui para comprender a Jordan como para ver lo que estaba tramando Cerino. Me pudo la insistencia de su galanteo y esa aparente confianza en sí mismo. Usted vio más allá de su fachada, pero yo no pude, y eso que usted me lo dijo sin tapujos.

—No es culpa suya —dijo Lou—. Piensa mejor de las personas que yo, que soy un pobre cínico y que vivo siempre obsesionado por mi educación.

—Debería sentirse orgulloso de su educación —dijo Laurie—. Es el fundamento de su honestidad.

—Sí, bueno —dijo Lou—, aunque preferiría haber ido a Harvard.

—Cuando le he dicho que tenía planes, confiaba en que me propondría que nos viéramos mañana por la noche o la semana que viene. Por prosaico que le parezca, hoy voy a casa de mis padres. ¿Qué le parecería acompañarme?

—Está de broma —dijo Lou—. ¿Yo?

—Claro —dijo Laurie. La idea empezaba a gustarle—. Una de las consecuencias positivas de todo este asunto de Cerino es que las relaciones con mis padres han mejorado muchísimo. Por una vez mi padre ha llegado incluso a reconocer que yo había hecho algo a lo que él podía referirse en términos positivos, y además creo que he madurado un poquitín. Hasta he dejado de rebelarme... Creo que el hecho de haber estado metida en este lío ha conseguido que finalmente supere el sentimiento de culpabilidad que tenía por la muerte de mi hermano.

—Esto me empieza a sonar un poco para entendidos —dijo Lou.

—Imagino que puede parecer ampuloso y excesivamente analítico —concedió Laurie—. Pero lo que cuenta es que ir a casa de mis padres puede ser divertido. Últimamente les veo una vez a la semana. Me encantaría que viniese conmigo. En serio. Quiero que conozcan a una persona que me merece mucho respeto.

—¿Me está tomando el pelo? —preguntó Lou.

—De ningún modo —dijo Laurie—. De hecho, cuanto más lo pienso, más ganas tengo de que venga. Y si se lo pasa bien, puede que siga queriendo llevarme mañana por la noche a Little Italy.

—Señora —dijo Lou—, a eso se le llama hacer un trato.

Título de la edición original: *Blindsight*
Traducción del inglés: Luis Murillo,
cedida por Plaza & Janés Editores, S.A.
Diseño: Emil Tröger
Ilustración: Xavier Martínez
Foto de solapa: Barbara E. Cook

Círculo de Lectores, S.A.
Valencia, 344, 08009 Barcelona
3 5 7 9 3 9 1 0 8 6 4 2

Licencia editorial para Círculo de Lectores
por cortesía de Plaza & Janés Editores, S.A.

Depósito legal: B. 24200-1993
Fotocomposición: gama, s.l., Barcelona
Impresión y encuadernación: Printer industria gráfica, s.a.
N. II, Cuatro caminos s/n, 08620 Sant Vicenç dels Horts
Barcelona, 1993. Printed in Spain
ISBN 84-226-4678-1
N.º 28464